異世界転生したけど、七合目モブだったので普通に生きる。　2

Shiratama

白玉

Ruby collection

Contents

登場人物紹介
アルフレッド・ラグワーズ
伯爵家長男18歳。
5歳で前世を思い出した転生者。
すべてが中の上な自分を
七合目と自称。
色々と無自覚。
ギルバート・ランネイル
侯爵家長男16歳。
乙女ゲームの攻略対象者。
氷の貴公子と名高い美貌と
無表情。
笑顔はアルフレッド限定。

レオン第一王子
乙女ゲームの攻略対象者筆頭
16歳。すぐに攻略された。
顔だけはいいと評判。
セシル・コレッティ
乙女ゲームのヒロインに
転生した元女子高生16歳。
暴走した結果ゲームから退場。
アレキサンドラ・コルティス
気高き公爵令嬢16歳。
アルフレッドとギルバートによって
開いた扉の先を爆進中。
オスカー・エバンス
ラグワーズ王都邸会計33歳。
既婚。子爵家出身。
アルフレッドの側近ナンバー2。
ディラン・ドレイク
ラグワーズ王都邸執事32歳。
独身。子爵家出身。
アルフレッドの側近ナンバー1。
グレース・ランネイル
ギルバートの母親38歳。
王妃の従兄姉の侯爵夫人。
社交界では名高き良妻賢母。
アイザック・ランネイル
ギルバートの父親39歳。
宰相を務める侯爵家当主。
色々と残念なイケオジ。

異世界転生したけど、七合目モブだったので普通に生きる。2

19　お茶会

今日はギルバート・ランネイル侯爵子息をお招きしてのお茶会の当日。

ほんの二日前、激情に流されるまま告げてしまった俺の思いを受け取って、そしてなんとも可愛らしく返してくれた彼が、初めて我が家に来てくれる記念すべき日だ。

本来ならもっと先の予定だったし、なんならここで告白するはずだったけど、思いが通じ合った後のお茶会っていうのも、これはこれで嬉《うれ》しさもひとしおというか、心が浮き立って仕方がない。


幸いにして天気は上々。邸内の使用人たちは、家令のタイラー、王都邸執事のディランを筆頭に、朝からややピリピリとした雰囲気で動き回っている。

いや、みんなそんなに気張らなくても……。別に王族が来るわけじゃないんだからさ。

「いいえ。何事にもすべて第一印象というものがございます。貴族家にとって第一印象はすべて。それによって若様のみならず、ご領地の主《あるじ》様、ひいてはラグワーズ家、ラグワーズ領そのものの格を落としかねぬ大事でございます」

タイラーの言葉に、後ろに控えるディランまでもが深く頷《うなず》いていた。

いや、あー、うん。まあ、何か支障があるわけでもないし、していることは悪いことでもないので、とりあえず俺はそのまま口をつぐんだ。

王都邸でお茶会を開くことは稀《まれ》……というか初めてだからな。気合いが入るのも仕方ないか。領地では母上がたまに夫人会みたいなのをやってたけど、ほぼ俺しか滞在しない王都邸は仕事がらみの来客ばかりだもんね。

そのせいか王都邸のシェフたちの気合いは入りまくりで、食料庫にはラグワーズ領名産の食材が山と積まれ、数日前から試食会を繰り返す念の入れようだ。

でもさ、いくら意見が分かれても殴り合いで決着をつけるのはやめようか。

料理長対パティシエ。ティーセットメニュー全体のバランスを取るために、どちらが味の調整を譲るかで揉《も》めた結果、中庭で行われた二人の対決はそりゃあもう大層盛り上がった。

二人とも手を大事にする職種のせいか数々の華麗な足技が炸裂《さくれつ》。うん、実に見応えがあった……じゃなくて、まあ要するに、みんなそれくらい熱心にお茶会へ向けての準備を進めてくれた、って言いたいわけさ。

結果？　上段内回し蹴《げ》りを仕掛けたパティシエを避《よ》けつつ、素早く胴回し回転蹴りをキメた料理長の勝ち。パティシエが地面に沈んだ瞬間、周囲はヤンヤの喝采《かっさい》。いやー、面白かっ……じゃなくて、そんな感じで拳闘《けんとう》、いや検討を重ねながらラグワーズ家が誇るお茶会メニューは出来上がったらしい。

うん、楽しみだね。

「若様。ただいまランネイル家より先行の使いの者が参りました。間もなく到着なさるとのことです」

することもないので自室で待機していた俺に、ディランがそう告げに来た。

俺は内心、「おやおや、ギルバートくんてば……」なんて思いつつも、緩みそうになる口元をさりげなく手で隠しながら、ディランに頷きを返しておいた。

だって先行を飛ばして到着を知らせるのは珍しいことじゃないけど、気心の知れた相手との私的なお茶会ではまずしないからね。容赦のない侯爵家アピールだなー。

「では、出迎えに行こうか」

内心ウキウキとしながら立ち上がると、俺は愛しい彼を迎えるべく部屋を後にした。


しばらくすると、我が家の正門から侯爵家の馬車が入ってきた。

見事な彫刻と金細工が施された豪奢《ごうしゃ》な馬車は、贅沢《ぜいたく》にも六頭立て四頭曳《ひ》き。しかもその左右と後尾に合計七騎の護衛を引き連れている。先行の使者を含めれば計八騎。おぅ、気合い入ってるね。

しかも揃《そろ》いの濃緑色の制服を身につけた騎馬私兵らの動きは実に見事。一糸乱れず等間隔で馬車を囲み、馬の首の角度すらキッチリと揃えてきている。

噴水を中心としたアプローチを優雅に回った馬車がメイン・エントランスに入ると、流れるような動きで片側の護衛騎馬らが前後に分かれた。と同時に滑るように寄せられた馬車が、玄関正面にピタリと停車する。

さすがはランネイル侯爵家。馬車も私兵も御者も、何もかもが一流だ。

タイラーやディランをはじめとした使用人たちの顔は強《こわ》ばり、何とも言えない緊張した空気となっていくのが分かる。ランネイル家の威光と彼の立場を知らしめるには充分な演出だ。

確かに第一印象は大事だね。見事なもんだよ。ギルバートくん。

停車した馬車の後部から素早くも静かに下車した二人の従僕が、手際よくステップを整え馬車の扉の前に控えた。そしてランネイル侯爵家の紋章が刻まれた扉に手をかけると、音もなくそれを開く。

カツン……とステップを踏んで現れた人物がその面《おもて》を上げた瞬間、玄関ホールに控えていた我が家の使用人たちが息を呑《の》んだ。

降り注ぐ陽の下で輝くばかりのその姿は、高貴という言葉すら陳腐なほどの、他を圧倒する存在感を纏《まと》った気高くも美しいプラチナの貴公子。

ギルバート・ランネイル侯爵子息――ギルバートくんだ。

鮮やかな紺地の上着に、ライムゴールドのベスト。首元にはたっぷりとした純白のクラヴァット。彼が動くたびに上着に施された優美な金糸の刺繍《ししゅう》が煌《きら》めき、艶《つや》やかなプラチナブロンドが揺れる。漆黒の上質なブーツで石畳を踏みしめ、すっと背筋を伸ばしたその立ち姿は、まさしく誇り高き高位貴族。

足運びも優雅に一歩前へ踏み出した彼は、正面で待っていた俺に視線を向け、そうしてフワリと、輝くような微笑みを浮かべた。

「ようこそおいで下さいました。ランネイル殿」

彼の前に進み出て、俺は姿勢を低くしながら歓迎の言葉を口にした。

屋敷の正面エントランスは私有地と言えど公共の場。いま最も地位が高いのは侯爵家長子であるギルバートくんだ。俺の言葉に彼が応《いら》えを返すまでは頭を上げてはならない決まり。

まあこれが次男や三男だと、王家の血を引く公爵家でもなければ俺の方が格上扱いになったりもするんだけどね。貴族の序列は面倒臭いんだよ。

「お招きありがとうございます。ラグワーズ殿。楽しみにしておりました」

すぐさま返ってきた彼からの応えに身体を起こし、一瞬だけ絡んだ視線で微笑みを交わした。ああもう、ギルバートくんがムチャクチャ可愛い！

けれどここで思うままに彼を抱き締めるわけにはいかない。

なので俺は速やかに彼を屋敷へと案内すべく、正面に向けていた身体を翻して道を空けた。

「どうぞ邸内へ」

俺の言葉にひとつ頷いた彼は、スッと俺の前を過ぎると邸内へ向けて歩き始めた。俺はそんな彼の斜め後ろにつく。まあ、いわゆる序列ってやつだ。少し離れてランネイル家の従僕が二人続いた。

邸内に足を踏み入れた彼は、家令のタイラーや執事のディラン、そして幾人かの我が家の従僕たちが整列して頭を下げる中を、背筋を伸ばした美しい姿勢で進んでいく。

「帰りまで控えているように」

玄関ホールの中程まで進んだところで、後ろを振り返ったギルバートくんが従僕二人にそう声を掛けたのを合図に、俺は一歩前に進み出ると彼の隣に並んだ。

はい、ここからが自由時間です。貴族めんどくさいね。

「ようこそラグワーズ邸へ。ギル」

ランネイル家の従僕たちがホールの向こうの控えの間へ案内されていくのをしっかりと確認しなが

ら、俺は彼に話しかけた。

「嬉しいです。アル」

ニッコリと笑った彼は、少しだけ緊張しているようだ。そんな彼の手をそっと取ると、きゅむっと握り返してきた指先が僅《わず》かに冷たくなっている。

「まずはサロンへ案内するよ。サロンの隣がコンサバトリーになっているんだ。水槽もあるんだよ」

そう言って俺はその指先に小さなキスを贈る。そして可愛らしく口元に笑みを浮かべて頷いた彼の手を引くと、玄関ホールからサロンに続く廊下へと進んでいった。

「素晴らしいギャラリーですね」

廊下の所々に生花が飾られたギャラリーを、どうやらギルバートくんはお気に召してくれた様子。彼は美術品にも造詣《ぞうけい》が深いようで、いくつかの絵画や陶器の前で足を止めては、その画家の作品に関するミニ知識を披露し、俺を驚かせたり楽しませたりしてくれた。

「相変わらずの博識ぶりだね。君のおかげで私は我が家の美術品に詳しくなれた気がするよ」

肩をすくめてそう言った俺に、小さく噴き出したギルバートくんがキュッと俺の手を握ってきた。その手には徐々に温かさが戻ってきている。うん、よかった。

そうして、クスクスと可愛らしく笑う彼の手を引きながら、俺はタイラーが開けてくれたサロンの扉をくぐった。

「素敵なサロンですね。明るくてとても居心地が良さそうです」

サロンのインテリアは、昼間のお客様用にと白と明るいグレーで統一され、所々に黒と茶の差し色が使われていた。軽やかながら引き締まった印象だ。ここの設《しつら》えの指揮はディランだそうだけど、なかなかいい仕事をするね。

「お茶はコンサバトリーに用意させたんだ。こっちだよ」

彼の手を引いてサロンの中を進み、隣へと続く白い扉をくぐると、東向きに建てられたガラス張りの明るい室内には、クロスのかけられたテーブルとゆったりとした椅子が用意されていた。

そしてそのテーブルの上には、美しく盛り付けられた菓子や軽食の数々が、これでもかと並べられている。

「広いですね。我が家のコンサバトリーは狭いんですよ。やはりこれくらいあると、庭の見栄えも違ってきます。さすがはラグワーズ家ですね」

ガラス壁の向こうの庭の景色に目を細めた彼が、絡めた手を小さく揺らしながら、俺にニッコリとした微笑みを向けてくる。

コンサバトリーといえば多角形のものが多いけれど、我が家のは細長い長方形。方角と庭の関係なんだけどね。入って左側にテーブル、右奥には大きな水槽とカウチソファ、それにこぢんまりした浅い池が作られている。

「あとで我が家の魚たちを紹介するよ。それと庭も案内しよう」

そう言いながら彼をテーブルに案内して椅子に着座すると、すかさずタイラーとディランがお茶の支度を始めた。ディランのことだ。きっと最高級の貴重な茶葉を出してくるんだろう。楽しみだね。

「年配の者がラグワーズの本邸にいる家令。若い方が王都邸の執事だよ」

丸いテーブルの向かいではなく九十度左に座ってもらったギルバートくんに、我が家の使用人ツートップを紹介した。たぶん今後も頻繁に顔を合わせるだろうからね。覚えておいて。

「本邸の、ですか？」

小さく首を傾げた彼が、タイラーに視線を向けた。その仕草もまた優雅極まりない。視線を受けたタイラーはさすがに顔色ひとつ変えていないけれど、ありゃ内心緊張してんな。

俺は隣の彼にちょっと身体を傾けると、声をひそめた。

「そういうことさ」

そのひと言にピクリとギルバートくんの目元が反応した。本邸の家令がここにいるわけを、彼は一瞬で悟ったらしい。

「なるほど」

切れ長の美しい目がゆるりと細められ、そしてその視線をスッと俺に流したギルバートくんの口元がふわりと綻《ほころ》んだ。

「嬉しいです……アル」

小声でそう言って僅かに頬を染めた彼。自分のことがすでにラグワーズ本邸へ報告され、あまつさえ家令直々に値踏みしに来ている状況を知った上での、この笑顔。

どうしよう、ムチャクチャ嬉しい。そんでもってムチャクチャ可愛い。

このまま腕を伸ばして引き寄せ、思う存分キスしてしまおうかと考えたその時、しずしずと近づいて来たタイラーとディランが、目の前にティーカップを音もなく置いた。

ちょっと、いやだいぶ残念……。いや別にキスしてもいいんだけどね、ウチだし。でもそうするときっとお茶は完全に冷めてしまうだろうからさ。我が家のお茶奉行ディラン選《え》りすぐりのお茶を彼に楽しんでもらわないと……ね。

スーッと注がれていくお茶の馥郁《ふくいく》とした香りに、俺の隣でふんわりとした微笑みを浮かべるギルバートくん。その姿に、知らず俺は笑みを溢《あふ》れさせてしまう。

まだまだお茶会は始まったばかり。我が家まで足を運んでくれた彼には、ぜひともたくさん楽しんでいってほしい。

そうして、すっかり支度の調ったテーブルを前に、俺とギルバートくんのお茶会がスタートした。

◇◇

お茶会のために執事のディランが選りすぐっただろう茶葉は実に素晴らしく、舌の肥えたギルバートくんを唸《うな》らせるに充分なものだった。

ティーカップの中で揺れるやや赤銅がかった茜色《あかねいろ》のお茶は、濃厚なコクと甘みのある味わいがあり、それでいて円熟しきる前のフレッシュさが残っていて実に香り高い。

「これは素晴らしいですね。時期的に秋摘みには早いですし、かといってセカンドフラッシュより輪郭が力強い。驚きました」

ティーカップに口をつけたギルバートくんが目を見開いて、感心したように小さく首を振った。よかったな、ディラン。褒められたぞ。

「うちの執事がマニアでね。私にはよく分からないのだけれど、気に入ったのなら少し持って帰るといいよ」

用意してあげてね、という意味を込めて控えているディランをチラリと見れば、おぉ、むっちゃ感動してるじゃん。無表情なのに口元だけが緩みそうで緩まない微妙な感じになっているぞ。

「軽食もこんなに種類が豊富で、何から手をつけようか迷ってしまいますね」

テーブルの上に並べられた軽食の数々を見回し、目を丸くして笑うギルバートくんはとっても可愛らしい。

俺たちの目の前には、ケーキスタンドをはじめ数多くの皿が並べられて、ひと口大の小さな菓子や軽食が美しく盛りつけられていた。

ケーキ、タルト、焼き菓子、ムースにプディング、ゼリーにチョコにパイに飴細工《あめ》のボンボン。スコーン、キッシュ、クロケット、ミニグラタンにサンドイッチ。フルーツはフレッシュだけでなくコンポートにジャムにローストも。

テーブルだけでなく、向こうのティーワゴンの横にもいくつかの床置きケーキスタンドが置かれ、第二陣の軽食類が控えていた。

いや、どんだけ張り切ったのさシェフ……っていうかウチのパティシエってば、こんなオシャレなの作れたんか。今まで出てきたことないぞ。絶対に二人じゃ食い切れねぇ。

「気に入ったのだけ摘まめばいいよ。うちの厨房《ちゅうぼう》が張り切りすぎたのさ。二人で思う存分、食べ散らかそう」

俺がミニ冷製スープをひとさじ口にしてそう言うと、クスクスと小さく笑った彼が野菜のキッシュに手を伸ばした。

「しかし今日のギルは、いつにも増して凛々《りり》しい貴公子ぶりだね。馬車から降り立った君があんまり綺麗《きれい》だから、私はあの場で倒れそうになったよ」

パカッと割ったスコーンの片割れを皿の上でコロリと倒してみせれば、その笑みを深めた彼がこちらへ身を傾け、小さく声を潜めた。

「嬉《うれ》しいです。頑張った甲斐《かい》がありました」

片目だけをキュッと細めてそう言った彼の、なんとまあ可愛いこと。俺の脳内がフィーバー状態だ。

「あさっての君の誕生パーティーが心配だ。ここぞとばかりに、祝いの品と一緒にご令嬢をあてがおうとする家が列をなすのじゃないかい？」

溜息《ためいき》と一緒にコンポートをピトッとスコーンにくっつけてみせた俺に、上品にクロケットをカットしたギルバートくんが、ふふっと目を細めて笑った。うん？

「実は、第一王子殿下がいらっしゃるんですよ。ですから皆さま、私などよりそちらに掛かり切りになるのではと」

え、それマジ？　この状況で来ちゃう感じ？

「七月の初旬に招待状をお送りした時は、お返事を保留されていたのですが」

そう言ってクロケットをひょいと食べて口端を上げたギルバートくん。うん、不敵な笑みも素晴らしく似合っちゃうのが彼だね。

もぐもぐと口を動かして「美味しいですね」と呟《つぶや》いてから、彼は意味ありげな視線を流してきた。

「試験期間中にお返事がありましてね。時期的には陛下のご発言の少し後ですね」

なるほど。陛下のご発言に焦った第一王子派の連中が、殿下の尻《しり》を叩《たた》いたとみえる。

この状況だから、来るのね。宰相を務めるランネイル侯爵家の誕生パーティーなら、貴族がいっぱい集まりそうだもんねぇ。いろいろ払拭《ふっしょく》してイメージアップしてこい、とでも焚《た》きつけられたか。

「お気の毒に。殿下は試験の結果がだいぶ振るわなかったご様子で、王宮内ではずいぶんと窮屈な思いをされているとか。きっと気晴らしも兼ねて、精力的にお客様方のお相手をして下さるでしょう」

おやおや、勉強の予定をぎゅうぎゅうに組まれて辟易《へきえき》している殿下の姿が目に浮かぶようだ。

ティーカップを持ち上げ、口元で香りを楽しむようにして微笑んだギルバートくんは、コクリとひと口お茶を飲むと、悪戯《いたずら》げな瞳《ひとみ》を向けてきた。

「殿下が寵愛《ちょうあい》なさっていた男爵令嬢が消えた事はすでに広まっています。けれどまだ今は、国王陛下のご発言を知る貴族はごく僅か。きっと殿下は大人気ですね。ですから……」

笑みを浮かべた唇を、そのしなやかな指先でツゥとなぞった彼が、ゆるりと目を細めた。

「途中で少しくらい主役が抜けても気づかれませんよ」

一瞬だけトロリ、と翡翠《ひすい》の瞳に蕩《とろ》けるような艶《つや》がのった。

それをマトモにくらった俺は、手にしたカトラリーを落としそうになる。

ギルバートくん……そんな技どこで覚えてくるの。ふふっじゃありません。俺の理性がグラングランしてるんだけど！

だいたい主役なのにパーティー抜け出しちゃうって、いいのか？　いいのか？

……うん。ちょっとくらい、いいんじゃないかな？

「殿下には……感謝しないといけないね」

指先で顳顬《こめかみ》を押さえ目を閉じた俺は、一瞬で湧き上がった不埒《ふらち》な妄想を抑えるのが忙しくて、そう言うのが精一杯。

それに「でしょう？」と機嫌よく笑ったギルバートくんが、プティケーキに手を伸ばした。

はー、どうしよう。ギルバートくんの攻撃力が恐ろしい勢いで増している。

グラングランの理性を宥《なだ》めながら、俺は小さなケーキをひとつ取り分けると「そういえば……」と、気を取り直しついでに思い出した話題を取り上げた。

「パーティーは昼間だけど、やはり宰相閣下はご挨拶《あいさつ》だけで王宮にお戻りになるのかい？」

この国では王族を除いて、未成年のパーティーは基本的に昼間。なので多忙なお父上が果たしてどれほど会場に滞在されるのか知っておきたいと思ったんだ。

ま……まずはご挨拶して顔を覚えて頂く必要があるからね。

宰相閣下には、陛下へお目通りした時に幾度かお目にかかってはいるけれど、陛下と父上がメインだったたし、息子のことなんざ覚えてないだろうからなぁ。

「最初はその予定だったそうですが、殿下がいらっしゃる事になって、最初から最後までいることにしたそうですよ」

もぐもぐと二つめのケーキを上品かつ素早く平らげた彼が、ティーカップを手にそう答えてくれた。

そっか。王族を迎えるからってのもあるんだろうけど、きっと殿下の動向も見てこいって陛下に言われてるんだろうなー。

「お客様は伯爵家以上に限定していますし、ご当主がいらっしゃるお家もありますからね。そのうえ王族が来るならいないとマズいでしょう」

いやはや、さすがは侯爵家子息のお誕生日会。高位貴族が軒並み参加ですか。こりゃ早々に会場の端っこに避難するしかないね。


そうして、ほどよくお腹が満ちたところでティータイムはいったん中断。ずっといると腹がはちきれる恐れがあるからね。

「庭を案内しようか」

俺の誘いに「はい」と小さく頷《うなず》いてくれた彼の手を取って、俺は彼とともにコンサバトリーの中央にあるガラス扉から出ると、何日も前から庭師が気合いを入れて整えてくれた庭へと歩き出した。

彼と手を繋《つな》いで、四季咲きや返り咲きの薔薇《ばら》が咲き誇る小さな薔薇園をゆっくりと歩いて、俺たちはその先のハーブ園へと小道を進んで行った。

「これは見事なハーブ園ですね。名産とあって、種類が素晴らしく多い」

料理や薬に使える有用植物もまた、ラグワーズの名産品のひとつ。十年前から俺が推し進めて、数年前からやっと形になってきた。

「三つ下の弟が病弱だったものでね。色々とやってたら有用植物でも有名になってしまったんだ。あでも、今じゃ弟は元気だよ？　成長とともに丈夫になってくれてね、中等部には間に合わなかったけれど、来年高等部へ入学する予定なんだ」

彼が余計な心配をしないようにと、俺は手短かに弟の今の様子を伝えた。うん、今じゃ弟は普通に海に潜ったりしてるからね。まあさすがにガストンも放り込みはしなかったようだけど。

そのまま彼とハーブ園の小道を進んで、俺は真ん中にある四阿《ガゼボ》へと彼を案内した。

その周囲には、まるで四阿を取り囲むように今が盛りの腰高のハーブが植えられ、爽《さわ》やかでやや甘い香りを放っている。

「ねえ、ギル。そろそろ君を抱き締めたいのだけどね」

そう言って繋いでいた手を解いて、彼に向けて腕を開けば、ちょっとだけはにかむように微笑んだ彼が、トトッと腕の中に飛び込んできた。

そんな彼の身体をぎゅっと抱き締めて、俺はその艶やかな髪に頬ずりをする。

「ああ、やっと抱き締められた……。我慢していたんだよ」

ついそんな本音を溢《こぼ》せば、首元の彼が小さく笑った。そして「はい。私もです」と俺の背をぎゅっと抱き締め返してくる。

そっと腕を緩めて顔を見合わせると、自然と互いの口元には笑みが浮かんで、俺はその微笑みを浮かべた彼の唇にチュッと小さなキスを贈った。

「アルフレッド……」

俺の名を呼んだギルバートくんが、チュッと可愛らしくもお返しのキスをしてくれた。だから俺もまたそれにキスを返す。

お返しのお返し、そのまたお返し……。そうして、キスはどんどん深くなっていった。

しっとりと柔らかな唇が、俺の唇の動きに合わせるように小さく開閉しながら、懸命に応えようとしてくれている。その愛しさに、俺はさらにぎゅっと彼の身体を抱き締めた。

「ギルバート……愛しているよ」

甘い唇から名残惜しく離れて、俺は彼に心からの愛を告げた。

言葉の出し惜しみなぞするものか。何度だって、毎日だって、俺は彼に伝える。

その言葉に、ぎゅっと俺の背を抱き締めて、応えてくれる彼が愛しくて愛しくて仕方がない。

そっと彼の肩に手を置いてゆっくりと身体を離せば、口づけをしていたままに、ほんの少し首を傾げて俺を見上げてくるギルバートくん。

俺はそんな彼の両肩から腕へと手を滑らせて、その先にあるしなやかな両手を取り上げた。

「アル……？」

手を取ると同時に、目の前で地面に片膝《かたひざ》をついた俺に、彼が戸惑ったように瞳を揺らした。

その煌《きら》めく瞳を見上げながら、俺はニッコリと微笑んでみせる。

「本当はこうして告白するはずだったんだよ」

そう言って俺は、彼の長い指を伸ばすように手を滑らせると、上を向かせた彼の掌《てのひら》に唇を寄せた。

「愛している」

ゆっくりと押しつけるような口づけを掌に贈って、そして上げた顔で、俺は自分が愛を告げた相手の顔をしっかりと見つめた。

それから、切れ長の綺麗な目を見開いて俺を見下ろしている彼から目を逸《そ》らすことなく、

「私の心を君に」

そう告げてもう片方にも唇を寄せると、ピクリと震えたその掌に、彼を希《こいねが》う思いが染み込むようにと、ゆっくりと唇を押しつけた。

順番は違っちゃったけど、告白が一回きりだなんて決まってないだろう？

たったひとりの愛しい彼への求愛なら、俺は何遍だってするよ。

名を呼ばれて、俺はその両手を握ったまま、愛しい彼に向けて顔を上げ――――って、うっわ！

「アルフレッド……」

なにこれ、むちゃくちゃ可愛い――!!

見上げた先には、頬も、目元も、耳も、何もかもをホンワリと桜色に染めた美しくも眩《まばゆ》い貴公子が俺を見つめていて……。

うわぁぁ！　どうしよう、どうしよう!!　人生でいちばん可愛いものが目の前にいる！

そう思ったらもう俺の身体は勝手に動いて、シュタッと立ち上がるや目の前の彼を抱き締めていた。

そのあまりにも綺麗で、あまりにも可愛い俺の思い人をギュッと腕の中に閉じ込めて、俺はその艶やかな髪にキスを贈った。

「告白……、受け取ってくれた？」

ぎゅうっと俺の背を抱き締めてくる彼にそう囁《ささや》けば、俺の肩に顔を埋めながら、彼がコクコクと頷いてくれた。

「嬉しくて……。私はどうしたらいいのでしょう」

耳元で溜息のように囁き返された言葉が愛しくて、抱き締める俺の腕に力がこもっていく。

どうもしなくていいよ。その言葉だけで俺は充分だもの。

風にわずかに揺れるハーブに囲まれて、匂い立つ花々よりもいっそう甘やかな存在を、俺は思う存分に抱き締め続けた。

耳元で小さく、そして甘やかに囁かれる彼の言葉に目を細めて、その彼の耳元に囁きを返し、唇を重ねては、また囁きを交わす。

そうして、俺たちはずいぶんと長い散歩の時間を過ごすこととなった。

愛しいばかりの彼を抱き締めて、ふいと上げた俺の目の端をかすめたものは————。

あれ……、タイラーにディラン。えーと、いつからいたのかな？

◇◇

少々長くなってしまった庭歩きを終えて、俺たちはまたハーブ園から薔薇園、そしてコンサバトリーへと続く小道を戻り始めた。もちろん、後ろからはタイラーとディランがついてくる。

いやー、二人ともいつからいたのかなー。ここを出たときは彼と二人だけだったんだけどなー。

チラッと後ろを見れば、少し距離を取ってついてくるポーカーフェイスが二人。

うん、家令と執事の鑑《かがみ》だよね。何事もなかったような顔をして歩いている。いや別にどうという事はないいんだけどさ。

その視線を隣のギルバートくんへと向ければ、別段見られて動揺している様子は見受けられない。侯爵子息は常に使用人に囲まれているから、こういうのには慣れているのかもしれない。

「あの……」

ひっそりと、隣のギルバートくんが口を開いた。彼の視線は前を向いたままだ。

「我々の……か、関係を誇示するのならば、私も精一杯努めますので……」

――――え？

前を向いたまま、ほんのり目元を赤らめる貴公子の横顔に、俺は重大な誤解が生じていることに気がついた。ちょ、ちょっと待ってギルバートくん。それは違う。

「ギル、気持ちは有り難いんだけどね。私はついさっきまで家令たちがいることを知らなかったよ」

どうやら俺よりも早い段階で家令たちの存在に気づいた彼は、俺がわざと彼らにラブシーンを見せつけたのだと勘違いをして、そして、人前でのキスやら何やらを恥ずかしさを堪《こら》えて頑張ってくれちゃったらしい。

その俺の言葉に、彼が「え……」と正面に向けていた顔を俺に向けてきた。

うん、ごめんね。俺ぜんっぜん気づいてなかった。だってここ家《ホーム》だし。そりゃ警戒心ゼロでギルバートくんに集中するでしょ。っていうか、誰かに見せるためにキスをする？　ないない、そんな勿体《もったい》ない。そんな楽しくなさそうなキスを彼にするなんて有り得ない。

「では、あれは……」

「うん。私がしたくてしただけだね。君しか見えてなかった」

もう笑うしかなくてニコリと笑みを向ければ、さらにフワァァと頬を染めてキュッと口元を引き結んだ彼が、俺の手をギュウギュウ握ってきた。

……ぐぅぅぅ可愛い。どうしよう。平気なわけじゃなくて頑張ってたんだねギルバートくん。努めるって、いったい何を努めるつもりだったのギルバートくん！

脳内で心臓を押さえて地面に倒れ込んだ俺が、その頭を地面にめり込ませたあたりでコンサバトリー前に到着した。ヤバい、俺のHP《ライフ》が激減している。少し気を落ち着かせねば。

ちょっと俯《うつむ》きながら、恥ずかしそうに頬を上気させる美貌《びぼう》の貴公子……という非常に可愛らしくも破壊力抜群なギルバートくんの手を引いて、俺が自身の気を落ち着かせるために次に彼を案内したのはコンサバトリー内の小さな池の前。

ほんの四メートルほどの池には、前世での錦鯉《にしきごい》に似た淡水魚が泳ぎ回っている。

錦鯉より小ぶりながら、色がやたらと鮮明でカラーバリエーションも豊富。そしてやや尾びれが大きい華やかな品種の魚だ。今日のために、ひときわ見目の良いものを十匹ほど選んでおいた。

すると、それを見たギルバートくんの目がパッと輝いた。おっ、気に入ってくれたかな。

「これはなんとも……。王宮や公爵家ですらこれほど鮮やかな個体は見たことがありません。しかもこんなにたくさん」

そりゃそうだ。この観賞魚は原産・交配・改良・出荷元がラグワーズだからね。王宮にいるのは我が家からの献上品だもの。

陛下により宝水魚と命名され、王宮の池に放たれた個体は、当然のごとく初期型だ。

「我が家にあるのは品種改良を重ねた最新の個体だよ」

そう彼に伝えると「最新……」と呟《つぶや》いた彼は、持ち前の知識欲が刺激されたらしく、じっくりと魚たちを眺め……いや観察し始めた。

「ギル、ほら立っていないで、ここに座ってゆっくり眺めたらいいよ」

そんな彼をすぐ近くのカウチソファへとエスコートして、座った彼の隣に俺も腰を掛けた。

ソファの傍《そば》には大きな水槽が据え置かれていて、座りながら池と水槽どちらも楽しめるよう配置してある。

その特等席に嬉《うれ》しそうに座ったギルバートくんは、身を乗り出すようにして、ゆるりと泳ぎ回る色とりどりの宝水魚をキラキラとした目で眺め始めた。

そうやってカウチソファに腰を落ち着けた俺たちの前に、新しいお茶と小洒落《こじゃれ》たガラスボウルに盛られたチョコレートが運ばれてきた。カップに注がれたお茶はハーブティーだ。

ハーブ園から戻ってハーブティー……。ディラン、わざとか？　見たぞってか。

しれっと戻っていくディランにちょっとだけ視線を飛ばして、とりあえず俺はお茶に口をつける。

あ、これ旨《うま》いな。

うん。ティーカップ片手に、池を眺めるギルバートくんを眺める俺。至福のひとときだ。

「この宝水魚たち、実は君への誕生日プレゼントの候補なんだよ。もし気に入ったのがいたら、どうかなって」

その言葉に「え？」と振り向いた彼の反応が嬉しくて、俺は目を見開いた彼にニッコリと微笑んだ。

「誕生日プレゼントはもう頂いています。なのにさらに、こんな貴重な……」

俺は小さく首を振る彼の頬に手を添えると、彼の顔を覗《のぞ》き込んだ。

「君への最初の誕生日プレゼントがあんな使い古しのコートだけなんて、私が一生後悔してしまうよ。ね、何か他にも贈らせて？　宝水魚じゃなくてもいいよ。何か欲しいものはある？」

彼への誕生日プレゼントは正直、物凄《ものすご》く迷いまくっている。侯爵家子息である彼は、大抵のものは自力で手に入ってしまうからね。

すでに幾ばくかの収入はあるので金銭的にどうこうと言うことはないけど、何を贈ったら喜んでくれるのか、色んなものを買い込んではコレ！　っていう決め手がなくてさ。悩みに悩んで「いっそ本人に聞いてしまえ」ということになったわけ。

俺の手に頬をふにっと寄せて、困ったように眉《まゆ》を下げているキュートなギルバートくん。

そして、その瞳《ひとみ》を覗き込んで同じように眉を下げながらも、ついつい親指で彼の滑らかな頬をスリスリ撫《な》でてしまう俺。

「あの……、本当に何でもいいですか？」

おずおずとギルバートくんが口を開いた。おっ、なになに。何でも言って。

首を傾げて彼の答えを待つ俺の目の前で、こちらを見つめる彼の瞳がわずかに潤みを増したかと思うと、じわじわと上がっていく彼の頬の熱が掌に伝わってきた。

「ピアスを……、あなたに私のピアスをつけてほしい……」

その言葉を聞いた瞬間、俺の身体がピシリと固まった。そして一瞬の間のあと、ボンッ！　と俺の脳天から見えない何かが噴火して、俺の思考はプシューとシステムダウンを起こした。


ピアス――それはこの国の貴族階級にとっては大きな意味を持つ。

恋人の時に一つ、結婚の時にもう一つ。相手の色を象《かたど》ったピアスを贈り合うのが習わしだ。つまり、片耳にピアスをつけているのは「決まった相手がいます」、両耳ならば「既婚者です」の証《あかし》となる。

けれども、ただの恋人や愛人には贈らないし受け取らない。

なぜならばこのピアス、身につけたら最後、本人には外せないからだ。相手の同意を得て初めて外すことが出来るという代物。

前世のピアスは耳に穴を開けて通すものだったけれど、この世界のピアスは相手の魔力を通して耳に直接埋め込んでしまう、言わば重要アイテムだ。だから、贈る方も受け取る方も相当な覚悟が必要。その代わりに恐ろしいほどの牽制《けんせい》効果がある。

それを、彼が俺につけてほしいって……。つけてほしいって……ほしいって――。

これはあまりにもストレートな「俺のものになれ」コール。冷静でいろってのは無理な話だ。

瞳孔《どうこう》を全開にしてしばし固まった俺を再起動させたのは、ギルバートくんの「駄目でしょうか……」という小さな声だった。それにハッと目の前の彼を見れば、冷静を装いながらもその瞳には不安げな色が浮かんでいる。

「お付き合いが始まったばかりなのに、性急すぎるのは分かっています。けれど私は、私は一日も早くあなたに私のピアスをつけてほしい」

陽光を反射して輝く水面よりもなお、艶《つや》やかに煌《きら》めく翡翠《ひすい》の瞳が俺を見つめていた。ふっくらとした淡紅の唇はキュッと引き締められて、その表情と言ったらもう……。

俺は慌てて首を振った。

「いや……物凄く嬉しい。喜んでつけさせてもらうよ」

そう答えた俺の目の前でパァッと、まるで花が開くように綺麗《きれい》に笑った彼。

何やら向こうでガタガタッと音がしたような気がしたけど、気にしている場合ではない。どうせタイラーあたりだろう。ディラン任せたぞ。こんなに綺麗で眩《まぶ》しい笑顔を前にしたら、他の事なんざ、すべて圏外だ。

俺を真っ直ぐに望んでくれた彼の気持ちは、ただただ嬉しいばかり。彼はいつだって、潔いほどにハッキリと意思を示してくれる。

そんな彼がもうたまらなく愛しくて、俺は頬を撫でていた手で、そっとその美貌を引き寄せると、滑らかな白磁の頬にチュッと感謝のキスを贈った。

「君の瞳の色をつけるのを楽しみにしているよ。私は幸せ者だね」

そう言って彼の耳元の髪をかき上げ、露《あら》わになった形のいい耳たぶにも唇を寄せて小さく口づけた。

「私のピアスは予約。……ね」

そうキスをした唇で囁《ささや》けば、彼が「はい」と嬉しそうに笑みを深めた。

そう。本来であれば「じゃあ私のピアスもつけてくれ」となるのだけれど、残念ながらそれはできない。なぜなら彼が未成年だからだ。

恋人、あるいは婚約や結婚に関して、成人であれば裁量権や選択権が与えられているけれど、未成年はそうじゃない。彼に約束のピアスなどさせてみろ、きっと大騒ぎだ。侯爵家が黙っちゃいない。

だから「予約」。それはギルバートくんもよく分かっている。

「横の髪をもっと伸ばしましょうかね。あるいは……」

ボソッと呟く声が聞こえた。えーと、分かっている……よね？

明らかに脳みそフル回転させている様子のギルバートくんに一抹の不安を抱きつつも、俺は誕生日プレゼントに話を戻すことにした。

「君からのピアスは有り難くつけさせてもらうとして、それだと私が貰《もら》う側になってしまうね。もうひとつ、違うものを考えて？　ギル」

それに、うーんと首を傾げて考え始めた彼。そうして彼が出した答えは、やっぱり宝水魚だった。

でもその理由というのが、意外というか何と言うか……。

「宝水魚はすでに一部の王侯貴族には垂涎《すいぜん》の的ですからね。陛下も、他国の王族方の接待でお使いになっていらっしゃるほどです。今度のパーティーには沢山の貴族が参加しますし、新種の個体のよいお披露目《ひろめ》になりますよ」

頬を撫でる俺の手に自分の手を重ねてニッコリと目を細めた彼。何とも彼らしい言葉に俺は目を丸くしてしまう。

「君への誕生日プレゼントなんだから、ラグワーズのことなど気にせずともいいんだよ？」

重ねた俺の手を膝《ひざ》の上できゅむっと握ってくる彼に眉を下げてそう言えば、彼が小さく首を振った。

「宝水魚を気に入ったのも、欲しいのも事実です。でもせっかくですから、最大限の効果とメリットを引き出して手に入れる方が気持ちいいじゃないですか。私は欲しいプレゼントを頂けて、宝水魚は評判が広まり、ラグワーズは顧客と利益が増加し、さらに宝水魚の希少価値が上がれば、それを持つランネイルも数多《あまた》の利を得られます」

ニッコリと、そりゃあもう綺麗な顔で笑ったギルバートくん。まったく、君には本当に敵《かな》わないよ。

ほら見てごらん。タイラーとディランが目をギラギラさせ始めたじゃないか。

「最も宣伝に効果的な個体を選び抜きましょう」

彼の言葉を合図に、俺たちは真剣に池の中を覗き込むこととなった。

王侯貴族に好まれそうな新しい色彩、色の鮮やかさ、模様の出方、姿形の美しさ。それらに目をこらしながら吟味していく。――――なぜかタイラーとディランも交えて。


おかしい、これはお茶会じゃなかっただろうか。

おいコラ、会計のオスカーまで呼ぶんじゃない！　その書類の束は何かな？　これは楽しいお茶会……って、え？　食いつきそうな貴族リスト？　マジで。見せて……じゃなくて！

「楽しいですね」

クルリと振り向いたギルバートくんが、書類を手にしながらそれはもう綺麗に微笑んだ。

そんな彼を見ちゃったら、もうね……。

「うん。そうだね」

彼の艶やかな髪を撫でながら、俺はしっかりと頷《うなず》きを返していた。

だってこうなったら、キラキラと輝く翡翠の瞳に微笑みかけて、そんな君が大好きだよと、心の中で苦笑するしかないじゃないか。

そうして俺たちは、陽の光とお茶の香りに包まれたコンサバトリーで、なぜかお茶会という名の販売戦略会議を開始することになった。

◇◇

宝水魚の販売戦略会議、いや、ギルバートくんのプレゼント選びは、非常に白熱した。

途中で嬉しそうに飛び入り参加した会計のオスカーが何やら計算をする横で、タイラーとディランはギルバートくんの提案に頷きながら書類と池を交互に睨《にら》み、忙しそうに動き回っていた。

うん、ギルバートくん。物凄く生き生きしてるね、っていうか、むっちゃ馴染《なじ》んでる。

我が家の海千山千の連中を前にしても臆《おく》することなく、よく通る綺麗な声で堂々と意見を交わす姿は見ていて惚《ほ》れ惚《ぼ》れしちゃうよ。

そんでもって今は、ようやくプレゼントとなる宝水魚二匹が決定して、ランネイル邸へ持ち込んだ際の効果的な展示や演出の具体案が話し合われている真っ最中だ。

当たり前だけどギルバートくんはランネイル邸の内部をよく知っているわけで、自邸内の配置や招待客の動線から最も効果的なプレゼント置き場を決め、その演出を楽しそうに考えている。

それにしてもさすがはランネイル侯爵家。パーティーは本館ではなく、敷地内に建った社交専用の別棟で開くのだそうだ。

凄いよね。我が家にはそんなもんないよ。余った敷地は畑や果樹園にしちゃってるからね。そもそも社交自体あんまり縁のない家だからさ。

俺は池の傍らでアレコレと話している使用人《オッサン》三人をできるだけ視界に入れないようにしながら、カウチソファで寛《くつろ》ぎつつチョコレートを口に放り込んだ。

え、俺？　俺はひたすら隣に座るギルバートくんを眺めるのに忙しい。だって楽しそうな彼はとてつもなく可愛いからね。

俺の隣で手描きのランネイル邸内の見取り図を見つめて、うーん、と氷の貴公子の顔で考え込んだかと思えば、何かを思いついてクッと口端を上げた物凄《ものすご》いイケメンな顔をしたり、かと思えば俺に柔らかく微笑んだり、ちょっと照れたり……。ああ、ずっと見ていられる。

そんな彼を愛《め》でながら、時々かかる質問や確認に、俺が返す言葉は「君のいいように」だけだ。だって、彼へのプレゼントだし？　宝水魚は事業と言うよりほぼ趣味だし？　彼が気に入るようにすればいいのさ。こんなに可愛い彼の顔が見られただけでお釣りが来るってもんだ。お茶会でも販売戦略会議でも、もうどっちでもいいよね。

俺がギルバートくんの髪を撫でたり、あるいは書類を見せてくる手にキスをするたびにタイラーの目線がうるさいけど、別に気にしちゃいない。何か言いたいくせにラグワーズの利益も気になっちゃって、顔つきが中途半端になってるタイラーなど面白いだけだ。

ただオスカーよ、金勘定が嬉《うれ》しいのは分かるがそれ以上ギルバートくんに近づかないように。彼が侯爵子息だってこと完全に忘れてるね、お前。

オスカーが何やら計算した紙やらリストやら持ってグイグイ身を乗り出して来るもんだから、つい何度もギルバートくんの腰を引き寄せちゃったよ。でもその都度ニッコリと俺に微笑みを向ける彼の愛らしさと来たら、もうね。

俺が脳内で転げ回るたび、使用人三人が据わった目を向けてくるけど、そんなもんはスルーだ。

「では、このような段取りでいいですか、アル？」

大体のことが決まって、俺に最終確認をしてきたギルバートくん。

それに俺はウンウンと頷いて、彼の口にチョコレートをひとつ放り込んだ。お茶会に来てまで優秀な頭脳を使わせてしまって申し訳ないねぇ。

ナチュラルに口を開けたギルバートくんが可愛くて、モグモグと動くその唇にチュッとキスを落とせば、傍らにいるタイラー、ディラン、オスカーがあからさまに視線を外した。

おや、別に見ていてもいいのに。俺は見せつけるのは好かないけど、見られるのは別に何とも思わないんだよ。悪いことをしているわけじゃないしね。

俺がそんな彼らに口端を上げて「では、そのように。頼んだよ」と声を掛ければ、ギルバートくんプロデュースの宝水魚販促プロジェクトは決定。

うちみたいな地方伯爵家が、侯爵家相手にこんな派手なプレゼント演出しちゃっていいの？　って思わなくもないけど、まあ彼が楽しそうだからすべてオッケー。


ふと時計を見れば、あっという間にいい時間だ。ギルバートくんが我が家にいられる時間も、残り少なくなってしまった。

その事についつい眉《まゆ》を下げてしまう俺に、ギルバートくんは身体ごとこちらへ向き直ると、嫋《たお》やかな所作でスルリと俺の手を取った。

「アル、とても有意義な時間をありがとうございます。素晴らしいもてなしに、すっかり有頂天になってしまいました」

そう言いながらニッコリと微笑んでくれた彼。俺はキュッと握ってくるその手を持ち上げると、その長くて綺麗な指先に、そっと唇を押し当てた。

「君を帰すのが惜しくなってしまうね。ギル、今後はいつでも遊びに来てくれていいからね？」

社交辞令じゃないよ、と目を細めれば、ほんの少しはにかんだような彼が、コクリと頷いてくれた。

うん。使用人たちには早急に通達を出すよ。ギルバートくんは、いつ来ようがフリーパスだってね。

「次は畑や果樹園も案内しよう。小さいけれど肥料だけでなく新しい品種も試しているんだよ」

クイッとそのまま彼の手を引いて、なんの抵抗もなくポフッと腕の中に収まった彼を腕の中に囲えば、俺の肩にサラリとしたプラチナブロンドを預けた彼が「はい……」と微笑んだ。

彼の肩を抱いてその艶やかな髪にキスを落としながら、俺は部屋の隅に控えているタイラーとディラン、そしてまだいるオスカーへと視線を流す。

「しばらく二人にしてくれ。誰もここに入れないように」

そうゆっくりと口にした俺に、三人は一瞬だけ固まったものの、けれどすぐに小さな応《いら》えとともに頭を下げると、速やかに退出していった。

三人ともごめんね。でも残りわずかな彼との時間、彼と二人きりで過ごしたいじゃないか。

いや会議も楽しかったけどさ、そろそろいいんじゃないかな？　何がって？　いや、ほら……ね。

パタリ。とサロンへと続く白い扉が閉められると、先ほどまで会議室と化していたコンサバトリーはようやく元の穏やかな様子を取り戻し、そして俺は可愛いギルバートくんと二人きりの空間を確保することに成功した。

「やってみるもんだね。人払いってやつを初めてしたよ。これは便利だ。今後も活用しよう」

これはいいとばかりに俺が本気でそう口にすると、腕の中の彼が「では、いずれ私もやってみましょう」とクスクスと笑った。

俺は彼の艶《つや》やかな髪から唇を離して、その楽しげに細まった彼の目元にも、チュッとキスをひとつ。

「ほら、今度はもう正真正銘、誰も見ていないよ。私たちだけだ」

ね、と彼の顔を覗《のぞ》き込めば、綺麗《きれい》な笑みを浮かべたまま彼がスリ……と滑らかな肌を寄せ、両手で俺の左手をキュッと握ってきた。

「帰りの時間まで、水中散歩へ連れて行って下さい。アル」

そう言った彼が、俺の頬にキスを返してくれた。

ああ、そうだね。我が家での水中散歩。俺も一緒にしてみたかったんだ。

「もちろん、いいとも」

すぐそばにある大きな水槽の中には、色形も大きさも様々な海の小魚たちが泳ぎ回っている。俺はチラッと視線を流すと、その中の一匹へと宿眼を飛ばした。

俺が準備完了とばかりに、彼の肩を抱く手にほんの少しだけ力を込めると、彼がその身体をまるで俺に添わせるようにピタリと寄せてきた。

重ねられた彼の手ごと左手を持ち上げて、滑らかな彼の手の甲へキスをひとつ。それから身体ごと乗り出すように腕の中の彼を覗き込めば、そこには一瞬で引き込まれそうなほどに綺麗な瞳《ひとみ》。それが僅《わず》かに揺れて煌《きら》めきながら、ただ俺だけを見つめている。

俺がこれから何をするかを察しながらも。ただ淡く頬を染めて身体を預け受け入れる姿勢をとる彼に、理性の糸がブチブチと引きちぎれる音がした。

彼のスッと通った綺麗な鼻筋にそっと小さな口づけを落とすと、それに目を細めた彼が可愛らしくもむずがるように小さく唇を尖《とが》らせ、と同時に俺の手を握る指先にわずかに力がこもった。

その様子に思わず弧を描いてしまった唇をつっと鼻先から滑らせて、その小さく突き出された柔らかな唇の前へと移動させる。

そして、実に美味しそうなそれを今すぐにでも食べちゃいたい気持ちをほんの少しだけ堪《こら》えると、俺はゆっくりと唇を動かした。

「じゃあ……始めようか」

動かした俺の唇に、しっとりとした彼の唇がふるふると擦《かす》るように当たって、小さく開いたその隙間はまるで俺を誘っているよう。

彼の長い睫毛《まつげ》が閉じるのと同時に重ねた唇が、俺と彼とを、ふたたびあの告白の日の続きへと誘《いざな》っていった。

隠れ家よりも広く深い水槽の中を、ゆったりと、あるいは素早く、上へ、下へ。

滑るような泳ぎに合わせて、変わる視界と、小さな水音、そして交わる吐息。

ふんわりと揺蕩《たゆた》い揺れたら、方向転換はゆっくりと。あるいは這《は》うように……。

俺はしっとりとしたその柔らかな弾力を、丹念に味わいながら「俺」を教えていく。

小さく開閉しながら健気《けなげ》に応えてくれる彼の唇に、ゆっくりと時間をかけながら唇を合わせ、吸って、甘く食《は》んで……、どうかこの唇が君の口づけになるようにと。どうか気持ちよくなって、夢中になって、ほかの唇など欲しがらないようにと――。

目の前の水中では何匹目かの魚がスッと水底から急上昇して、光を含んだ水面へと向かいはじめた。

正面に立ち塞《ふさ》がったのは、輝き泡立つ気泡の壁。その中へ突っ込んで一瞬だけ白く変わった視界に、彼の唇が「あ……」と言うように僅かにその隙間を広げた。

その小さなチャンスを逃すことなく、俺はほんの少しだけふっくらとした隙間への侵入を試みる。

そう、彼を驚かせないように、ほんの少しだけ。

チロリと当たった滑らかで弾力のある粘膜の感触に、スルッと一瞬だけ舌先で触れたら素早く撤退。

ピクリと動いた彼の手を、俺は宥《なだ》めるように握りしめた。

また軽く上下の唇を吸い上げれば、今度は彼がみずからその入口をフワリと開いた。

もう一度そこにそっと入り込んだ俺に、おずおずと……控えめに差し出されたのは、何とも甘やかな果実。

そのご馳走《ちそう》を前にして、俺は奥底から湧き上がる荒々しい劣情を無理矢理に抑え込んだ。

まだだ……まだダメ。彼に受け取ってほしいのは、俺の気持ちと甘美な記憶。驚かせてはいけない、戸惑わせてもいけない。だからゆっくりと慎重に、少しずつ……。俺の存在を君に染みこませていきたい。

少しだけ伸ばした舌先で、その瑞々《みずみず》しい舌裏から先端を一度だけ撫《な》でるように愛撫《あいぶ》したら、すぐにそっと撤退をする。つい未練がましく唇の裏側をツゥと舌先でなぞってしまったのは……ね、許して。


そうして、腕の中で彼がクタリと力を抜いているのをいいことに、思う存分楽しんでしまった事に俺が気づいたのはずいぶんと経《た》ってから。

名残惜しい気持ちを堪え、最後にチュッと吸い上げながら唇を離せば、目の前にはそれはもう、誰にも見せたくないほどに艶《なま》めいた彼の姿。

ふるりと長い睫毛を揺らしながら姿を現したその潤んだ翡翠《ひすい》が、何とも扇情的で非常に困る。

「アル……」

艶濡《つやぬ》れた唇に名を呼ばれて、俺は返事の代わりにまたその唇にチュと音を立てて、可愛らしくも艶《なま》めかしい彼に囁《ささや》きかける。

――気持ちいいね。

それにトロッと蕩《とろ》けるように瞳を揺らした彼が、小さく小さく頷《うなず》いて、桜色に染まったその頬を俺の首元に擦《す》り寄せた。

ああ本当に、目眩《めまい》がするほど可愛い……。もう俺の頭の中はそれでいっぱい。

その可愛すぎる彼の肩をきゅっと抱き締めながら俺は宿眼を解除。

はふっと彼の温かな吐息が顎《あご》下にかかって、それに誘われるように彼の髪を指先で梳《す》きながら視線を向ければ、パチリと彼の視線と合わさった。うん、この視線には覚えがある。

「ねえ、アル……」

「君が初めてだからね？」

思わずかぶせ気味になった俺の言葉に、ちょっとだけ間を置いてギルバートくんが小さく頷いた。

……今の間は何かな？

頷いた後に少しだけ視線を泳がせた彼は、俺の手を握る両手にキュッと力を込めると、なぜか、いまだに潤んだその瞳でキッと俺を見つめてきた。

「ピアス、大急ぎで作らせますから」

そう言ってさらにぎゅうぎゅうと手を握ってきた彼に思わず苦笑しながら「首を長くして待っているよ」と、その愛しい目元へキスを贈ったその時、サロンへ続く扉の向こうから声がかかった。

ああ、時間が来てしまったようだ。

俺の肩からゆるりと頭を起こすギルバートくんの唇に、最後のオマケとばかりにチュッとキスをして、俺は腕の中からようやく彼を解放した。

「残念だけど、時間切れのようだね」

そう言いながらソファから立ち上がって、繋《つな》いだ手で彼をエスコートすれば、彼もまた「はい」と眉を下げて立ち上がった。

「あさって、お待ちしています」

そう言いながらギュッと俺を抱き締めてきた彼を、俺も言葉では伝えきれない山ほどの思いを込めて抱き締め返す。

そうして、お互いの耳元に大切な言葉を囁き合ってから、ゆっくりと身体を離した俺たちは、サロンに通じる出口へと歩き始めた。


来た時と同じく、ギャラリーの廊下を玄関へ向けてゆっくりと進んで行くうちに、ギルバートくんの顔つきは徐々に、侯爵家嫡男ギルバート・ランネイルへと戻っていく。

それをほんの少し残念に思いながらも、俺は玄関ホールの手前で彼と繋いでいた手を離した。

そして家令や執事、それに従僕たちが並ぶホールへ彼が足を踏み入れたのを合図に、彼の後ろに下がって、彼もまた毅然《きぜん》とした足取りで、その先で待つランネイル家の従僕たちへと近づいていった。

「ご苦労。屋敷へ戻る」

玄関ホールの中央まで進んだギルバートくんが待ち構えていた従僕たちにそう告げると、きっちりと頭を下げた従僕たちが先に外の馬車へと向かった。

見れば玄関正面にはすでに侯爵家の馬車が寄せられ、騎乗した護衛たちは隊伍《たいご》を組んで、いつでも出立できるよう背筋を伸ばして彼を待っている。あとは彼を先頭に扉を出て、エントランスで見送りの言葉を交わすのみだ。

我が家の使用人らとともに後ろで控える俺に視線を向けたギルバートくんは、ふわりとした微笑みを一度浮かべると、優雅な所作でくるりと身を翻して玄関扉の方へと歩き始めた。

俺は、頭を下げ見送る我が家の使用人たちを残して、玄関ホールを美しくも泰然と進むその彼の後ろから前方の出口へと進んだ。

両扉が大きく開放された扉の向こうには、いまだ高い陽にまぶしく照らされた豪奢《ごうしゃ》な馬車が、彼の戻りを今か今かと待ち構え、姿勢を整えた従僕たちが控えている。

静かな玄関ホールにコツコツと小さく響く彼の靴音。けれど、扉をくぐる数歩手前で、なぜかその靴音がピタリと止まった。

外では護衛や従僕らが、ホールでは俺や使用人らが、その一挙一動を注目するそんな中で、サラリとそのプラチナブロンドを揺らし振り向いた彼が突然、タタンッとまるで舞うように踵《きびす》を返した。

そして、あっという間にグイッと掴《つか》まれた俺の顔。

引き寄せられ、力強く重ねられたその唇。

あまりにも唐突で、あまりにも熱烈な口づけに、俺はただ固まって目を見開くことしかできない。

それから、十秒か……二十秒か。

暫《しばら》くして唇を離した彼はニッコリと、それはもう美しい笑みを残してまたクルリと背を向けると、今度こそ玄関扉をくぐるべく歩いて行ってしまった。

ギルバートくん……。俺、もう倒れそうなんだけど。

それでもやっと足を動かしエントランスまで出ると、俺は馬車を背にこちらを向いた彼に対面した。

「ラグワーズ殿。今日は本当に楽しい時間を過ごすことができました。貴家の素晴らしいもてなしに感謝いたします。ぜひ、今後とも交流を深めたいものです」

来た時と同じ、凛々《りり》しくも美しい貴公子の姿で挨拶《あいさつ》の口上を告げた彼に、俺は頭を下げて「はい。是非とも」と返すのがやっと。内心は息も絶え絶えだ。

「では、あさってのパーティーで再びお目にかかることを楽しみにしております。ごきげんよう……私のアルフレッド――」


最後の最後に爆弾のように俺の名を呼んでスルリと踵を返した彼は、機嫌よく馬車へと乗り込んでいった。そんな彼の姿を、俺は必死で貴族の顔を取り繕いながら見送ることしかできない。

おいおいギルバートくん、君んとこの護衛や従僕の目が、むっちゃ痛いんだけど……。

侯爵家の馬車が出立するまでの間、俺はひたすら貴族の微笑で頭を下げ続けた。

ビシビシと飛んでくるランネイル家の使用人らの目も痛いけど、後ろから突き刺さるような我が家の使用人たちからの視線も痛い。

――やってくれたね、ギルバートくん。

俺は貴族の仮面の下で苦笑を溢《こぼ》しながら、彼を乗せて走り始めた馬車を見送り続けた。

このお返しはきっと近いうちに……ね。覚えておいで、ギルバートくん。

◇◆◇　メイドは……　◇◆◇

あれは二年前の秋。ご奉公先の伯爵家で開かれたお祝いのパーティー。

広大なガーデンと、ガーデンに面した四阿《ガゼボ》と呼ぶにはあまりに大きく立派なハウスには、伯爵家ご一家とそのご縁戚《えんせき》である子爵様、男爵様方をはじめ、近隣の貴族様や名のある商会主たちが集い、ご長男アルフレッド様の十六歳のお誕生日を盛大にお祝いしていた。

お客様方を手厚くもてなすべく、執事や従僕たちはガーデンじゅうをくまなく動き回り、シェフやパティシエたちは厨房《ちゅうぼう》で腕を振るい続けていた。

メイドの役割はあくまでも内働きゆえ、お客様の前に姿を見せてはいけないのが鉄則。

なので私たちメイドの仕事は、ガーデンハウスの後方から大きくUの字に張られた二重の幕の内側で、お酒や食事、あるいは食器類などを手に、会場と邸内を往復しては不備が無いよう、きめ細かく対処すること。

両手に汚れた皿を抱えてチラッと見えた会場には、つい先日までご奉公していた子爵様ご一家のお姿も見えたけれど、ご挨拶をするわけにもいかず、私は心の中で、このラグワーズご本邸への紹介状を書いて下さった子爵様へ深く頭を下げた。

ラグワーズ家ご縁戚の男爵家に食堂の下働きとして入ったのが十二歳。ランドリーメイドとなった二年後に、男爵様からの紹介状を受け取った子爵様は、三年かけて私にハウスメイドとしての教育を施して下さった。

そうして「頑張ったね」のお言葉とともに差し出されたラグワーズ本家への紹介状。

まるで夢のような出来事に、震えながらその紹介状を受け取ったのは、ほんの先週のこと。

ちょうどご長男様が王都からお戻りになるタイミングで手が欲しいとのことで、引き継ぎもそこそこに、領内平民の憧《あこが》れの就職先ラグワーズ本邸へ上がった私は、緊張しつつも張り切っていた。

泣いて喜んでくれた母と、友達や近所に自慢しまくっていた弟のために、いずれはもっと上に行ってみせると意気込んでいた。

だから、自惚《うぬぼ》れもあったのだろう。ご本邸へ紹介状を頂けるだけの実力が自分にはあるのだと、大抵のことは如才なくこなせると高をくくっていた私は、とんでもない失敗をしでかしてしまった。

汚れた皿を厨房に戻して、代わりに追加のワインとワイングラスの入った木箱を抱えて小走りで戻る途中、なんと酒蔵《カーヴ》からガーデンへ続く小道を一本間違えて会場に横から突っ込んでしまったのだ。

幕の先にあるのは防音と隠匿の魔法が施されたバックヤードだと信じて疑わなかった私は、思いっきり幕の中へと飛び込みそして……、目映《まばゆ》いばかりの緑のガーデンの会場で、キョトンとしたお客様がたの視線を浴びてしまった。まずい！　と思って足を急に止めたのがもっとまずかった。あろうことか私は、手にした木箱を取り落としてしまう。

ガシャガシャーン！　と響いた大きな音は、他のお客様方の視線まで集めてしまうに充分な大音響。

あまりのことに足がすくんで動けない私に、執事や従僕たちが急いで近づいてくる。どの目も恐ろしく厳しい。

どうしよう……どうしよう。

若様のパーティーのために用意されたワイン。若様のパーティーのために用意されたグラス。

お客様の前には出るはずのないメイド。お祝いの雰囲気をブチ壊す大きな音。

頭の中は真っ白で、今まで受けてきたメイド教育が吹っ飛んだ。狼狽《うろた》える私の目の端には、ご恩のある子爵様や男爵様方の姿も映っている。

ごめんなさい……ごめんなさい……。

今思えば、さっさと幕の外へ引っ込めばいいものを、震える手足を隠すこともせず、ただ馬鹿みたいに突っ立っていた私は、本当にどうしようもなく愚図だった。

そんな時――――。

「おや、これは大変だ。みんな動かないで？」

突然聞こえた柔らかな、けれどよく通る声に、恐ろしい顔で近づいていた執事や従僕たちの足がピタリと止まった。

近づいてきたのは、ふんわりとしたアッシュブロンドの若い貴族男性。

その方は周囲が動きを止めたのを確認すると、すうっと右手を挙げて地面スレスレに魔法で風を起こした。木箱から飛び出して割れた瓶や散らばったガラスが、みるみる幕の外へと飛ばされていく。

「はい、もう危なくないからね。動いていいよ。あとは頼むね」

ニコッと微笑んだその方に、本邸と王都邸の執事二人が深く頭を下げ、私の不手際を詫《わ》びた。

執事たちがその方へかけた「若様……」という言葉に、やっと私は目の前の男性こそがこのパーティーの主役であり、ラグワーズ家のご長男アルフレッド様であることを知った。

いまだ震えて立ちすくむばかりの私に「下がって沙汰《さた》を待て」と冷たく投げられた本邸執事の声。

ああもう駄目だ、きっとクビになる。母さんは、弟は、どれほどガッカリするだろう……。

と、私がそう思った時、

「ねえ、今日は私の誕生日祝いなんだ」

若様がその執事に声をおかけになった。多くのお客様が注目する中で、若様は姿勢を正した執事たちに向けて、ほんの少しだけ困ったように眉《まゆ》を下げると、小さく首を傾げられた。

「だからね、私はみんなに笑って祝ってほしいんだよ。執事や従僕のお前たちにも、メイドたちにもね。今日一日は、私のために誰も怒ったり悲しんだりしないようにしてくれたら、嬉《うれ》しいな」

そう言ってふわっと、まるでお日様のように優しく笑った若様に、執事や従僕たちの厳しい顔つきがみるみる解けていった。

「若様のお望みのままに」

そう言って頭を下げる彼らにひとつ頷《うなず》いて、若様は私にもその笑みを向けて下さった。

「気をつけるんだよ。これからもよく働いておくれ」

そう私に声をかけた若様に、周囲のお客様からの拍手が湧いた。

それに照れくさそうに笑った若様は、スイッと綺麗《きれい》な所作で踵を返すと、ガーデンハウスの方へと優雅な足取りで去って行かれた。その後ろ姿を、私は従僕のひとりに幕の外へ引きずられながらも、胸を押さえてずっと見続けてしまっていた。

戻っていく若様に深く頭を下げていたのは、私を紹介した子爵様と男爵様。それに若様はしなやかな手をヒラッとお上げになった。

そうしてその日、私は人生で初めて恋に落ちた。

ひとつ年下の雲の上のお方は、私の永遠の王子様。若様にかけて頂いたあのお声は一生忘れない。温かくて優しい、私の宝物みたいな記憶――。

それからの私は、頑張った。

頑張って、頑張って、頑張って、歯を食いしばって頑張って、いつか若様のおそばへ行けるように仕事の合間に教養も身につけ、武術の腕も磨いた。海で亡くなった漁師の父さん譲りの体力と腕力が、私を助けてくれたのは間違いない。

そうして、私はついに来た！　ラグワーズ女子憧れの王都邸へ！

血の滲《にじ》むような二年間のメイド修業を経て、そうしてようやく今日、私はこの地に立った！

先週に突然知らされた王都邸派遣メンバーの選抜。

毎年不定期に行われているけれど、今回はだいぶ急だった。どうやら家令のタイラー様が緊急を要するご用事で王都に行かれるついでに、ということらしい。

けれど我々若手の使用人たちにとっては降って湧いたチャンス。王都邸への派遣は、王都邸使用人への登竜門。

王都邸使用人――。それは「王都邸の使用人」ではない。「王都邸にいらっしゃる若様の専属使用人」のこと。つまりは次のご当主の専属になること。選ばれれば将来安泰間違いなしのエリートコース。それを目指す本邸の若手使用人たちは、日々研鑽《けんさん》を積み年数回の選抜に臨む。

今回は普段の仕事ぶりから選ばれた二十人が、一週間という短期決戦のテストに挑み、そして私は見事に王都邸派遣メンバーの七人に入ることができた。

派遣が決定した時の、あの同僚たちからの羨望《せんぼう》と嫉妬《しっと》の視線といったら……。

あちこちからギリギリと歯ぎしりの音さえ聞こえてきそうな使用人用の広間で、私は本邸のメイド長さま直々に派遣を申し渡された。

後ろから刺さる多くの視線……。でもまーったく痛くも痒《かゆ》くもなかったわ。だってだって、私はこのために二年間頑張ってきたんだもの！

エリートコース、将来の安泰、そんなものはどうだっていいわ。

私が頑張ってきた理由はただ一つ。初恋の王子様に会いたい！　そしてお側《そば》にいたい！　それだけ。だからここまで頑張ってこられたのよ。

三日間の行程を経て、ようやく月曜の昼に王都邸へ到着した八人乗りの大型馬車。小さな荷物片手にそこから降り立ち、私は拳《こぶし》を握りしめた。

ああ若様！　アルフレッド様！　ローラは、やっとあなた様の近くに来ることができました。必ずや研修を立派に勤め上げ、お側に侍《はべ》る資格を手にしてみせますっ！

――と、心の中で拳を突き上げて張り切っていた昼間の私。

だけど、なにこれ身体が動かない……。

「今日はあくまでも基本だからね？　明日からはもう少し厳しくしまーす」

目の前でそう朗らかに笑ったメイド長クロエ様の笑顔に背筋が凍った。私と同じくメイド候補として派遣されてきたデイジーも、隣でほぼ白目を剝《む》いている。

ラグワーズ王都邸での研修はきついと噂《うわさ》で聞いてはいたけど、ここまでとは……。

まずは使用人たる者、一切足音を立ててはいけない。わずかな擦り音ですら、させた瞬間に足を取られその場に転がされる。

しかも裏での移動は基本小走り。無音で小走り。さらに片足に三キロずつの重しつき。時々不意打ちのように飛んでくる暗器はサービスだそうだ。そして、物凄いスピードで仕事をこなしていく。

これ何の修業よ……。

他のメンバーも同じようなものだったらしい。

庭師長のメイソン様と御者頭のマシュー様がそれぞれ教育係としてついた兵士二人が「化け物……」「人間じゃねえ」と溢している隣では、料理長のジェフ様がついた料理人候補が「ムリ。あれはムリ」と死んだ目で呟《つぶや》き、従僕頭のエド様がついた従僕候補二人に至っては、倒れ伏して言葉すらない。

この王都邸の上級使用人たちのレベルは、ラグワーズ一。いえ、下手したら王国一かもしれない。

下級使用人であるはずのランドリーメイドや厨房見習いまでもが、ふっつーに暗殺者レベルの身のこなしをしてるっておかしいよね！　ねえ何なの？　どこと戦うの?!

本邸と同じく使用人の食事にしてはかなり贅沢《ぜいたく》な夕食を「食べなきゃもたない」という理由だけでかき込むように食べて、やはり使用人用にしては贅沢なほどの二人部屋にデイジーと二人、身体を引きずりながらその日は戻った。

でもね、いいこともあったのよ。なんと若様のお顔を間近で見ることができたの！

「若様、カッコよかったわねぇ……」

倒れ込むように入ったベッドでそう呟いた私に、隣のベッドのデイジーから「うん、カッコよかった……」と相づちが返ってきた。

学院からお戻りになった若様をお出迎えしたあの時の喜びといったら！

胸がキュンキュンしてドキドキして、若様だー！　って叫ばないように私頑張ったわ。

二年ぶりに間近で見た若様はあの気品に溢《あふ》れた柔らかな物腰はそのままに予想通り、いいえ予想以上の素敵な紳士になっていらっしゃった。

昔と変わらぬ、ゆったりとした優しげなお声でタイラー様に話しかけていらした若様……。微笑を湛《たた》えた口元、優しげに細められた綺麗な目。まさしく夢にまで見た私の王子様。

重りをつけた足がむっちゃダルくてフラフラしそうになったけど、そんなことより若様にお目にかかれた喜びで私の胸は一杯。迂闊《うかつ》にも涙が出そうになった。

きっと若様は私のことなど覚えていらっしゃらない。完全な私の勝手な片思い。でも、それでもいいんだ。そばにいるだけで幸せ。

「がんばろうね」

ほどいた長い赤毛をポスンと枕に広げそう言ったデイジーに私も「うん」と答えて、その晩、私たちは泥のように眠りについた。

翌日、あさって開かれるというお茶会に向けて、屋敷じゅうが若様のために張り切って準備を進める中、家令のタイラー様が屋敷の使用人全員にお茶会にお見えになるお客様の情報を通達なさった。

お客様は、ランネイル侯爵家のご子息。なんと宰相様のご長男で、若様の学院でのご学友だそうだ。さすがは若様。お付き合いなさるお友達のグレードがすごい！

心の中で若様を讃《たた》えていたら、執事のディラン様から爆弾発言が。

「ランネイル様は若様の思い人。ことさら丁重なおもてなしを心がけるように。不手際があれば若様が悲しまれる」

――――え？

なにそれ……。若様の思い人？　おもいびとって……すきなひと？　混乱して声が出ない。

あ、でも何だかタイラー様が不機嫌そう。きっとこれは言いたくなかったのね。だってさっき侯爵家の子息って仰《おつしや》っていた。侯爵子息って、子息よね、男性よね。え、なんで男性？　若様ならどんなご令嬢だって選《よ》り取り見取りじゃない。

……お腹の中にモヤモヤが溜《た》まっていく。

どうしてあんなに素敵な若様がわざわざ男性を？　美しくて高貴なご令嬢なら、そんなお相手だったら、辛《つら》いけど私も頑張って祝福できるのに。

モヤモヤはどんどん、黒くなって、どんどん、どんどん……。

そうよ。もしかしたら若様は騙《だま》されているのかもしれない。宰相の息子だっていうし、息子を使って若様とラグワーズを陥れようとしているのかもしれないわ。タイラー様だって、それを懸念されて、あんなお顔をなさったに違いない。

ねえ、なんでみんな平気そうな顔をしているの？　優しい若様が騙されそうになっているのよ！


「なんか、びっくりしちゃったね」

私と一緒に一階奥の書庫の整理と掃除を申しつけられたデイジーが、棚板を拭《ふ》きながら暗闇の中から話しかけてきた。

掃除の時は灯《あか》りをつけないからデイジーの表情は見えない。真っ暗な中でも掃除くらい完璧《かんぺき》にこなしてみせるのが基本なんだそうだ。だから、デイジーの声はひときわひっそり聞こえた。

「信じられないわ。お気の毒に若様、騙されていらっしゃるのよ」

お腹の中の黒いモヤモヤが口から溢れ出た。

若様のお出迎えは昨日だけ特別だったのだとクロエ様に言われて、身体も痛くて、仕事もきつくて、その時の私はどうかしていたに違いない。

「私、若様にお伝えしてくる！　力のあるラグワーズを潰《つぶ》そうとする謀《はかりごと》だって。お優しい若様ならきっと聞いて下さるわ！」

気がついたら私は走り出していた。後ろからデイジーの声が聞こえたけど、構わず私は若様がいらっしゃる執務室の方へと走っていった。

屋敷奥にある書庫から小走りに廊下を進んでいくと、一番向こうの玄関ホールに若様の姿が見えた。

あのうっとりするような綺麗な歩き方、ふんわりした金の髪。間違いない、若様だ！

思わず緩みそうな口元を引き締め、私は足をさらに速めると階段へ向かう若様の元に急いで……！

その直後、私の目の前を塞《ふさ》いだのは黒いメイド服。そして瞬間、防ぐ間もなく一撃を加えられ、私は気絶こそしなかったものの身体を折って下を向き、息を詰まらせた。

「失礼いたします。ディラン様」

耳に聞こえたのは、メイド長クロエ様の声。

「若様、お先にお部屋へ。すぐに参りますゆえ」

そして執事のディラン様の声が聞こえたあと、若様が階段を上がっていく足音が聞こえ、そして遠ざかっていった。

「どういうことだクロエ。若様に向かってくるハウスメイドなど初めてだぞ」

「申し訳ございません。しかと言い聞かせますので、私にお任せ頂けますか」

やっと息が出来るようになって私が顔を上げると、目の前には頭を下げるメイド長と、射貫《いぬ》くような冷たい視線を向けてくるディラン様のお姿があった。その時ようやく、私は冷静さを取り戻した。

あ……私は、何てことを。

「小娘、分《ぶん》を弁《わきま》えろ。咄嗟《とっさ》のクロエの判断に感謝するんだな。次はない」

そう言って階段を上がっていくディラン様に、私はその足音が聞こえなくなるまでずっと頭を下げ続けることしか出来なかった。

目からボロボロと涙がこぼれて、私はそれが廊下に落ちないよう必死にエプロンで拭《ぬぐ》う。

「まったく何を考えているの。上級使用人でもないのに直接若様に話しかけようとするなんて。若様の前で頭を上げていたら、あなた一発でクビよ？　分かっているの？」

エグエグと泣く私の襟首を掴《つか》んだクロエ様が、私を引きずりながら呆《あき》れたように口を開いた。

そうしていつの間にか連れてこられたメイド長室で、私は泣きながら自分の考えを、若様が騙されていることを懸命にクロエ様へと伝えた。

暫《しばら》く私の言葉を聞いていたクロエ様は一度大きくフゥーと溜息《ためいき》をつくと「あなたは馬鹿なの？」と酷《ひど》く冷たい口調で話し始めた。

「若様がそれほど愚かだと？　見縊《みくび》った発言をそれ以上するなら許しませんよ。我らは若様が信ずるに値する主《あるじ》と認めたからこそ、ここにいるの。若様がどんな選択をなさろうと、それを支えるのが我ら専属使用人。それができないのなら辞めておしまいなさい」

ピシャリとそう言ったクロエ様は、私を部屋の外へと放り出した。

「お前は二日間、使用人エリアのすべての共有スペースの掃除。頭を冷やしなさい」

バタンと目の前で閉められた扉を見つめ、私はただ唇を噛《か》むしかなかった。

なんで話を聞こうとしないの？　アルフレッド様が危険に晒《さら》されているというのに！

そうしてあっという間に迎えてしまった木曜日のお茶会当日。

私はどうすることも出来ずに、使用人エリアの長い廊下を掃除していた。

ああ、もうすぐランネイルの息子が来てしまう……。

しゃがみこんで床板の隙間汚れをチマチマと取りながらも、私の頭に浮かんでくるのは、男娼《だんしょう》のような男に誘惑される若様のお姿――――。駄目よ！　若様に触らないで！

その時、ふっと頭上に影がかかった。バッと顔を上げ身構えれば、そこにはメイド長のクロエ様。

微塵《みじん》も気配を感じなかったことにビビりつつ視線を上げると、そのクロエ様の後ろには、心配そうにこちらを見ているデイジーもいる。

「ついてらっしゃい」

クロエ様は私を見下ろしてひと言だけピシリと告げると、踵《きびす》を返して廊下を進み始めた。

慌てて立ち上がってわけも分からず後を追えば、連れて行かれたのは屋敷の玄関ホール。

え、なんで。もうすぐ若様たちがいらっしゃるのにメイドがこんな所にいるわけにはいかない。

「若様の目が曇っておられるか、あなたの目で確かめなさい」

そう言ってクロエ様はスタスタと玄関ホールの角に向かい、右端に置かれた花台を何やらいじった。

するとそこに現れたのは、ポッカリと空いた奥行き七、八十センチほどの狭い空間。

「本当は覗《のぞ》き見用じゃないんだけどね。許可取ったから」

そう言ってクロエ様は、私とデイジーをその中へ押し込んだ。え？　デイジーも？

「ひとりじゃ寂しいでしょ。暇だったらお喋《しゃべ》りでもしてなさい。ここは防音も隠匿もかかっているから大丈夫よ。またあとで来るわ。じゃあね」

そう言ってスゥと目の前の扉……いえ、壁を閉めてしまったクロエ様に、私とデイジーは狭い空間の中で顔を見合わせた。

お互いの顔が見えるのは壁を通して玄関ホールの明かりが入ってくるから。

どういった仕組みなのか、壁の一部がいくつか小さく刳《く》り抜かれ、壁紙の模様の隙間から玄関ホール内が透けて見えるようになっていた。

「巧妙なスリットね。この穴から暗器を飛ばせるのか……」

感心したようにデイジーがその穴の縁を指でなぞった。

なるほど。不穏な相手が訪問した時は、ここに潜んでいつでも殺《や》れるように……って、何でそんなもんがあんのよ！　外見からじゃ全然分かんなかったわよ。怖っ！

そうこうしている間に、私たちの右側の玄関扉から従僕が急ぎ足で入って来て、左向こうのサロンへと通じる廊下に曲がって行き、そして間もなく、その角から執事のディラン様が現れた。

私たちがいることを聞いているのか、ディラン様は一瞬だけチラッとこちらに視線を飛ばすと、すぐさま階段を上がって二階へと向かわれた。

それから次々と玄関ホールに従僕たちが集まり、執務室の方向からはタイラー様もおいでになって整列した従僕たちの前で姿勢を正した。

お客様をお出迎えする態勢に、ああもうすぐ侯爵子息が来るんだってことが分かった。

もうこうなったら、どんな奴《やつ》か見てやるわよ！　なまっちろいボンボンがどんな風に若様を誑《たぶら》かしているのか、きっちり見てやろうじゃない！　と、そう私が心の中で息巻いていた時だ。

「ねえローラ。あなた勘違いしているわ」

左隣で同じように玄関ホールを見つめていたデイジーから、やや不満そうな声がかけられた。

なにが？　と、思わず私が眉《まゆ》を顰《ひそ》めて隣に目を向けると、彼女はホールに視線を向けたまま、真面目な顔で話を始めた。

「若様は騙されるようなお方じゃないわ。宰相の策略をすっかりご存じで、その上でわざと騙されたフリをなさっておいでなのよ。きっとこのお茶会は、その謀略を暴いて愚かな侯爵子息をギャフンと言わせるためのものよ」

――――え？

考えてもみなかったその言葉に、私はしばし固まって……そして、ポロリと目から鱗《うろこ》が落ちた。

なるほど！　ならばクロエ様があんな言い方をなさったのも頷《うなず》ける。なんだ……なぁんだ！

私のお腹の中の黒いモヤモヤがスーッと消えていった。

「すごいわ、デイジー！」

目を見開いた私にデイジーが得意げに鼻を鳴らしたその時、向こうの階段に若様のお姿が！

執事のディラン様を従えて階段をゆっくりと下りてこられる若様のお姿は、見ているだけで溜息が出ちゃう。

少し離れてはいるけれど、玄関ホールへと下りられて、こちらの玄関扉の方へと近づいていらっしゃる若様の姿に、私の胸はドキドキと高鳴ってしまう。

だって、若様の笑顔がいつもより何だか楽しそうに、いっそう輝いて見えたんですもの。

あれかしら、ギャフンを前にしてウキウキしていらっしゃるのかしら。


少しして、外から複数の馬の蹄《ひづめ》と車輪の音が聞こえてきた。と同時に、玄関ホールの中程に控えている従僕たちの表情がみるみる強《こわ》ばっていく。

……なに、どうしたの？

ホールの右横に目を向ければ、開け放たれた玄関扉のすぐ前で外にいる若様の後ろに控えているタイラー様とディラン様の顔つきも緊張しているようだ。

外から聞こえるそのたくさんの蹄の音がピタリと止まって暫く。明らかに玄関ホール内の空気が変わった。従僕たちはみな目を見開き、呆然《ぼうぜん》と扉の向こうを見つめている。

それをデイジーと二人で首を捻《ひね》りながら食い入るように見つめていたその時、カツカツとした足音が近づいてきた。と同時に視線の先ではタイラー様やディラン様、そして従僕たちが、音もなく一斉に道を空けて頭を深く下げた。

そうして、私たちが疑問を浮かべながらも見つめていたその玄関入口に、カツリ……と靴音が響く。

「うそ……」

思わずそう溢《こぼ》して口元に手をやった。

私の目に飛び込んできたのは、あまりにも美しい貴公子様。その神々しいまでの気高さに、一瞬で膝《ひざ》を折りそうになる。

目が眩《くら》むほどの高貴さと品格。けれど、それ以上に目を惹《ひ》かれるのは、その輝くばかりの美貌《びぼう》。

透き通るような白い肌、サラリと煌《きら》めき揺れるプラチナブロンド。スッと通った鼻筋、長い睫毛《まつげ》、そして薄《うっす》らと笑みを浮かべた桜色の唇……。

そのスラリと伸びた足が優雅に動くたびに上質な紺地の上着が翻り、細かく重厚な金糸の刺繍《ししゅう》がキラキラと上品に光り輝く。

周囲が深く深く頭を下げるその前を堂々と、そして泰然と進んで行かれるその貴公子様を、まるでお守りするかのごとく若様が一歩下がって付き従っていらっしゃった。

『やんごとなきお方』

そんな言葉が頭をよぎった。その瞬間、私の頭の中で想像していた侯爵子息のイメージが、大きな音を立ててガラガラ……いえグシャッと潰れて霧散した。

「帰りまで控えているように」

高すぎず、低すぎない透明感のある声が、凜《りん》とホールに響いた。

すっと肩を引いて右を向いた貴公子様に、侯爵家の従僕たちが恭しく頭を下げる。その誇り高く凜々《りり》しい立ち姿は、まるで美しい絵姿を見ているよう。

「おうじさま……」

隣でデイジーが小さく呟《つぶや》いた。ええ……、あれはまさしく王子様。

若様こそ世界一の王子様だと思ってたけど、他にもいたのね王子様……って、え？　あれ？

あの王子様が若様を誑《たぶら》かしてるってこと？　あのやんごとなき超絶美形が？

そりゃ誑かされるわ！　誰だって誑かされる。なんなら誑かされたい。

……いや待てよ、ギャフンするのよね。

あのキラキラ貴公子様に？　あの貴公子様が「ギャフン」って言うかしら。あのお顔で「ギャフン」すごく聞きたい……。いや待てローラ何を言ってるの落ち着いて……ああ、私はいま混乱している!!

私がグルグルしている間に従僕たちは控え室へと案内されていった。それに目を向けていた貴公子様の後ろからスイッと、まるでその視線を奪うように若様が回られる。

「ようこそラグワーズ邸へ。ギル」

そのお声のあまりの甘さに腰が砕けそうになった。

あのお声は本当に若様？　いや、若様のお声なんだけど、何というか……。

顔に上がってきた熱に、私は思わず頬を押さえた。あんな、あんな若様のお声を私は知らない。

ふんわりと微笑みながら前に回られた若様に、その形のいい顎《あご》先をわずかにお上げになった貴公子様の目元がふっと和らいで、引き結ばれていた桜色の唇が綻《ほころ》ぶように開いて笑みを象《かたど》った。

「嬉《うれ》しいです。アル」

少し照れるように小さく首を傾げた貴公子様のお声は、先ほどとは違うしっとりとした艶《つや》を含んで、まるで若様にそっと甘えているよう。

それに愛しげに目を細められた若様が、まるで流れるような所作で貴公子様の右手をそっと取って、それにキュッと口元を上げニコリと微笑まれる貴公子様。あ……すごく可愛い。

「まずはサロンへ案内するよ」

甘く囁《ささや》きながらスッとその手を引き寄せた若様が、貴公子様を捉《とら》えた愛しげな視線はそのままに、チュッと、その白く長い指先にそれはもう優しく口づけを落とされた。

ふわっと目元を染めた貴公子様にうっとりと微笑んだ若様は、口づけたその指にスルリとご自身の指を絡めてしまう。それに貴公子様もまた、花咲くような微笑みで応えられた。

今、若様の瞳《ひとみ》に映っているのは貴公子様だけ。貴公子様もまた若様だけを見つめている。

手を取り合い微笑み合って、相手と一緒にいられるのが嬉しくて、あんなにキラキラして――。

ポロッ……と涙がこぼれた。

ポロッ、ポロッ……。一度出始めた涙は次から次へと溢《あふ》れ出て、頬を伝っては床に落ち、パタパタとまるで壊れた蛇口みたいに流れていく。

無理じゃん……あんな宝石みたいな方、どうやったって無理じゃん。あんなに綺麗《きれい》で、あんなに格好良くて、あんなにお似合いで……。

そうよ、分かってた。認めたくなかっただけ。若様が誰かを好きになってしまうのが嫌だっただけ。

馬鹿みたいな片思い。勝手に熱を上げて、勝手に追っかけて、馬鹿みたい。馬鹿みたい……。

「ヒ……ック」

私とは別のしゃくり上げる声に隣を見れば、デイジーがボロボロと大粒の涙をこぼしていた。

「わがざまぁぁぁ――――！　ゔわぁぁぁん！」

デイジーの泣く勢いにビックリして涙が止まった。

「え、え？　デイジー、もしかしてあんたも？」

顔をグシャグシャにしながらブンブンと頭を振るデイジー。

ボロボロ泣きながら「わかさま」「ずっと好きだったのに」と繰り返すデイジーを見ていたら、私もまた泣きたくなってきた。

――若様の、綺麗な横顔が好きだった。お優しい、青い瞳が好きだった。ゆったりと柔らかな、あのお声が好きだった……。

そうして私たちは、狭い壁の中で一緒に声を上げて泣いて、泣いて、泣いて………。

クロエ様が壁を開けた時には、もう二人とも顔は涙と鼻水でグショグショで、それでもまだエグエグと泣き続ける私たちを、クロエ様は呆《あき》れたように両手で襟首を掴《つか》んで使用人エリアまで引きずって行って下さった。

見事に砕け散った私の片思い。でもね、すごく素敵な時間だったの。

――さよなら、私の初恋。


「……って、なんで私まで！」

デイジーがうるさい。

「あんたが同じ穴の狢《むじな》だからよ。あと十五枚よ！」

私は窓の桟《さん》を拭《ふ》きながら、デイジーに発破をかける。

あれから私たちがメイド長に命じられたのは、使用人エリアすべての窓拭《まどふ》きだ。たまに飛んでくるサービス暗器を避《よ》けながら、二時間でぜんぶの窓をピカピカに拭き上げなくてはいけない。

「そもそもアンタが若様に突撃なんかするから！」

窓に張り付きながら、デイジーが飛んできたナイフを蹴《け》り飛ばす。通りがかりの使用人さんがそれを笑いながら回収していった。

「は？　あんただって『騙《だま》されたフリ』とか言ってたでしょ」

一番上の桟を拭き終わって、私は天井からヨッと廊下に飛び降りる。

そして同じく窓をヨジヨジと降りてきたデイジーと一緒に、バケツで雑巾《ぞうきん》をジャブジャブと洗い始めた。

「しょうがないじゃない。そう思ったんだもん」

聞けば、デイジーは三年前に本邸の廊下でお優しい若様に一目惚《ひとめぼ》れしたのだそうだ。私よりも初恋キャリアが長かった。

「まさか若様の方が誑《たぶら》かしてるとは思わないじゃん」

そりゃそうだ。

けれど私たちはこの目でハッキリ見てしまったのだ。若様が全力で貴公子様を誑かしているお姿を。

若様は本当に本当に、あの貴公子様のことが大好きなのだと思い知った。あの美しくてキラッキラで、格好良くて、可愛いあの貴公子様を。

はー、むちゃくちゃ格好良かったわ、あの貴公子様。若様と並んだお姿なんてもう、お似合いすぎて神々しくて……。

「私、絶対に王都邸の使用人になってみせるわ」

ぎゅうぅと雑巾を絞りながら鼻息荒く宣言した私に、デイジーもまた「私だって！」とぎゅむううと雑巾を絞った。

ええそうよ。専属使用人になって、ずっと若様と貴公子様をお側《そば》でお守りするわ。そのためなら、どんなに厳しい修業だって堪えてみせますとも！

私たちは絞った雑巾片手に立ち上がると、顔を見合わせて力強く頷き合った。

こうしてこの日、私とデイジーによる「若様の恋を見守り隊」という非常にベタなネーミングの会がひっそりと発足した。ちなみに名付けたのはデイジー。私は「応援し隊」にしたかったのに！


その後、第一回活動としてクロエ様に「初恋に最後のトドメを刺すため」と称して、二人でまたあのスリット部屋に潜入してお帰りになる貴公子様のお見送りに成功したとか、鼻血出して気絶しているのをまたクロエ様に回収されたとか、あのスリット部屋がいつの間にか「失恋部屋」なんて呼ばれるようになるとか、いつの間にか会員が増えているとか……まあ、そんなことがあるんだけど。

とりあえず、目指すは専属使用人《ベストポジション》。

それに向かって、また今日から全力疾走なんだから！

20　お茶会の後は

ギルバートくんの馬車を見送って、さて戻ろうかと後ろを振り返ればそこには、満面の笑みを湛《たた》えたディランと、何とも言えない顔をしたタイラー、そしてひたすら下を向く従僕たちの姿があった。

はは……。貴族バージョンのギルバートくんの声は通るからねぇ。

――――私のアルフレッド。

うん、俺としちゃあ嬉しいばかりなんだけどね。自分のとこの主《あるじ》を公共の場でそう呼ばれちゃうと使用人としては微妙だわな。

熱烈なキスはギリギリ屋敷の中……。とはいえ、アレも相当だったけどね。ブッ倒れなかった自分を褒めてやりたい。

「今日は皆ご苦労だったね。ランネイル殿も非常に満足してお帰りになられた。素晴らしいお茶会ができたよ。ありがとう」

でも、とりあえずこれだけはと、俺は尽力してくれた使用人たちに感謝の気持ちを伝えた。

ほんと、細かいところまで気遣ってもらっちゃって。おかげでギルバートくんに喜んでもらえたよ。あとで厨房《ちゅうぼう》にも気持ちを伝えなきゃなー。すっごく美味しかったし。

「滅相もないことでございます」とタイラーを筆頭に頭を下げた使用人たちにウンウンと頷《うなず》いて、さて部屋でひと休みしたら仕事でも片付けるかと歩き出そうとした時だ。

「若様。宝水魚の件もございますし、あさってのパーティーの打ち合わせをせねばなりません。どうぞ執務室へ」

え、これから？　ちょっとひと休みしちゃダメ？　可愛かったギルバートくんの姿を噛《か》みしめたいんだけど。そんでもってベッドの上で転がり回りたいんだけど。

思わずシュンと眉《まゆ》を下げた俺を、けれどタイラーだけでなくディランまでもが、謎の圧を発して俺を執務室へと追い込んでいく。

えー、なになにー？　なんて思っている間に、俺は執務室へ。

執務室には、いつの間にやら合流したオスカーまで一緒に入って来て扉の真ん前に立ちやがった。くそ……逃がす気ねぇな。

しょうがない、さっさと済ませるか……と諦《あきら》めて執務椅子に座った俺の前に、タイラーとディランが並んだ。そんな彼らを見上げて、俺が「はいどうぞ」とばかりに首を傾げてみせると、まずは真っ先にタイラーが口を開く。

「若様。若様とランネイル侯爵家ご子息ギルバート様との〝お親《ちか》しい〟お付き合いのほどはよく分かりました」

開口一番それかいタイラー。スンとした顔で話を切り出したタイラーに、俺は思わず苦笑してしまう。またえらく持って回った言い方だねぇ。

「そうかい。それはよかった。私の翡翠《ひすい》はとても可愛かっただろう？」

今日の彼を思い出せば俺の口元は自然と緩んでしまう。だから部屋でひと休みしたかったのに……。

そんな俺の様子にタイラーが口元をヒクリと上げた
はい、そこのディランとオスカーは肩をすくめないように。

「可愛いと言うよりは、秀麗という言葉がお似合いの方でしたね。噂《うわさ》に違《たが》わぬ才気に感服いたしました。さすが若様、お目が高い」

そんなタイラーを気にすることもなく隣のディランが声を張った。どことなく芝居がかったような言い方だな。しかもなぜ俺じゃなくタイラーに向けて言うんだ？

でも、ありがとうディラン……けれど最後のセリフはいらないかな。どこの営業マンだお前は。

とりあえず彼を褒められて悪い気はしないので、俺は機嫌よく頷いておいた。

「それに非常に情熱的なお方のようで」

楽しそうにオスカーが合いの手を入れてきたおかげで、去り際の彼の、確かに情熱的な口づけをまた思い出してしまった。あの時のギルバートくんの鮮烈な雄々しさといったらもうね……。

ついつい唇に行きそうな指先を無理やり方向転換して、俺は顳顬《こめかみ》を押さえて苦笑を溢《こぼ》した。

「笑い事ではありませんぞ、若様」

ディランをひと睨《にら》みしたタイラーが、口をへの字に曲げて俺を見下ろしてきた。おーこわい。

「お二人のご様子は、必ずや宰相閣下へご報告が行くことでしょう。つまり、あさってのパーティーではランネイル侯爵家挙げて若様を値踏みにかかってくる……いえ、下手をすれば粗探《あらさが》しをされて言いがかりを付けられる可能性すらあるのですぞ」

お前のようにかい？　と、つい喉《のど》まで出かかった言葉を飲み込んだ。まあ確かにねぇ、去り際の侯爵家の護衛や従僕たちの目は痛かった。

「そもそも、いつの間にあのようなお親しいご関係に？　私は聞いておりませんでした。ピアスの話など思いも寄らぬことで、私がどれほど驚きましたことか」

そう言ってまたディランに厳しい目を向けたタイラー。けれど隣のディランはそれに怯《ひる》むどころかフフンとばかりに不遜《ふそん》に笑ってみせた。

ああ、こりゃすでに二人の間でひと悶着《もんちゃく》あったね。ディランがえらく好戦的な目をしている。タイミング的には俺が人払いをした後あたりかな？　こらこらディラン、それ以上家令を煽《あお》るのはやめなさい。

「すまなかったねタイラー。ディランもお前に伝える暇がなかったのだと思うよ。なにしろ、告白したのは一昨日《おととい》のことだからね」

は？　の形にタイラーの口がポカンと開いた。うんそう、一昨日なんだよー。

「一昨日に両思……いやお親しくなったばかりで、あのように、あのような……」

呆然《ぼうぜん》と……いや、呆れてるなこれは。そんな感じのタイラーに思わず俺は肩をすくめてしまう。

「仕方がないだろう？　彼はあの通り物凄《ものすご》く可愛いのだから、人払いだってしたくなるさ」

人払いの事だけじゃないと思いますよー、とまたオスカーが合いの手を入れてきたけど無視だ。しょうがないじゃん。気がついたら彼の手や頬にキスしてるんだから。

今までの反動だろうか？　それとも前世からキス好きだったのか？　うーむ、まったく覚えていない。思い出す必要性も感じないけどな。

俺が頭の隅でそんな下らないことを考えているうちに、おや、なにやら不穏な空気に……。

「それだけ若様がお心を寄せられているということですよ。で、実際タイラー殿の目には、若様のお相手はどう映ったのです？　あれほどのご子息、まさか不満など仰《おつしや》いませんよねぇ」

そう言って口端を上げたディランがタイラーに向けて顎《あご》を上げた。やめなさいディラン。そしてなぜお前がドヤ顔をしているんだ。

口を閉じたタイラーは、いちど目を閉じてひとつ息を吐くと俺を真っ直ぐに見据えてきた。

「確かに、十六とは思えぬ佇《たたず》まいと才気には感嘆いたしました。実に将来が楽しみなご子息でいらっしゃる。ならばこそ、あの方が女性ならばどれほど良かったかと……」

「あなたは、まだそんな事を仰るのか！　若様の前で！」

拳《こぶし》を握ったディランがタイラーを睨みつけ声を張った。それにタイラーが「ラグワーズのためです！」と負けじと睨み返す。……なるほど、こんな調子でやり合ってたわけね。

ちらっと向こうのソファ脇に立っているオスカーに目を向けると、小さな頷きが返ってきた。やはりそうか。そしてお前は止めないんだな。明らかに面白がってるもんな。

しょうがないなぁと、俺は目の前で睨み合う家令と王都邸執事を見上げると「そこまでだよ」と声を張った。

だってこれ以上の不毛な言い争いは時間の無駄でしょ。俺の気持ちは固まっているんだから。

「まあ、男同士という事に関しては徐々に慣れてもらうしかないね。急に意識を変えろというのは無理な話だろう。でもねタイラー、私の心はもう彼のものだ。この先もずっとね。結婚もしない。だからその前提で話を進めておくれ。これは絶対だ。時間の長短なぞ関係ない。私は彼からのピアスも受け取るし身につける。そう父上には報告するように」

俺の言葉に眉間《みけん》に皺《しわ》を寄せたタイラーだったけれど、そのまま何も言わずスッと頭を下げてきた。

きっと腹の中では色々と言いたいこともあるんだろうけど、俺が絶対と言えば、それを覆せるのはもう当主しかいない事をよく分かっているからね。

恐らくは今日中に当主に報告が行くことだろう。それでいい。あとは俺と両親との話し合いだ。

さて、あの豪放磊落《ごうほうらいらく》な父上《ちちうえ》はどう仰るのやら……。ああもちろん、きちんと俺の意思をお伝えして理解して頂けるように努めるつもりだよ？

「いやいや主様《あるじ》にご報告するのは、ランネイル家でのパーティーを終えてからでも遅くはありませんぞ。タイラー殿」

家令と執事の攻防を面白そうに見ていたオスカーが、ドカリと執務室のソファに座ったかと思うと、ニヤリと口端を上げて話に入って来た。

どうやら、そろそろ合いの手係はやめることにしたらしい。

「ラグワーズのご嫡男たる若様が、パーティーでどのように〝値踏み〟されたか、きっと主様はお知りになりたいと思いますよ」

その言葉にタイラーとディランが揃《そろ》ってピクリと眉を上げた。それをまた楽しそうに見ながら、どうにも人の悪い顔でオスカーが言葉を続ける。

「若様の値踏み？　粗探し？　存分にして頂こうじゃありませんか。そりゃあ侯爵家のご子息は素晴らしいお方でしたがね、うちの若様とて勝るとも劣らぬお方だ。そうでしょう？」

「「当然だ」」

タイラーとディランが食い気味に答えた。おいおい、何を言ってるんだいオスカーや。

「そうですね。入念な準備を致しましょう。若様を値踏みなどと……愚かな考えを二度と抱かぬよう、威をもってラグワーズの格を見せつけ、度量を知らしめねばなりません。若様が軽く見られるなど、あってはならぬことです」

ディランの言葉に、オスカーが満足げに頷いた。

いやディラン、そんなに青筋立てなくても……。なんかタイラーと頷き合っちゃって、いつの間に仲直りしたの二人とも。仲直り早すぎて俺ビックリだよ。オスカーは楽しそうだなオイ。

あれかな、みんなギルバートくんの侯爵家アピールに刺激されちゃった感じ？

まああれは確かに凄《すご》かったけどさ。でもあれって、綺麗《きれい》で可愛くて可愛いギルバートくんだからこそ似合ってたんじゃないかな。うちは伯爵家なんだからね、普通でいいと思うよ？

いやちょっと、勝手にそこで話を進めないで……。え、侯爵家の六頭立てに対抗して八頭立ての馬車？　いやいらないよ、どこ行くんだよ。護衛十人？　慰安旅行じゃないんだからさ。

黄金の馬車すら仕立てそうな勢いに、俺はやんわりと釘《くぎ》を刺すことにした。このままこの三人を放っておいたら、どこまでもやりかねない。とりあえず君たち落ち着いて。ね、ねっ。

「馬車も護衛もいつも通りでいいよ。侯爵家の体裁にいちいち張り合ってどうするんだい」

眉を下げて必死にお願い態勢に入る俺。

だって恥ずかしいじゃん。ただでさえパーティーなんて滅多に参加しないのに、悪目立ちなんて絶対にご免だ。

こらこら三人とも不満そうな顔をしないの。何その「えー」みたいな顔は。だいたい地方の田舎貴族が宰相の侯爵家に張り合ったって「張り合ってやんの、やーい！」と思われるのがオチだってば。

「みんな、普段から充分な働きをしてくれているだろう？　うちの者たちは皆どこに出しても恥ずかしくないと、私はそう思っているんだけどね。違ったかな」

そうとも。うちの使用人たちは昔から俺には勿体《もったい》ないくらい素晴らしいんだから、張り合って気張る必要なんかないんだ。俺はそれで満足してるんだからさー。

それにハッとしたように三人が目を見開いた。そうして何やら揃って胸を押さえ、頭を下げてくる。

あ、分かってくれた？　うんうん、分かってくれればいいんだよー。

「若様がそれほどまでに我ら使用人に信を置いて下さっているとは。若様のご期待に沿うように精一杯務めさせて頂きます」

「まったく、侯爵家のやり方を真似するなど稚拙でございました。ラグワーズはラグワーズらしい体裁を整えましょう」

「ええ、これ見よがしの威嚇より、よほど楽しそうですからね」

うん？　何か微妙に解釈に食い違いがあるような気が……。ちょっと待て、ほんとに分かったのか？　慌ててもう二、三本しっかり釘を刺そうと口を開きかけたんだけど、あっという間に三人がそれぞれ動き出しちゃって、刺してる暇がなかった。

そうこうしているうちにタイラーは上級使用人たちを別部屋に招集し、俺はディランに連れられて衣装部屋に監禁され、あれよあれよという間に大荷物を抱えてやって来たメイド長クロエとともに、衣装を取っ替え引っ替えされる羽目となった。

ねえ、パーティーはあさってなんだからさ。何で皆そんなにやる気満々なの？　え、こんな日を待っていた？　クロエ、何も泣かなくても……。

とりあえず俺はさ、ゆっくりと今日のギルバートくんを噛《か》みしめたいわけよ。あ、そんな派手な上着やめて恥ずかしいから。もっと目立たないのでお願い。いやクロエ、そんな宝石どこから持ってきたのかな。え、前からある？　あっそう知らなかった。ってか石デカッ！

これは無理、あれは無理、もうちょい控えめに、なんて言ってたら、暫《しばら》くして俺はポイと解放された。二人ともすっごい笑顔なんだけど、そこはかとなく「あっち行ってろ」的なオーラが……。

くれぐれも悪目立ちしないように、できれば地味めに、とお願いして、俺はこれ幸いと、そそくさと部屋へと逃げ込んだ。もちろん、ひと息入れてギルバートくんとの楽しいお茶会を反芻《はんすう》するためだ。はー。でもまぁとりあえず言うことは言ったし、あとは彼らに任せておけば間違いはないだろう。

俺はゆったりと部屋のソファに腰掛けて、クッションに身を預けながら今日の彼に思いを馳《は》せ……。

「若様。宝水魚の件で確認が」

タイラーとオスカーが入って来た。

ノックと同時にドアを開くのってどうなのかな?! お願い、少しでいいから浸らせて……と、心の中で半目になりながら、俺は次々浴びせられる確認と了承にウンウンとひたすら首を振る。

けれど、その後もクロエやらマシューやらエドやらが、入れ替わり立ち替わり部屋にやって来ては、あれやこれやと細かな指示を仰いできて、ぜんっぜんひと息も反芻もできやしない。

そうして結局、俺は今日だけでなく翌日まで張り切る使用人たちに振り回され続けることになった。

いや別にいいんだけどね。みんな俺のために頑張ってくれてるわけだし。

でもさ、ひと言だけいいかな?

さすがに料理長と庭師長は関係ないんじゃないか? なんでお前たちまで交じってるのさ。

うーむ、どうにもうちの使用人たちが謎すぎる……。

21　パーティー（1）

そうして迎えた土曜日。パーティーの当日。

身支度を終えて玄関ホールへと下りて行くと、家令のタイラーが手にしたマントを差し出してきた。

「若様。ご立派でございます。若様のお背にマントをお掛けする日をどれほど待ちわびたか」

目をうるりとさせながらマントを俺に羽織らせたタイラーが、銀飾りの付いた留め具を丁寧にとめていく。それを傍らで感慨深げに見守っているのはディランとオスカーの二人。

向こうではエドとジェフとメイソンが小さく頷《うなず》きながら目を細め、メイド長のクロエに至ってはハンカチを目に当てている。そしてその奥には同じく目元を押さえ頭を下げる王都邸の使用人たち……。

……なぜこんなことに。

いや、経緯は分かっているんだ。きっかけは、滅多にパーティーとか出ないから貴族同士の会話とかちょっと面倒だよねー、なんていう何気ない会話からだったんだよ。

「では、相手の数を減らしてしまえばいいのですよ」

そう言ったディランが提案したのが、当主と当主代理たる成人のみが許されるマントの着用。

これを着用することで俺の格はグンと上がり、伯爵子息ではなく当主代理、つまりは伯爵家当主と同じ扱いとなるという代物だ。

要するに、俺に話しかけてくる連中の数を減らしちまえ、ということだ。

王家以外のご子息ご令嬢は、ぶっちゃけ無爵位。伯爵位以上の当主に直接声をかけられるのは当主だけなので、俺は数少ない当主連中だけから逃げ回っていればいいっていう算段だ。

「しかし、私は先月成人したばかりだよ。父上から当主代理の拝命はまだ受けて……」

「ございますよ。先月のお誕生日の朝一番に、後継者の届けと同時に王宮へ届け出済みです。もちろん関係各所にも公告してございます」

何なら書類お出ししますか？　と、横にいたタイラーが笑みを浮かべた。

……は？　とっくに当主代理にされてたの？　聞いてないんだけど。

あの親父――っ！　さらに仕事回してくる気満々じゃねぇか！　十八になった瞬間に当主代理とか聞いたことねぇわ。せめて卒業まで待てよ！　道理で仕事の増え方がオカシイと思ってたんだよ。

知ってたなお前ぇ！　と、眉《まゆ》を上げてディランを睨《にら》んだら「はい当然です」とシレッと答えやがった。知ってたら教えてよ。

「領主代理権限があれば、王都でやりやすかろうという主様《あるじ》の深い愛情ですよ」

そりゃやりやすいだろうよ。仕事がな！　くそー、王都関連はぜんぶ俺に処理させる気だな。

「もう受理されているので、そこは諦《あきら》めて下さい若様。それよりもパーティーでのマント着用は私もお勧めしたいです。虫除《むしよ》けもそうですが、なにより当主代理であれば従者を二名まで付けられますからね。宝水魚をはじめ特産物受注の事前交渉が会場で速やかに済ませられるのは魅力ですな」

そう言いながら、頭の中でソロバンを弾く様子ありありのオスカー。いや、この世界ソロバンはないんだけれども。

でも、まあ確かにオスカーの言う通り、もう当主代理にされちゃってるもんは仕方がない。盛大にブックサ言うのは心の中だけにしておこう。そりゃもう盛大にな！

そんな感じで知らない間に当主代理にされていた件は諦めて、ならば開き直って面倒避《よ》けに使っちまえ、ってことでマント着用をオッケーしたんだけどね。いやまさかこんなセレモニーみたいになるとは思わないじゃん。これじゃまるで家族に見送られて初登校する小学一年生だよ。

目の前で「王都邸へ来た甲斐《かい》がありました……」なんて鼻を小さくすするタイラーに、俺はもう半笑いするしかない。

タイラーが用意したマントは白と濃紺のリバーシブルで、これは伯爵以上の貴族家共通。子爵家以下はグレーと臙脂色《えんじいろ》になる。今日は昼間のパーティーなので白い方を表にして右肩だけを折り返した。こうすると表と裏の両面に施された金糸銀糸の家紋が裾《すそ》で両方見えてオシャレなんだそうだ。へー。

長くて邪魔くさいから後ろにやってるのかと思ってたよ。

「じゃあ、出かけるよ」

無事、俺にマントをくっつけ終えて満足げなタイラーにそう言って玄関から出ると、すでに正面には馬車が待機していた。ちなみに馬は四頭だ。ホッ。

正装したマシューが座っている御者席には、当主代理を示す小ぶりの家紋が入ったハンマークロスがしっかりと掛けられている。馬車の後方にはプレゼントの宝水魚を積んだ荷車が待機。

そんなこんなで、俺は従者となったディランとオスカーとともに馬車へと乗り込み、留守番のタイラーと、何かさっきより増えた使用人たちに見送られながら、ようやくギルバートくんの侯爵家へ向けて出発した。

ランネイル侯爵家の王都屋敷までは、馬車でゆっくり向かっても片道二十分ほど。まあ同じ貴族街だからね。

貴族の移動は基本馬車なので、貴族街の道は広々としていて馬車を走らせやすい。だから歩いている者たちの数も、平民街とは比べものにならないほど少ない。

しばらく馬車に揺られたら、ランネイル邸が見えてきた。二十分も経《た》っていないかもしれない。まあ、うちの馬は馬力だけはあるからねぇ……。なんせ農業が売りの領地なんで。

到着したランネイル家の門構えはとても立派で、門の幅などうちの一・五倍くらいはある。王都の貴族邸の中でもかなり大きい方だろう。九家ある侯爵家の中でも一、二を争う規模じゃないかな。

ギルバートくんはお坊ちゃまだったんだねぇ、と今さらながら実感してしまう。

その門の前では当然のことながら、先に到着したらしき招待客の馬車が数台、門衛の検問待ちで並んでいた。現宰相のお宅のパーティーともなれば招待客も多いだろうから、馬車一台一台を止めてリストと照合する作業は門衛たちもさぞかし大変だろう。

我が家の馬車はその右側を通り過ぎて、そのまま門衛たちが揃《そろ》って頭を下げる前を止まることなく真っ直ぐに進んで行った。深紅のハンマークロスが通行証代わりだ。

当主の馬車にリスト照合などしたら家の恥。下手したらケンカ売ってんのかと揉《も》めかねないから、当主クラスのリストと家紋を門衛たちは頭に叩《たた》き込《こ》むのですよと、昔教わった。王宮の門衛などはきっと記憶の達人揃いに違いないと密《ひそ》かに尊敬したものだ。

後続の荷車も家紋入りのクロスのおかげで検閲をスルーして、スルスルとアプローチを進んで行く。

「若様、間もなくでございます。ご準備下さい」

目の前の席に座ったディランがニッコリと笑った。うん、大丈夫だよー。心配しなくてもコケたりしないからさ。

左側をゆっくりと走る数台の馬車を追い越して、ちょうど数台の馬車が出て場所が空いた玄関正面に、我が家の馬車がスルリと停車した。おぉナイスタイミング。揺れもなく非常にスムーズ。マシューの腕前には毎度唸《うな》るばかりだ。

そうして、さほど待つことなく静かに開かれた扉から馬車の外へと足を踏み出せば、目に入ったのは出迎えの先頭に立つ宰相閣下と、その後ろに控える俺の愛しい人。

馬車脇で控える従僕たちの間を進んで、貴族の作法通りにランネイル家の主に黙って微笑み、背後についたディランとオスカーとともに足を進める。

「ようこそおいで下さいました。ラグワーズ伯」

そう言って、にこやかに出迎えてくれたのはランネイル侯爵家当主。現宰相にしてギルバートくんのお父上だ。ギルバートくんとはタイプは違えど、やはりイケメン。金髪のイケオジである。

隠れ家でギルバートくんに出会った当初、宰相のお顔を存じ上げていた俺は、ランネイル家をイケメン一族として認定した。それくらいのイケメンだ。

だが、息子さんと違って可愛らしさはカケラもない。穏やかな顔してまったく隙のない宰相閣下相手に、カケラを探す気すら起きない。

そんな宰相閣下が俺みたいな若造を直々に出迎えなきゃならんのは、ひとえに俺がマントを着けているから。うん、なんかすいません。

今回のマント着用については、事前に伝言魔法陣でギルバートくんには連絡済みだった。返信では少し驚いたように、けれど楽しげに『素晴らしいですね。楽しみです』と言ってくれた彼。彼のことだから、宰相が出迎える当主クラスのリストに俺を追加しておいてくれたのだろう。

そのギルバートくんは今現在、宰相閣下の一歩後ろで使用人たちとともにこちらに深く頭を下げている。あーつむじが可愛い……じゃなくて、早いとこその姿勢から解放してあげようね。

「お招きありがとうございます、ランネイル侯。ラグワーズの筆頭として、ご子息の慶事を言祝《ことほ》ぎに参上いたしました。本日は誠におめでとうございます」

左手を鳩尾《みぞおち》に当てて頭を下げた俺に、宰相閣下もまた同じく貴族の立礼を返してくださった。そうして宰相閣下が目線を上げたタイミングで、俺は頭を垂れているギルバートくんへと声をかける。

「ギルバート殿。十六歳をお迎えになりました事、このラグワーズ、心よりお慶《よろこ》び申し上げます。ささやかながら祝いの品として、新品種の宝水魚をお持ちいたしました。貴殿と同じく成長著しき若魚、お気に召すとよろしいのですが」

俺の言葉に下げていた頭をスッと上げたギルバートくんが、その綺麗《きれい》な目をパチリと開いたかと思うと、「なんと……」とよく通る声で驚きの声を上げた。

「貴重な宝水魚。しかも最新の品種を私に?!　……ああ、申し訳ありません。あまりの喜びに無作法をいたしました。ありがとうございます。ラグワーズ伯」

感極まったように胸元を押さえニッコリと可愛らしく笑ったギルバートくんに、周囲がわずかにザワついた。隣の宰相閣下など目を見開いている。

はい、ぶっちゃけ打ち合わせ通り。

けれど、なんとまあギルバートくんのお芝居の上手なこと！　彼は役者になれるんじゃないだろうか。いや、そうなったらきっと人気大爆発だ。パトロン志望が列をなすだろう。それはいかん。

「王宮の庭でも滅多に見られるかどうかの生きた宝玉。私どもだけで愛《め》でるのは勿体《もったい》なきこと。ぜひともご来賓の皆様方にもご披露して、この僥倖《ぎょうこう》をお分けいたしましょう。ね、父上。よろしいでしょう？」

そう言って、自分をガン見しているお父上を微笑みのまま見上げたギルバートくん。

ああ……宰相閣下の目が俺と彼との間を忙《せわ》しなく往復している。こりゃあバレバレだな。そりゃギルバートくんが我が家に来たことはとっくにご存じだろうしねー。

「ああ、勿論《もちろん》だとも。そうしなさいギルバート。きっとお客さま方もお喜びになることだろう」

お客さまの馬車がつかえてて時間がない上に、公共の場ならば反対もしないはず――。そう断言したのはギルバートくんだ。

果たしてすっかり彼の予想通り、宰相閣下は笑顔で頷き了承をして下さった。ただし、ニッコリと笑ったその笑顔が微妙に強《こわ》ばってる気がするけど……うん、気のせいだ。

「では、ご来賓の皆さま方のお出迎えが終わりましたらそのように整えましょう。さあラグワーズ伯、

「どうぞ中へお入り下さい。また後ほど宝水魚のお話など、ゆっくりお聞かせ下さいね」

そう言ってスイッと奥へ手を差し向けたギルバートくんに笑みを返し、俺は再び宰相閣下に立礼をしてから奥へと足を進めた。複数の視線を感じるが気にしてはいけない。

執事のひとりに先導されて真っ直ぐに進んだ先には、美しい彫刻と金で仕上げられた豪奢《ごうしゃ》な扉。

この先がパーティー会場のようだ。


「ラグワーズ伯爵家　アルフレッド・ラグワーズ様――!」

呼び上げの声が響き、目の前の大きな両扉が開かれた。

後ろに続くディランとオスカーとともに会場内に足を踏み入れた俺は、いったん足を止める。誰が来たのか、会場内の人々が確認する時間を与えるためだ。貴族の作法ってば細かいよね。

俺のマントを確認して、会場の子息や令嬢方、そしてご婦人方が一斉に頭を下げた。おかげで頭を上げている同格もしくは格上の当主格の来賓がどれだけいるかが一目瞭然《いちもくりょうぜん》で確認できる。

公爵家一人、侯爵家三人、伯爵家が、いち、にぃ……俺以外に八人か。うぇっ、結構いるじゃん。真っ昼間に当主が何でいるんだよ。暇なのか?

なんて思ってることなどおくびにも出さず、俺は頃合いを見計らって会場内へと歩き始めた。ちょいちょい知り合いを見かけたけど、とりあえずは格上のお家の当主にご挨拶《あいさつ》しないとね。

かなり広い会場を奥に進んで、先ほど確認した当主たちの位置情報を元に挨拶の順番を決めていく。

未成年の誕生パーティーらしく立食形式の会場は通路が広く取られ、程よい間隔で並べられたテーブルは、開放されたガーデンにもいくつか続くように置かれていた。今は閑散としているガーデンだけれど、宴も酣《たけなわ》になれば人で埋まるだろう事は予想できる。

テーブルの間を埋める着飾った招待客らはすでに皆さん社交に勤《いそ》しんでいるらしく、あちらこちらで人の輪ができていた。ひときわ大きな向こうの輪の中心は、おそらくランネイル侯爵夫人……ギルバートくんのお母上だろう。壁際に並べられた椅子も八割以上は埋まっていて待ち時間のお喋《しゃべ》りに花が咲いているようだ。

それにしても人が多い。伯爵以上の爵位を持つ家は王国内に三十二家なんだけど、ここにはどう見積もっても百人以上はいるんじゃないか？　それに従者やら侯爵家の使用人らが加わって、ワンサカ状態だ。どうやらランネイル家は、各家の夫人方や年の近い弟妹まで気前よくご招待したらしい。

ギルバートくんはこれだけの招待者のリストをチェックしたんだろうか。したんだろうな、彼なら。当主代理として参加した若輩者に向けられる多くの視線をスルーするため、俺はそんなどうでもいい事をあれこれと考えながら足を進めていった。マントのおかげで声をかけられることもなく、道も譲ってもらえるので正直助かる。マント、グッジョブ！

「おお、アルフレッドではないか」

真っ先にご挨拶すべき最高位の人物にようやく近づいて行ったら、幸いなことに向こうから声をかけて下さった。

ひょろりと背が高く、実におっとりと上品なこの方。ルクレイプ公爵閣下だ。

ウェルカムドリンクを手にしながらホンワカと手を振るお姿は、現当主とは思えぬほど浮世離れ感がハンパない。俺と同じマントを着用しているのに、何となくそれすらも優雅な印象を受けてしまうのはお人柄なんだろうな。

俺は、公爵閣下のお声がけを待っていた様子の伯爵家当主や同年代らしき子息らの間を進むと、閣下の前へと進み出た。そしてご挨拶を申し上げるべく、低く辞儀の姿勢をとった。

むろん『どーも、ひと月ぶりです〜。廃鉱山でお目にかかって以来っすねー』などとは口が裂けても言えない。傍らに控えるキレッキレの家令殿にブッ飛ばされるからな。それ以前に、アレ関係の話は公《おおやけ》では御法度《ごはっと》だろう。

「お久しゅうございますルクレイプ公爵閣下。このようなめでたき祝宴の場にて再び拝顔の栄に浴し、我が身に余る光栄でございます」

頭を下げる俺に、閣下はすぐさま「よいよい。堅苦しいのはなしじゃ」と機嫌よく応じて下さった。

おや、随分とご機嫌がよろしいようだ。手にしたドリンクのせいでもなさそうだけど……。

なんてことを思いながら頭を上げた俺に、閣下はニッコリと口角を上げると、おもむろにスイッと一歩近づいて、その口元を片手でそっと覆いながらゆるりと話し始めた。

「ギルバートの祝いの席ならばと顔を出したのよ。エリオットの件ではギルバートとアルフレッドには借りがあるゆえな。こうしてそなたにも会うことが叶《かの》うて、実に喜ばしい限りじゃ。おかげで王家との交渉も有利に運んだわ。まったくそなたらには感謝しておるよ」

のう、と視線を向けられた傍らの家令が、大きく頷《うなず》いて主に同意を示した。

なるほど、いい感じに王家との話し合いが済んだわけね。ご機嫌な様子を見ればダメージも少なく綺麗に片付いたんだろう。

「まこと、ランネイル様とラグワーズ様の素早い情報と助言あればこそ、早めに対策が打てました。我が主はじめルクレイプ家は、深くお二方に感謝しております」

家令の言葉に笑みを深めた閣下はひとつ小さな息を吐いたあと、ほんの少しだけ困ったように眉《まゆ》を下げて言葉を続けた。

「エリオットのことは私も悪かったのだ。公爵位は私で終わり。エリオットの降爵は避けられぬゆえな。あれこれと手を回しすぎて、あれには窮屈な思いをさせたのやもしれぬ。此度《こたび》のことで、将来こそとばかりに位と領地を削る口実を王家に与えずに済んでホッとしておるのよ」

なるほど。公爵家は王族の六親等内が決まりごと。エリオット殿はいずれ降爵して侯爵か伯爵か、その辺は王家の胸先三寸ってことだ。今回はあの家令がうまく動いて恐らくは引き分け。いや下手すりゃ脅してうやむやに無かった事として処理されるよう片を付けたのだろう。

口元に当てた手の下で小さく溜息《ためいき》をついた公爵閣下の様子に、ついつい俺も同じく口元を隠して言わなくても良いことを口にしてしまう。

「窮屈、でございますか。ならばお健やかにご成長なさったからこその窮屈やもしれませぬよ、閣下。せっかくの機会にございます。このご療養中に、お父君たる閣下のお言葉にてその窮屈な世界を広げて差し上げては如何《いかが》でしょう」

「窮屈を……広げる?」

俺の言葉に、目の前で閣下が首を傾げた。

いやまあ、こんなこと言ってやる義理はないんだけどね。正直、公爵子息のエリオットとやらには会ったこともないし、ギルバートくんが巻き込まれたことを思えばどうでもいいんだけどさ。でも、こういった事情を聞いちゃうと、ホントついついね。

きっとご子息ってば、世話を先回りして焼かれすぎて状況が分かってないんだろうなぁと。それに閣下のこの空回りしてる感じ、なんとなく身に覚えがあるんだよねー。

「ええ、その閣下のお心の内、そのままお言葉になさってエリオット様にお伝えしてはと。よかれと思って包《くる》んだ真綿が、逆に愛しき者を不安にさせてしまう……。これは最近、私が身に染みた経験から申し上げるのですが、十六は未成年とはなかなかに侮《あなど》れませぬ」

思わずギルバートくんとの火曜日のやり取りを思い出し、俺は苦笑を漏らした。

「知って進むと知らずに進むでは大きく異なりますゆえ、ご聡明《そうめい》なご子息ならば広がった外を眺めて、必ずや善《よ》き未来へ進まれることでしょう。ああ、お話の合間には、閣下がご子息に愚痴やご相談などをなさってもよろしいかと存じますよ」

口元を手で覆ってクスリと笑ってみせた俺に閣下は目を丸くして、そして、それは楽しそうに声を上げて笑い出した。

「そうか、そうじゃな。それはよい。うむ、話すことは山ほどあるぞ。愚痴も山ほどな。そうか、あれも成長しておるか……ハハハ！」

調子こいて閣下に対して軽口を叩《たた》いた俺に、傍らの家令殿は怒るどころかなぜか頭を下げてきた。あ、もしかして主人を笑わせたから？　いやどういたしまして。

内心ほんの少しだけビビっていた俺に上機嫌らしき公爵閣下は笑みを深めると、その視線を真っ直ぐに向けてきた。

「それにしてもアルフレッド、マント姿がよう似合っておるな。学院在学中に着用を許されるとは大したものよ。ラグワーズ当主《ディヴィッド》もさぞ鼻が高かろう。まこと羨《うらや》ましい限りじゃ。将来このマントの留め具が金色《こんじき》に変わるのを私も楽しみにしておるぞ」

当主代理を示す俺の銀金具をトントンとつついてまた微笑むと、閣下はスイと近づけていた身体を元通りに引いて傍らの家令へ目配せを送った。

そして家令が発動させていた簡易の防音結界を手早く解除し終えると、閣下はまるで周囲に聞かせるかのように声を張った。

「なにか困ったことがあれば何なりと言ってくるがよい。そなたならば我がルクレイプ公爵家がいつでも力を貸すゆえな」

周囲の貴族家当主らが耳をそばだてる中、何ともはっきりとした俺個人への支援表明。

きっと成人し当主代理となった俺に対する閣下なりの餞《はなむけ》なのだろう。ありがたいことだ。ちょっとだけ周囲の貴族たちの目が痛いけど……。

閣下ってば、おっとりとした前世のお公家《くげ》さんみたいな見た目なのに、やたらと声が通るんだもんなー、なんてことを考えながら俺は「他にも挨拶があるだろうから行くとよい」という閣下のお言葉に甘えて、次の挨拶へ向かうべく、御前《ごぜん》を辞して再び会場を歩き始めた。

何やら最後にオスカーが家令殿にゴニョゴニョと話していたので、何を話していたのか訊《たず》ねたら宝水魚のことだった。雅《みやび》好きの閣下に餞《はなむけ》へのお礼に事前情報を伝えたそうだ。抜け目ないねお前は。

そうして俺は、公爵家に次いで家格の高い侯爵家の当主三人にも順番にご挨拶を済ませて回る。

その全員が取引相手で、父上を通して顔見知りだったのは幸いだったんだけど、顔見知りが災いして全員からマント姿をツッ込まれ、バシバシと肩や背中を叩かれる羽目になった。地味に痛い……。

当主連中《オッサン》はなんでああも力加減ができないんだろうか。

でもまあ思った以上にスルスルと済んでしまい、さて次は伯爵家かと思ったところで、カランカランと大きなベルの音が鳴り響いた。

「レオン第一王子殿下――――！」

いっそう高らかな呼び上げの声とともに、レオン王子が会場へ入ってきた。後ろには近衛《このえ》二人とランネイルの主《あるじ》たる宰相閣下、そしてギルバートくんが付き従っている。

ザザッと会場内の全員が一斉に殿下へ身体を向けて頭を垂れた。もちろん俺も。

俺の中ではギルバートくんに迷惑をかけまくったクソガキでも王族は王族。これぱっかりは仕方がない。ここは学院じゃないからね。

そうして殿下たちが歩き始めたのを見計らって頭を上げれば、ちょうどパーティー開始の時刻だ。

どうやら来賓らはすべて揃《そろ》ったらしい。

「皆さま、本日はようこそお出《い》で下さいました」

殿下が王族用に用意されたテーブルに着席したのを確認して、主催者たる宰相閣下が声を上げた。

隣にスラリと立つのは愛しいギルバートくん。

うん、今日はひときわ綺麗《きれい》で可愛らしいね。襟や袖《そで》などに金糸の刺繍《ししゅう》がふんだんに配《あしら》われた漆黒の揃いは彼にピッタリだ。

いやもちろん、我が家に来た時の彼だって、ひときわ綺麗で可愛かったんだけどね。彼はいつだってひときわ可愛いんだ。ひときわって何だっけ、まあいいや。

そんなことを思いながら彼を見つめていたら、パチッとギルバートくんと目が合ってしまった。

俺が「ご挨拶がんばってね」という気持ちを込めて細めた目で笑みを送れば、彼もまた僅《わず》かに目元を緩めて応えてくれる。そんな一瞬のやり取りを終えてフイッと視線を動かした時だ。

バッチ――ン！　と隣の宰相閣下とも目が合ってしまった。……マジか。

その逃げられそうもない視線に俺が貴族の笑みで小さく会釈を返すと、ふいっと視線を逸《そ》らされた。

それも会釈した瞬間に逸らされてしまった。もうそのタイミングが絶妙。さすが宰相。いやまあ、別にいいんだけどさ。

それよりも、宰相閣下の目が「てめぇ後でツラ貸せ」って言ってたような気がしたんだけど……。

うん、気のせいだよね？

◇◇

「本日は、かように多くの皆さま方より心温まるお祝いをして頂き、このギルバート・ランネイル、この上なき幸福に胸震わせております。私はまだまだ勉強中の若輩者。されど本日の皆さま方からのお気持ちを胸に、今後いっそうサウジリア王国貴族の一員として精進して参る所存でございます。これよりのひととき、どうぞみなさま祝筵《しゆくえん》をお楽しみ下さい」

ギルバートくんの澄んだ声が凛《りん》と会場に響き渡る。

まったく臆《おく》することのない堂々とした佇《たたず》まい、簡潔ながらきっちりポイントを押さえたスピーチ内容。うーん、さすがはギルバートくん。完璧《かんぺき》だ。

けど胸震わせちゃってるって、ギルバートくん、震えてるの？　プルプルしてるの？　プルプルするギルバートくん……。ぐぅ、想像しただけで可愛いんだけど！　抱き締めていいかな。いやあれはスピーチの常套句《じようとうく》だ落ち着け俺。

そんなアホなことを貴族の顔の下で忙しく考えている俺の視線の先、その会場の正面には綺麗で可愛いギルバートくんと、可愛さゼロ、何ならマイナスの宰相閣下、そして微笑みを浮かべて彼を見守るお母上のランネイル侯爵夫人が立っている。

なるほど。ギルバートくんの髪色と面立ちはお母上似なんだね。お母上の従妹《いとこ》である王妃殿下もあんな感じのプラチナブロンドだからプラチナ一家だな。つまりプラチナ一家とイケメン一家のハイブリッド、ギルバートくんてば生まれたときからプラチナイケメン……って、いかん。また思考がどうでもいい方向に……。

スピーチを終えたギルバートくんに会場じゅうから拍手が湧いた。

一礼をした彼が一歩下がると、宰相閣下が微笑みながら会場をグルリと見渡し、グラスを掲げた。

いよいよパーティー開始の合図だ。このあとギルバートくんには、会場中を回って挨拶《あいさつ》をするという苦行が待っている。がんばってね。

「若様……」

後ろからディランが声をかけてきた。そうそう、俺も残りの当主連中に挨拶しなきゃね。オッケー。ああ、その前にクソガキ殿下か。

会場内に目を向けると、さっそく各家の当主らが殿下の元へと足を向けている。みんな素早いねぇ。なので俺も仕方なしに、正面のご挨拶スペースのやや左に設けられた王族席に着席なさっている殿下の元へと歩き始めた。一斉に動き始めた当主たちの中には、後ろにご夫人とご令嬢、あるいはご子息らを引き連れたお家もいる。うん、売り込みだね。そっちも適当にがんばれ。

やる気も湧かないのでゆるゆると殿下のテーブルへと近づいて行くと、そこにはすでにご挨拶の列ができていた。ちょうど今、公爵閣下がサクッと挨拶を終えたところらしい。

順番的には公爵閣下、侯爵家の三人《おっさん》、あとの伯爵家は早い者順だ。侯爵三人の後ろには、すでに気合いの入った伯爵家当主が五人並んでいる。うち三人はバッチリご子息ご令嬢連れだ。

こりゃ時間がかかりそうだなー、と思いつつ列の最後尾に向かっていると、後ろから声がかかった。

「率爾《そつじ》ながら、ラグワーズ伯でいらっしゃるか」

んん？　と振り返ればそこには、俺と同じ銀金具マントの偉丈夫と、そして頭を下げている同級生のクリフの姿があった。あー、クリフのお兄ちゃんか。

グランバート家ってば、末弟の同級生の誕生日会にお兄ちゃんたちが来たの？　そっかー、本人は辺境伯《おじいちゃん》のとこにいるんだもんね。

「初めてお目にかかる。グランバート伯爵家当主代理、ダニエル・グランバートと申します」

そう言って貴族の立礼をしたお兄ちゃんに、俺も礼を返した。

お兄ちゃんもクリフに負けず劣らずデカいねー。背もそうだけど、幅というか厚みがヤバい。両耳にピアスつけてるから結婚してるんだね。グランバート家ってば安泰じゃん。

「これはグランバート伯。ご挨拶痛み入ります。ラグワーズ伯爵家当主代理、アルフレッド・ラグワーズにございます。ご令弟のクリフ殿とは学院での同窓。今後ともお見知りおき下さいませ」

そう言ってお兄ちゃんとクリフに、ね、とばかりに顔を向ければ、クリフがその頭を上げてこっそりと小声で、それでも楽しそうに声をかけてきた。

「アルフレッド、当主代理就任おめでとう。大したもんだ。でもお前ならば驚くことではないな。兄上、最年少記録が破られましたな」

わずかにニッと口端を上げたクリフを慣れた様子でスルーしたお兄ちゃ……ダニエル殿が「在学中とは……」と、もんのすごく同情したような眼差《まなざ》しを俺に向けてくる。あ、分かってくれる？

俺が思わず眉を下げて「誕生日当日に届けを出されまして」とボソッと溢《こぼ》せば、「そうですか。私は卒業した日にやられました」とダニエル殿が遠い目をした。ああ、やっぱり俺と同類。

お父上のグランバート伯は騎士団長としてお忙しく、領地は賢夫人と名高い奥方が切り盛りしているとのことだから、きっと早く長男に任せたかったんだろう。

向かい合ってハァーッと溜息をついた俺たちを、クリフが「まあまあ」と苦笑しながら宥《なだ》めてきた。

きっとダニエル殿も山のような仕事を押しつけられて苦労しているんだろうな。心の友になれそうな気がする。

「ところでラグワーズ殿。お声がけしたのは他でもない。ひと言お礼をと思いましてな」

そう切り出したダニエル殿は、末弟のドイルくんの例の顚末《てんまつ》について、よくぞ弟の愚行を暴いて下さったと、クリフと二人して頭を下げてきた。

聞けばグランバート家は誠実を重んじ、卑怯《ひきょう》を嫌忌するという厳しい家訓をお持ちなのだそうだ。

そっかー、でも早めに分かって良かったじゃん。十六ならまだいくらでも取り返しつくしね。きっとガッツリ教育されてるんだろうなドイルくん。頑張れ。ま、どんな教育かは聞かぬが花ってことで。

いやいやいいんだよー、気にしないでたまたまだからー、これからもよろしくねー、みたいなことを貴族言葉で話す俺の後ろでは、ディランとオスカーがグランバート家の従者たちと何やらコソコソと話している。あのオスカーの目は金勘定をしている目だ。どうやらグランバート領に何かしらの良い取引品目があるらしい。

そんな感じでグランバート兄弟と話してたら、ご挨拶に並ぶ当主格は俺らが最後になってしまった。ま、俺たち代理だし、かえってこの方がいいんじゃね？　とダニエル殿らと一緒に列で待ちながら、クリフも交えて領地経営やら王都の物価についてゴニョゴニョと情報交換。クリフはさすが文官志望だけあってリアルタイムな数字に強い。いいね。

前に並んでいる当主はあと二人。いま殿下の前へ進み出た当主は着飾ったご令嬢二人と夫人を連れていらっしゃる。おぅ家族総出か、長くなるかな。

そうして、ようやく俺の番になった。家族総出の挨拶長げぇよ。その後の伯爵見習ってよ。サッと終わったぞ。と内心ブックサと溢しながらも、俺は殿下の前へ進み出てキッチリと頭を下げた。

「ラグワーズか。面を上げよ」

殿下の言葉に下げていた頭を上げると、殿下のお綺麗なお顔と、後ろに控える近衛の隊長と、隊員の姿が目に入った。ああ、なるほど。近衛が殿下に貴族の名前を教えてるのね。うん、シュナイツ隊長なら間違いないわな。たいていの貴族なら頭に入ってるだろうし。

それにしても、同級生のパーティーでのお付きに近衛の隊長とはね。殿下はよほど信用されていないらしい。ま、過去の行動からしたらしょうがないけどね。殿下ってば元・攻略対象者だけあって顔だけはいいからさー、令嬢方にモッテモテのパーティーでまた粗相しないよう見張られてるんだねぇ。ああ、もちろん殿下はイッケメーンだけど、俺としちゃギルバートくんの方がイケメンだし、格好いいし、綺麗だし、可愛いし可愛いからね。

「お前は、あの時の……」

俺を見た殿下が目を見開いた。あれ、講堂でのこと覚えてた？　忘れてていいのに。

なんてことはおくびにも出さず、俺はニコリと貴族の笑みを浮かべると、お決まりの挨拶の口上を述べ始める。

「ラグワーズ伯爵家嫡男、アルフレッド・ラグワーズが当主に代わりましてレオン第一王子殿下にご挨拶を申し上げます。本日は畏《おそ》れ多くも陪席の栄に浴し……」

「そなた、セシルがその後どうなったか知らぬか？」

最後まで挨拶させんかーい！　そして話題がそれかよ！　思わず笑顔が固まっちまったじゃないか。

おおぅ、防音結界が一瞬で発動したぞ。さっすが近衛、準備万端。

「お前、あの時ギルバートを連れ出した奴《やつ》だろう。途中から講堂に入ってきて事情にやたらと詳しかった……そうだ、お前だ」

そう言って俺を見る殿下に「うわー、めんどくさーい」と思いつつも、王族相手に目を逸らすこともできない。男爵令嬢《ヒロイン》のその後って、殿下ってばどこまで知ってんのかね。

それを確認したくても目線を動かせないので、後ろに立つシュナイツ殿の顔も見ることができない。

辛うじて目の端に入った隊長の手元を見れば、おや、人差し指で×《バッテン》の空気文字……からの小さく指を振っていらっしゃる。ふむ、殿下には何も伝えてないと、首振れないから指振ってると。了解。

「畏れながら、私ごときが知る由《よし》もなき事にてお答えすること叶《かな》わず、申し訳ございません」

そう言って頭を下げた俺に、小さく溜息《ためいき》をついた殿下が口を尖《とが》らせた。

「皆が皆、そう言うのだ。何も知らぬと。父上も、宰相も、それに公爵、騎士団長、近衛。そしてお前もか。なぜだ、知らぬはずはないのに……」

わざわざ指折り数えながら何言っちゃってるんでしょうね、この坊ちゃんは。知らんでいいことだから誰も言わないんだよ。

めんどくせー、さっさと終わらせるかと、俺がまた頭を下げてその場を体《てい》よく辞そうとした時だ。

「あとは……ギルバートか？　奴ならもしや……」

その名が出た瞬間、俺の中で何かのスイッチが入った。は？　ギルバートくんだって？

「畏れながら殿下。陛下をはじめ中枢の御方々《おんかたがた》がご存じないものを、侯爵家のご子息がご存じとは到底思えませせぬ」

うっかり低い声が出てしまった。しかし殿下はどうにも納得できないようで、さらに口を尖らせブスくれた顔をしやがっ……した。

「いや、そなたは知らぬだろうが、ギルバートは私がセシルと最後に別れた現場にいたのだ。迂闊《うかつ》にも小部屋に閉じ込められた時、外で近衛《このえ》らと共に動き回る奴の声を聞いた。小部屋の外に出たときはいなかったが、妙に真面目な奴だからな、私より早く帰途についたとは考えにくい。あやつならば細かくは知らずとも、あの後セシルがどのように立ち去ったかくらいは見ていたはず……」

俺の頭の中に、洞窟《どうくつ》内でのあのギルバートくんの冷え切った身体と、泥だらけの冷たい手の感触が蘇《よみがえ》って、グツリとまた腸《はらわた》が音を立てそうになる。

「知ってどうなさいます……」

思わず言葉が口を衝《つ》いて出た。目の端で近衛隊長がグッと拳《こぶし》を握ったのが見えたが、知ったことか。

俺の言葉に、殿下が「いや…」と口ごもった。それにも無性にイラッとさせられる。

殿下は……いやこのクソガキは、ただ知りたいだけなのだ。ただの興味本位。こいつはまったく分かっちゃいない。あれがどういう結果をもたらしているのか、周囲がどれほど大変だったか、今後への影響も、自分の足元も、何もかもだ。

「殿下、どうぞご自身の言葉の先をお考え下さい。物事の先を見据え、物事の前を遡《さかのぼ》り、耳を澄ませ、目をお開きなさいませ。殿下ご自身の御為《おんため》にございます。責任を負わぬ言の葉は、周囲にとって障《さわ》りにしかなりませぬ」

ギリッと噛《か》みしめた自分の奥歯の音に、ハッと我に返った。

やべぇ、頭に血が上《のぼ》りかけてた。ああっ、俺を見つめる殿下の顔色が悪くなってるーっ！

慌てて俺は貴族仮面を強化し、打たれ弱い王子様のために出来るだけ穏やかに話を切り替えていく。

「さあ殿下、今日はそのような会話をなさるためにいらしたのではございませんでしょう。朗らかに、そつなくお役目をお果たしになるのが先決。貴顕《きけん》たる殿下ならば容易《たやす》きことと存じます」

とりあえずそうヨイショしつつ笑って励ませば、殿下がコクコクと頷《うなず》いてくれたので、俺はチャンスとばかりに今度こそ「では」とひとつ頭を下げると、そそくさとその場を辞した。後ろに立っている近衛隊長の顔は……うん、諦《あきら》め顔だ。すまんな隊長。あとは頼む。

けど隊長さんよ。殿下が次にヤバいこと言い出しそうになったら、そこの焼き菓子十個くらい口に詰め込むのをオススメするよ。その殿下相手じゃ魔法陣がいくらあっても足りやしねーぞ。


そんなこんなで殿下の元を離れた俺は、サクサクと残る七人の伯爵家当主への挨拶回《あいさつまわ》りを済ませる。

当主クラスが来ている伯爵家八家のうち、顔見知りはクリフんとこを含めても三家で、あとは初めてお目にかかった面々。そんでもって、そういう家に限ってグイグイ来るのよ。

いやまあ、知り合いの家は全部子息であったり、娘でも既に婚約や結婚をしてるお家だったから、結果的にそうなったのかもしれないけど。でもさー。

『これなるは我が娘の……』

『女学院ではお恥ずかしながら賢才《けんさい》などと評されておりまして……』

『いやはやラグワーズ殿のお姿に、うちの娘が……』

当たり障りない挨拶《あいさつ》中に、どの家も強引に娘の話をカットイン。天気の話に割り込む娘の刺繍《ししゅう》や気立ての話。いやせめてもう少し会話の繋《つな》がりを考えようよ。

「お見事です」

「分かりやすくて親切でしたね」

前世の選挙運動ばりに娘の名を連呼されようと、絶対にその名を呼ばず、夫人ともども頭を上げさせない姿勢を貫いた俺に、後ろにつくディランとオスカーが楽しげな声を上げた。

いや、名前さえ呼ばなきゃ透明人間扱いオッケーな貴族ルールを最大限に活用させてもらっただけなんだけどね。

まあ、跡を継がない子息令嬢がいる親御さんの気持ちを思えば、解《わか》らないでもないんだよ？　きっと正式な婚約とかは成人後にしても、早めにツバつけておきたいし安心したいんだろう。もしかしたら、若造のくせに何様だテメー、と思わせてしまったかもしれない。いやほんと申し訳ないっす。でも他を当たって下さい。

「ああ、若様が気にされることはないですよ。当家と直接取引がないということは、それなりの理由があるということですから」

あ、そうなの？　と目を丸くした俺にディランがニッコリと頷いた。なるほどねー。

会場のあちこちでは防具《マント》のない子息たちが、令嬢《ハンター》やその家族にとっ捕まっている姿が……。いやマジでマントあって良かったかもしれない。

そんな彼らに『良いご縁が見つかるといいね』と、そっと心の中で手を合わせながら、ひと息入れるために適当なテーブルを探していた時だ。

「ラグワーズ伯……」

俺の耳に、凛々《りり》しくも可愛らしさ満点の声が聞こえてきた。言わずもがなギルバートくんだ。

「ラグワーズ伯、こちらにいらっしゃいましたか」

公の場ゆえ、少々貴族的な冷たい表情をしている彼。でもほんの一瞬ふわっと和らいだ目元が逆に引き立っちゃって、俺の心臓を直撃。なんてこった、あー可愛い。

目の前に来たギルバートくんが「どうぞ」と両手に持ったグラスのひとつを差し出してくれた。他家のパーティーでは基本飲み食いをしない俺だけど、彼がくれたものなら別。もちろん俺はありがたくそれを受け取った。

「これはギルバート殿。先ほどの見事なご挨拶姿、思わず見惚《みと》れてしまいましたよ」

彼の頬へキスを……する事は叶わないので、代わりに俺は渡されたグラスの縁へとそっと口づけた。

それにほんの一瞬だけ、可愛らしい表情を見せたギルバートくんだけれど、すぐに元通りの貴公子に戻ると、その綺麗《きれい》な目をふうっと細めて口角をわずかに上げてみせた。貴族の仮面をきっちり被《かぶ》ったギルバートくんの微笑だ。

おや、どうやら彼はいよいよ宝水魚のお披露目《ひろめ》をスタートさせるようだ。頃合いになったら始めるって言ってたもんね。

「ラグワーズ伯、本日は素敵な贈り物をありがとうございます。あのように貴重で美しい宝水魚を頂《ちょう》戴《だい》した上に、その僥倖《ぎょうこう》をお客様方にもお分けすることをお許し頂き、まことに……」

予定していたセリフを、ギルバートくんが淀《よど》みなくスラスラと話し始めたその時、

「ギルバート」

その声に、目の前の彼がピタリと言葉を止め、そして一瞬にしてその顔からスッと表情が消えた。

ギルバートくん――――？

美しい所作で振り向いた彼の後ろには、見事なプラチナブロンドを結い上げた優美なご婦人、ギルバートくんのお母上が立っていらした。

「母上、不躾《ぶしつけ》ではございませんか。私はラグワーズ伯とお話ししている最中だったのですよ」

抑揚も熱もない、硬質な彼の口調。こんな彼の声を俺は聞いたことがない。

「まあ、ごめんなさい」

困ったように眉《まゆ》を下げ、口元を扇で覆った夫人。けれど彼女はすぐに俺の方へと視線を向けて、ニッコリと、それはもう上品な貴族女性の微笑みを向けてきた。

「これは無作法をいたしまして。お初にお目にかかります。アイザック・ランネイルが妻、グレース・ランネイルでございます」

流れるように美しいカーテシーを披露した夫人に、俺も当主代理としての礼を返す。

「ラグワーズ伯爵家が嫡男、アルフレッド・ラグワーズでございます。本日はかくも盛大な祝賀の席にお招き頂き、ありがとうございます」

それに扇の向こうでフフッと目を細めた夫人は、二歩、三歩と足を進めて俺に近寄ると、その扇をさらに口元に引き寄せ目を細めながら俺を見上げてきた。

「まあ、ラグワーズ家の年若き当主代理様の何とご立派なこと。会場じゅうのご令嬢方が色めき浮き足立つのも分かりますわ。ご婚儀が相整いましたならば是非ともお呼び下さいませ。ああ、我が不肖の息子ギルバートも、下らぬ脇目など振らず素晴らしき嫡男へと育ってほしいもの。貴方様《あなたさま》もぜひ遠いご領地からお見守り下さいましね」

おぉー、ほぼノンブレス。すげーな夫人。

扇の向こうから覗《のぞ》く夫人の視線は、まるで挑むかのように鋭く冷え冷えとしたものだ。なるほど、ご存じでいらっしゃるか。でもまあ、親御さんとして夫人の心配も言いたいこともよく分かる。

夫人の言いたいことは要するに、

『このクソガキ、てめぇはとっとと嫁もらって田舎に引っ込んでな』

……である。

でもさ、一つだけ聞き逃せない事があるから、そこは訂正させてもらっちゃおうかな。

「ギルバート殿が不肖などと、ご謙遜《けんそん》も過ぎましょう侯爵夫人。ご子息のご聡明《そうめい》さと慧眼《けいがん》は、万人に称賛されて然《しか》るべきもの。しかもその才に溺《おぼ》れることなく、真摯《しんし》に努力する姿勢は当《まさ》に貴族子息の鑑《かがみ》かと存じますよ。そのようなご子息に対しては是非、自慢の、宝物の、といったお言葉を使われるがよろしいでしょう。ああ、至宝の、でも良いかもしれません」

ニッコリと笑ってノンブレス返しをした俺に、侯爵夫人の顔が固まった。

あれ？　そこは息子褒められて喜ぶところでしょ。あ、見た目にも言及した方がよかった？　よし任せろ。ギルバートくんを褒め讃《たた》える言葉なら三日三晩でもイケる。

俺が張り切ってスーと息を吸ったその時、傍らから「ラグワーズ伯……」と涼やかな美声が聞こえた。見れば、やや目元を染めたギルバートくんが思わずといったようにクスリと可愛らしく笑っている。あー可愛……

「ギルバート、みっともない顔はおやめなさい」

小声ながらピシリとした侯爵夫人の叱責が飛んだ。その瞬間、ギルバートくんの顔からスッと表情がかき消えた。

……え？　今、みっともない顔って言った？

侯爵夫人は自分が出したその声に、周囲を確認するように素早く視線を巡らせ、そして一度きつく唇を引き結ぶと、スイッと彼へと近づき、いっそう声を潜めた。

「せっかくの晴れの場で気分の悪いこと。関わる相手を選ばないからそんな下品な表情が出るのですよ。さ、行きますよ。ギルバート」

侯爵夫人がその白く細い腕をギルバートくんに伸ばして、彼の手首をギリリと掴《つか》んだ。

はぁぁ――――？

気分が悪い？　下品？　おいこら待てや侯爵夫人《オバサン》!!

と、その時だ。

「おおー、いたいた。これギルバート、宝水魚の披露目はまだかの。待ちきれぬわ」

その声にパッとその手を離した夫人が、扇を畳んで素早く姿勢を整えた。

見れば、ルクレイプ公爵閣下がこちらに歩を進めていらっしゃる。閣下、ナイスタイミング！

閣下に立礼をしながらも、俺の目にチラリと映ったのはギルバートくんの手首。可哀想に。痛くはなかっただろうか。

「閣下……」と今までの事など無かったかのように、ギルバートくんが俺と侯爵夫人の間を縫うようにして閣下へと歩み寄って行った。その表情は完璧《かんぺき》な貴族の微笑だ。

「おお、アルフレッドもおったか。なんじゃ、ちょうど披露目の相談でもしておったか？」

ふんわりと笑った公爵閣下。なんだろう、妙に癒やされる。

「はい、今まさにその話を始めたところだったのですよ。思いがけず少々、話が長引いてしまいまして、閣下をお待たせするなど面目次第もございません」

そう苦笑しながら、俺も閣下へと歩み寄っていった。もちろん、寸前に侯爵夫人へガンを飛ばすのは忘れない。

「フフッ、申し訳ございません閣下。せっかくなので演出に少々凝ってしまいました。けれど必ずやご満足頂けることと存じます。ああラグワーズ伯、宝水魚の扱いに長《た》けた使用人の方々にもお手伝い頂いたのですよ。お礼を申し上げます」

少し先で閣下と、そして俺に向けて穏やかに話を進めるギルバートくん。彼の意識はすでに宝水魚のお披露目プロジェクトへと切り替わっているようだ。

そう？　このままお披露目になだれ込んじゃう感じ？　俺まだ何かモヤってるんだけど。いやまあ、君が進めたいなら俺に否やはないのだけれど……。

ちらりと後ろを振り返れば、踵《きびす》を返した侯爵夫人が立ち去っていくところだった。誰かに呼ばれたらしい。通りすがりの招待客へ声をかける夫人と、閣下と話しているギルバートくん、どっちも完璧な貴族の微笑だ。

俺は微妙にモヤる気持ちを抱えながらも、いよいよ始まる宝水魚のお披露目に備えて、ギルバートくんの元へと足を進めた。

◇◇

パーティー会場となっているランネイル家の別棟には大きな専用庭があって、その景色もまた客人らをもてなすに相応《ふさわ》しい、品格に溢《あふ》れるものだった。

目映《まばゆ》いほどの緑の下草と美しく刈り込まれた植栽、そして咲き乱れる季節の花々たち。緻密《ちみつ》な設計によって配置されているだろうそれらは、差し色のような真っ白い小道が描く曲線のまろみと絶妙に調和して、何とも自然で柔らかな造形美となっている。

昼間の会らしく明るく華やかな会場の雰囲気は、行き届いた会場内の設《しつら》えもさることながら、このガーデンの美景と窓から差し込む明るい陽光によって品格と軽やかさを兼ね備え、なおいっそう人々の心を浮き立たせていた。

その招待客らがいま期待の眼差《まなざ》しで見つめているのは、会場中央で間口いっぱいに開け放たれた白い格子扉の先……ガーデンをほんの二十メートルほど進んだ正面にある茂みだ。

ザンッ！

その茂みが突如震えたかと思うと、いくつかの小花が空に散る。とその直後、
ザァァァァ――――ン！

そんな擬音語をつけたくなるほどに、勢いよく茂みの向こう側から噴き上がった水柱に招待客らがどよめいた。


あの後、公爵閣下と言葉を交わしたギルバートくんは、そりゃもうよく通る声で、さり気なくも存分に新種の宝水魚の価値や希少性を周囲にアピールしてみせた。

「ではさっそく、皆さまにも幸運のお裾分《すそわ》けをいたしましょう」

招待客らの期待が充分に高まったところで、そう声を張ったギルバートくんはガーデンへ続く大きな開口部に歩を進め、そうして始まったのがこのお披露目……いや、ショーである。

実際のところ、植栽の向こうから高く上がった水柱は、その勢いにもかかわらずまったくの無音。

水の周囲に張られた見事な結界によって、音だけでなく水飛沫《みずしぶき》も散ることはなかった。

湧き昇る水流に乗った細かな水泡が、陽光を反射して水柱全体をキラリキラリと煌《きら》めかせる様は、さながら明媚《めいび》な景観に突如現れた幻想的なアート。

その二本の水柱の中をスルリと、まるで天へと上がるように泳ぎ昇りながら宝水魚たちが登場する

と、会場のあちこちから大きな拍手が湧いた。

遠目には白と黒に見えた二匹の魚だったが、五メートルほど真上に上がった水柱がスイッと角度を変え、ゆっくりと渦を巻くように人々の集う会場へと近づくほどに、その絢爛《けんらん》な斑紋《はんもん》が際《きわ》やかになっていく。

片や、雪のように真っ白な背に目にも鮮やかな紅紫《べにむらさき》の濃淡の斑《まだら》。まるで大輪の牡丹《ぼたん》を背負ったような華やかな魚体。片や、青光りする黒色地に目映く光を放つ金銀の鱗《うろこ》。星の瞬く夜空のごとき神秘的な魚体。

するすると伸びる二本の渦の中を、ゆったりと旋回しながら舞うように泳ぎ進む二匹の宝水魚の姿に、招待客らの目は釘付《くぎづ》けだ。

「あの二匹にして正解でしたね」

ディランがそっと耳打ちをしてきた。それに小さく頷《うなず》きながら、やっぱりギルバートくんはすごいなぁと、俺は改めて感心してしまう。

先日のお茶会で宝水魚を選ぶ際、宝水魚を買い求めるのは当主格なのだから、彼らが好みそうな珍しい色彩の個体を、という意見が出る中で、

「一匹は女性好みのものを入れましょう。ご婦人方の噂話《うわさ》は何よりの宣伝効果がありますからね」

と、ニンマリと口端を上げて笑ったギルバートくん。

果たして会場中のご婦人方の反応は上々。水中を流れる牡丹《ぼたん》の花のごとき艶《あで》やかな宝水魚をうっとりと見つめている。

ガーデンからその最後尾を切り離した水の渦は、まるで空飛ぶ透明な龍か蛇のごとく緩やかに蛇行しながら、スルリスルリと泳ぐ宝水魚たちを運んでいく。

招待客らが見守る中を、時に絡まるように交叉《こうさ》しながらゆっくりと進む二本の水の渦は、それでも結界のおかげで一滴たりとも雫《しずく》を落とすことはない。

目に見えぬ柔らかな筒の中で煌めく涼しげな水流と、その中を泳ぐ鮮やかな宝水魚の輝きに、会場の招待客のみならず立ち働く使用人ですら足を止め、陶然とその動きを目で追っている。

そうして暫《しばら》く、その二つの渦の先端は会場の左右へと分かれ、いつの間にやら生花が取り払われた大きな大理石の花台へと向かって行った。

会場の両端で載せるものが無くなった空の台座の、そのツルリとした石肌の上へとうねり進んだ水が、まるで吸い着くかのようにピタリと先端を付けたかと思うと、みるみる立ち上がり、瞬く間に垂直の水柱が二本、会場の中に出来上がった。

あたかも初めからそこにあったかのように、ピタリと台座の上で直立した水柱の中では、それぞれ白と黒の宝水魚たちが、その煌びやかな色彩を誇るかのように優美に泳ぎ、その姿に招待客たちからは感嘆の声とともに、いくつもの溜息《ためいき》が漏れ落ちる。

そうしてようやく、ガーデンを背にしたギルバートくんが、ホッとしたように小さく息を吐いた。

お疲れさま。すごいよギルバートくん。

「ほほぅ、これは何とも贅美《ぜいび》な。これほどに鮮やかな宝水魚は初めて見たわ。ギルバート、素晴らしいぞ」

星空のごとき宝水魚が泳ぐ水柱の前で、公爵閣下が機嫌よく頷いたかと思えば、対する牡丹の花のごとき宝水魚の前では殿下が食い入るように水中を見つめている。

どうやらお披露目《ひろめ》は大成功のようだ。二本の輝く水柱の前には、人だかりができ始めている。

いやー、しかしギルバートくんの魔力量ときたら大したもんだ。今回の演出は、基本的に水と風の魔法の合わせ技なのだけれど、ガーデンや会場にあらかじめ仕込んだ魔法陣の動力はすべて彼の魔力。

俺が手伝おうにもアウェイな他家では準備に手を貸すこともできず、結局彼ひとりに頼り切りになってしまったのだけれど、この規模をひとりの魔力で賄えるのだから若手トップクラスの魔力量保持者の名は伊達《だて》じゃない。

「若様、あとはお任せ下さい」

小さく囁《ささや》いたオスカーがそっと俺の背に手を添えてきた。見ればディランもまた小さく頷いている。

「私は白に、オスカーは黒の柱に付いて、説明と下交渉をいたします。オスカー、徹底的に焦らせ。手に入らぬものほど熱は上がる」

柱の前に集い始めた招待客らをチラリと見やったディランが、僅《わず》かに口端を上げてそう言えば、オスカーも当然とばかりにニッと目を細めた。

「二十分は大丈夫でしょう。さ、若様。今のうちに」

そ、そう？　んじゃ遠慮なく……と、俺は二匹の宝水魚に目を奪われている会場の招待客らに背を向けて、そうっと外のガーデンへと足を向けた。実はこれも打ち合わせ通り。

あー、いやその、ギルバートくんとね、ちょっと抜け出そうか……なんてね。そんでもって、じゃあ宝水魚のお披露目の直後ならみんなの興味が逸《そ》れるしいいんじゃない？　ってことで……。

ディランとオスカーの協力の下、俺はサッと外のガーデンに出ると、素早く開かれた格子扉の陰へ。

それから深い軒下に並んだテーブルの間をすり抜けて、目の前の白い小道を右へと進んでいく。

花と植栽がこんもりと茂った場所を道なりに曲がれば、徐々に低くなっている植栽の向こう、別棟の壁際の地面に、十字に積まれた赤茶色のブロックが目に入った。

ギルバートくんが置いてくれたその目印に向かって、ヨッと低い植栽を越えた拍子に、マントがヒラリと翻る。おっといけねぇ、とマントの両端を手で押さえ、植栽に当たらぬように少々たくし上げた。こういう時は邪魔くさいなぁ。

壁際に近づいて、積まれたブロックから三歩だけ左に進めば、ギルバートくんから聞いていた通り、隠匿の魔法がかかった扉が現れた。おそらくは使用人用の通用口のひとつなのだろう。キイッと鍵《かぎ》のかかっていないその扉を開けた。

何だかさ、人んちに忍び込むみたいでドキドキしちゃうよね。いや実際、忍び込んでるんだけどさ。

これでギルバートくんがいなかったら、俺ただの不審者じゃね？　なんて思いながら扉の中へと身体を滑り込ませたその時、グイッと俺の腕が引かれた。

おっと……と、たたらを踏みそうになるのを堪《こら》えて前を見れば、俺の腕を掴んだギルバートくんがこちらを見つめている。よかった、不審者タイムは最短で済んだようだ。

時間を逆算すれば、おそらく彼は水柱を完成させた後、すぐにここへ直行したのだろう。

ギルバートくんは唇の前に指を一本立ててみせると、俺の手を引いて廊下を歩き始めた。うん、ぜひともその指になりたいね。

そうして案内されたのは、別棟に備えられた客室のひとつ。

そっと扉を閉めたギルバートくんが何枚かの魔法陣を発動させた。えーと、防音と強化、それに幻惑……かな？　なるほど。客室の扉を消すのは不自然だから、扉が開かれた未使用の状態を幻惑で再現することにしたのだろう。

「これでほぼ、この部屋は安全です。窓にも強化と隠匿を発動済みですから」

そう言って振り向いたギルバートくん。あまりにも彼らしい周到さに思わず笑みが溢《こぼ》れてしまった。

「お疲れさま、ギル。疲れてないかい？」

そう言って手を広げた俺に、口元をキュッと結んだギルバートくんがその長い足をタンッと踏み切って、そして俺の腕の中へポスンと飛び込んできた。

「アル……」

俺のマントの下の背をギュッと抱きしめ、また小さく「アル……」と呟《つぶや》きながら俺の首元でスリスリとするギルバートくんを、俺もギュッと抱き締め返した。

ああまったく、なんて可愛いんだろうね。

「今日の君もすごく凛々《りり》しくて立派だったよ。堂々としていて格好良かった。私の愛しい人はなんて素晴らしいんだろうって、ずっと思っていたんだよ」

俺は我慢できずに、チュッと滑らかな髪に鼻先を埋めてキスを贈った。それに顔を上げたギルバートくんが、薄く朱の差した目元を柔らかく細めながら俺を見つめてくる。

うん、会場での彼も可愛かったけれど、やっぱり目の前の彼が一番可愛らしいな。

「アルも、当主代理のマントがとても似合っています。あまりに似合っていて大人で、まるで別の方のようだと……。でもやっぱりアルです」

俺の腕の中でそう言って、ふんわりと笑った彼。なんて可愛らしいことを言うのギルバートくん。

そんな彼の頬に小さな口づけを贈り、もう一度ぎゅうっと抱き締めようとして、俺はフッと大切なことを思い出した。そして僅かに身体を離すと、俺の背に回っていた彼の右腕をそっと取り上げた。

「痛くはなかったかい、ギル」

その手首を確認して、痣《あざ》などになっていないことにホッとする。

けれど、痕はなくても痛みがあるかもしれない。彼の痛みが俺に移るようにと願いながら、俺はそっとそこに唇を押しつけた。

「大丈夫ですよ。しょせんは女性の力ですから」

なんだそんなこと、とばかりにギルバートくんはクスッと笑って、そうして俺が取ったその右手をふわりと俺の頬に当てると、なんとも穏やかな微笑みを浮かべた。

「あの人は昔からあんな感じでしてね。私の顔がお気に召さぬらしい。ご自身で産んだというのに、おかしなものです。気にしないで下さい。何とも思わないので」

本当にどうでもいいことのように、サラリと母親である夫人のことを流した彼。

感情を動かす価値もないと言わんばかりの言葉に、彼らの関係性が窺《うかが》えてしまう。てっきり優秀な彼ならば大切に育てられたに違いないと思い込んでいたけれど……。

夫人にどんな理由があるのかは知らないし、貴族の家ならば様々な事情もあるのだろう。立ち入るつもりはサラサラないが、調べるだけでもしてみようか。もし彼が理不尽な圧迫や不当な評価をされているなら、少しでも彼の力になってやりたい。俺などに何ができるかは分からないけれど。

だいたい何がどうなれば、このギルバートくんに対して下品だの、みっともないだのといった言葉が出てくるんだ？　あり得ないでしょ。どう見ても知性も品格も可愛さも、マックスレベルの最強天使じゃないか。

「そうかい？　ならばギル、その美しい笑みも可愛いらしい表情も、ぜんぶ私が頂いてしまおうね」

頬にあった手を持ち上げ、柔らかな掌《てのひら》に唇を押しつけてそう告げれば、「アル……」とギルバートくんが頬を染めて照れたように笑った。うん、この表情も俺が頂いた。独り占めだぜ。

またそっと俺の胸の中に身体を預けたギルバートくんを思う存分抱き締めて、俺はそのサラサラとした髪を指で梳《す》き撫《な》でる。

「愛しているよ、ギルバート。いつでも、ずっとだ」

形のいい耳朶《じだ》に唇を寄せて、増していくばかりの愛しい気持ちを今日も俺は言葉にする。会えた日は必ず。会えない日は魔法陣で。この先もずっと、何万回でも俺は彼に伝え続けるんだろう。

ホゥッと温かな彼の吐息が首筋にかかって、そうして顔を上げたギルバートくんの綺麗《きれい》な瞳《ひとみ》が俺を捉《とら》えた。

「私も愛しています、アル。私のアルフレッド……」

ふんわりと頬を染めて微笑みながら、まるで吐息の続きのようにそう囁いた彼の声に、俺の心臓は限界寸前。彼の腰に回した両腕にクッと力を込め、その鼻先まで顔を寄せたなら、蕩《とろ》けるような翡翠《ひすい》はもう目の前だ。

「そうだよ、君のアルフレッドだ。私の心はぜんぶ君にあげてしまったからね」

目を細めながらそう告げる俺の、その言葉を紡いで動く唇を、ギルバートくんが柔らかな唇の狭間《はざま》で悪戯《いたずら》げに啄《ついば》んでくるものだから、思わず口角が上がってしまう。

早く、とまるで強請《ねだ》っているようなその仕草が、まったく可愛くて仕方がない。

「ん……」

悪戯なその唇をパクリと塞《ふさ》いだ刹那《せつな》、ギルバートくんが小さな声を漏らした。

それすら可愛くて愛しくて、そのしっとりと滑らかな上下の唇をゆっくりと順番に吸い上げ、そして角度を変えて深く合わせた。

彼が欲しがるものなら全部あげないと……ね。

小さな音を立てながら、ふわふわとした弾力を楽しんで、それから、柔らかな隙間にほんの少しだけ入り込んだ。そして、すぐ内側の綺麗な歯列をツゥと軽くなぞったら、そっと開いた狭間の向こうから現れたのは瑞々《みずみず》しくも滑らかな、それはもう美味しそうな果実。

その柔らかな先端にそっと舌先をつければ、合わせたままの彼の唇がピクリと小さく反応した。

背中をキュッと掴《つか》んできた彼の背にそっと片手を滑らせて、その唇を俺はまたゆっくりと食《は》むように堪能していく。しっとりとした先端に合わせたその舌先は動かさないように、俺はふるふるとした上下の弾力を唇全体で味わっていった。

ね、怖くない……。少しずつ、だから。

唇を擦《こす》り合わせて角度をゆっくりと変えたその時、おずおずと探るように、口内の彼がチロリ、とその先端を小さく動かした。それに思わず頬が緩みそうになる。

――嬉《うれ》しいよ。そんな気持ちを込めて俺も同じ動きを、ほんの少し強めに返してみせれば、長い睫毛《まつげ》を僅かに震わせた彼が小さく鼻を鳴らした。

何とも愛くるしい声音にうっとりと目を細めていると、彼がまた試すかのように俺の舌先でクルリと動いてみせた。その物慣れぬいじらしい動きに、俺の中の何かがゾクリと粟立《あわだ》つ。

ね、ほんのちょっとだけなら……いいかな？　ギルバートくん。

そんな言い訳をしながらも、とっくに動き始めた左手が彼の後頭部へ回ると同時に、俺はグイッと右手で彼の腰を引き寄せていた。ピタリと重ねた唇を擦り合わせながら、俺は合わせた舌先をゆっくりと動かしていく。

柔らかな舌裏を掬《すく》うように、それからヒクリと動く舌上の感触を楽しんで、滑らかな上顎《うわあご》をくすぐった。どこもかしこも甘やかな彼の口内を、余すところなく隅々まで可愛がりたい。だから……ね、もうちょっとだけ……。

二つの唇の間で小さく漏れる水音が、さらに俺を煽《あお》っていく。

できるだけ優しくゆっくりと、そうは思っても、ついつい……ね。

俺の舌の上で可愛らしく踊るその上等なご馳走《ちそう》をグルリと堪能していたその時、カクンッとギルバートくんの身体から力が抜けた。

しまった、やりすぎた……。

慌ててキスを中断して、俺は彼の身体を引き寄せ支える。見れば、腕の中のギルバートくんの頬は薔薇色《ばらいろ》に上気し、潤みきった翡翠が縋《すが》るように俺を見上げていた。

「ぁ……ちから……が」

赤く濡《ぬ》れた唇を震わせながら、戸惑うように小さく呟いたギルバートくん。

何とも滴《したた》るようなその色香に頭がクラクラしてくる。俺の腕の中で、どうしよう……とばかりに綺麗な眉《まゆ》を下げた彼が、熱っぽく蕩けた瞳で俺を見つめてくるものだから、もうね。

けれど、腕の中でクタリと力を抜いたギルバートくんをこのままにしておく訳にもいかない。うん、いかない。ダメだぞ、俺。

素早く周囲を見渡せば部屋にあるのはソファとベッド……。いやベッドはマズい。冷静でいられる自信がない。今でもギリッギリだからな！

あ、ギルバートくん、そんな吐息を溢さないで。俺の理性にダイレクトに響くから……。

俺は力の入らないらしい彼の膝裏《ひざ》へと腕を通してヨイショと持ち上げた。そしてそのままソファの方へ。——ベッドは見ない、見えない、存在しない。

俺と大して身長は変わらないけれど、さほど重くもないギルバートくんは、やはりもう少し太ってもいいんじゃないかな。なんて無理やり思考を飛ばしながら、俺はクッタリとした彼を抱えたまま、移動したソファへと腰を下ろした。

「アル……」

膝の上で身体を預けたギルバートくんを抱き締めながら、ゆっくりとその髪や背中を撫でていたら、ゆるりと動き出した彼が、いまだ艶《つや》を含んだ声色で俺の名を呼んだ。これもまた……かなりクるな。

けれど煩悩と闘っている俺のことなどお膝の上のギルバートくんが知るよしもなく、俺の肩に頭を落としたままギュッと首に両腕を回してきた彼は、俺の耳元に吐息のような囁《ささや》きを吹き込む。

「あれは……だめです。もう少し待って下さい……鋭意努力、しますので」

……グラッときた。

鋭意努力って、可愛すぎるだろう――っ！　ああどうしようギルバートくんが俺を殺しにきている。でもとりあえず、殺される前にもう一度キスを……。

そう思ってギルバートくんの方へと首を向け、その顎《あご》下へと俺が唇を這《は》わせた時だ。

バキィィ――――ッ!!

空気を裂くような激しい音が響き渡った。

ギョッと驚いてその方向を振り向けばそこには、大きくヒビの入った全開の扉と、口元をヒクつかせ、仁王立ちする宰相閣下の姿が――――。

……やべえ。この体勢は、かなりマズいんじゃなかろうか。

◇◇

入口に立つのは、鬼の形相の宰相閣下。

――ソファの上には、横座りで俺に乗っかったギルバートくん。

宰相閣下の後ろで目を見開いている家令と側近たち。

――頬を染めて、俺の首にしがみついてるギルバートくん。

大きくヒビが入り、蝶番《ちょうつがい》が一つブッ飛んだ扉。

――可愛すぎるギルバートくんの腰をガッツリ抱えたままの俺。

マ　ズ　す　ぎ　る。
これはもう言い訳できない。土下座案件である。

「あ……」

とりあえず何か言わないと、と俺が口を開きかけた時だ。

クスッ、と耳元で小さな小さな音が聞こえたかと思うと、俺の首がグイと上に引っ張られた。

ちょっとだけ首がミシッていったけど、それを気にする間もなく、すぐさま覆い被《かぶ》さってきたギルバートくんに、はむっと唇を奪われてしまう。

そして始まったのは怒濤《どとう》のキス攻撃だ。

チュッ……チュッ……チュッ……。

音を立てて短いキスを繰り返すイケメン貴公子ギルバートくん。

それは唇だけに留《とど》まらず、俺の頬や顎や目元や額にも……。もはやキスの絨毯爆撃《じゅうたんばくげき》である。もし俺が眠り姫ならソッコーで飛び起きる勢いだ。

突然のことに面食らいつつ、けれど俺にはどうにもできない。お膝の上のギルバートくんにされるがままだ。なぜなら、まったく身動きが取れない状態なもんで……。

俺の顔面はギルバートくんにホールドされ、俺の両腕は彼が倒れないように支えるのが最優先。

辛うじて膝《ひざ》下は自由だけど、これでピコン！　とか足上げたらただのバカでしょ。笑いを取ってどうする。けど、この体勢を何とかしようにも、俺にギルバートくんの腕を振りほどいて彼の身体を退《ど》かすという選択肢がないのがネックだ。

ということで、ギルバートくんの柔らかなキス攻撃を甘んじて……内心ちょっと喜んでる自分に呆《あき》れながら受けていると、

「ギルバート」

ひっくーい宰相閣下のお声が聞こえてきた。そりゃそうだ。

それにピタリとキスを止《や》めたギルバートくんが、スリッと俺の頬に顔をつけたまま扉の方へと目を向けたのが分かった。

「おや、父上。いらしていたのですか。まったく気がつきませんでした。王子殿下を見張っていなく

てよろしいので？」

俺の頬に唇を擦《かす》らせながら話すその口調は、抑揚こそあるものの驚いた様子は皆無。いやギルバートくん、白々しさもそこまで行くと惚《ほ》れ惚《ぼ》れしちゃうんだけどね？　でも、さすがにそれは……。

恐る恐る宰相閣下のお顔を見ようにも、俺の顔はギルバートくんのお手々と頬っぺによって固定されたままなので見ることができない。

「父上、魔力をぶつけて無理矢理こじ開けたのですか。衝撃波で扉が壊れてしまったではないですか」

仕方がないですねぇ、と言わんばかりにギルバートくんが小さく頭を振った。……俺の頬の上で。

俺としてはただスリスリされているだけである。

「よく私たちがここにいるとお分かりになりましたね。もしや、ラグワーズ伯の動きを窺《うかが》っておられたので？　ずいぶんとお客様に対して失礼では」

「普通の客ならば警戒などするものか」

宰相閣下のお声が聞こえてきた。ギルバートくんの顔も、宰相閣下の顔も見ることができないので声で判断するしかないのだけど、宰相閣下が怒りを抑えていらっしゃるのはよく分かる。

え、俺ってば警戒されちゃってた？　やっぱ、お茶会でのアレは報告されているよなぁ。

「巨大な軍馬で乗り付けてくるような家を警戒しないわけがないだろう。他家の馬が怯《おび》えて逃げ出していたじゃないか」

……違った。でも、え、軍馬？　いや確かにうちの馬はデカいけどね。別に軍に供出しているわけでも、それ専用に育てているわけでもないから軍馬じゃないよ。領地じゃ普通にでっかい荷車曳《ひ》いてもらっているからね？

口を開こうとしたら、またチュッとギルバートくんに可愛くキスされてしまった。

えっと、なんか俺、喋《しゃべ》っちゃダメな感じ？

「馬車を曳くのに軍馬は不可などという規定はありませんよ父上。あれはほかの馬が勝手に怯えて、勝手に止まったり逃げ出しただけです。ラグワーズ伯は何もしておりません。言いがかりです。お気の毒に……」

そう言って俺に頬ずりするギルバートくん。いやいやいや、俺すんごく身の置き所がないんだけど。

「ならばあの従僕たちは？　我が家の使用人たちをさんざん威嚇していただろう。あれで警戒するなと言う方が……」

「あれが威嚇、ですか？　私はそう思いませんでした。確かに降車時の跳躍とスピードには驚きましたが、従僕としての立ち居振る舞いは見事でした。素早いことを非難するのはおかしなことです」

「威圧が半端なかっただろう。一瞬、攻め込んできたのかと思ったんだぞ」

「気のせいです」

頬にあった両手を俺の首に回したギルバートくんが、キュムッと俺の頭を抱きしめた。あ、これでやっと首が回せるかな。頬っぺはくっついたままだけど。

そうして頬っぺにギルバートくんをくっつけたまま、俺がゆっくりと首を動かすと………当然のことながらバッチンと宰相閣下と目が合ってしまった。

「で、ここで何をしておられる、ラグワーズ伯。なぜ私の息子があなたの膝の上に座っているのかな？」

あ、やっと話しかけてくれた。何だろう、話に入れてもらえたみたいで妙に嬉しい……じゃなくて、ええそうですよね宰相閣下。当然の疑問です。

えーと、ここは素直に謝ろう。まずはそこからだ。

真っ先に「申し訳ございません」そのあとに客室へ入ったことを詫《わ》びて、順序よくギルバートくんとのことを説明する。よしっ。

「も……」

「逢《あ》い引きをしていました」

キッパリとしたギルバートくんの声に、ビシリとその場の空気が固まった。

口を開きかけた俺、口元を引き上げた宰相閣下、そしてたぶん後ろの家令や側近たちも、その瞬間ガチリと固まってしまった。

………あいびき？

あいびきって何だっけ？　そうだ牛と豚の……いや違う。ハンバーグに逃避してどうする。逢い引きだ、逢い引き。

そうか、これは逢い引きだったのか。まあ確かに、言われてみれば否定できない。でも、だけど、そんなにハッキリと……。

「私が手引きをして、私が部屋に連れ込んで、せっかくのいいところを父上が邪魔したのです。無粋ですね。放っておけば間もなく戻ったというのに」

フン、とばかりに鼻を鳴らしたギルバートくんが、俺の顔から頬っぺを離して頭を起こしたので、ようやく俺はギルバートくんの顔を見上げることができた。

視線の先には、形のいい唇をキリリと引き結び、煌《きら》めく翡翠《ひすい》の瞳《ひとみ》で宰相閣下を真っ直ぐに見つめる美しく整った横顔……。凛々《りり》しい。目眩《めまい》がするほど凛々しいよ、ギルバートくん。座っているのが俺の膝の上でなきゃ完璧《かんぺき》だ。

きっと宰相閣下もそう思われたのだろう。

「ならば今すぐ戻りなさい。そこから降りるんだギルバート」

そう平坦《へいたん》に、けれど鋭く告げる宰相閣下のお顔からは抑えているはずの怒りが溢《あふ》れ出ている。

けれどギルバートくんはそれを気にすることなく、コテリと可愛らしく首を傾げたかと思うと、薄らと口元に笑みを浮かべてみせた。

「申し訳ありません父上。彼との逢瀬《おうせ》に蕩《とろ》けてしまって……不覚にも身体が動かないのですよ。もうしばらくお時間を頂けますか」

僅《わず》かな苦笑を含んだその言葉に、宰相閣下がギッと俺を睨《にら》み付け、そして一瞬だけ確認するようにベッドの方向へと視線を飛ばした。

いやいや、使ってませんから。未使用ですから。と思わずプルプルと首を振りたくなった。

「それで？　父上はわざわざ御自《おんみずか》ら、私の逢い引きを邪魔しにいらしたのですか？　ご心配頂かなくともその辺の加減は私も弁《わきま》えておりますよ」

片手でサラリと髪をかき上げたギルバートくんの声が低くなっていく。

「だいたい、私の役目はほぼ終わったも同然です。そつのない式辞に挨拶回《あいさつまわ》り、宝水魚にかこつけた私の魔力量の誇示。母上を満足させるには充分だったでしょう？　少しくらい休息したとて責められる謂《いわ》れはありません」

ふっと小さく息を吐いて、ゆるりと目を細めたギルバートくんの声から、徐々に感情が抜けていくのが分かった。口元に薄らと笑みを浮かべながらも、冷ややかに宰相閣下を見据えるその表情が、だんだんと人形《つくりもの》めいた硬質なものへと変化していく。

……ギルバートくん？

「だらだらとあの場にいて、これ以上何をしろと？　まったく、たかが未成年の子供の誕生パーティーに付き合いもないような家の兄弟姉妹まで呼んで。馬鹿馬鹿しい。母上の後《あのかた》ろにくっついてご自慢のアクセサリーのお役目をこなせと仰《おっしゃ》るか」

ギルバートくんの言葉が鋭さを増していく。父親である宰相閣下に飛んでいくその言葉は、けれど何だろう、それはとても――――。

「ギルバート！」

声を張った宰相閣下に、それでもギルバートくんはまったく動じることなく、凍った表情のまま口だけを動かし続ける。

もうやめるんだ、ギルバートくん。

彼の腰を支える手に力を込めて、片手で彼の背を小さく摩《さす》るけど、彼の言葉は止まらない。

「大きな声を出さないで下さい、父上。父上こそ母上の元へ早く行かれた方がいいのではないですか。普段めったにお帰りにならないのですから。権勢を誇る宰相閣下が夫としてお側《そば》に侍《はべ》られた方が、あの方は鼻を高くしてお喜びになりますよ」

宰相閣下に向けて止まることなく吐き出され続ける辛辣《しんらつ》な言葉。けれどそれは……その言葉は、まるで暴れ回る諸刃《もろは》の剣《つるぎ》のよう。

「ご存じですか。母上ときたら第一王子殿下の此度《こたび》の失態をお聞きになってからというもの、ことのほかご機嫌がよろしいのですよ。まあ、昔からですがね。けれどその度に、私への取るに足らない叱《しっ》咤《た》が増えるのは鬱陶《うっとう》しくて敵《かな》いません。たまには父上があの方のご自慢話とお小言の贄《にえ》になって下さってもよろしいでしょう？」

クスッと笑むような息を吐きつつも、けれど彼の表情はまったく動くことはない。

ギルバートくんの口から飛び出す数多《あまた》の刃《やいば》は、今この時、彼自身を切り裂き傷つけている……俺にはそう見えてしまって、とてもじゃないが堪えられない。

「ギルバート殿……っ」

彼の名を呼んで、その背を揺すった。もうやめて、ギルバートくん！

「覚えておいて下さい。あなた方がこの先、私の邪魔をしなければ私もこのまま自慢の息子を務めましょう。簡単な事ですよ。放っておいて下されば良いのです。先日もそう申し上げましたよね」

淡々とした口調とは裏腹に、俺の首に回されている彼の片腕にはずっと力が入ったままだ。まるで俺に縋《すが》っているように。

——お願いだギルバートくん。俺の声を聞いて。

もういちど彼の名を呼ぶが、宰相閣下の声がそれに被《かぶ》さってくる。

「何を言っている！　先日の話はそれとは……！」

「そういう意味でお話ししたつもりでしたが？　またそのお耳を素通りいたしましたか。まあ父上には取るに足らない話だったのでしょう。ご心配なさらなくとも間もなく戻って差し上げますよ。ランネイル家に相応《ふさわ》しい優秀で完璧な貴族子息の姿でね。さぞかしご満足い……」

「ギル！」

思わず声を張ってしまう。

ピクリと背を震わせて口を閉じた彼が、ゆっくりとした動作でこちらを振り向いた。

血の気の引いた頬、感情のないガラス玉のような瞳……。可哀想に、なんて目をしてるんだいギル……ギルバート。

俺は持ち上げた指先を、ほんの僅か皮肉げに上がっているその唇にそっと押し当てた。

「それ以上はダメだよ、ギル」

そう言って微笑んだ俺に、ギルバートくんの目元がゆるっと緩んだ。「アル……」と小さな声で呟《つぶや》いた彼が、ぎゅっとしがみつくようにして俺の肩に顔を埋《うず》めてくる。

俺はそんな彼を抱き留めて、ゆっくりとその背を撫《な》で摩《さす》った。

「ね、ギル。私はね、君を傷つけるものは、たとえ君自身の言葉でも許せないんだよ。だからダメ」

そう彼の耳に囁《ささや》けばギルバートくんがまた耳元で小さく俺の名を呼んだので、返事の代わりにギュッとその身体を抱き締めた。よしよし、痛かったね。

そうして、俺はそのまま宰相閣下に顔を向けた。うん、いいかげんちゃんとお話をしないとね。

「着座にてのご挨拶、ご容赦下さいランネイル侯爵。ご子息のご厚意で少々休憩を取らせて頂いておりました」

とびきり上等な貴族の笑みを向けた俺に、宰相閣下の目がスッと細められた。だがそんなものにビビっている場合ではない。まずはギルバートくんが最優先だ。

「きっと私に仰りたい事もございますでしょう。けれどこの場では、ゆっくりとお話をするのは少々難しいようですねぇ、扉も壊れてしまったようですし」

愛《いと》しい彼の背を撫でながらそう首を傾げれば、僅かに苦い表情をした宰相閣下が「部屋を」と家令に小さく指示を飛ばした。それを確認して、俺は腕の中のギルバートくんへ声を掛ける。

「ギル、一度控え室に戻ってひと息入れてはどうかな。温かいお茶でも淹《い》れてもらってね。そしてお腹が温まったら、会場で待っていて？　そうだな、ディランとオスカーのところで宝水魚を見ているといい。私はお父上と家同士の話があるからね」

「アル、私は……」と肩から顔を上げたギルバートくんが、僅かに眉《まゆ》を下げながら俺を見つめてくる。まるで「こんなはずでは」と言っているようなその顔をスルリと撫でれば、彼がその手に甘えるように頬を寄せてきた。

うん、分かってる。まあ、気がついたのは途中からだけどね。

俺のためだったんでしょ？　俺が宰相閣下に呼び出されて一方的に責められないように、二人の時にわざと見つかるように計画したんだよね。だって、君が本気だったら扉があんなに簡単に開くはずがないもの。でも思いがけずヒートアップしちゃったんだよね。

そんでもって、君が意識してたかは分からないけど……俺に伝えたかったんでしょ？　この状況を。自分の家のことを。今までの君のことを。

うん、しっかり受け取ったから。嬉《うれ》しいよ、ギルバートくん。

「大丈夫だから……ね」

俺は撫でていた手で彼を引き寄せると、その反対の頬に小さなキスを贈った。

宰相閣下の視線など今はどうでもいい。それよりギルバートくんを落ち着かせる方が先でしょ。

コクリとひとつ頷《うなず》いた彼に「立てる？」と聞けば、また小さく頷いてくれたので、その背を軽く押しながらゆっくりと彼を膝《ひざ》から降ろして、俺もソファから身を起こした。

「ギルバートを控え室に連れて行け」

宰相閣下の言葉に、背後にいたらしき側近と護衛が部屋に入って来た。

だーかーらー、何でそういうことをするかなー。ギルバートくんはまだ立ち上がったばかりでしょ。

「ランネイル侯、ご子息の意思とタイミングを優先しては頂けませぬか？」

ソファから立ち上がって宰相閣下の顔を見ると、おやおや、眉間《みけん》の皺《しわ》が凄《すご》いことになっておられる。

「口出しは無用です。我が家のことですので」

やれやれ、宰相閣下がこれほど短気だったとは。でもねぇ、申し訳ないけどギルバートくんへの対応に関しちゃ、俺も譲れないんだよね。

俺は、隣でまた無表情に戻りそうなギルバートくんの腰をそっと、できるだけ優しく引き寄せた。スルッと何の抵抗もなく引き寄せられちゃうギルバートくん。うん、可愛いね。

――バサリッ！

俺は目の前まで近づいてきた使用人二人に向けて、これ見よがしに掴《つか》んだマントを翻《ひるがえ》してみせた。

突然、目の前に現れたマントに驚いたのか、使用人たちの足が止まる。俺はその使用人たちの正面に、盾のように掲げたマントの家紋を向けて見せた。

「このラグワーズの家紋に許しなく触れるは侮辱行為。我がラグワーズ伯爵家への敵対と見なされますぞ。そのお覚悟はお有りかな？」

俺はその使用人たちを見据えながら腹に力を込め、でもできるだけ穏やかに声を上げた。ついでに貴族仕様の笑顔も添えて……。だって大声出したらすぐ隣のギルバートくんが驚いちゃうでしょ。

果たして、マントの効果は絶大。

使用人たちは分かりやすく怯《ひる》んでくれた。目の前で二人の顔色がみるみる青ざめていく。ついでに後ろの宰相閣下や家令の顔色も変わった。

なので、俺は彼らがいい感じに怯んでいる隙にそのマントでギルバートくんの肩から下をすっぽりと覆ってしまう。今まさに、この家紋つきのマントはギルバートくんを守る防具となっているわけだ。

家を盾にする権力行使……。ああ、俺は今とっても悪い貴族になっている。すまんな父上、こんな俺に当主代理を任せたことを後悔してくれ。だって、これがいちばん手っ取り早かったんだから。

「アル……」

腕の中から俺を見つめてくるギルバートくんに、俺は「大丈夫だよー」とばかりに笑顔と、ついでに頬へのキスも贈って、どうやら奥歯を噛《か》んでいるらしき宰相閣下にもお愛想で笑みを向けておく。

「本人の意思を無視するようなやり方は見過ごせませんのでね。なに、ご子息をこれ以上お引き留めするつもりはございません。ただ私は、僅かでも強要された行動を彼に取ってほしくはないのです。そのためなら私は、使えるものは何でも使います。ええ、何でもですよ。宰相閣下」

そう宰相閣下に向けて喋《しゃべ》りながらも、ほれほれ家紋だぞー、とばかりに俺がマントの左の裾《すそ》を正面に掲げてるもんだから、おぉ……使用人たちが後ずさりを始めた。やったね。

「ラグワーズ伯あなたは……っ！　お前たち、戻れ」

少しばかり顔色の悪くなった宰相閣下が使用人たちを引き戻した。

だってしょうがないじゃん。無理矢理ギルバートくんを連れ出そうとするからですよ。彼は力づくで連れ出されていい存在ではないからね。俺が見過ごせるわけないでしょ。

彼らが下がって目の前がスッキリしたところで、俺は抱き寄せたギルバートくんに声をかけた。

「さ、ギル。行っておいで？　君のタイミングで、君の思うように。お父上の命を受けたとはいえ、君が使用人に何かを強制されることなど何ひとつないんだよ」

向こうの使用人たちに聞こえるように嫌みを飛ばしておく。可愛い彼の手を掴もうとしていたこと、俺はバッチリ根に持つからなー。

俺の言葉に、ギルバートくんは息をひとつ吐きながらゆっくりと瞬《まばた》きをして、それからしっかりと光の宿った瞳《ひとみ》を俺に向けてきた。

やはり君は賢くて、そして素晴らしく誇り高い侯爵子息だよ、ギル。

「ええ。ありがとうございます。アル」

ふんわりと微笑んだ彼が、マントの中でクルリとこちらを向いた。

「では、私は先に出ていましょう。会場でお待ちしています。アル」

チュッと唇にキスを落とした彼の可愛さに頬を緩めながら、俺はマントの中から彼を解放した。

「いったん控え室へ行く。その後すぐに会場に戻るので手早く茶の支度をしてくれ」

胸を張ったギルバートくんがそう声を上げて歩き出せば、入口の使用人たちが頭を下げ、彼に道を空けた。その中を、自分の意思で、自分の足で、堂々と扉の外へ出て行くギルバートくん。そうとも、彼はこうでなくちゃね。

「ギルバート……」

声をかけた宰相閣下には目もくれずに横を素通りした彼が、扉を出る寸前に一度だけ俺の方を振り向いたので「大丈夫だよー」の意味を込めて軽く手を振り返した。

それにほんの少し口角を上げて小さく頷いたギルバートくんは、そのまま使用人を従え、廊下の向こうへと歩いて行った。それはいつも通りの毅然《きぜん》とした美しい後ろ姿だ。

うん、何はともあれ彼が元通りに落ち着いてくれて、よかったよかった。控え室ではぜひ美味しいお茶を淹れてもらってね、ギルバートくん――――。

俺は廊下の角へ進んでいく綺麗《きれい》な後ろ姿を、部屋の中からうっとりと見送り続けた。……ああー、曲がっちゃう……いつまでも見ていたいのにー。

「ラグワーズ伯」

おや、ひっくーい声が聞こえたぞ……。そうだったね、宰相閣下だ。別に忘れていませんよ。ちょっとご子息に集中していただけです。

ゆっくりと声のした方へ視線を向ければ、非常に険しい目つきで俺を見据えておられる宰相閣下の視線とバッチリ合ってしまった。

うん、逢《あ》い引きをしていた事に関しては素直に謝罪しなければいけないな。他にもまあ、目の前で色々やらかしちゃった自覚はあるので、厳しいお言葉は覚悟しなければ。

けれど――――。

自分の不徳を重々承知の上で、僭越《せんえつ》なことは百も承知で……。いや本当に、こんな若造が大変申し訳ないのですが……。ですが、ね……宰相閣下。

俺からも色々と、色々とね、伺いたいことができてしまいましたよ。ええ、だから……。

是非ともお話し合い、いたしましょうか。

◇◆◇　宰相アイザック・ランネイル　◇◆◇

その報告を聞いたのはパーティーの二日前。すでに陽も沈んだ夜のことだ。

あさってのために前倒しにした仕事をようやく片付けて、王宮の執務室から与えられた自室へと引き揚げる途中に届いた伝言魔法陣は、私の足を止めさせるほどには不可解な内容だった。できる限り簡潔に、淡々と報告したのだろう自邸の警備部隊長からの伝言に、私はおのれの耳を疑った。ギルバートが呼ばれたお茶会の帰りぎわに……なんだって？　は？　お相手の子息の唇に、約二十四秒間の口づけ？

無駄に細かいな、いや何だそれは。きっと何かの見間違いだろう。そもそもギルバートはまだ十六になったばかり。子供だ。

口づけの、いやお茶会の相手はラグワーズ伯爵子息。子息、子息だ。確かにあそこの家は子息しかいない。アルフレッド・ラグワーズ。ラグワーズ伯爵家の長男だ。

初めて聞く名ではない。息子のギルバートと知り合いだということも知っていた。

六月に起きた第一王子殿下の行方不明とそれに続く七月のルクレイプ領での一件では、全容は不明なものの息子と彼が解決の一助を担っていたと報告があった。

ギルバートが誕生日の贈り物をしたという話も聞いていたが「珍しいことだ」としか思わなかったし、年上の友人ができたのかと喜ばしくすら思っていた。

ただその友人というのが、王宮では一種異様な人物扱いをされているアルフレッド・ラグワーズだという事には多少引っかかったが。

数年前から王宮の財務・法務・通商・農産・土木、それらまったく違う担当部署で、時たま憶測レベルで名が挙がってはいつの間にか立ち消え、王宮に現れてもなぜか一切接触ができない不可解さに、一部から謎の人物扱いをされている。

だが実際のところ、謎の人物でも何でもない。アルフレッド・ラグワーズ本人とは、私は何度も顔を合わせたことがあるからだ。

親に似ず、実に穏やかで控えめな青年だ。噂《うわさ》など当てにならない。確か先月、後嗣届けが出されていたはずだ。あの青年とうちの息子が？　まさか。

そうだ。見間違いや勘違いということもある。明日の晩に家に戻ったら、妻と家令に聞いてみればいい。家のことはすべてあの二人に任せてあるのだから。

翌日はできるだけ早めに、とは言っても八時は回ってしまったのだけれど自邸へ戻ると、妻と家令が出迎えてくれた。ギルバートはと聞けば、もう寝てしまったという。ずいぶんと早いことだ。うむ、やはり子供なのだな。

妻は普段通りに柔らかな笑みをたたえて仕事の労をねぎらい、私の身体を気遣う言葉をかけてくる。

いつもながら賢くよくできた妻だ。仕事で家に戻れぬ私の代わりに家を切り盛りし、他家と細やかに交流をして時には有用な情報を私に与えてくれる妻のグレース。ギルバートの教育や躾《しつけ》に関しても、社交界で賢母として讃《たた》えられるほど完璧《かんぺき》にこなしてくれているようだ。

誰に似たのか幼い頃から無愛想で素っ気ない息子にも常に笑顔で接する妻の、母親としての姿を見るにつけ彼女を妻にしたことは正解であったと実感する。

なので私は、遅い夕食の時間に妻へギルバートのことを確認してみたのだが、一瞬だけ驚いたように目を見張った妻は、それでもすぐに笑顔で首を横に振ってくれた。

「私が見ている限り、お忙しいあなたが気にされる段階ではありませんわ。私の方でギルバートに確認して話をして、それから目処《めど》を付けてあなたにご相談したいと思いますの。それではダメかしら?」

私がギルバートを叱るのではと心配しているのだろうか。

妻は昔から私と息子の間に立って、クッションのような役割をこなしてくれている。私はどうしても口調が硬くなってしまうからな。家族の間に無用な軋轢《あつれき》を生まないために心を砕いてくれているのだろう。彼女のこの気配りのおかげで私は何の心配もなく政務に集中できるのだ。

妻の言葉に私は大きく頷くと、穏やかに明日のパーティーの話などを交えながら夕食を終わらせた。


「旦那様《だんなさま》」

寝る前に領地に関する報告書にでも目を通すかと、執務室へ向かっている時だ。家令のローマンが声をかけてきた。

何かしら報告でもあるのだろうと、そのまま執務室へと入った私が家令から聞かされたのは、あまりにも信じがたい話の数々。

ギルバートがラグワーズの息子に口づけをしたのは事実。しかも相手の家の玄関先で。それ以前にすでに互いの色を贈り合っていること。ギルバートが高等部入学以来めったに家に戻らないこと。

「ギルバート様は奥様を拒絶しておいでです。ずいぶんと前から。奥様から話をされることがあっても、ギルバート様は一切お答えにはなりますまい」

一番信じがたい言葉だった。ギルバートがグレースを拒絶している？

「そんな話、私は聞いていない」

戸惑う私にローマンは何とも言えない顔をすると、腹を決めたように私を真っ直ぐに見据えてきた。

「お忙しい旦那様を煩わせないよう、ギルバート様や家に関する細々としたことは奥様を通すようにと、むかし奥様が仰《おつしや》った言葉に旦那様が同意をなさいましたゆえ、私どもは今まで旦那様に直接申し上げることは致しませんでした。けれど、ここ数ヶ月の奥様とギルバート様のご関係を見るにつけ、家令として、たとえ言いつけに反してもご報告せねばと判断した次第でございます」

そう言って頭を下げた家令を前にして、私はただ呆気《あつけ》にとられるばかりだった。

どうにも自分の中の妻と息子の姿とは噛み合わないのだ。二週間に一度は家族揃《そろ》って食事をしているが、そんな様子は微塵《みじん》も感じなかった。

「いやしかし、先日ギルバートと話をしたがそんな様子はまったくなかったぞ。そうだ、あの年頃ならば親の目が鬱陶《うつとう》しく感じてもおかしくはない時期だろう。単なる……」

「いいえ！」と珍しく温和な家令がピシャリと私の言葉を遮った。

「私はずっとお側《そば》で奥様とギルバート様を見て参りました。お二人の軋轢《あつれき》は十年以上前からにございます。それに先日のお話でもギルバート様は旦那様にあれこれと仰っておられたではございませんか」

十年以上前から？　何を言っている。ギルバートはまだ十六だぞ。それに先日の話？　確か高等部はどうだという話から始まって、講義数は多いがどれも興味深くて楽しいという話だっただろう？

先日のギルバートの誕生日の晩、久々に二人だけで話をした執務室での記憶を思い起こす。

うん？　そういえば確かに時間が勿体《もったい》ない、鬱陶しい、指示はもう必要ない、というような事を言ってはいたが、忙しい時にペースを乱される鬱陶しさは私も経験があるので、頷《うなず》いておいたはずだ。

あとは……ああ、グレースの小言がどうとかも言っていたな。親子らしい愚痴じゃなかったのか？

執務室で話していたせいか、時たまデスクの書類を構っていて細かくは記憶していないが、ちゃんと耳は傾けていた。総じて恙無《つつがな》く平穏な印象しかなかったが。

「と、とにかく分かった。明日はそのラグワーズも来るのだろう？　なに、成人したばかりの子息だ。睨《にら》んで牽制《けんせい》しておこう。ギルバートとは明日のパーティーの後にでも時間を作る」

仕事で疲れていてこれ以上、家庭でのあれこれまで頭が回りそうもない。なので私はそこで話を切り上げることにした。

口づけ云々《うんぬん》については、そういった事に興味が湧く年頃なのだから遊び半分なのだろう。一時の戯《たわむ》れも程々にするよう念のため相手にクギを刺してやろう。しょせんは子供。いずれ自然消滅するさ。

僅《わず》かに眉根《まゆね》を寄せたように見えた家令だったが、けれど丁寧に礼をすると執務室を出て行った。私はその後ろ姿を目で追って、小さく溜息《ためいき》をついた。

「面倒な……」

溢《こぼ》れ出た言葉を意識することなく、私はそのまま当初の目的であった報告書を掴《つか》むと、執務室を後にして寝室へと向かった。

そうして迎えたパーティー当日。朝から支度と会場の確認で忙しく、ギルバートと顔を合わせたのはパーティーの直前になってしまった。昨日、家令はああ言っていたけれども息子の様子に変わったところはない。相変わらず愛想のない表情だが、これといって反抗的な様子も見られない。

午後になって少し経《た》った頃合いから、ぽつぽつと招待客が訪れ始めた。私は訪れる当主格を出迎えるべく、ギルバートとともに別棟の正面玄関へと向かう。

正面玄関でお出迎えするのは当主格と公爵家のみ。ほかの子女やご妻女方は、門から迂回《うかい》したアプローチで繋《つな》がる西玄関で執事たちがお出迎えをしている。案の定、あちらではすでに馬車の列が出来始めているようだ。

予定では、公爵家は当主が一家、夫人と令嬢が一家。侯爵家は三家ともに当主で伯爵家は当主が七で当主代理が一か。思った以上に多いな。うむ、我が家にとっては結構なことだ。

しばらくするとハンマークロスを確認した門衛から、当主らの訪れを告げる伝言魔法陣が飛んでくるようになった。受け取った魔法陣を手に家令のローマンが招待客の名を繰り返せば、十人ほどの執事・従僕らとともに、アプローチから近づいてくる馬車を笑顔で出迎える。

三十分ほどそうしていただろうか。残るはあと公爵家一家だな……とそう思った時、門衛から伝言魔法陣が飛んできた。やれやれ、これで最後か。

『ラッ、ラグワーズ伯爵家です！』

伝言魔法陣の声は、なぜか叫んでいた。

ラグワーズ？　例の子息のところじゃないか。当主が来るとは聞いていないが、まさか謝りに来たのか？

「ああ、申し訳ありません父上。ラグワーズ家は当主代理に変更になっております。私としたことが、うっかりお伝えするのを忘れておりました」

後ろを振り向けば、声だけ申し訳なさそうにするギルバート。

「わす……」

忘れていただと？　と口にしようとした私の耳に、不気味な重低音が聞こえてきた。

何だこの音は……と、バッと振り向きアプローチに目を向けるとそこには――――、筋骨隆々とした巨大な馬が、恐ろしい勢いと迫力でアプローチを突き進んで来るではないか！　しかも四頭も！

「……は？」

思わず間抜けな声が出てしまった。

普通の馬の一・五倍はありそうな巨漢の馬たちが、後ろに繋がった重厚な馬車と荷車など物ともせず、ドガドガとその太く逞《たくま》しい足で地面を打ち鳴らしながら、こちらへと近づいて来る。

その凶悪な殺気に当てられたのか、向こうで順番待ちをしていた馬車の馬たちが、次々と悲痛な嘶《いなな》きを上げながら西玄関のアプローチの奥へと必死で逃げ込んでいく。

それを宥《なだ》めるはずの各馬車の御者たちの顔色も真っ青だ。もちろん中には動かない馬もいたが……

立ったまま気絶してないか、あれ。

なんだあの馬車は……地獄からの使者か？

ふと目の前を見れば、主《あるじ》を降ろして馬車停めに向かうべく準備していたはずの侯爵家と伯爵家の馬車二台が消えていた。どうやらいち早く逃げ出したらしい。馬車を傾けながらすごい勢いでエントランスの向こうへ走っていく。あっちは薔薇《ばら》園なんだが……。

そうしていよいよ、獰猛《どうもう》そうな巨大馬四頭に曳《ひ》かれた馬車がエントランスへと入って来た。

間近で見る馬たちの覇気はやはり尋常ではない。尻《しり》が大きく盛り上がり、ガッと張った筋肉の陰影が黒光りする毛並みをさらに艶《つや》やかに際立たせている。

……これは、明らかに軍馬だ。しかも最上級の。

こんな気の荒そうな巨大な馬を、けれどラグワーズの御者は難なく操りスッと玄関の正面に止めてみせた。素人にも分かる。とんでもない腕だ。

遠目からは馬と同じ黒色に見えた馬車だったが、ピタリと目の前に止められたその車体には細かい彫刻とともに虹色《にじいろ》の光彩を放つ螺鈿《らでん》と金粉がびっしりと施されて、使われている金具の輝きはすべて純金。

あまりにもえげつない経済力の誇示。しかも上品なところがまた腹立たしい……と、心の中で悪態をつきかけていた時だ。その馬車の後方に立っていた二人の従僕たちが、何の予備動作もなしに高々と跳躍した。思わず全員の首が上を向く。

かと思うと、どこから出てきたのか馬車の陰からも後方の荷車の方からも、勢いよく従僕たちが跳び上がり、そして合計八人もの従僕が音もなく馬車前の地面へと着地した。

――――いまのは……なんだ？

呆気にとられる間もなく、着地した従僕たちの目が一斉にこちらを向いたかと思うと、私の背後の使用人たちへ膨れ上がるような威圧がかけられた。

ザザザッと、つい前に出てきていたらしい我が家の使用人たちが一斉に下がる音がした。私もうっかり下がりそうになるのをグッと堪《こら》える。

それを確認した従僕たちは目にも留まらぬ速さでステップを用意すると、虹色に輝く家紋つきの扉をそっと、静かに開いた。他の従僕たちは地面に片膝《かたひざ》をつき控えの体勢を取っている。いつの間に？

私の頭の中でガンガンと警鐘が鳴り響く。

ラグワーズ、こんな家だったか？　聞いてないぞ。なぜパーティーに軍馬と暗殺部隊が乗り込んでくるんだ！　おかしいだろう！　こんなアブない奴、誰が呼んだんだ！

この瞬間、私はラグワーズを一級の危険人物としてリスト入りさせた。トップクラスだ。

けれど私はこの家の主。いまここで怯《ひる》んではランネイル侯爵家の恥となる。私は目いっぱいの笑顔を作り、目の前の馬車の扉を見つめた。負けるものか！　さぁ、来るなら来い！

そうして待ち構える私の前に、その男が姿を現した。

凶悪な軍馬や物騒な従僕たちの雰囲気とはまるでそぐわない、柔らかな笑みを浮かべた穏やかそうな人物が馬車からゆったりと降り立った。

確かに、アルフレッド・ラグワーズだ。以前会った時よりもやや背が伸びて、その背には当主代理たるマントを着用している。

そういえば確かに当主代理の申請もされていたような記憶がある。すっかり失念していた。そうか受理されたのか。だが早くないか？　当主代理の申請受理には厳しい条件があるというのに。けれどあの銀飾りは正しく承認の証《あかし》……。

そのマントの右肩を翻してゆったりと微笑んだ男……いやラグワーズ伯が、背後に二人の従者を従えて歩み寄ってくる。背後の従者たちも穏やかに微笑んではいるが、目つきにまったく隙がない。

背筋を伸ばし私の前に立ったラグワーズ伯。

マントの下の控えめな色味の衣装は、けれどよく見れば恐ろしく細やかで優美な文様が銀糸で織り出され、動くごとに青白い輝きを放っている。留めボタンはおそらくすべて宝石。

いったいどれほどの金貨を積めばこのような一着が手に入るのか。ラグワーズの豊かさは知ってはいたがここまでとは。

「ようこそおいで下さいました。ラグワーズ伯」

驚きをグッと飲み込み、私は威厳をこめて歓迎の言を口にしたが、それを軽く受け止めたラグワーズ伯は、するすると流れるような祝いの口上を述べたかと思うと、見本のように美しい所作で礼をしてみせた。まるでベテランの貴族当主を相手にしているような錯覚に、一瞬だけ陥りそうになる。

だが油断は禁物。いやこの男は何から何まで油断ならない相手だと、私の長年の経験が再び警鐘を鳴らした。そしてその後すぐに始まったギルバートとのやり取りに、私はその警戒が正しかったことを確信する。

貴重な宝水魚を贈るというラグワーズ伯。胸を押さえて喜びも露《あら》わに会場での披露を提案するギルバート――――こいつら、通じていやがる。

嬉《うれ》しそうなギルバートの笑顔に呆然《ぼうぜん》としながらも、宰相として数多《あまた》身に覚えのある出来レースの気配に、私の顔はきっと微妙な感じになっていただろう。

けれど突然のことに為《な》す術《すべ》なく、私は引きつり気味の笑顔で宝水魚の披露を許可するしかなかった。


それから始まった我が家のパーティー。

第一王子殿下をお迎えして始まった宴は、侯爵家に相応《ふさわ》しい品格と華やかさを保ちつつ順調に進んでいった。招待客らの様子は皆とても満足そうで、あちらこちらで楽しげな笑い声も上がっている。うむ、今年のパーティーも成功裡《せいこうり》に終わりそうだな。

妻や息子とともに手分けして挨拶回《あいさつまわ》りをすれば、招待客からは口々に称賛の声が返ってくる。それに謙遜《けんそん》を口にしながらも、私は非常に満足だった。

そうだろうとも。良妻賢母の妻と優秀なひとり息子。そして一国の宰相である私。たとえ仕事に追われていようとも、家庭への気配りは忘れなかった私だ。当然の結果だろう。

挨拶回りも一段落したところで行われた宝水魚の披露も、あの胡散臭《うさんくさ》い男からの贈り物だという点を除けば、おおむね満足できる結果をもたらしてくれた。

その珍しさと美しさ、そして演出の華やかさは招待客らを魅了し、パーティーに華を添えただけでなく息子の魔力の高さをも証明する結果となった。

なりゆきとはいえ許可して正解だったようだ。王宮にもいない珍しい宝水魚は、今後しばらく要人の接待において有用な潤滑油として使えるだろう。

上機嫌に会場を見渡せば、懸念していた王子殿下は意外にも、真面目にそつ無くお役目をこなして回っているご様子。少しは国王陛下の叱責が堪《こた》えたのだろうか。この分ならばお目付役は近衛《このえ》だけでもよさそうだ。

今日のパーティーの目的はあらかた達成できた。そろそろ切りのいいところで私は先に王宮へ戻ろうか……、そう思っていた矢先だった。ギルバートとあの男が姿を消したと報告を受けたのは。

万が一にと、あの危険人物を執事や従僕たちに見張らせていたが、ギルバートと一緒だと？　息子は今日の宴の主役だぞ。どういうつもりだあの男！

向かったという方向から、別棟内の客室エリアにあたりをつければ、果たしてその一室前に小さな空間の歪《ゆが》みを見つけた。幻惑の魔法がかけられているようだが、わずかに魔力の通し方が甘かったなラグワーズ！　下手くそめ！

「ここだ」

ついてきた家令と側近たちを下がらせ、その歪みに一気に魔力を流し込めば、轟音《ごうおん》とともに扉が壊れ開いた。

——おかしい。扉が壊れるほどの魔力を私は流しただろうか？

そんな疑問が湧いたのも一瞬。目の前の光景によって色々ぜんぶ吹っ飛んでしまった。

その後の展開はもう、思い出したくもない。まるで悪夢のようだった。


カチャリと小さく音を立てて、目の前にティーカップが置かれた。その中へゆっくりと家令が緋色《ひいろ》の茶を注いでいく。私はそのゆらゆらと上がる湯気をボウッと見つめていた。

「さ、まずはお茶を飲んで落ち着かれなさいませ」

目の前から声がかかった。パッと目線を上げればそこには、穏やかな微笑みを浮かべている男……いや、お前が言うな。ここは私の家でお前が部外者だ。いかん、ボウッとしている場合ではない。

私は先ほどまで湧き上がっていた怒りを思い出した。

あの後、あの部屋を出た私たちは別棟二階の談話室へと場を移していた。賓客らと個別に密談をするために作らせた部屋なので、手狭だが防音が施されセキュリティーも高い。ただ、あの部屋からは少々遠いのが難点。ほぼ対角の場所にある。

最初は肩を怒らせ歩き出した私だが、移動の間にギルバートの言葉が次々と蘇《よみがえ》り、ボディーブローのように私を苛《さいな》んだ。

なぜこの部屋を用意したんだローマン……。他にもあっただろう。わざとか？

談話室の窓際に置かれたテーブルでラグワーズ伯と対面しながら、私は湯気を立てる茶をひと口飲んで喉《のど》と唇を湿らせた。この男にはひと言、いや十や二十は言ってやりたいことがある。

私が口を付けたのを確認してラグワーズ伯、いやラグワーズもティーカップを持ち上げ口を付けた。

……唇を濡《ぬ》らしただけか。用心深いことだ。こういうところも何やら気にくわない。

若造のくせにやけに身についた所作で音もなくカップをソーサーに戻したラグワーズに、私が口を開こうとしたその時だ。ふわりとラグワーズの前に小さな伝言魔法陣が現れた。

「失礼」と苦笑しながら魔法陣を手にしたラグワーズは、ほんの数秒で伝言を聞き終わると、胸元から小さな伝言魔法陣の紙を取り出した。

「使用人たちに心配をかけてはいけませんから、一報だけ入れさせて頂きますね」

確かに。戻るのが遅くなればラグワーズの従者たちが心配するだろう。あの凶悪な馬や従僕たちに騒ぎ立てられては敵《かな》わない。もちろん私は快くそれに同意した。

『大丈夫だよ。ちょっとランネイル侯爵とお茶を飲んでから戻るね。だから心配しないでおくれ』

簡単にそれだけ伝言するとラグワーズが魔法陣を飛ばした。

その時、一瞬だけ、すぐ横の窓外を黒い人影がよぎった――ような気がした。目を見開くが、窓外には花台の上で揺れる花しか見えない。

まさかな。ここは二階だぞ。バルコニーもない。防音もセキュリティも完璧《かんぺき》なはずだ。

気のせいだったか……とラグワーズに向き直れば、微笑みを浮かべながらこちらを見ている。その顔を見たとたん、あの空飛ぶ従僕たちの光景を思い出してしまった。

「お……」

お前のとこかコノヤロー！　と叫びそうになるのをグビッと飲み込む。いや、そんな訳がない。我が家のセキュリティーは完璧なんだ。そうだとも、気のせいだ。そうに決まっている。そう決めた。

茶をもうひと口飲んで気を取り直し、私は今度こそラグワーズを正面から見据えた。

「ラグワーズ伯。息子のことだが……、手を引いてはもらえぬだろうか」

出来るだけ穏便に、けれど単刀直入に口火を切った。私とてダテに宰相職を務めているわけではない。最初から喧嘩腰《けんかごし》など愚の骨頂だということは分かっているからな。

「ランネイル侯、ここには私たちだけです。私のような若輩者に改まった口調など無用にございますよ。どうぞお楽なお言葉をお使い下さいませ」

私の言葉には答えず、気遣わしげにそう言って眉《まゆ》を下げたラグワーズ。

「そうか、では遠慮なく。ラグワーズ殿も砕けて下さって構いませんぞ。で、息子から手を引いて下さるのかな？」

それに少しだけ目を丸くしたラグワーズは、けれど次にはフッとその目元を柔らかく緩めた。

「引くも引かぬも……。私はギルバート殿にこの心をすべて差し上げてしまいましたから。いまや私は彼の虜《とりこ》。下僕にございますよ。下僕が自ら主《あるじ》の側《そば》を離れるなどございませんでしょう？」

なんとまあこの男は、いけしゃあしゃあと臆面《おくめん》もなく。

「ギルバートはまだ十六になったばかり。何も分からぬ子供を弄《もてあそ》ぶのはやめて頂きたい。なぜうちの息子なんだ。貴殿ならば戯《たわむ》れのお相手には困らぬだろう」

私の言葉を黙って聞いていたラグワーズだったが、ひとつ大きく息を吸ったかと思うと、ひたりと私の瞳《ひとみ》を見据えてきた。

「ひとつずつ、質問にお答えいたしましょう。まず、なぜギルバート殿なのか。それはもうギルバート殿だから、としか申し上げられません。あとは、戯れのお相手……でしたか。私は戯れで男性に心を捧《ささ》げ、愛を乞《こ》うほど酔狂ではございません。そして、これは最も大切なことなのですが――」

スウッとラグワーズの目が細められ、それまでの薄い微笑みが掻《か》き消えた。

「ギルバート殿は何も分からぬ子供ではありませんよ。人一倍聡《さと》く、物事の根元から葉先まで見えてしまうからこそ、あのように苦しまれているのではありませんか。先ほどの彼の言葉を聞いて何も分からぬ子供などと仰《おっしゃ》るのならば、我が国の宰相殿は余程の暗愚《あんぐ》……、蚊虻《ぶんぼう》がごとき小人物でございますな」

「なっ……！」

ガタリと席を立った私を静かに見据えたまま、さらにラグワーズは言葉を続ける。

「私が彼を愛したことを、先の見えぬ恋の道に進んだことを責められるならば、幾らでも責められましょう。殴られたとて鞭打《むちう》たれたとて、甘んじてこの身に受けましょう」

静かな声。静かな瞳。けれど、その異様なほどの穏やかさが却《かえ》って底知れなく恐ろしい。

なんだこれは。こんな若造に……。

「ですが、彼の苦悶《くもん》の声に耳を塞《ふさ》ぎ、彼の心の傷に目を閉じるならば私も黙ってはいない。ランネイル侯、私はギルバート殿を傷つけるものはすべて排除したいと願っているのですよ」

目の前の男の、空気を震わせるような重い気迫に全身が気圧《けお》される。

こいつは本気だ。本気で言っているのだ。十八の若造などと……とんでもない、こいつは――――。

『そのためなら私は、使えるものは何でも使います。ええ、何でもですよ。宰相閣下』

……あの部屋で、この男が口にした言葉が今さらながら蘇る。

「何でも使う」がマントのことだけではなかったら？　あの時だけ「ランネイル侯」ではなく「宰相閣下」だったのは何故《なぜ》だ？

ラグワーズ……。王都の五割、いや既に六割を超える食料と医薬品の原料を供給している家だ。すでに当主代理の権限を持っているこの男が本気になれば、あっという間に王都は混乱に陥るだろう。民の不満が高まれば王家すら揺るがしかねない。その混乱に乗じて、あの軍事力と資金力で攻め入られたら……。

そこまで考えが回ってゾッとした。この男が私や妻を排除する事など簡単じゃないか。陛下にひと言囁《ささや》けばいい……国を潰《つぶ》すぞ、と。

「息子を……ギルバートを差し出せと仰るか」

ランネイル侯爵家、いや王国の安寧のためにひとり息子を……っ!!

私の頭の中に凄惨《せいさん》な情景が一瞬で浮かんできた。

――――柱に縛りつけられ魔王の贄《にえ》として差し出されるギルバート。

その息子を、凶暴な巨大馬に跨《また》がったラグワーズが高笑いしながら柱ごと連れ去っていく。

周囲では凶悪な暗殺集団が跳び回り、我々を威嚇している。

「父上！　父上――――！」

悲痛な息子の叫び声に、私は目をきつく閉じ、耳を塞ぐ。

許してくれ息子よ！　国のため、民のためなのだ。お前の犠牲は忘れない。達者で暮らせよ……。

「父上ぇぇ――――ぇ――――ぇ……」


……と、〇・五秒で浮かんでは消えたその情景に身震いした。が、ふと我に返る。

いや、息子はさっきノリノリでラグワーズの膝《ひざ》に乗っていたような……。どっちかと言うと息子が押さえつけてなかったか？

ガタッと無意識に椅子に座り込んだ私に、ラグワーズはその眉を僅《わず》かに寄せると小さく首を傾《かし》げた。

「差し出す？　これは異な事を。私は先達《せんだつ》て申しましたように、ギルバート殿の意思を尊重しております。叶《かな》いますならば今後、彼には何事も強要しないで頂けませんでしょうか。奥方にもそうお伝え頂ければ」

要するに口を出すな、出させるなということか。

ギルバートの意思……そうだな。ギルバートの意思でこの男と共にいるというのならば、最悪「息子を贄に差し出した非道な宰相」という不名誉は避けられるかもしれない。

「分かった。そうしよう」

腹に力を込め小さく頷《うなず》く。存外しっかりした声が出た事に安堵《あんど》した。私にも侯爵家当主として、宰相としての立場がある。弱々しい声など出せない。

ああギルバート、お前は何という男に惚《ほ》れられたのだ……。

私の答えに頬を緩めたラグワーズがホッと息を吐いて「良かったです。分かって頂けて」とニッコリと笑った。……何を白々しい。あれほど私を脅しておいて。こっちは十数年流していない涙が出てきそうなんだぞ。

「それと――」

続いたラグワーズの言葉に顔が引きつった。まだあるのか？　揉《も》み手の催促だろうか。

「ひとつ気になったのですが、奥方のギルバート殿への態度がどうにも釈然と致しません。彼がほんの少し笑んだだけで『みっともない』だの『下品』だのと、まるで笑うことを禁ずるようなお言葉を発しておられた。ギルバート殿がふだん感情を表さないのは、もしや幼い頃からそのように言われていたからではと。ランネイル侯は、奥方がそのような発言をする理由にお心当たりはございませぬか？」

違った……。というかグレースが？　あの優しい妻がそんなことを？　にわかには信じられな……いや、待てよ。

『ギルバート様は奥様を拒絶しておいでです』『軋轢《あつれき》は十年以上前からにございます』

『取るに足らない叱咤《しった》が増えるのは鬱陶《うっとう》しくて敵いません』『あの方のご自慢話とお小言の贅に……』

――あの方からの指示はもうお腹いっぱいです。必要ありません。

突然、あの晩片手間に聞いていたギルバートの言葉をハッキリと思い出した。

「まさか……」

呆然《ぼうぜん》と呟《つぶや》いた私に「お心当たりがお有りか？」とラグワーズが畳み掛けてくる。また薄らと細められたその目に、私は慌てて首を振った。

「いや確かに、確かに妻がギルバートにそのような仕打ちをしていた節は……いや今思えば、なのだが。しかし、もしそうだったとしてなぜ妻がそんなことをしたのか、理由に関してはまったく心当たりがないのです。なにしろ私が家に戻れるのは二週間に一度程度で……」

「二週間に一度？」

ラグワーズがゆっくりと首を傾げた。だからそれやめろ怖いから。

「宰相の職務内容は多岐にわたる。ご存じないだろうが、政務は私がいないと回らないのですよ。ラグワーズ殿」

宰相としてのプライドが頭をもたげてくる。ああそうだとも。私の仕事がどれほど忙しいか学生には分かるまい。家のことまで細かく見る時間などあるものか。

けれど激務を主張した私に、ラグワーズは小さく溜息《ためいき》をつき、そしてまた私をひたりと見据えてきた。……なっ、なんだっ。

「ランネイル侯。辛辣《しんらつ》な事を申し上げるが、誰かがいなければ回らぬ事など、この世にはございませんよ」

少しばかりの呆《あき》れを含んだような物言いに、思わず私の表情が固まった。なんだって？　何を言っているのだこの男は。現に私は家に戻る間もなく働いているじゃないか。

「よろしいですかランネイル侯。古今東西、誰かが死んだからといって時間が、産業が、国が、その機能を止めたことがありましたか？　ありませんでしょう。誰かが代わりに動かすだけです。もし今、私が死んだとて、時は進み続け、人々の日常は続いていきます。私がいなければ、などという呪文は捨てておしまいになるのがよろしいですよ」

一瞬、どこか遠くを見るような、懐かしげな表情を僅かに見せたラグワーズだったが、ふっとまた私にその瞳の焦点を戻してその眉を下げた。

「どうか本当に国を思うならば、仕事をおひとりで抱え込まずに周囲に振り分けて下をお育て下さい。王宮の文官らは極めて優秀と聞きます。きっとすぐに頼もしく育つことでしょう。そうしてできた時間は自邸で奥方様とたくさんお話を。その方が貴殿の健康も保たれ、より長く宰相職で腕を振るえることと存じますよ」

この男は……本当に十八なのだろうか。話す口ぶりに私よりも年嵩《としかさ》のような説得力がある。まるで急に背中を掴《つか》まれて、己の姿を上空から見せられたような気分だ。

悔しいが、確かにこの男の言っていることは正論で何も言い返せはしない。国の未来を思うならばこの男の言うことは正しい。だがそれを認めれば私は、仕事を言い訳にした身勝手な夫、身勝手な父親であったと認めなければならない。

私がいなければ回らない……確かに呪文だ。だがその呪文に縋《すが》って、みずから進んで使ってきたのも事実。今からでも間に合うのだろうか。

私は小さく降参の溜息をついて、そして「善処しましょう」とだけ口にした。すぐに約束はできない。時間がかかることだ。

けれど、それにラグワーズは小さく微笑んで「お願いします」と頭を下げてきた。

何とも不思議な男だ。酷《ひど》く恐ろしいかと思えば酷く謙虚で……本当にまったく得体が知れない。

「ですが、妻のことについては私もすぐにどうこう出来ぬやもしれません。過去の家でのことは、家令や使用人たちに聞けばある程度は分かるでしょうが、その理由までは……」

本当に分からないのだ。妻とは学院生の時からの付き合いだが賢く非常に面倒見が良かった。ひとつ年下の従妹《いとこ》である今の王妃殿下のことも幼い頃からよく面倒を見ていた優しい女だったはずだ。

私の言葉に目の前のラグワーズは少し考える素振りを見せて、そしてなぜか小さな溜息をつくと、首を横に振った。

「ええ、その辺りのことは……いえ、充分ですランネイル侯。お時間を頂きありがとうございました」

ニッコリと笑ったラグワーズに、私もそっと息を吐いた。とりあえず我が家が潰される可能性は小さくなったらしい。ただ……、ただこれだけは父親として言っておかねば。

「ラグワーズ殿、ギルバートのことだが」

ラグワーズがパチリと目を開いてこちらを見た。そうだ、これだけはぜひ聞き入れてほしい。

「いや、もう付き合い自体に口を出すつもりはありませぬ。ギルバートの意思が貴殿にあるならば、それを尊重するよう努めましょう。しかしながらギルバートはまだ十六。今まで男性どころか女性との接触もなく清い身体なのです。なので……その、性急に事を運ぶことはどうかお控え下さい。学業もありますし、あまり肉欲に溺《おぼ》れるのは親として……」

私の言葉にラグワーズの目がくわっと見開かれ、その顔がみるみる赤くなっていく。

「いや、いやいやいや。ラン……ランネイル侯っ……！」

目の前で焦ったようにブンブンと手を振るラグワーズに、私の方も目を丸くしてしまった。先ほどまでの姿が嘘《うそ》のように、まったくただの十八歳のような……。

「ご、ご子息がまだ十六だというのは重々承知しております。私としてはその、せめて十七の準成人までは清くと……いやいや、もちろん無理強いなどは絶対にいたしませんし、ご子息の気持ち次第では何年でも待つつもりでっ……ああいや、それ前提というわけではなく！」

なんだろう。このまるっきり童貞丸出しの反応は。よほどの手練《てだ》れかと思っていたが意外なことだ。ならば少しは安心かもしれない。

「そうですか。ではそのように」

意趣返しのようにニッコリと意味深に笑ってみせれば、ラグワーズは分かりやすく気まずげな顔をした。これくらいはいいだろう。私はさんざんだったんだ。

そうして、私たちの談話室での話し合いは終わり、ラグワーズは家令に案内されて会場へと戻っていった。その背中を見送りながら、私は大きく溜息をつく。

王宮で父親とともに陛下の御前《ごぜん》に跪《ひざまず》いていた青年と、こんな形で関わることになるとは想像もしていなかったことだ。穏やかで控えめ……とんでもない。

一種異様な人物、謎の人物、要注意人物。すべて正しかった。なんなら魔王も追加したいくらいだ。

ふっと、過去の王宮でのラグワーズ親子の様子を思い出した。陛下の御前ではいつでも控えめに、静かに父親である当主の隣に跪いてはいたけれど……。

その瞬間、先ほどまでのラグワーズの恐ろしいほどの気迫と年齢に見合わぬ威徳が、記憶の中の穏やかな青年と重なった。

そういえば、ラグワーズの当主はいつだってあの息子に確認をするような素振りを見せていたな。当主自身が発案して成功した施策の説明にしては、おかしくはないか？　さては、すべてあの息子の主導だったか。

おかしいと思っていたのだ。ここ近年のラグワーズ領の急速な発展。数々の斬新な施策と成功……。ラグワーズ伯は確かに賢く、肝の据わった豪放磊落《ごうほうらいらく》なお方だ。けれど豪快な反面、細かいことは苦手でいらしたはず。あのいくつもの緻密《ちみつ》な事業計画と施策の実施は、なるほどあの底知れぬ男の仕業ならば納得がいく。ラグワーズ伯め、十年以上前から楽をしやがって。私だって早く楽を――。

……十年以上前？　あの男は……今、いくつだ？

それを思い出し、行き着いた答えに戦慄《せんりつ》した。まさか、有り得ない……！

いったい何者なんだ、アルフレッド・ラグワーズ。

22　パーティー（2）

宰相閣下との話し合いが終わって部屋を出た俺は、家令の案内で別棟二階の廊下を進んでいた。

それにしても宰相閣下が意外と話の分かる方でよかった。最悪、ブン殴られることも覚悟してたからね。かなり無礼な物言いをしてしまった自覚もあるし、宰相閣下の懐の深さには感謝するしかない。

今後はギルバートくんの意思を尊重して下さるとのお言葉も頂けてホッとしたのだけれど、ギルバートくんの憂いがすぐに晴れるかといえば、あの様子だとそう簡単でもなさそうだ。

ギルバートくんや宰相閣下の話、そして会場でのやり取りを総合すると、やはり問題はお母上。

なぜなんだろう？　ギルバートくんはあんなに賢くて可愛いのに。子供の頃なんか絶対に天使だったはず……いや今は大天使だけど。

このままなら、いくら宰相閣下がギルバートくんの意思を尊重するように言ったとしても、そしてそれが表面上なされたとしても、あまり状況は改善しない気がする。

うーん……と、そんなことを考えながら、俺は前を歩いて行く家令の背中に視線を向けた。

家令に聞こうにもなぁ、その家の内情を他人にペラペラ話す家令なんぞいるわけないしな。家令は口が堅くてなんぼだ。

案内されるままに階段を下りれば、廊下の向こうに豪奢《ごうしゃ》な白い扉が見えてきた。会場の奥にあった扉かな。場所的に反対側に回ってきたらしい。

「ラグワーズ様……」

階段を下りきって数歩進んだところで、家令が足を止めてくるりと振り返った。

「先ほどの旦那《だんな》様への数々の諫言《かんげん》、心より感謝申し上げます」

そう言って深々と頭を下げたランネイル家の家令。

そっか。この家令はずっと色々と見てきたんだもんな。きっと思うところがあったのだろう。

職務上の規範やら矜持《きょうじ》に縛られながらも、精一杯の範囲で感謝を伝えてくる家令の姿に、俺はダメ元で口を開いてみることにした。

「家令殿。会場へ戻る前に、私の雑談に少々付き合ってはくれまいか。いやお時間は取らせませぬ。年長者の意見が聞きたいだけなのでね」

頭を上げた家令に思い切ってそう話を向ければ、何かを察したのか家令は「はい。私でお役に立てますならば……」と頷《うなず》いてくれた。

それに心の中で感謝をしながら、俺は言葉を続ける。

「これは、あるお家《いえ》の話なのですが……いや、私も人聞きなので家名は口にできないのですけれど、ともあれ、そのお家のご子息はそれはもう素晴らしく賢い上に美しい方なのだそうです。けれど残念なことに、そのご子息はほとんど笑わないのだとか。笑ったお顔は天使のように美しく、綻《ほころ》ぶ花のように可愛らしいというのに……。いやもちろん、笑わなくても天使には間違いないし、何だったら太陽や月よりも……」

コホン、と目の前の家令が咳《せき》をした。おっといけねぇ。

「あ、いや。それでそのご子息が笑わなくなった理由が、どうやらその方のお母上にあるらしいという話になりましてね。けれど、我が子から笑顔を取り去ってしまう母親というのがどうにも納得ができかねまして……。きっと何か原因があるのだろうとは思うのですが、なにぶん若輩の私には想像もつきませぬ」

薄く皺《しわ》の入った目元を細めながらじっと俺の話を聞いていた家令は、ひとつ息を吸い目を閉じると、目の前で困り顔をする俺を真っ直ぐに見つめてきた。

「そうでございますか。そう言えば……ええ、私も似たような話を耳にしたことを思い出しました。同じお家かは皆目分かりませんが、確か……そのお家の奥方様はお若い頃から周囲からの評判が高く、ご気性も穏やかなお方であったと伺っております。ご結婚後のご夫君を支えるお姿は、まさしく愛情深き賢夫人そのものであったとか」

そこまで言って家令はもう一度、大きく息を吸った。

職務上の規範ぎりぎりの、まるで裏技のような「雑談」だ。……すまない、家令殿。

心の中で詫《わ》びながらも、俺は目の前で迷うように口を引き結んで、息をゆっくりと吐く初老の男性の次の言葉を待った。

そうして、息を吐いた家令が再び口を開く。

「……けれど不思議と、その奥方はご子息に対してだけは極めてお厳しく、それはご子息様がお言葉を覚え始めた頃からと聞き及んでおります。笑うこと、甘えること、拗《す》ねること、我が儘《まま》を言うこと……そして、親である父君や母君の腕に抱かれること。それらは『はしたないこと』として諌《いさ》められていたとか。ご子息のことはすべて奥方を通すようにとのご当主様からお達しがあったゆえに、使用人らも口を出すことはできなかったそうでございます。ただ、身体的な折檻《せっかん》などは一切なかったので、高位貴族家としての教育方針であると通せるものではあったようなのですが……」

伝聞として話す家令の口調はとてもゆっくりと穏やかなものではあったけれど、その眉間《みけん》は僅《わず》かに寄せられ、思いを馳《は》せるように目が細められていた。

「その家の家令も、持てる権限を使って何か原因があるのではと調べたそうにございます。それはもう、奥方様の子供時代まで遡《さかのぼ》って……。ええ、原因さえ見つかれば解決策や緩和策も考えようがありましょうから。けれど何も見つからなかったのだとか。聞こえてきたのはお優しく勤勉なご令嬢であったという評判ばかり。たとえ今、どなたかが再び調べたとて、結果は同じでございましょう」

……なるほど。真っ当に調べても無駄だということか。そして家令にも分からないと。

しかし、これはこれで充分にありがたい情報だ。無駄足を踏まずに済む。

「そうですか、不可解なものですね。人の心はまこと分からぬもの……その心を持つ本人にすら儘ならぬこともございますから、そのいずこかの奥方も、またご子息も、さぞやお苦しい思いをしていらっしゃることでしょう。きっとそれを見守る使用人たちも……」

目の前の家令はその口元をぐっと引き締めると、ゆっくりと俺に向けて頭を下げてきた。僅かに震えたように見えたその肩に、俺は心の中で感謝を贈った。

――本当にありがとう、家令殿。

「さても、雑談が過ぎたようですな。家令殿をあまりお引き留めしてはランネイル侯へ申し訳ないというもの。私の疑問はやはり自分で考えることにいたしましょう。お時間を取らせました。会場への案内を頼みます」

俺の言葉に「はい」とだけ答え頭を上げた家令が、サッと背を向けて再び案内の歩を進めた。

俺はその後に続きながら、目の前の家令が精一杯明かしてくれた事情に、自分がこれから取るべき行動の算段をつけていく。

頭の中に浮かんだそれは、俺としてはとてもとても面倒な方法だった。けれどもう打つ手はそれしかないことは分かっていたので腹をくくる。

まあ、ギルバートくんの憂いを晴らすためなら……ね。

「次にお目にかかる時は、必ずや楽しい雑談をご用意いたしますよ、家令殿」

白い豪奢な扉に手を掛けた家令に、俺がひと言だけそう告げたのと同時にサッと目の前の扉が開けられた。そして次には華やかなパーティー会場の空気が一気に俺を包み込んだ。

一歩二歩と前に進んだ俺の背後で、そっとその扉が閉められていく。

閉まる寸前に聞こえた「よろしくお願いいたします」という小さな声を耳奥に残しながら、俺は会場内へと足を進めていった。

そうして賑《にぎ》やかな会場をグルリと見渡してみれば、うーん……ギルバートくんが見当たらない。心配しているだろうから、ひと言だけでもお父上との話し合いのことを伝えたかったんだけどな。

まあパーティーの主催者側ともなると忙しいからね。抜け出しちゃった分の埋め合わせもしなきゃいけないだろうし……ハハッ。

会場の左右に設置された宝水魚の水柱の前には、いまだたくさんの招待客たちが集まっていて、グラスを片手にゆっくりと宝水魚を眺めたり、数人で歓談をしているのが見える。よかった。招待客の皆さんにも喜んで頂けているようだ。

「若様……」

その水柱のうちの一本、黒の宝水魚が泳ぐ柱に近づくと、傍《そば》にいたオスカーが俺に近づいてきた。

どうやら侯爵家の当主との話がちょうど終わった頃合いだったようだ。俺も挨拶《あいさつ》しなきゃダメかなって思っていたら、侯爵《おっさん》はいそいそと向こうにいる奥方の方へと小走りで戻って行ってしまった。

「これから奥方のご機嫌を取って購入の許可をもぎ取るのですよ」

侯爵の後ろ姿を目で追っていた俺に、オスカーがこっそりと耳打ちをしてくれた。なるほど、あの家の実権は奥方様でしたか。

「ついでに奥方様のお気に召すような真珠もお勧めしておきましたから、きっと大丈夫でしょう」

チーンジャラジャラ……という金勘定の音が聞こえてくるようなオスカーの笑みに、思わず苦笑してしまう。まあ、ほどほどにね。

「ああそうだ、ランネイル侯爵との話は穏便に済んだよ。実にいいお方だった。すまなかったね、時間を作ってもらって」

ギルバートくんの元へ送り出してくれた事を感謝した俺に、オスカーはただ小さく頷きながら「ようございました」と微笑み、そして、ふっと何かに気づいたように「ランネイル侯爵のご子息にはもうお会いになられたので？」と首を傾げてきた。

「いや、まだだよ。人が多くてどうにも見つけられなくてね」

首を振った俺に、オスカーは一度会場を見渡すと怪訝《けげん》そうに僅かに眉《まゆ》を顰《ひそ》めた。

「おかしいですね。若様のお戻りをお待ちになられていたのに……。いや、先ほどの侯爵様がお見えになるまでは、私がご子息のお話相手を務めていたご様子でしたのですよ。ああ、ご子息目当てに近づく羽虫どもは宝水魚の説明と事前交渉で丸め込んでおきましたのでご安心を」

あ、そうだったの？　ありがとう、手間をかけたね。うん、丸め込む作業を楽しそうにアシストするギルバートくんの姿が目に浮かぶよ。

「ディランの方かな……」と首を傾げたオスカーに俺は「じゃあ、あっちも見てくるよ」と軽く手を振ると、向こうに立つ白の宝水魚の水柱の方へと足を向けた。

会場は人が多いものの、マントを着けているおかげで歩きにくいということはない。いや歩きにくくはないんだけど……なんかやたらとご令嬢やらご令嬢連れの奥方様に進む前方を塞《ふさ》がれては近づく俺に道を譲られる、ということを繰り返されて、すっかり俺の貴族仮面が分厚くなってしまった。

すいませんねぇ皆さん。ほかを当たって下さい。そして、ありがとうマント。

そんな感じで白い宝水魚の水柱に近づいていくと、ディランの隣にはルクレイプ公爵閣下がいらっしゃった。どうやらディランは公爵閣下のお相手で手が離せないようだ。

口元を手で覆いながら前のめりになっている公爵閣下と切れ者家令に、ディランは珍しくも押されている様子だ。

ぐるりと見渡してギルバートくんがいないことを確認したら、俺はサクッと方向転換。

いや、ルクレイプ公爵とお話ししなきゃなんだけどね、あの様子だと時間がかかりそうだからさ。まずはギルバートくんの顔を見たい。心配しているだろう彼に、大丈夫だったよって遠目から頷くだけでもしてあげたいんだよね。だから……うん、すまんなディラン。しばし頑張ってくれ。

そう思いながらディランにもう一度視線を向ければ、俺に気づいたらしいディランがその視線をスイッと一瞬だけガーデンの方へと流した。

ガーデン？　そうか、ありがとうディラン。

聡《さと》いディランに心の中で感謝をしながら、俺は会場中央で開け放たれているガーデンの出入口へと向かった。先刻、ギルバートくんに会うために抜け出した場所だ。


再び会場内を進んで、ご令嬢方とご夫人方と、時々伯爵当主なんかもかき分けて俺がガーデンの出口へと到着すると、あ……いた。ギルバートくんだ。

軒下に並ぶテーブルの向こうで、彼は数名のご令嬢方に囲まれていた。おやおや大人気だね。

ふむ、どうやら俺が不在の間に各貴族家は家ぐるみの挨拶回り《ハンティング》を一段落させて、子女らを放流したようだ。まあ親は親で交流があるしね。

でも通り過ぎてきた途中では、殿下も十数名のご令嬢方に囲まれていたからな。確かに殿下のおかげで軽減されているのかもしれない。ありがとう殿下、ボロを出さないように頑張って下さいね……。

それと、多分どっかにいるクリフ……大丈夫かな。あいつは女性に弱い。今ごろテンパってなきゃいいけれど。

なんて考えてたのも束《つか》の間、ご令嬢方より頭ひとつ背の高いギルバートくんの視線が、パッとこちらへ向けられて、一瞬だけふわっと、まるで氷が溶けるようにその目元が僅かに和らいだ。

俺に気がついてくれたんだ……嬉《うれ》しいな。あー、すっごく可愛い。

でもこちらを見ているギルバートくんの様子を見るに、どうやら困ってるっぽい。なので俺はさっそくテーブルが並ぶ軒下へと足を進めていく。申し訳ないけど、ご令嬢方だけなら当主代理の権限で割り込んで、何だかんだ言って彼を連れ出してしまおう。

そう考えながらギルバートくんの方へと近づいて行くと……あれ？　ご令嬢方の先頭にいらっしゃるのはギルバートくんのお母上じゃないか。

向こうから見た時は陰になっていて気がつかなかったけれど、ギルバートくんの真ん前には、口元に扇を大きく開いたお母上が満面の笑みを浮かべておられる。

ありゃ。ランネイル侯爵夫人がいらっしゃるなら、割り込むのは少しばかり難儀かもしれない。

うーむ……そうか、なるほど。この状況から察するに、お母上みずからお眼鏡に適《かな》ったご令嬢を息子に紹介しようとしてるわけね。そんでもって、あのギルバートくんの顔からすると彼はそれをシカトしてると。そっかー。こりゃ大変そうだなぁ。

けれど放っておくわけにもいかないしね。あのままじゃ声をかけてるお母上も、それをシカトしてるギルバートくんも、後ろで待っているご令嬢方も行き詰まっちゃいそうだし？　せっかくのパーティーで変にランネイル家の評判が落ちるのは避けたいからね。

テーブルの間を抜けて近づいて行った俺に、ギルバートくんが顔を向けてきた。貴族の顔をしているけれど、その目は「すみません」って言ってるようで非常にこの上なく愛らしい。

なんてウットリしそうになってたら、ギルバートくんの視線を追って俺に気がついたらしいお母上に、扇の奥からギンッと凄《すご》まれてしまった。おぉ……。

「まあ、ギルバートったらこんなに照れてしまって……。美しい方々ばかりですものね、仕方がないわねぇ」

侯爵夫人が声を張ってギルバートくんへと話しかけた。

いや、そんなに張り切らなくても聞こえてますから夫人。っていうか目が俺に向いたままなんですけど。……ああ、ご令嬢方は後ろにいるから凄《すご》んでても分かんないと。なるほど。

「さ、あちらのテーブルで皆さんとお話をしましょう。いらっしゃいギルバート……」

俺を睨《にら》んでいた目をスイッとギルバートくんに向けた夫人が、器用にも声だけを和らげてギルバートくんの肩へと手を伸ばした。えぇー、また強制的に引っ張ろうとしてる感じ？　だめですよ。

思わず俺が足を踏み出した時、ギルバートくんがスルリとその身を動かした。伸ばされたその夫人の手がスカッと空を切る。

おー、さすが学習能力の高いギルバートくん。行動予測がバッチリだ。

「…………！」

手を中途半端に上げたまま夫人のお顔が硬直した。だよねー。

ギルバートくんはそのまま俺の方へと身体を向けると、まるで何事もなかったように「ラグワーズ伯……」と声をかけてくれた。うん。まあこのタイミングなら、たまたま身体を動かしただけって言い訳は立つ……のかな。

ギリセーフか？　なんて考えながら彼に歩み寄って行くと、夫人からの視線がますますきつくなった。ついでに背後のご令嬢方からも視線がガンガン飛んでくる。

「ご用事はお済みになったのですか？」

完全に夫人をスルーして話し始める気満々のギルバートくん。いやその辺もね、ちゃんと報告したいんだけども、この状況だとちょっと厳しいかなぁ。

真ん前にいるのに挨拶をしないのもマズいので、お母上にも軽く会釈をすれば、夫人もスルリと嫋《たお》やかに会釈を返して下さった。目はそのまんまだけど……。

背後のご令嬢方も揃《そろ》ってカーテシーを披露してくれている。あ、わざわざすいませんね。ってか夫人……その扇、ほとんど顔隠れてません？

「まあ、ラグワーズ様。せっかくおいで下さったところ大変申し訳ないのですけれど……」

ほぼ扇と同化してるよね？　みたいなその目でこちらを睨みつけながら、夫人が俺を追い払うべく口を開いた時だ。

「まあ、やはり素敵なガーデンですこと」

突然、柔らかく、けれどもよく通る女性の声が出入り口の方から聞こえてきた。

全員の目がパッとそちらに向けられ、そしてその相手を確認するや、侯爵夫人を始めとした女性たちが一斉に頭を下げ道をあけた。

その中を満足そうに微笑みながら、ゆったりとした足取りで進み出てきたのは、ひとりのご婦人。

黄金に輝く髪を結い上げ、首元の大きな金緑石《アレキサンドライト》を煌《きら》めかせながら、実に優雅な足取りで現れたその方は……。

「コルティス公爵夫人、たいへんご無沙汰《ぶさた》いたしております」

当主代理として貴族の立礼をした俺に、進み出たコルティス夫人もまた、その贅美《ぜいび》なドレスをサラリと揺らして華麗なカーテシーを披露してみせた。

当主ではないご夫人といえど、王家に連なる公爵家は別格。パーティーの主催家の他には公爵家夫人だけが、当主への声がけが許されている。

「これはまあ、アルフレッド・ラグワーズ様。すっかりご立派になられて……。驚きましたわ。以前お目にかかったのは学院入学前でしたかしら」

閉じた扇子を口元に当てて、ふふふっと笑うそのお姿は数年前とまったくお変わりにならない。何というか……どう見ても二十歳そこそこにしか見えない。数年前にお会いした時も二十歳そこそこにしか見えなかった。きっと十年後もそうなんだろう。

けれど、公爵夫人のすぐ後ろで頭を下げているご令嬢を見れば、二十歳は有り得ないことを思い知らされる。確かコルティス家のお子様はご令嬢がお二人。上のご令嬢はすでに成人されて他国へ嫁がれたと聞いた。到底、成人済みのお子様がいらっしゃるようには見えない。こういう方のことを美魔女と言うのだろうか。

「そうそう、ラグワーズ様。あの宝水魚ときたらまことに素晴らしいですわね。ぜひとも我が家の池でも泳がせとうございます。屋敷に戻りましたらさっそく夫にお強請《ねだ》りしなくてはと張り切っておりますのよ」

大きな瞳《ひとみ》でくるるっと俺を見上げた公爵夫人は、なぜか次にそのブルーグリーンの瞳を悪戯《いたずら》げに輝かせたかと思うと、スッと僅《わず》かにその身体を捻《ひね》るように動かして、後ろで頭を下げるご令嬢に目をやった。

「時にラグワーズ様。こちらは我が娘、次女のアレキサンドラにございますの。お見知りおき下さいませ」

そう言って俺にご令嬢を紹介した公爵夫人に、俺は「またか」という思いを飲み込んで話を逸《そ》らすべく口を開こうとした。けれどその時、

『ご安心なさいませ。娘をどうこうという目論見《もくろみ》ではございません。さ、ぜひお声がけを。きっとラグワーズ様のお役に立てますわ』

ひっそりと小声で話しかけてきた公爵夫人の目がスッと細められ、世故に長《た》けた狡猾《こうかつ》さを一瞬垣間《かいま》見《み》せる。

役に立つ？　と首を傾げそうになりながらも、俺は公爵夫人の謎の圧に押されるようにそのご令嬢へと声をかけてしまった。

「左様にございますか……。アレキサンドラ嬢、どうぞお顔をお上げくだ――」

さい、と言い終わる前にガバッ！　と顔を上げたご令嬢。……び、びっくりした。

だけど……うん？　この方は確か……

「ごきげんようラグワーズ様。コルティス公爵家が次女、アレキサンドラにございます」

ああそうだ、確か以前に学院の階段でギルバートくんと話していたご令嬢じゃないかな……なんて回想しきる間もなく、グイィーと近づいて来たご令嬢の勢いに思わず首を引けば、目の前でくるっとお母上そっくりに俺を見上げたご令嬢がニッコリと微笑んだ。

『この場はお任せ下さいませ』

ご令嬢はそう小声で囁《ささや》いたかと思うと、次には「お母様」と隣の公爵夫人へと声をかけ、そして夫人もまたそれにニッコリとした微笑みを返した。本当にこのお二人はそっくりでいらっしゃる。

「おや、そちらはギルバートじゃないの。久しいわねえ。挨拶《あいさつ》の時は遠くて顔がよく見られなかったわ。さ、顔を上げてよく見せて頂戴《ちょうだい》」

俺の横で頭を下げていたギルバートくんが、その夫人の声に頭を上げると、満足そうに頷《うなず》いた夫人はサラリとその身を返し、やや後方で控えたままのランネイル侯爵夫人へと声をかけた。

「なんとまあ、ランネイル夫人。しばらく見ぬうちに、ご子息はなんて凛々《りり》しくお育ちなのでしょう。学院での成績もそれはそれは素晴らしいとか。このように素晴らしいご子息のためのパーティーならば、これほど盛況なのも頷けるというものですわね」

朗らかなその公爵夫人の声に顔を上げたランネイル侯爵夫人が、微笑みを浮かべながら「勿体《もったい》ないことにございます」と美しいカーテシーを返した。

それにニコニコと頷いた公爵夫人は、手にした扇をザンッと広げたかと思うとそれを胸元へと当ててみせる。

「ねえ、ランネイル夫人……。実はね、その子育ての秘訣《ひけつ》をご伝授頂きたいと仰《おっしゃ》る伯爵夫人があちらにいらっしゃいますのよ。是非ともお時間を頂戴したくて足を運んだのですけれど、少々よろしいかしら？」

うふふっとばかりに微笑みながらコテリと首を傾げた公爵夫人に、ランネイル夫人は迷うことなく大きく頷いた。

「勿論《もちろん》でございますわ。是非ともご一緒させて下さいまし」

そうして、ニコニコと微笑みながら快諾したランネイル夫人を、公爵夫人はまるで風のように会場の中へと連れ去って行ってしまった。後に残されたのはランネイル夫人の後ろにいた数名のご令嬢方。え、置いてっちゃっていいの？　お嬢さんたち、状況についていけずに呆然《ぼうぜん》としてるけど。

「ラグワーズ様、ランネイル様」

目の前のコルティス嬢がまたクリッとした青紫の瞳を俺とギルバートくんに向けてきた。それに首を傾げて応えた俺に、ご令嬢はニッコリとした微笑みを浮かべた。

「あちらのご令嬢方をお借りしてもよろしいかしら。私、彼女たちとお話しするお約束をしていたものですから……。ね、皆さま」

ザンッと手にした扇を広げて後ろを振り向いたコルティス嬢に、取り残されたご令嬢たちが揃ってコクコクと頷いた。

すごいなー。扇の広げ方も母娘《おやこ》そっくりだ。そっか、約束してた友達が夫人に連れて行かれちゃったから迎えに来たのね。

「本当に申し訳ございません……ご歓談中に割り込むようなはしたない真似をしてしまって。お許し下さいましね。ああ、もしやお二人で大切なお話があったのではございませんの？　ならば、ならば、ああそうですわね……あそこの端のお席など如何《いかが》かしら。ええ、ええ、あの窓の前の。心置きなくお話できるかと思いますのよ。ホホホホ……きっと邪魔など恐らくまったく入りませんわ。さあ皆さま、ラグワーズ様とランネイル様をあちらの、あちらの！　お席にご案内して差し上げましょう！」

怒濤《どとう》の勢いと早口で話を進めたコルティス嬢に、俺とギルバートくんはあれよあれよという間にご令嬢方の圧によって、軒下の一番端のテーブルへと追いやられてしまった。

さすがのギルバートくんもこの数のご令嬢の圧を相手にしては為《な》す術《すべ》もなかったようだ。まあ、俺としては彼と話したいこともあったし丁度よかった……のかな。

気がつけば、壁際にあった椅子が光の速さでテーブルにセッティングされ、俺たちはそこに並んで座っていた。団体行動って凄いな。なんか訓練でもしてんのかな。

けれどなぜ俺たちは、わざわざ眺めの良いガーデンではなく窓に向かって座っているのだろうか。いや、ガーデンはさっき歩いたからいいんだけれども。

「それではごきげんよう」

俺たちが席に座ったのを確認したコルティス嬢はひとつ頷くと、そう言い残して颯爽《さっそう》とご令嬢方を引き連れて会場の中へと去って行った。

なんかよく分かんないけど、スゴいなコルティス母娘……。なんてついつい呆気《あっけ》に取られてしまったけど、そうだ。ギルバートくんに報告しなくっちゃ。

そう思って左隣に座ったギルバートくんに目を向ければ、彼は素早く胸元から魔法陣の紙を取り出して防音結界を張ってくれた。なかなかの早業だ。そっか、早く話したくてうっかりしてたよ。

「ありがとうギル」

そう言ってギルバートくんに微笑むと、彼がきゅっと眉《まゆ》を下げて俺を見つめてきた。

「アル、何か嫌なことは言われませんでしたか？　高圧的な態度で脅すようなことはされませんでしたか？　心配していました」

開口一番、そう言って俺を心配してくれるギルバートくんに俺の心臓は鷲掴《わしづか》みだ。ああもう、ギルバートくんが可愛すぎる！

思わずその頬に手を持っていきそうになったけど、残念ながらここは公の場。あいにく簡易の隠匿魔法陣は持ち合わせていない。なので俺は動いてしまいそうな手をぐぐっと押さえ込むと、その代わりに精一杯の思いを込めて、目の前でこちらを見つめてくる彼の瞳を覗《のぞ》き込んだ。

「心配しないで。宰相閣下はとても懐の深いお方だったよ。きちんとお話ししたら理解を示して下さった。未熟な私の失礼な発言も不問に付した上で、私たちが……その、思い合ってお付き合いすることも了承して頂けたんだ。素晴らしく柔軟な方だね。さすがは一国の宰相殿だ」

そうありのままを報告した俺に、けれどギルバートくんは怪訝《けげん》そうに眉を顰《ひそ》め、首まで傾げてみせた。

「父上が……？」

どうにも釈然としない様子のギルバートくんに、俺は「本当だよ」と畳み掛ける。

「今後は君に対しても、できる限り何かを強制するようなことはしないとお約束下さった。お母上にもそう伝えて下さるそうだよ」

〝お母上〟という言葉が出た途端に、ギルバートくんの目がスッと細められたかと思うと「母上が変わるとは思いませんが」と酷《ひど》く冷たい言葉が、彼の唇から溢《こぼ》れ落ちた。

「ギル……」

思わずテーブルの下で重ねた俺の左手にスルリと指先を絡めた彼が、ほんのわずか拗《す》ねるように唇を尖《とが》らせた。

「期待はしません。けれど、あの父上を思えば大きな進歩……というか信じがたい変化です。いったい何をしたのです、アル？」

可愛らしくも美味しそうな唇をきゅっと尖らせたまま、首を傾げて見つめてくるギルバートくんの破壊力は最強クラスだ。

思わずキスしようと動き出す上半身を、俺は腹筋に力を込めて全力で押しとどめた。

「何もしてはいないよ。本当にお話をしただけだ。お父上には、君の意思が私に向いているならば、君の気持ちを尊重すると仰って頂けた」

そう言って、俺の指を確かめるようにニギニギしていた可愛い彼の手をキュッと握りこむ。

「私はこの先もずっと努力し続けるよ。決して君の心が離れぬようにね。だから――」

俺は彼に身体を向けて、俺を見つめてくる美しい瞳を見つめ返した。

「だからどうか私を見捨てないで。ね……ギルバート」

そう心からの懇願をすれば、俺を映していたその深い緑がゆらりと揺らいで、愛しい彼が何とも艶《なま》めいた表情を見せた。

ああ……ダメだよギルバートくん。そんな顔をしては……。

桜色に染まったその柔らかな頬に、わずかに潤んだその瞳を覆う瞼《まぶた》に、ふわりと開いたその魅惑的な唇に、思う存分口づけをしたくなってしまうじゃないか。

ぐっとそれらを我慢している俺の目の前で、ギルバートくんはその長い睫《まつ》毛《げ》をゆっくりと伏せたかと思うと、そっと俺の肩口に顔を寄せてきた。

「見捨てるはずがないでしょう……アル。この先ずっと、逃がしてあげないと言ったじゃないですか」

愛していますーーと、ほんの一瞬だけ俺の肩口にスリ……とその額を擦らせたギルバートくんのあまりの愛らしさに、俺の理性がミシリと音を立てた。

ああ、このままいたら危険だ。それにそろそろ、パーティーの主役を帰してあげなければ。

俺はテーブルの下で絡められた指をそっと外して、けれど最後に名残惜しくその甲を撫《な》でるようにしてから、やっと手を引いた。

「そろそろ行かないとね……。さあ、先に行ってギル。君の役目をこなしておいで。私からはとても君の傍《そば》を離れられそうもないからね」

そう言って情けなく笑った俺に、「アル……」と僅かに眉を下げたギルバートくんだったけれど、それでもひとつ溜息《ためいき》をついて椅子から立ち上がると、防音魔法陣を解除してくれた。

「――それでは失礼いたします。ラグワーズ伯」

スッと姿勢を正し美しい礼をしてくれた彼に、俺は頷きだけを返した。

そうしてみるみる侯爵子息の顔に戻ったギルバートくんに「頑張ってね」の気持ちを込めて微笑みかけると、彼は一瞬だけ照れたようにフワッと笑って、そして真っ直ぐに会場へ向かって歩き出した。

その気高くも凜々しい後ろ姿を見送って、俺はホウッとひとつ溜息を溢す。だめだな俺は――と、未練がましい自分に呆《あき》れながらも、ようやく俺も椅子から立ち上がった。

さてと……、気持ちを切り替えなくてはね。ランネイル家の家令との約束を果たさなくっちゃ。

そうして俺は、面倒臭い手順の第一歩を踏むべく、先ほど後回しにしてしまったルクレイプ公爵閣下の元へと歩き始めた。

◇◇

外のテーブルから会場内に戻って、白の宝水魚が泳ぐ水柱へと進んで行くと、果たしてルクレイプ公爵閣下はまだ水柱の前にいらっしゃった。

ディランが笑みを浮かべながらも真剣な顔をしてるから、説明だけでなく具体的な価格交渉まで入ってるのかな。ふむ、公爵閣下はよほど新品種をお気に召したらしい。

「そうしましたら一匹あたり金三十二枚で、四匹で金百二十八枚では？　格安ですよ」

「いや、そこは金百二十枚で如何でしょう。我が領の三品目の優遇措置と合わせれば充分に……」

防音結界の中に入ると、ディランと家令が細かいところでやり合っていた。

ルクレイプ公爵閣下はと言えば、ニコニコと微笑みながらも家令の後ろで「そうじゃ！」「どうじゃ！」と合いの手を入れながら家令を応援していらした。

「若様……」

結界に入ってきた俺にディランが少しばかりホッとしたような目を向け、閣下は「おや」といった風に、けれど楽しそうに片眉を上げた。

俺はディランの隣に並ぶと、まずはしっかりと貴族の仮面をつけ直して閣下への礼を執《と》る。

高位貴族相手に二対一で頑張ってくれていたディラン……ありがとね。でも俺、お前の頑張りを無《む》にしちゃうかも。許して。

心の中でそっとディランに詫《わ》びつつも頭を上げた俺は、上機嫌そうな公爵閣下と家令殿へ向けて口を開いた
「閣下、四匹で金八十枚。如何《いかが》でございましょう。半値にございます」

その言葉にディランが目を剥《む》き、閣下が瞠目《どうもく》し、家令の目が光った。……ごめんねディラン、でも仕方がないんだ。

そうして俺はキョトンとしたように首を傾げる閣下と、こちらを窺《うかが》うように見つめている家令殿に大きく頷いてみせた。

「憚《はばか》りながら、ルクレイプ公爵閣下にお力添え願いたき儀がございます。閣下より身に余るご厚情のお言葉を賜って早々に、厚かましくも鄙俗《ひぞく》なる振る舞いは重々承知。どうぞお笑い下さいませ。され

ど私には到底力及ばぬ案件ゆえ、不甲斐《ふがい》なくも閣下のお言葉にお縋《すが》りいたします事をお許し願いたく」

今いちど頭を下げた俺に首を傾げていた閣下は「ふむ」とその頭を戻すと、そのお顔にニッコリと穏やかな笑みを浮かべた。

「なるほど。もちろん私に出来ることならば約束通り力を貸そう。どんなことじゃ？　言ってみよ」

さすがは公爵閣下。お気を悪くされることもなく逆に興味津々のご様子。隣の家令はそうでもないけどね。大丈夫ですよー。そんな無茶言うつもりはないから。

「ご寛大なるお言葉、このラグワーズまこと感謝の念に堪えません。されば、お言葉に甘え閣下に申し上げます。なに、決して閣下のお手を煩わせるような事ではございませぬ。貴家にご負担をおかけする事も一切ないことと存じます。ただ情報を……過日の騒ぎの中心たるセシル・コレッティがもし生きているならば、今の居場所を教えて頂きたいのでございます」

俺の言葉に目を丸くした閣下が、同じく驚いた様子の家令と顔を見合わせた。

そりゃそうだろう。王家とともに不祥事の落とし所として地に埋めたはずの原因を、また掘り出したいと言ってるも同然なのだから。

「あの娘の居場所を聞いてどうなさいます。内容によってはお断りせざるを得ませんが」

騒動の火消しに走り回ったであろう家令が、薄らと眉間に皺を寄せて困惑したように首を傾げた。

けれどその言葉に、俺は元男爵令嬢《ヒロイン》が生きていることを確信した。よかった。下手したらこの世にいない可能性もあったからね。

懸念を隠さない家令に俺は小さく首を振ると、安心してもらえるように微笑みを浮かべた。

「ご安心下さい。あの娘が喚《わめ》いたという妄言をいま一度詳しく本人から聞いてみたいと思ったまでにございます。娘を利用した謀《はかりごと》を巡らすことも、また娘を外に出すつもりも毛頭ございません。此度《こたび》の願いは先般の騒動とも、騒動に関わった王家や、もちろん貴家ともまったく無関係なことは保証いたします。私はただ、直接会って話をしたいだけなのです」

そう、ランネイル侯爵夫人の不可解な行動の原因を知る方法は、もうこれしかない。俺が同じ転生者でなかったら考えつくこともなかった情報源、元男爵令嬢《ヒロイン》の存在だ。

侯爵夫人の事をいくら調べても出てこないならば、恐らく原因は夫人の個人的な経験や心の中にあるのだろう。原因となる何かが夫人の中にある限り、どれほど調べて回ろうとも導ける結論は憶測の域を出ることはない。

確実に事実を求める方法はひとつだけ。ギルバートくんが攻略対象者であったゲームの「設定」を知ることだ。たぶんこのギルバートくんの家庭内事情は、攻略対象者である「宰相子息ギルバート・ランネイル」攻略のベースになっているはず。

制作側としては、彼が生まれてからヒロインに出会うまでの十五年の間に、彼には心に大きく深い傷を負っていてもらう必要があったのだろう。攻略対象者の心の傷や闇をヒロインだけが癒やしていく、というストーリーのために。

はっ！　ふざけんな。

ゲームは終わってもゲームの設定は生きていて、すでに別人とも言えるギルバートくんを苦しめているなんて、とてもじゃないが許せるわけないいじゃないか。ゲーム会社の設定なんぞ木《こ》っ端微塵《ぱみじん》にブッ壊したくなるのは当然だろう？

あの令嬢ならば絶対に知っているはずだ。あれほど攻略法やイベントに詳しく、暗闇の中でも迷路を突き進んで行けた男爵令嬢《ヒロイン》だ。ヘビーユーザーの可能性が高い。取り調べでもべらべらとゲームのストーリーを明かしていた節がある。

だから、彼女に会ってギルバートくん……いや「宰相子息ギルバート・ランネイル」の設定を聞き出す必要があるんだよ。


「若様、いったい……」

隣のディランが怪訝そうに声をかけてきた。

それはそうだろう。執事のディランにしてみれば、俺の発言は唐突なんてもんじゃないからね。でもさ……本当にごめんよ、ディラン。

俺はひとつ息を吸うと、目の前のディランを真っ直ぐに見据えた。

「うん、どうしても聞き出したいことがあるんだ。詳しくは言えないけれど、そうしたいんだよ……ディラン」

そう告げた俺に目を見開いたディランは、けれどすぐに柔らかな笑みを浮かべると、「お任せ下さい」とひとつ頷《うなず》き胸を張った。そうして思案顔の家令殿へと身体を向けると、胸元で拳《こぶし》を握りしめるや気合いの入った声を放った。

「宝水魚選び放題、四匹で金八十枚！　特典としてラグワーズ牛の稀少《きしょう》部位を十キロプレゼント！

いかがでございましょう！」

「よし、のった！」

家令の後ろから、前のめりで拳を握った公爵閣下が声を上げた。

「ご主人様……」と家令が眉《まゆ》を下げ、秒で即決した閣下を見上げている。そんな家令に閣下は握った拳を顎《あご》に当てながら上機嫌に微笑むと、小さく肩をすくめた。

「そんな顔するでないわ。良いではないか、ラグワーズ牛じゃぞ？　よいのぅ、ラグワーズ牛……楽しみじゃ。別に娘を外に出せと言っておるわけでもなし、話を聞きたいだけなのだろう？　それにこのアルフレッドの様子を見るに深い事情がありそうじゃ。詮索《せんさく》はせんがの。悪意を持っておるようには思えぬしな。のう、そうであろう？　アルフレッド……」

そう言ってゆるりと首を傾げた閣下。その何とも有り難いお言葉に、俺は姿勢を正すと片手を胸に当てた。

「はっ。家名に誓いまして。詳しくはご容赦願いたいのですが、人助けにございます。閣下」

それに「そうかそうか」と楽しげに頷いた閣下は、スッと家令の後ろから足を踏み出すと、手で隠した口元を俺の耳元へと近づけ、そして元男爵令嬢《ヒロイン》が幽閉されている場所をこっそりと教えてくれた。

それは王都北にある王家直轄の小さな領にある療養所――という名の貴族用の幽閉施設。

「王家の直轄領内のことゆえ、残念じゃが私にも施設への出入りの口利きまではできぬ。すまんなアルフレッド。王家や筆頭公爵家ならば何とかできるとは思うが……」

そう言って申し訳なさそうに眉をゆるっと下げた閣下に、俺は慌てて首を振った。

「とんでもない。このような貴重な情報を教えて頂けただけで充分にございます。このアルフレッド・ラグワーズ、ルクレイプ公爵閣下のご温情に心より感謝申し上げます」

もういちど正式に頭を下げた俺に「よいよい」と楽しげな閣下の声がかけられた。ああ閣下ってば本当に度量が大き……

「ただくれぐれも、我が家に累が及ばぬように頼むぞ。くれぐれもな」

うん、保身が絡んでいなければ度量が大きくていい方だ。

見れば閣下の隣に立つ家令殿もウンウンと頷きながら微笑みを浮かべている。はいはい、分かりましたよ。

「それで？　珍《めずら》かな宝水魚、いつ選びに参ろうかの。ラグワーズの屋敷ならば馬車ですぐじゃ。早い方が良いぞ。明日か？　あさってか？　牛はどのように食《しょく》そうかの。まこと楽しみじゃな。そこの、確かディランと申したか、早う予定を組まぬか。ほれほれ」

約束は果たしたとばかりに、閣下はウキウキと嬉《うれ》しげにディランをせっつき始めた。閣下の興味はすでに宝水魚と肉にまるっと移ったようだ。

「じゃ、あとは頼むよディラン。閣下のご来訪は私はいつでもいいからね。閣下のご予定に合わせて差し上げておくれ」

ディランにそう言い残すと、俺は感謝とともに閣下の御前《ごぜん》を辞去した。

俺の挨拶《あいさつ》にも閣下は片手をヒラリと振りながら、予定を必死で組み始めたディランを家令と二人でせっつき続けている。うん、任せたよディラン。

閣下たちの元を離れて歩き出せば、ふたたび目の前には人の波。けれど皆さんだいぶ社交が落ち着いたのか、家同士や個人のグループの輪があちこちで出来ている。どうやら後日の予定なんかを話し合っている様子だ。そろそろパーティーも終盤だな。

なんて思いながらテーブルの間を抜けてオスカーの元へと歩いていると、思いがけない人物から声がかかった。

「アルフレッド・ラグワーズ」

その聞き覚えのある声に振り向けば、やはりそこには第一王子殿下が立っておられた。背後には近衛《このえ》の二人がガッチリと監視……いや付き従って、そのまた後ろには多くのご令嬢方がゾロゾロとついている。

おぅ、殿下ってばずっと大人気だな、さすがイケメン殿下。近衛はお疲れさまだー。なんて考えながら貴族の立礼をした俺に、殿下は遠慮なくスタスタと近寄るとピタリと俺の前で立ち止まり、俺を見上げてきた。なぜか仁王立ちで。……うん？

「アルフレッド・ラグワーズ。どうだ！」

ふんすー、と鼻息を出しそうな殿下の様子に、俺の頭の中は疑問符だらけ。いや、どうだって言われても……え、何が？

服でも着替えたのだろうか？　と俺は素早く殿下の頭からつま先まで確認してみた。……が、さっぱり分からん。そもそも元の服装が思い出せない。詰んだ。

せめてヒントください……と俺が後ろの近衛隊長へ視線を飛ばそうとしたその時だ。貴族の微笑で固まる俺に、殿下が焦《じ》れたように口を開いた。

「もしや私に言った言葉を忘れてはいまいな。どうだ、私は立派に役目を果たせておったろう」

あ、そっち……？　いや、そっちにしても分かんねーよ！　どうだって言われても見てないし！

「はい。国と王家への忠義厚き諸臣へお言葉をかけるお姿、王族としてご立派でございました」

とりあえず、かなり曖昧《あいまい》な感じで褒めておく。だって知らんもん。

なんせ令嬢たちに囲まれてキャッキャ言われてた場面しか見てないからな。しかも見えたのはデカい近衛たちの背中だけだ。勘弁してよ。

でもまあ俺のいい加減なヨイショの言葉に、なんか殿下ってば満足そうに頷いちゃってるからコレでよかったんだろう。チョロすぎじゃね？　大丈夫か殿下。

「そうだろう、そうだろう。私にかかれば容易《たやす》いことだ」

上機嫌に頷き続ける殿下。さては目的のイメージアップ大作戦が上手《うま》くいった感じ？　よかったね。でもそれで気をよくして、おべんちゃら目当てに貴族呼び止めて回るのはどうなのかな。何か色々と残念な子だな。

「アルフレッド・ラグワーズ。お前も学院に通っているそうだな。学院で私と行き会った際には声をかけることを許す」

ニッコリと笑みを浮かべてそんな事を言ってきた殿下に、とりあえず俺としては「勿体《もったい》なきお言葉。我が誉れにございます」とだけ返した。ま、そうそう行き会うこともないしね。

満足げに頷いた殿下が、近衛と令嬢方を引き連れて立ち去っていく後ろ姿を見送って、ようやく俺は解放された。

殿下、次はどこの貴族を突撃しに行くんですか。止めなさいよ近衛隊長……。

心の中で肩をすくめ、さて先に進もうかとオスカーのいる水柱の方へと足を向ければ、ほんの少し離れた場所にギルバートくんを見つけた。

どうやら侯爵家の当主二人と話をしていた最中らしいけど、俺に視線を向けてくれている。俺と目が合った彼が、ほんのちょっとだけ目元を和らげてくれた。

あー可愛い。一瞬で心が洗われた。最強の洗浄力だ。

けれど彼はどうやら忙しいようで、すぐにまた視線を戻すと新しく話に加わってきた貴族らに挨拶をし、歓談を再開させた。うん、すごく格好よくて様になってるよ。ギルバートくん。

そうして俺はそのまま真っ直ぐにオスカーのいる黒の宝水魚の水柱へと向かうと、その後はそこでパーティーが終わるまで、幾人かの貴族らを相手に、宝水魚だけでなく領の農産物や加工品の説明や取引の話などに追われて過ごすことになった。

オスカーの流れるような販売トークと取引の手腕は相変わらず大したものだと、改めて確認した時間だったよ。いつも感謝してるからね、オスカー。


ってことで、ギルバートくんのお誕生生パーティーは、盛会のうちに無事お開きとなり、王族である殿下の退場を合図に貴族たちが順番に乗ってきた馬車で帰り始める。

当主クラスは来た時と同じように、玄関先で宰相閣下を始めとしたランネイル家からお見送りを受けつつ帰途につくんだけど、その順番は基本的に爵位順。王家、公爵、侯爵、伯爵、の順に各家の馬車が正面玄関へ回されてくる。

順番を待ってる他の貴族たちは、自分の家の馬車が来るまで玄関ホールやホールに近い控え室で引き続き歓談をしているのだけれど、このランネイル家別棟に関しては、さすがは社交専用というだけあって玄関ホールがムチャクチャ広くて立派。

ホールにはソファセットやミニギャラリー、そして小さな噴水まであって、まるで前世のホテルのロビーのようで実に快適そうな空間が用意されている。

伯爵家である俺の順番はだいぶ後。なんたって当主じゃなくて当主代理だからね。まあ、またグランバート兄弟と話しながら待っていればいいや、って俺は思ってたんだ。

そう……思ってたんだけどね。

「ラグワーズ伯、どうぞ先にご出立下さい」

なぜか殿下が出立した後の正面玄関の前には、我が家の馬車と従僕たちがスタンバっていて、そしてやや顔色の悪い宰相閣下の腕がサッと我が家の馬車へと向けられる。

なんで?!

順番を越されて怒ってもいいはずの公爵閣下や侯爵家当主らは我が家の馬に目を輝かせ、「よいのぅ、よいのぅ」「いやはやまことに」などと楽しげだし、公爵夫人とご令嬢は「お気遣いなく」と扇を前にして、なぜか微妙に立ち位置を調整していた。

他の伯爵家はと言えば、どーぞどーぞとばかりに後ろに下がってるかと思えば、グランバート兄弟らのように興奮気味で馬を凝視している当主らもいる。

うん、確かにうちの馬は大きくて厳《いか》ついけどね。でも宰相閣下が言ってたような軍馬じゃないよ。だってこの馬《こ》たち、むっちゃフレンドリーだし。

屋敷じゃランドリーメイドたちに大人気なんだぞ。乾燥のお手伝い要員として。のぼり旗みたいに洗濯物を靡《なび》かせて健気《けなげ》に走るこの馬《こ》たちを戦場になんか出せるものか。

「どうやら他の家の馬たちの支度がなかなか調わないようなのですよ。ラグワーズ伯、皆様もこう仰《おっしゃ》っていますし、どうぞお先にご出立なさって下さい。他の方々は整い次第、順にご案内できることでしょう」

スイッと俺に近寄ってきたギルバートくんもそう言って、綺麗《きれい》な手で馬車を指し示してくるものだから、そうなの？　と目で問えば、彼はクスリと一瞬だけ笑って頷いた。その可愛さにクラリとしながらも、俺はそんな彼に微笑みと小さな頷きを返す。

なるほどね、まあパーティーにトラブルは付きものだからな。ここで俺がゴネてもみっともないし、逆に後がつかえて面倒くさいだろう。

「ではご厚意に甘えましてお先に失礼致します。ランネイル侯、本日はまこと素晴らしき祝宴でございました。お心づくしの持て成しに感謝申し上げます。ランネイル夫人、ご子息ギルバート殿、お家の皆々様方、それではごきげんよう」

従僕らが控える馬車の前で、居並ぶランネイル家の皆さんやその後ろでキラキラした目でこちらを見ている公爵閣下をはじめ、他家の皆さんにも俺はきっちりと貴族の礼を済ませると、ディランらとともに馬車へと乗り込んだ。

座席に座って脇の窓から外を見れば、ギルバートくんが家令らとともに頭を下げている。

真ん前に立った宰相閣下は……やっぱり顔色がお悪いようだな。疲れが出たのだろうか。ぜひ今日は早く休んで頂きたい。

静かに馬車の扉が閉められ、窓外のギルバートくんがすっと顎を僅《わず》かに上げた。そうっと名残惜しげにこちらを見つめてくれる彼の瞳《ひとみ》がたまらなく愛しい。

密《ひそ》やかに向けられるその視線にニッコリと微笑んで、それからそっと口元に人差し指を当てると、俺は小さなキスを彼に投げた。

――――さよならのキスの代わりだよ、ギル。

それに気づいたギルバートくんが嬉しそうに目を細めるのが可愛らしくて、俺は目の前で呆《あき》れたような顔をしているディランとオスカーをスルーした。

大丈夫、見られてはいないよ。なんか知んないけど他の人たち、みんな口開けて上向いてたから。

そうして滑るように馬車が走り出し、徐々に速度を上げ始めた。

俺はその耳慣れた馬の蹄《ひづめ》のリズムを聴きながら、今日のパーティーに思いを馳《は》せる。

「宰相閣下よりお付き合いのご承諾を頂けたとか。ようございましたね、若様」

目の前で笑みを浮かべたディランに頷《うなず》きながらも、俺は最後まで俺を睨《にら》み付けていた侯爵夫人を思い浮かべた。

「来週中に少々遠出するかもしれない。宝水魚の件で公爵閣下ご来訪の予定もあるだろうから、調整しておくれ」

夕方に差し掛かった窓外を見ながらそう告げれば、ディランが「例の元男爵令嬢のところですか？」と聞いてきた。

「うん、どうにかツテを頼って施設に入れてもらえるようにするよ。まあ、そのツテってのが曲者《くせもの》なんだけどねぇ……」

「元男爵令嬢？」と怪訝《けげん》そうな顔をしたオスカーにディランはひとつ目配せをすると、俺に向き直った。オスカーには後で説明するつもりなんだろう。

「詳しくはお尋ねいたしません。けれど若様、その際は私も一緒にお連れ下さい」

そう言ったディランに目を向ければ……、うん「絶対についていくからな！」って顔をしている。

それに思わず苦笑しながら「分かったよ」と答えた俺に、ディランがホッとしたような顔をした。

ディランとしては、ほとんど面識のない幽閉中の元男爵令嬢と話したがっている俺の行動は不可解極まりないんだろう。それでも俺の望みを優先してくれたディランの申し出だ。断ることなんてできないよね。

せっかく公爵閣下が迷う様子の家令殿を抑え、教えて下さった情報だ。必ず元男爵令嬢《ヒロイン》に会ってギルバートくんの設定を聞き出してみせる。

手順の第二歩は来週かな……と、とりあえず俺は頭の中の考えを一段落させて、まずは屋敷に戻ってからすべきことに思いを馳せた。

そうとも。屋敷に戻ったらギルバートくんに伝言魔法陣を送らなくちゃ。お疲れ様、楽しかったよ……と。それから、また月曜日に学院でね、ってね。もちろん最後には「愛しているよ」の言葉を添えるのを忘れずに。

そうしたらきっと、俺は首を長くして彼からの返信を待つんだ。これは決定事項。

うん、来週のことは来週のこと。今日はもう愛しい彼のことだけを考えよう――そう決めて、俺は心地の良い馬車の揺れと蹄のテンポにそっと目を瞑《つぶ》った。

「寝ないで下さいね。すぐに着くんですから」

ブスッとした声が聞こえた。

いや別に仲間外れにしたわけじゃないんだからさ。怒んないでよオスカー。

◇◆◇　ご令嬢は見る！　◇◆◇

王立学院の試験期間が終わって初めての土曜日。午後からのパーティーに向けて、私は朝から気合いが入りまくっていた。

そりゃあ、ここ一ヶ月の勉強漬けの日々から解放されて、浮かれるなと言う方が無理ってものよ。

あの長く厳しい試験期間……。中等部とは形式もレベルも違う試験内容に、膨大な量の課題。我が高等部の教授たちはサディスト揃《ぞろ》いに違いないと確信したわ。

それこそ寝る間も惜しんで勉強して、部屋中を資料だらけにしながら私、頑張りましたわよ。最終日の午前中に何とかすべての課題を提出し終えた時には、気が抜けて倒れるかと……。おかげで目の下には隈《くま》がクッキリ。

けれどその隈もこの二日でいい感じに消えて……いいえ根性で消して、昨日丸一日をお肌磨きとドレス選びに費やし、完璧《かんぺき》な状態で迎えた本日。

ドレスよーし、お肌よーし、準備運動よーし！　昼前には私の気合いも最高潮。

だってだって、今日のパーティーはランネイル家よ？　あの万年無表情男のお誕生祝い……ということはよ？　あの方も必ずいらっしゃるはず。こんな絶好の機会、逃すものですか！　このご褒美を励みに頑張ってきたんだから！

今日の招待は伯爵家以上で、残念ながらお友達のジュリアには会えないけれど、もちろん帰ったら報告するって約束しているわ。

『いいですか。令嬢として……いいえ、人としての行き過ぎた振る舞いはダメですよ』

『どうか節度をもってパーティーに臨んで下さいね。あなたは皆の憧《あこが》れの公爵令嬢なのですから。いいですね』

昨日も今朝も届いた彼女からの伝言魔法陣。まったく、最近ジュリアのばあや化が止まらないわ。

分かっているわよ。任せといて。私を誰だと思ってるのよ。アレキサンドラ・コルティスよ？ 外《そと》面《づら》は完璧よ！ 私の心配なんかしてないで、あなたは図書館の司書と仲良くしてればいいのよ。

ホホホ……私が知らないと思ったら大間違いですわよジュリア。


そうして今現在、私はランネイル家へ向かう馬車の中。ああ、待ちに待っていたわ。ええ、ええ、本当に待ちに待って、待って、待って――

「なんでこんな時間になったんでしょうね、お母様。パーティー開始まであと三十分もないじゃない！」

目いっぱい力を込めてギィィと睨み付ける私に、目の前のお母様ときたら「あら」と暢気《のんき》にひと言。そしてコテンと首を傾げてみせた。

「だってぇー、ローランドったらドレスを三着も贈ってくれたのよ？ 全部見せたいじゃない？ 彼が一番綺麗って言ってくれたドレスを着たかったの」

そう言って「うふー！」とばかりに、座席に広がる薄青のドレスの裾《すそ》を嬉《うれ》しそうに手で撫《な》でるお母様。

お母様ときたら朝からドレスを取っ替え引っ替え……そのたびにお父様の執務室まで見せに行っては戻って来やしない。もちろん、ドレスを替えるたびに靴もジュエリーも髪の結い方も、そして扇まで変えて……そりゃ時間かかるわ！

「お父様はお母様が何を着たってデレデレ褒めるだけなんだから、何の参考にもなりやしないわ。そもそもドレスが届いた日に大喜びでお父様にご披露していたじゃないの。なんで当日の忙しい時にまたやるの！」

元々は隣国の第三王女で蝶《ちょう》よ花よと育ったお母様。お母様に出会った瞬間ひと目惚《めぼ》れして猛アプローチをかけたというお父様にも蝶よ花よと甘やかされ、本当にお母様は蝶のように自由気ままでひたすらマイペース。

「先日は先日、今日は今日よ」

そう言ってつやつやのローズピンクの唇をムンッと尖《とが》らすお母様は本当に可愛い。本当の年齢思い出したら引くくらい可愛い。

「それにローランドはこのドレスにだけ一回多く『綺麗だよ』って言ってくれたもの。すっごく参考になったわ。んもうサンディったら、そんな顔しないで。可愛いお顔が台無しよ」

ね、とまったく悪びれることなくニッコリと笑ったお母様。ダメだわ……いつものことながら、この人に勝てる気がまったくしない。

私はハァーとこれ見よがしに大きな溜息《ためいき》をついてから窓外へと視線を向けた。

そうよ、気を落ち着けるのよアレキサンドラ。せっかくのパーティーなんだから。ああでも、どうしてもウズウズと逸《はや》ってしまうこの焦燥感……いけないわ、落ち着いて私。落ち着けー。

そう心の中で唱えながら、窓外をゆっくりと通り過ぎていく街の景色に意識を移した。

石畳の広いメインストリート沿いは下位貴族が住まう連続建てのタウンハウスが続き、その角々に植えられた植栽や、柵《さく》に絡まる緑の蔦《つた》、窓辺を飾る季節の花々などは、なかなかに眺めているだけでも楽しいもの。

それだけでなく、曜日を問わず貴族街の中をくるくると小ぶりの荷馬車で精力的に回る商人たちの様子に、我が国の平穏と民草の活気が垣間《かいま》見《み》えるようで、それらを馬車から眺めることは私の楽しみであり癖にもなっている。

そうよ、今日だってほら。土曜日だというのにあちらこちらに商人たちの姿が……って、何でみんな馬車を脇道に停めているのかしら。そしてなぜ馬たちは壁にくっついて彫像のように動かないの？　あちらの馬に至っては植栽に頭を突っ込んでるけど……。

通り過ぎるそれらに首を傾げながら、けれども暫《しば》くして見えてきたランネイル家の正門に、私はホッと胸を撫で下ろした。開始十分前！　あー、なんとか間に合ったわ。

「ほうら、丁度いい時間じゃない。あまり早く到着するのもみっともないものよ。今日のパーティーは筆頭公爵家と辺境伯がご欠席。つまり王家以外では我が家が最上位だもの。満を持して登場するのが当然だし楽しいでしょ？」

得意そうに胸を張って、私と同じく窓外へ目を向けたお母様。

んもう、何だかんだ目立ちたがり屋なんだから。でも事前リサーチの凄腕《すごうで》は相変わらずだわ。きっとお母様の頭の中には招待客のリストが完璧に入っているんでしょうね。

正門を通り過ぎて道なりにアプローチを進んで行くと、すぐにランネイル家の白亜に輝く大きな別棟が見えてきた。

その会場を目にすれば、私の気分も急上昇。これから始まるパーティーへのアレやソレやの期待が膨らんで、他のことはどうでも良くなってしまう。そうね、間に合ったから許して差し上げますわお母様。

私は窓に向けていた目を戻すと、さっそく隠しポケットからコンパクトを取り出して手早く身だしなみをチェック。

ほらほら、お母様も外なんか見てないで最後のチェックして！　向こうに固まった馬だんごが見える？　意味の分からないこと言ってないでシャンとして下さいな。もうすぐ着いてしまうわ。


エントランスを回った馬車が動きを止めて暫く、静かに扉が開かれた。

お母様を先頭にステップから下り立てば、正面には宰相閣下はじめ出迎えの方々が整列していた。

「ごきげんようランネイル侯。本日はお招きありがとうございます。娘のアレキサンドラともども楽しみにしておりましたわ」

頭を下げる私の少し前で、お母様がそれはもう見事な猫をお被《かぶ》りになって、出迎えたランネイル侯にご挨拶《あいさつ》をなさった。

「コルティス公爵夫人、アレキサンドラ嬢、ようこそおいで下さいました」

ランネイル侯からの歓迎の言葉に、チラリと見えるお母様のドレスの裾がサラリと広がる。

さすがお母様。返礼のタイミングも、横目に見えるドレスの裾捌《すそさば》きも完璧。お母様の鉄壁の猫っかぶりはいつ見ても惚《ほ》れ惚《ぼ》れいたしますわ。

お母様とタイミングを合わせて頭を上げれば、目の前には頭を下げるランネイル侯爵子息と、その少し前でお母様と笑顔で対面していらっしゃるランネイル侯のお姿があった。

でも何だかランネイル侯ったら、物凄《ものすご》くホッとしている感じ。きっと私たちの到着が遅かったからね。ご心配かけてしまって申し訳ないことをしたわ。まったくもう、お母様のせいですからね。

「ギルバート、素晴らしい出迎えをありがとう。十六を迎えたこと、コルティス公爵家を代表して心よりお祝いいたしますよ。祝いの品として我が領特産の織物をぜひ受け取っておくれ。たんと持ってきたゆえな」

スッと顎《あご》を上げて薄《うっす》らと微笑みながら侯爵子息を見つめるお母様の姿は、確かに元王族の品格と威厳たっぷりの高貴さ。

「ありがとうございます、コルティス公爵夫人。名高きコルティス領の織物とは何とも身に余るほどのお心遣い。素晴らしき祝いのお品、有り難く頂戴《ちょうだい》致します。アレキサンドラ嬢もようこそいらっしゃいました」

口端だけを薄らと上げてこちらに目をくれた侯爵子息の顔は相変わらず。マナー違反にならないギリギリの微笑ね。器用だこと。

「ランネイル侯、すっかり到着が遅れてしまいお詫《わ》びいたしますわ。馬車がなかなか進まなくて……

私も気を揉《も》んでしまいましたのよ」

僅《わず》かに眉《まゆ》を下げ、閉じた扇を胸元に当てて馬車に罪をなすりつけるお母様。お母様もランネイル侯の表情に気がつかれたのね。

「いえいえ、どうかお気になさらないでください。高貴なる公爵家の馬車ならば、優雅に進むは当然のこと。ええ、馬車はそうでなくては。これこそ正しき馬車の姿にございますな。素晴らしい馬車にございます。従僕方の動きも実に常識的でお見事っ」

やたらと力強く馬車を褒め上げてくるランネイル侯……馬車に強いこだわりでもあるのかしら。お母様もちょっと首を傾げている。

けれど侯爵子息の「では、会場にご案内致します」の言葉にすぐにニッコリと微笑んで歩を進めたお母様の後について、私はいよいよ会場へと向かった。


呼び上げの声とともに開かれた扉の先は、煌《きら》びやかな貴族たちが集う大広間。

そこへお母様が一歩足を踏み入れた瞬間、すべての貴族がザザッと一斉に頭を垂れ礼を執った。いつ見てもなかなかに壮観だわ。

それに胸を張って、余裕たっぷりに周囲を見渡すお母様……。あらまぁ気持ち良さそうですこと。「うっふっふー」って声が聞こえてきそうよ。

ご機嫌なお母様の後に続いて会場を進めば、ランネイル侯爵夫人がご挨拶にいらした。柔らかな物腰と上品な装いは相変わらずで、さすがは良妻賢母と名高き淑女。けれど私は、本音を言えばこの方が苦手。貴族夫人として素晴らしく良くできた方なのだけれど、なぜか昔から苦手意識が拭《ぬぐ》えない。

侯爵夫人にそつなく手短かに挨拶を済ませたら、ちょうど第一王子殿下が会場に姿を現した。

あら、お元気そうじゃない。試験後は真っ青なお顔をしていらしたけど……ふふっ、言わんこっちゃないですわね。

ちょっとお母様、カーテシーの手ぇ抜くならもう少し分からないように抜いてちょうだい。分かりやすすぎますわよ。手を抜くならこんな感じ……はい、口を尖らせないの。

「皆さま、本日はようこそお越し下さいました」

そしてランネイル侯のご挨拶が始まった。

隣に立っているご子息はといえば、表情筋が死んだような鉄仮面はそのまんま。ブレないわねー、と思ってたら、あら？　今、僅かに目元が緩んだような……気のせいかしら？

けれどそう思った瞬間、ピーン！　と閃《ひらめ》いた。そして侯爵子息が一瞬だけ視線を向けた方向をツツーッと辿《たど》ってみれば――――。

み　つ　け　た。

そこには優しげな微笑みを浮かべ、侯爵子息を見つめるアルフレッド・ラグワーズ様のお姿が……。

うふっ、私の勘は今日も絶好調ね。

心の中でグッと拳《こぶし》を握りしめ、私がお二人に視線を往復させていると、ふいにラグワーズ様の目が見開かれた。何事かと思って見れば、あら。お父上のランネイル侯が睨《にら》んでいらっしゃるわ。まあ、あのご様子は……。なるほど、恋に付きものの障害ってやつですわね。けれど、障害が大きければ大きいほど、二人の恋は燃え上がるものよ。ス・テ・キ！

それから華々しく始まったパーティー。

ゆっくりとお二人の様子を堪能したかったのだけれど、残念ながらパーティーの序盤というのは、いつだって大忙し。今日だって、お母様とともに殿下とルクレイプ公爵へのご挨拶を終えるや、息つく間もなく貴族らとの歓談へと雪崩《なだ》れ込んだ。

最優先は侯爵家。そして次は当主がいらしている伯爵家。それらを次から次へと優雅に、そして手早くお相手しては捌《さば》いていくお母様の手腕は、いつ見てもお見事。

ひとりひとりの最新の情報を元に、さりげなく話題を振っては新たな情報を引き出していくお母様の隣で、にこやかに微笑みながらそれらの会話をサポートし、歓談終了のきっかけを作るのが私のお役目。正直すごくハード。

けれどこれも公爵家としての大切な務め。隣で朗らかに微笑むお母様が私に身をもって教えて下さるものは余りにも多く、余りにも高度で気を抜く暇がない。一朝一夕に身につくものではないからと、様々な会に私を同行して下さるお母様に感謝をしながら、私は今日も必死に食らいついていく。

そうそう。務めと言えば、会場でお見かけした殿下が意外とまっとうだった事には驚きましたわ。よほど国王陛下や側近らにきつく言われたのかしら。こういったパーティーじゃ面倒くさそうなのを隠しもせず貴族たちに対応するのが定番だったけれど、今日に限っては長い貴族らの挨拶の列にも嫌な顔一つせず、そつなくこなしておられてビックリ。

ああ、もちろんお母様は行列などには並びませんわよ？　当主らの挨拶が終わった頃合いを見計らって、当たり前のように列を無視して手短かにご挨拶。いつものことですわ。

「さて、残るはグランバートとラグワーズね」

そう呟《つぶや》いて会場をぐるりと見渡したお母様。

侯爵家、伯爵家の当主ら全員との歓談を終えて、残るは当主代理の伯爵家二家。年齢と当主代理の歴を考えればグランバートが先ね。

スイスイと会場を進んで行くお母様の後に続けば、グランバート家嫡男である当主代理様はすぐに見つかった。すぐ隣にはご次男を同道なさっている。お二人とも騎士団長のご子息らしくご立派な体格をしていらっしゃるから目立つのよね。

腕に令嬢をぶら下げていた末弟のドイル様もご立派な体格だと思っていたけれど、お父上やお兄様方に比べたらまだまだね。ドイル様、元気かしら？　急に学院を休学されてからトンと話を聞かないけれど……。

お二人のお兄様方は、見かけの厳《いか》つさと違ってとても知的で紳士的な方々。ドイル様と同窓の私にもお声をかけて下さり、にこやかにドイル様の近況をお話し下さった。

聞けば、学問の前に広く世を知り己の心身を鍛えたい、というドイル様の熱い思いに家族と親戚《しんせき》一同が感動し、一日も早くという懇願を聞き届けたのだとか。

そうだったのね……。さすがはグランバート家だわ。学院で見た限りじゃそんなこと考えてるなんて微塵《みじん》も分からなかった。私もまだまだね。

近年めっきり気力体力の衰えを訴えていらした先代の辺境伯も、可愛い孫が手元に来たおかげで、すっかり現役時代のようなお元気を取り戻されたとか。いいお話だわ〜。

「まあ。元将軍閣下もお幸せでございますわね。やはり人生には張り合いというものが必要なのだと改めて教わった気持ちですわ」

そう言ってニコニコと微笑むお母様は本当に楽しそう。どうやらお母様はグランバート家がお気に召したご様子。

「とても楽しそうでしたわね、お母様」

グランバート家のご兄弟との歓談を終えて歩き出したお母様にそう言えば、お母様は口元に閉じた扇を当てながらうふふっと笑って小さく肩をすくめた。

「ええ……それはもう面白いお話だったわ」

もういちどクスクスと笑ったお母様はとても可愛らしいわ。けれど私はちょっと首を傾げてしまう。楽しいお話ではあったけれど、面白いと言うよりはほのぼのしたお話だったような気がするけれど……まあいいわ。お母様がよく分からないのはいつものことだもの。

そうして、グランバート伯らの元から離れて少し歩くと、会場の中央から奥へと従者らを連れて移動するラグワーズ様のお姿を見つけることができた。

「あら、あちらにいらっしゃるわ」

お母様も気がつかれたようで、そちらに向かうべく私たちが方向転換をしようとした瞬間、考えるより速く私の身体が動いた。

「え、え、え？」

戸惑うお母様の腕をグイグイと引っ張り、大きな生花の陰に素早く身を隠した私は、ザンッと大急ぎで扇を身体の側面に立ててみせる。

『ねえ、何なのよぅ……』

何かを察したのかひそひそ声でそう訊《たず》ねながらも、同じく「話しかけるべからず」の扇サインを身体の横に立てるお母様。さすがですわ。

けれど私はそれに「しぃ……」とだけ答えると、視線の先に集中をした。


「ラグワーズ伯……」

今まさにランネイル侯爵子息がラグワーズ様に話しかけたところだった。ああ、やはり私の判断は間違っていなかった！

両手にグラスを持ち、ゆっくりと近づいていく侯爵子息の呼びかけに、クルリと振り返られたラグワーズ様。そしてお二人の視線が交わったその時……。

ラグワーズ様と侯爵子息の瞳《ひとみ》に、何とも言えないトロリとした甘さが加わった瞬間を私は見逃さなかった。私の目がカッと見開かれる。

「こちらにいらっしゃいましたか」

見つめ合う視線はそのままに距離を詰める侯爵子息に、ラグワーズ様はゆるりとその目を細め……そして、うっとりとするような微笑みを浮かべられた。そのあまりの甘さに、私の心臓がドキドキと早鐘を打つ。

瞬《まばた》きなど許されぬこの緊張感、そしてこの高揚感……。これよ！　これ！

しかも前回より遥《はる》かに甘さがパワーアップしているじゃない。ほのかに匂い立つ甘美な空気……。以前とは種類もレベルもまったく違いますわ。なんておいし……いえ素晴らしいの。

今こそ日頃の鍛錬の成果を出すべき時！　うなれ聴力！　突き進め視力！　さあ、全神経を研ぎ澄ますのよ、アレキサンドラ！

お二人の僅かな瞬間すら見逃すまいと、私はさらにクワッと目を見開く。瞬きなんぞは後でまとめてすればいいのよ！


グラスを差し出す侯爵子息の指先に、そっとラグワーズ様の指先が重なった。

スルリと、まるで甲から指先を撫《な》でるようなその動きは、秘め事めいた背徳感すら漂わせて……ああどうしましょう、胸だけでなく頬も熱くなってきたわ。

なんて思っていた刹那《せつな》、私の目は、ワタクシ史上最大にグワリと広がることとなる。

受け取ったグラスをスッと口元へ運んだラグワーズ様が、侯爵子息へ向ける熱い眼差《まなざ》しもそのままに、そっと……それはもう愛しげに、そして切なげに、グラスの縁へ口づけられたではありませんか！　しかもそれを目にした侯爵子息のお顔がまた――――。

鉄仮面が一瞬で消滅したかと思うと、ちょっと困ったように眉を下げて……。けれどその目元を僅かに赤らめながら、まるで「もう……」とでも言いたげに薄紅の口元を尖《とが》らせて……。なにあれ、可愛すぎるんですけど！

ああ神様、期待以上のご褒美をありがとうございます。

今まで頑張ってきてよかった。これからも日々精進いたしますのでどうか、どうかこの一瞬を少しでも長く……！

けれど、残念ながら侯爵子息の表情はすぐに元に戻ってしまった。精進がまだ足りないのね……。

そう肩を落としながら、ふっと思い出したのは隣のお母様の存在。

あらいけない、と思いつつ隣に目を向ければそこには、ただでさえ大きな目を限界まで見開き、赤らめた頬をプルプルと震わすお母様が……。

「あ　れ　は　な　に」

その見開いた目でギョロリ、と目玉だけを動かし私を見るお母様。ちょっとコワイ。

けれど私の目も史上最大に開いてる真っ最中。なので同じくギョロリとお母様を見返した。

「生きる糧です」

ただひと言そう告げた私に、お母様は力強く頷《うなず》かれる。

「素晴らしいわ……」

熱い溜息《ためいき》を溢《こぼ》して片手を胸に当てたお母様が、その見開いた眼《まなこ》を再びお二人の方へと戻した。私もその後を追うように急いで目線を戻す。

そうよ、まだ途中だったわ。私としたことが！

けれど戻した視線の先には、いつの間にいらっしゃったのか、ご子息のお母上であるランネイル侯爵夫人が、敵意の眼差しも露《あら》わに立っておられるではないか。愛の障害その二ね……なんてこと！

「あらまぁ……でもきっと障害が大きいほど二人の愛の絆《きずな》は深まるのよ」

うっとりと呟くお母様に、んなこたぁとっくに私が先に考えていましたわと茶々を入れる時間すら惜しく、「いいわ……すごくいい」と隣でブツブツとうるさいお母様を無視して私はその後の展開を固唾《かたず》を呑《の》んで見守った。

ラグワーズ様を褒めあげながらも牽制《けんせい》する夫人に、それを愛のパワーで打ち返すラグワーズ様。すごいわ、ほぼノンブレスで流れるように堂々とのろけていらっしゃる。

んもー、侯爵子息ったら愛されてるわねーと、私が微笑ましく思ったその直後、ラグワーズ様のお言葉にフワリと笑みを浮かべた侯爵子息を鋭く叱責した夫人が、それはもう強《こわ》ばった厳しい表情で何やら囁《ささや》き、むんずと子息の手首を掴《つか》んだのが見えた。

その一瞬、扇の向こうに垣間見《かいまみ》たのは、あまりにも鋭く強いアイスブルーの瞳。

「あの方は相変わらずね」

私の隣で冷ややかなお母様の声が聞こえた。

相変わらず……？　…………あっ。

私の脳裏に、はるか昔の……幼い頃に王宮の庭で見かけた光景が一瞬だけ、光のように現れては消えていった。そうよ、確かあれは三つだったたか、四つだったたか。たぶん王子殿下の小さなお茶会、という名の高位貴族子女の顔合わせ。

――よくもあんな、みっともない顔を……恥を知りなさい。

――は――のものじゃ――だわ。

――！　――。――よ。返事をしなさいギルバート。

真っ先に目に入ったのは、氷のように冷たいアイスブルーの瞳。そして低く冷淡な、幼い私が初めて耳にした震えるほど恐ろしい声色。

細かなやり取りは覚えていないけれど、会場では優しげだった貴婦人が発するあまりの怒気にショックを受けた事は覚えている。

ほんのちょっとだけ悪戯《いたずら》気分で入り込んだ奥の庭園。初夏の陽差しの下で咲き乱れる花々に囲まれてなお、その一画だけが酷《ひど》く寒々しくて……。私はまるで凍り付いたようにその場にしゃがみ込んだ。むせ返るような花の香り、突き刺すような冷たい瞳、拳を握って硬直する、ギルバートと呼ばれた小さな子供。今の今まですっかり忘れていた記憶の断片――。

ああそうか、だから私は昔から夫人が苦手だったのか。……ストン、と納得した。

「お母様、お助けしましょう」

思わず言葉が出ていた。今の私ならばあの子を助けてあげられる。庇《かば》ってあげられる。

けれどお母様は「いいえ、大丈夫そうよ」とその瞳をほんの少し動かしてみせた。見ればあちらからにこやかにルクレイプ公爵閣下が近づいて来られる。……なるほど。

そしてその後は何事もなかったかのように宝水魚のお披露目《ひろめ》が始まった。

侯爵子息の魔力量は確かに大したもので、あんなに大がかりな水と風、そして結界の魔法陣を発動してもケロリとしている。それに多くの貴族たちは驚き、そして称賛した。

空中をキラキラとうねり進む水流と宝水魚はとても幻想的で素晴らしかったけれど、先ほどの様子が嘘《うそ》のようにご婦人らに囲まれて嬉《うれ》しそうに微笑むランネイル夫人も、まったく気にした様子もなく魔法を披露する子息にも、私は何だかスッキリしない気持ちを抱えてしまう。

「そんなお顔しないのよサンディ。私たちが考える事じゃあないわ」

ね、とお母様がほんの少しだけ困ったように微笑みながら囁いた言葉に私は小さく頷いて、ゴクリと湧き上がった気持ちを飲み込んでお腹にしまう。ええ、そうですわねお母様。

ひとつ息を吐いて微笑みを作った私に、お母様も綺麗《きれい》な笑みを浮かべ頷いて下さった。

「さ、話のいいきっかけが出来たことだし、ラグワーズ伯にご挨拶《あいさつ》しましょう」

そう明るく笑って周囲を見渡し始めたお母様。

ええそうね！　私もご挨拶くらいはしたいわ。もちろん余計な口なんぞはききませんわよ。その辺は弁《わきま》えておりますもの。

そうして私も一緒にぐるりと探してみるけれど……両側の水柱の所にも、会場の中にもラグワーズ様はさっぱりいらっしゃらない。

おかしいわねーと首を傾げていたとき、周囲に目を配っていたお母様の目がキラリと光った。

「ギルバートもいないわ」

その言葉に改めて周囲を見渡したけれど、確かに侯爵子息の姿も消えている。これは、もしや……。

パッとお母様と顔を見合わせて、互いに小さく頷き合う。

それから思わず二人して「〜〜〜！」と身悶《みもだ》えそうな身体を必死に落ち着かせた。顔を隠した扇が多少震えてしまったのは仕方がないわ。


それから私たちは素早く行動計画を練りはじめた。

もちろん数十分後に戻っていらっしゃるだろうお二人を見越してのこと。まずはちゃっちゃと残りの貴族たちとの挨拶を片付けなくてはね。

『ひとり二分ね』

『はいお母様。でも大丈夫かしら？』

『大丈夫よ、私を誰だと思っているの。マーガレット・コルティスよ』

そうでしたわ、お母様。そして私はその娘、アレキサンドラ・コルティスですもの！

お母様と二人、スッと背筋を伸ばして戦闘態勢に入った。さあ、行きますわよ。パーティーはまだまだこれから！

そうして、煌《きら》びやかなパーティー会場の中を、私たちは堂々と胸を張って進み始めた。

◇◇

コルティス公爵家心得。

『ひとつ、常に笑顔を忘れず』――ええ、バッチリよ。

『ひとつ、常に振る舞いは堂々とそして優雅に』――身に染みついているわ。

『ひとつ、常に纏《まと》うは揺るがぬ矜持《きょうじ》と気高き品格』――完璧《かんぺき》ね。

――あなたは皆の憧《あこが》れの公爵令嬢なのですから。いいですね。

ええ、心配しないでジュリア。

だって私はアレキサンドラ・コルティスなのよ？　大丈夫！　すっごく大丈夫！　――なのだけど、でもね……ちょ、ちょっとだけ休んでもいいかしら。ハード過ぎてそろそろ限界だわ。

ひとり二分という目標を掲げたお母様と会場を回ること四十分ほど。私は内心ヘロヘロと、けれど決してそれを悟られないように優雅な足取りで椅子に辿《たど》り着くと、ようやくそこに腰を下ろして息を吐き出した。

「ほうら、予定の時間ピッタリで終わったわ」

隣でうふっと笑うお母様はまだまだ余裕たっぷり。キャリアの差を感じるわ。

先ほどまで次から次へと会場内を最短で移動しながら、お母様は目的の人物たちへ声をかけては挨拶を受けていらした。その気合いの入った怒濤《どとう》の進撃に私はついていくのが精一杯。

わずか二分という短い時間で最初から最後まで主導権を握り続け、必要な情報と反応を吸い上げつつ、最後は褒めあげ励まし会話を締めて、有無を言わさず華麗に立ち去る。それら一連の流れに私の出る幕は一切無かった。

私に出来たのは「しっかり見てらっしゃい」と言わんばかりのお母様の隣で、ひたすらその言葉ひとつ、所作ひとつさえ取りこぼすまいと気を張り続けることだけ。

お相手の言葉の端を上手に拾い上げ、決して一方的な会話ではない満足感を残すあの会話術はすでに神業レベル。時にサラリと受け流し、時にゴリ押ししながら、思うがままに歓談内容を操ってみせたお母様。おそるべし元王族の底力……お母様の本気を見ましたわ。

そうして今、私たちは殿下のために用意された王族席からほど近い壁際の椅子に腰掛けている。

本来は王族方が他の貴族らと内密の話ができるよう用意された柱の陰の特等席なのだけれど、お母様は「構いやしないわよ」とサッサと腰を掛けてしまった。まあ私もそれに便乗して座ってしまったのだけれども……。

「別にそう決まってるわけじゃないし慣例だもの。本来は誰が座ったっていいのよ？　文句言われたことないもの。静かだし人来ないし、ついでに殿下もどっか行ってるし、休むには丁度いいでしょ？」

そりゃーお母様に文句言う人はいないでしょうよ。言ったら最後、十倍になって返って来るのは分かりきった事ですもの。

でも明らかにここだけ椅子のグレードが違うし、小テーブル完備で目の前は王族席。特別だって丸わかりでしょうよ。誰も座ろうなんて思わないわ。

けれどお母様は堂々と呼び止めた従僕に小ボトルを二本ほど開けさせると、グラスに注がれたリンゴ酒をおいしそうに飲み始めた。まああれだけ喋《しゃべ》っていればね、喉《のど》も渇くわよね。

今の時点で歓談を終えた家は公爵一家、侯爵八家、伯爵十二家。お母様は宣言通りにすべての歓談を時間内に終えてみせた。残るは主催者であるランネイル侯爵家当主とラグワーズ伯爵家当主代理。

ああ、あとの伯爵六家に関しては、お母様曰《いわ》く「話す価値はないわね」とのことなので、移動の途中でどれほど期待の眼差《まなざ》しを向けられたとしても無視。

お母様はその辺りの線引きは非常に明確でいらっしゃる。たとえそれらの家の当主がいらしていたとしても、いえ、いらしていたら尚更《なおさら》冷たい対応をされていたことだろう。

『貴族は繋《つな》がりが大事だけれど、なんでもかんでも繋がればいいってものじゃないのよ。切るときはバッサリやっちゃいなさい。けれど目の隅には入れておくのを忘れちゃダメよ』

うふっと可愛らしく微笑みながら、そんなお話をして下さったお母様の姿を思い出す。ついでにその隣でデレデレコクコクと頷くお父様の顔も……。

「んー、このリンゴ酒おいしいわぁ。甘味と酸味のバランスが最高」

テーブルの上の小ボトルを持ち上げて、ラベルを確認したお母様が「あら」と小さく呟《つぶや》いた。

「やだこれラグワーズの限定品じゃないの。私が買いそびれたやつ。二、三本持って帰ろうかしら」

やめてお母様。隠しポケットに入るかサイズ確認しないで。お母様なら「ちょーだい」って言えばたぶんくれるから！

私はそっとお母様の手からボトルを取り上げて、テーブルに戻した。

「まったくラグワーズも商売上手よね。たまに季節限定とか期間限定とか数量限定とかやるから、その度についつい買っちゃうし、買えないと悔しいのよねぇ。この小ボトルだって元はラグワーズが始めたのよ？　目の前で開封されたものしか飲まない貴族たちにバカ受けよ。どこからあんなアイデアが湧き出してくるのかしらね」

そう言ってほんの少し悔しそうに口を尖《とが》らせたお母様が、グラスを片手にグルリと会場を見渡した。

「ご覧なさい。この会場にあるワインもチーズも魚介も、それに小麦や砂糖といった原材料から飾ってある花まで、たぶんラグワーズ産よ」

そう言ってグラスに目を戻したお母様は「最高の品質を揃《そろ》えるとラグワーズになるっていう見本ね」と肩をすくめる。

海と山を持つ自然豊かな土地で、農業や漁業をメインとした穏やかな領地……。それがラグワーズに関する私の知識だった。けれど、どうやら想像以上にラグワーズのご当主は領地経営の凄腕《すごうで》でいらっしゃるみたい。

「すごいわ」と呟いた私に、お母様がクスクスッと小さく笑った。

「凄いどころじゃないわ。桁違《けたちが》いよ。食材や加工品だけでなく、石鹸《せっけん》や化粧品、薬の原料に綿や絹、木材、金属加工……総合したら我が国でのラグワーズの市場占有率はとんでもないわよ。我が領の織物だって、最高品質のラインはラグワーズ産の絹糸を仕入れているんだもの。悔しいけれどね。しかもあそこの領民ときたら識字率が高い上に郷土愛が強くてねぇ、毎回契約がシビアでシビアで……」

ぶちぶちとこぼし始めたお母様によると、一時期はそのラグワーズの勢いに危機感を抱いた貴族たちが、度々ちょっかいかけていたとか。

言いがかりをつけたり詐欺まがいの約定を結ぼうとしたり、しまいには強硬手段でご長男を誘拐させて脅そうとした貴族たちまで……。なんて恥知らずな！

「まぁ、七、八年前までのことだけどね。あの頃は大変だったわぁ。返り討ちに遭った貴族家の当主が次々代わるものだから覚えるのが面倒で面倒で。それにしても、そのラグワーズの嫡男とランネイルの嫡男がねぇ……知らなかったわ～。でも、ラグワーズなら私が知らなくても仕方ないわね」

二杯目のリンゴ酒を口にしたお母様に、私はつい首を傾げてしまった。どういう意味かしら。

「情報収集が趣味のお母様が珍しいですわね」

自慢ではないけれど、我が公爵家の諜報《ちょうほう》部隊はとっても優秀。

お母様に忠誠を誓い、嫁いできた時に一緒に連れてきた隣国暗部と統合されてからはさらにパワーアップして、その実力は王家の部隊にも引けを取らない。彼らに知りたいことを伝えれば、あっという間に情報を集めてくれるはず。

実際、階段でお見かけしたラグワーズ様のことだって、それこそあっという間に報告書が上がってきたわよ？

「だってラグワーズだもの。あの家は無理よ。私だって最初は高品質の絹や大ヒットしてる化粧品の秘訣《ひけつ》が知りたくて調べさせたのよ？　情報の要《かなめ》らしい王都屋敷へ何度か諜報部員を送り込んだんだけどねぇ……」

ふぅー、とお母様が暗い表情で溜息《ためいき》を溢《こぼ》した。え、まさか……。

『も、戻ってこなかったのですか……？』

思わず口元に手をやって囁《ささや》いた私に、お母様は小さく首を振った。

「戻ってきたわよ。情報どころか潜入の記憶すらプッツリない状態でね。しかも試供品の化粧水が首にぶら下げられていたわ。んもう、悔しいったら！」

……はい？　試供品？　なにそれ。うちの諜報部員の歯が立たなかったってこと？　有り得ない。

「その試供品がまた腹が立つことに物凄《ものすご》く使い心地が良かったのよ。今も愛用しているわ」

ああ、あのイルカ印の化粧品ね〜、いいわよね。植物由来でお肌しっとりスベスベ……って、違うわよ！　それって目的も送り込んだ家もバレバレって事じゃないの！

固まった私を気にも留めず、お母様はコクリともうひと口、リンゴ酒を飲み込むとウフッと笑った。

「それでね、試供品欲しくなったら諜報部員送り込んでたんだけどね……」

意味が分からない……。すっかり目的が変わってるわお母様。なんで普通に貰《もら》わないの。

「そのうち、そろそろ送り込もうかな〜って頃になると試供品が届くようになったの。気が利くわよねぇラグワーズ、商売上手だわ」

え、この話でそこに帰結するの？　おかしくない？　それ迷惑だから来んなって言われてるだけでしょ。何やってるのお母様。人様んちに迷惑をかけないで。

「次は海藻パックの試供品が欲しいわ。いつにしようかしら」

ねえ、何で諜報部員送る前提で考えてるの？　普通にあそこにいるラグワーズの従者に言えばいいじゃない！　え？　諜報部がチャレンジに燃えている？　高い山ほど登りたくなる？　ごめんなさい、ちょっと何言ってるか分からないわ、お母様。

でもなるほどね、あの時ラグワーズ様の学年と容姿を伝えただけで、瞬時に情報が出てきたわけが分かったわ。ほんとに瞬時でビックリしたもの。馴染《なじ》みの家だったのね。何の馴染みかは考えたくもないけど……。

あら？　もしかして私ってば、物凄く常識人なのじゃないかしら。ジュリアに報告しなくっちゃ。「聞いて私、物凄く常識人だったのよ」って言ったら、安心したジュリアのばあや化が止まるかもしれないわ……。

なんて考えていたら、隣で「あ……」と小さく呟いたお母様が、私の脇腹をツンツンと突っついてきた。え、なに？　私はいま親友の危機を救う算段をつけて……。

「見て。ギルバートが戻ってるわ」

なぬ？　その言葉にパッとお母様の視線の先を見れば、確かに黒い宝水魚の水柱の横に侯爵子息が立っている。いつの間に？　でもラグワーズ様はご一緒じゃないみたい。残念だわ。

しばらく様子を見ていると、侯爵子息の存在に気づいた他の招待客ら……令嬢や母娘《おやこ》連れらが、次々に黒い宝水魚が泳ぐ水柱へと近づいては、暫《しばら》くするとそそくさと離れていく現象が繰り返されるようになった。

「あらまあ」とクスクスと楽しそうに笑ったお母様が、飲み終えたグラスをコトリと小テーブルへと置いて席を立ち上がった。私も釣られて一緒に立ち上がる。

「ラグワーズ伯も抜け目のないこと。ご自身の従者をギルバートの虫除《むしょ》けに付けるとはね。まったくお熱いわぁ。サンディ、とりあえず今のうちに会場をもうひと回りして来ましょう。結びつけたい家が幾つかあるの」

そう言って防音結界を解除したお母様が背筋を伸ばした。

「はい。お母様」

王族の血縁である我ら公爵家は自領の利益だけでなく、見聞きした情報を元に貴族同士の利害を結びつけ、将来の国の利益と発展に貢献するという大切な役目も担っている。

そうね。愛の劇場の開幕はもうしばらく後のようだわ。今のうちに片付けるものは片付けてしまいましょう。

お母様と二人でしっかりと頷《うなず》き合うと、私たちは再び賑《にぎ》わう会場《いくさば》へ向けてドレスを翻した。

今回お母様が結びつけたのは、侯爵家二家と伯爵家四家。

目の前では三人のご当主と三人の夫人方、そしてそれぞれの従者たちが、様々な組み合わせでグループを作り真剣な顔で今後のお互いの予定を擦り合わせている。

お母様が仲介して六家に提案した案件は全部で五つ。二つの家同士だけでなく三つの家に跨《また》がった案件もあれば、一つの家が二つの案件に関わっていたりもする。

スピーディーで効率的な引き合わせ方、可能性に満ちた的確な発案、そして説得力。お母様にはまったく何もかも適《かな》わないわ。

「いずれも誠実で優秀なお家《いえ》ですもの。ピースさえはまってしまえば必ずや新たな産業への道筋をつけて、いずれ国に利をもたらすわ」

ひと仕事終えたお母様が満足そうに微笑んで歩き出したその時、私の視界に一瞬映りこんだ何かに、私の勘がそれはもうビンビンと盛大に反応した。

「お母様……っ」

確認するよりも早くお母様へ声をかけて、勘が指し示す方向へと目を向ければそこには、中央の窓際へと歩いて行かれるラグワーズ様のお姿が……！

それを目にした瞬間、私とお母様は同時にドレスを翻す。あの移動の軌道は確実にガーデンへ向かっているわ。そしてその先には恐らく……いえ確実に侯爵子息がいるはず。根拠は私の勘よ！

ガーデンへと向かっていくラグワーズ様の背中を目で追いながら、私たちはぐるりと会場の右側へと回る。目指すはガーデンに面した窓辺の一画。

なぜかって？　窓外がそれはもうよく見えるからよ。

ランネイル家の別棟は初めてじゃないもの。軒《のき》の端に面する窓は、日光を遮りつつも暗くなりすぎず外の眺めが抜群なのよ。ベストビューポイントはすでにチェック済みですわ！

そうして辿《たど》り着いた窓の前。ラグワーズ様は出口の手前で佇《たたず》んでいらした。よし、間に合った。

窓の前を塞《ふさ》いでいた伯爵令嬢と子息らしき二人は、お母様が視線を飛ばした瞬間、物凄い勢いでどこかへ移動して行った。ごめんなさいね、あっちでやって。上手《うま》くいくといいわね。

心の中で立ち去っていった二人にお祈りを捧《ささ》げつつ、私は窓外へと目をやる。

十時方向に見える侯爵子息の前には、着飾った四人のご令嬢方。あらあら、皆さま積極的ねぇ……。

「薄桃色のドレスとミントグリーンのドレスが侯爵家、青と白のツートンとレモンイエローのドレスが伯爵家。そして一番前にいらっしゃるのはランネイル夫人ね」

お母様は瞬時に令嬢たちの身元を割り出してみせた。長女、次女、長女、三女、だそうな。へー。っていうかランネイル夫人？　見えなかったわ。

え、チラッと見えた扇の端っこだけで分かったの？　お母様ったら鑑定眼もキレッキレね。

出口脇で立ち止まっておられたラグワーズ様が、微笑みを浮かべながら侯爵子息の元へと近づいて行かれる。あれはランネイル夫人に気がついておられないわね。声をかける気満々で侯爵子息しか目に入っていないわ。……あ、やっと気がついたみたい。

と思った刹那《せつな》、近づいたラグワーズ様に顔を向けた侯爵子息が、今まできつく引き結んでいた唇をふっと解き、ほんのわずかに眉《まゆ》を下げたのが見えた。それにラグワーズ様がふわりとお優しげな微笑みを向けられる。

「まあ、ギルバートったらこんなに照れてしまって……」

その時、ランネイル夫人が発した声がこちらにまで聞こえてきた。そして直後に令嬢方の向こうからスッと腕が見えたかと思うと、その腕が侯爵子息の肩へと伸ばされて――――空振りした。

侯爵子息の見事なタイミングに私は思わず心の中で喝采《かっさい》を送る。隣のお母様も「あらあら……」と扇で口元を押さえてクスッと笑った。

「ねえお母様、あれってどう見てもご子息は嫌がっておられますよね」

窓外を向いたままそうお母様に確認をすれば、「そうねぇ」とお母様は何やら思案げなご様子。

ええ、あそこに私たちが割り込むのは明らかに出過ぎた行為。公爵家といえど他家の家庭内事情にズカズカと無闇に足を踏み入れることはできないのは承知していますわ。

けれど視線の先ではすっかりご子息に無視されているランネイル夫人と、戸惑いつつも現れたラグワーズ様に熱い視線を送っている様子のご令嬢方、そして今にもそんなご令嬢方を睨《にら》み付けそうな侯爵子息の姿が……。

いやアレはアレでかなりおいし……いえ、でもやはり何とかして差し上げたいわ。

「ねぇサンディ？」

その時、お母様がゆっくりと、そして楽しそうに私に話しかけてきた。その声に隣を見れば、お母様が薄らと微笑みながらコテリと首を傾げていた。

「そういえば私、ランネイル夫人にご紹介しようとしていた方が……いたのじゃなかったかしら。ほら確か、来年ご長男が学院の中等部に入られる方で、良妻賢母と名高いランネイル夫人のお話を拝聴したいと仰《おっしゃ》っていたような気が……したりしなかったりするのだけれども。ねぇ、サンディも覚えてなあい？」

ふふっと目を細めたお母様に、私は思わず「お母様大好き！」と飛びつきそうになるのをグッと堪《こら》えて、ニッコリと笑みを返した。

「ええ、その方なら覚えておりますわ。確か一度お話を始めたら、とぉっても長い伯爵夫人ですわよね。私もあの方がそんな事を仰っていたような気が、したりしなかったりいたしますわ。それにね、お母様。私、あちらのご令嬢方とお話するお約束をしていたような気も、したりしなかったりしておりますの」

私の言葉にお母様は一瞬ニッと口元を上げられて、そしてすぐに目を丸くされた。

「まあ大変！　万が一にも公爵家が約束を違《たが》えるなんて、あってはならないことよ。さ、急ぎましょう。社交の場で社交を優先するのは仕方ないことだもの。お忙しいランネイル夫人もきっと分かって下さるわ」

そう言って顎《あご》を上げたお母様が肩を引き、クッとそれを下へ落とした。それだけで首筋も背筋もいっそう美しく伸び、気高さと存在感が段違いの輝きを見せる。威風堂々とした気迫とは相反するはずの柔らかな微笑みが、ことさらその迫力を増幅させている。

これはお母様の戦闘態勢・極《きわみ》！　王宮仕様の特別バージョンだわ。こうなったお母様にはもう誰も逆らえやしない。

私も畳んだ扇を両手で前に構え、素早く戦闘配置につく。

「行くわよサンディ……いえ、アレキサンドラ」

「はい、お母様」

そうして進んで行ったガーデンでのお母様の手際は、それはもう鮮やかなものでしたわ。

あっという間に場を制し、心臓の前に広げた扇での有無を言わさぬ「お願い」攻撃に、ランネイル侯爵夫人は瞬時に陥落。

あの時のお母様の艶《あで》やかな勝利の微笑みには、うっとりしましたことよ。

そして今現在、私は四人の令嬢方と共に例の窓の前へと戻っていた。

そう、あの眺めがひっじょーにナイスなベスポジ窓だ。

窓外にしっかりと見えるのは、正面に据え置かれたテーブルに、二人並んでお座りになっているラグワーズ様とランネイル侯爵子息のお姿。

ああ、やはりあの席で大正解。近すぎず遠すぎず、頭から足先までがバッチリ。しかも背景は涼やかに揺れる木槿《ムクゲ》の花々とガーデンの緑。なんてあのお二人にピッタリなの！　私はクッと、心の中で拳《こぶし》を握りしめ喜びを噛《か》みしめた。

とその時、私の視界にチラチラとカラフルなドレスの色が入り込んだ。あ、いけない。忘れてたわ。

「皆さま、お手伝い頂き感謝申し上げますわ。素晴らしいお働きでとても助かりました。もうお戻りになって結構ですわよ。あ、お戻りは会場内でお願いいたしますわね」

目の前の四人の令嬢方にニッコリと微笑み、テーブルセッティングのお礼を伝えた。

この四人の行動と連携は素晴らしかったわ。さすがはランネイル夫人のお眼鏡に適《かな》った優秀な方々。打てば響くような空気の読み方が抜群だった。

もっとゆっくりお詫《わ》びと御礼を申し上げたいのだけれど、どうしても早口になってしまうのは許してちょうだい。開幕が秒読みなのよ。

「あの……、理由をお聞かせ願っても？」

口を開いたのは薄桃色ドレスの侯爵令嬢。確か私よりひとつ年上だったかしら……と考えたその時、私の身体をビビビッと緊急警報が走り抜けた。私の勘が全力で叫んでる！　これは……！

「しっ！」

それだけを告げ令嬢を制すると、私は「……え？」と呟《つぶや》いた令嬢を置いて、素早く隠しポケットからコンパクトを取り出すと、大急ぎで窓に背を向けた。

開いた鏡の向こうには、身体も視線もお互いへ向けて見つめ合うお二人の姿が……。侯爵子息の鉄仮面はすでに消滅し、僅《わず》かに眉を下げてラグワーズ様のお顔を切なそうに見つめている。

その眼差《まなざ》しを受けたラグワーズ様の瞳《ひとみ》は、それはもうひたすら甘く優しく、そして熱く……。まるでその熱を伝えるかのように、目の前で切なげに揺れる侯爵子息の瞳を覗《のぞ》き込んでおられた。

柔らかな風に揺れるふんわりとしたアッシュブロンドと滑《なめ》らかなプラチナブロンドが、ほんの僅かだけ、ゆっくりと近づいていく。

「あ……あれは、ランネイル様があんなお顔をするなんて……」

窓を背にした私の右隣でミントグリーンが揺れた。私は思わずそちらに厳しい視線をキッと向ける。

「後ろをお向きなさいませっ。覗き見など淑女として、はしたのうございますわ」

ピシリと告げた私の言葉に、ミントグリーンのドレスの令嬢が慌てて後ろを向いた。……まったく、見つかったらどうす……。

「鏡ごしならよろしいんですの？」

左隣から薄桃ドレスの令嬢の声が聞こえた。

あら、挑発的ねぇ……。でもあなた、その手に持っている素敵なコンパクトはなぁに？　私はあからさまにそれを目に留めながら口端を上げてみせる。

「私は淑女として身だしなみを整えているだけですわ。そしてその鏡に、たまたま偶然に何かが映りこんでしまうことは……よくあることですもの」

私の言葉に「なるほど……」と呟いた薄桃ドレスの令嬢が、目にも留まらぬ指使いでコンパクトを開いた。こやつ、できる！

――――その時だ。

「……ケンカ？」と薄桃ドレスの向こうから小さな声が聞こえた。見ればレモンイエローのドレスの令嬢が食い入るように手元のコンパクトを見つめている。え、ケンカ？　まさか！

慌てて手元のコンパクトを見れば、首を傾げ冷たい目をされた侯爵子息をラグワーズ様が眉を下げて少し困ったようなお顔で見つめていらっしゃる。

「あのお二人は、愛し合っておられるのですね」

右隣のミントグリーンのドレスの令嬢がコンパクトを覗き込みながら呟いた言葉に、私もコンパクトを覗き込みながら小さく頷《うなず》いた。

「お二人は侯爵家と伯爵家の嫡男同士……。許されぬ愛とは分かってはいても惹《ひ》かれ合わずにはいられない辛い恋をしておいでなのです」

私の言葉を聞いたご令嬢方から「まぁ……」「なんてこと……」という言葉とともに複数の熱い溜《た》息《いき》が溢《こぼ》れた。

「ならば、もしや私たちがいたことであのラグワーズ様……でしたか、あの方が嫉妬《しっと》なさってランネイル様をお責めに？」

ミントグリーンのドレスの令嬢が推理した言葉に、薄桃ドレスの令嬢が即座に異を唱えた。

「それならば、怒っているのはラグワーズ様でなくてはおかしいですわ」

その一連のやり取りに、私の優秀な頭脳がフル回転する。――――分かったわ！

「きっと侯爵子息はラグワーズ様に嫉妬して頂きたかったのよ。けれどさっぱり嫉妬して下さらなくて拗《す》ねてしまったのだわ。あなたは私が女性たちに囲まれても平気だったのですかと、私なら耐えられないと……、そんな会話がされたのではないかしら」

それに、ああ……と納得したような吐息混じりの同意が四カ所から返ってきた。ん？　四カ所？

ふと右を見れば、ミントグリーンのドレスの令嬢から一メートルほど離れた隣の窓辺に、青白ツートンのドレスの令嬢がコンパクトを覗き込みながら立っている。

あら、ごめんなさい。この正面の窓は四人でいっぱいだから遠慮なさったのね。確か十数年前に子爵から陞爵《しょうしゃく》したお家で、令嬢のお年も一番若い中等部三年でいらしたかしら。それにしてもそのコンパクト大きいわね。どこで買ったかあとで教えて。

ご令嬢のコンパクトをちょっとだけ羨《うらや》ましく思いながら、自分のコンパクトにサッと視線を戻せば……あ、ラグワーズ様がお顔だけでなく身体ごとわずかに侯爵子息の方へお寄せになったわ。そしてその侯爵子息はまるで……、まるでラグワーズ様に口づけを強請《ねだ》るかのように、そのほんのり色づいた唇を少しばかり尖《とが》らせて、うっとりと顎を上げてラグワーズ様を見つめている。

仲直り……仲直り早い。しかも甘さが激増している！

甘く誘うような侯爵子息に、ラグワーズ様の目がスッと僅かに細められると同時に、その薄い唇がフッとかすかに上がった。蕩《とろ》けるように優しく侯爵子息を見つめていたラグワーズ様の瞳に、確かな欲情の灯火《ともしび》がともったその瞬間――――。

それはもう恐ろしい濃度のエロスの波動が、ドゥッと私たちに襲いかかった。

強烈な色めきを纏《まと》ったラグワーズ様と、それを熱い眼差《まなざ》しで受け止め見つめる美貌《びぼう》の侯爵子息……。

お二人の間でぶつかり発生したその何とも淫靡《いんび》な波動は、私の胸へ真っ直ぐに入り込むと、私の心臓を熱く焦がし、鷲掴《わしづか》みにした。ドクドクと心拍数が一気に跳ね上がる。

「「あ……」」

ミントグリーンとレモンイエローがふらりと同時にその身体を傾《かし》げた。倒れちゃダメ……耐えて。戦いはまだまだこれからなんだから。

足が震えているわよツートン！　しっかりなさい。薄桃を見て。微動だにしてないわ。顔すっごいけど。私たちは貴族令嬢よ。みんな気をしっかりもって！

けれど……いけないわ、ラグワーズ様。こんな場所では……。誰が見ているか分かりませんことよ！　お二人の秘めた恋が公になってしまうわ。

ああ隠匿、どなたか隠匿の魔法陣を……はっ！　そうしたら私が見えない！　それは駄目――っ！

混乱する私が見つめる先で、けれど鏡の中のラグワーズ様は口づけをすることなく、グッとその前のめりになりそうな身体を押し留《とど》められた。

ああ……流石《さすが》ですわラグワーズ様。けれどもうその雰囲気は、いつどうなってもおかしくない程の艶とパワーを内包していますわ。どうかお気をつけて！

私が心の中でそうラグワーズ様へ向けて、届くはずのないエールを送っていた時だ。

「ちょっと、サンディったら先にズルいわ。私も入れてちょうだい」

その声に顔を上げれば、あら……。むぅっと口を尖らせたお母様がこちらを睨んでいらっしゃった。

お帰りなさいお母様。決して忘れていたわけでは……ございませんことよ？

◇◇

公爵夫人であるお母様の登場に、令嬢方が慌ててカーテシーをしようと構えた。

お母様はそれを「いいわよ。時間勿体《もったい》ないから」とあっさり手で軽く制すると、あっという間にその身体を私と薄桃令嬢の間に割り込ませてきた。

ちょ、ちょっとお母様。何で来た瞬間に、当たり前のようにセンター取るわけ？

けれどお母様に押された薄桃とレモンイエローも、他へ移動する気はさらさらないらしく、僅かに左へ寄っただけで足を踏ん張りピタリと動かなくなった。

おかげで私とミントグリーンが右に押され、窓の前に五人でビッチリくっついて並ぶ羽目になってしまった。狭い……。

「で、どうなってんのよ」

お母様の言葉に、私の隣のミントグリーン令嬢が端的かつ手短かに経緯を報告した。私と同い年らしいけど、なかなかに優秀ね。女学院所属なのが惜しいわ。

「承知したわ。各自、何か細かい点に気がついたら適宜報告をするように」

「「「「　はい　」」」」

全員からの返事に満足げに頷いたお母様が、隠匿魔法陣を一瞬で発動した。範囲指定と防音つきの高級タイプだわ。やった！　隠匿さえかかればコンパクト越しでなく直接窓から見ることが可能ね！

けれど素早く隠匿魔法の効果を確認したお母様は、小さく溜息をついて首を振った。

「やはり窓は魔法無効化されているわね。でも少しはマシかしら」

その言葉に私を含めた五人が肩を落とした。

仕方がないわ。このように不特定多数が集うホールの使用時には、犯罪や災害時に備えて窓に強化以外の魔法無効化の処理しておくのが常識。会場側からだけでも隠匿できるならよしとしないと。

お母様まで並んでコンパクト開いてたら異様だものね。そろそろ顔を取り繕うのも限界だったし。

「でもお母様、その魔法陣どうなさったの？　持ってきたのは防音だけだったような……」

私の言葉に、ゴージャスなコンパクトを開いたお母様が「淑女の嗜《たしな》みよ」とフフンと鼻を鳴らした。

けれど私は見逃さない。お母様の目がわずかに泳いだ一瞬を……。

さては、その辺の貴族から巻き上げたわね！　ちょっとそこの薄桃とレモンイエロー、尊敬の眼差しで見てるけど騙《だま》されちゃ駄目よ。下手したらランネイル侯や殿下から巻き上げたのかもしれないんだからね！　……でもまあ、これ以上は不問にいたしますわお母様。強奪された貴族には私が心の中で謝っておいて差し上げます。確かに時間が勿体ないわ。

そうして、全員が手元のコンパクトへと視線を戻した。狭くはなったけれど、全員の角度調整は秒で完了。問題ない。

角度のキマったコンパクトの中では、ラグワーズ様と侯爵子息が全身でお互いを求めるようにしながら見つめ合い、語り合っていた。

ゆっくりと言葉を紡ぐラグワーズ様の唇がふっと動きを止めたその時、侯爵子息の目元がフワッと、ほんのりとした桜色に染まった。

男の方なのに、なんて……なんて可愛らしい表情をなさるのかしら。「氷の貴公子」などと呼ばれる普段の姿とのギャップが凄《すご》い。ああ、イケナイ秘密を知ってしまったような背徳感と多幸感が、渾《こん》然一体《ぜんいったい》となって私の中に渦巻いているわ。

「手を……テーブルの下で握り合っていた手を、いまラグワーズ様がギュッって……」

「「「「　なんですってぇ！　」」」」

ツートンの報告に全員が目を見開き、食い入るようにコンパクトを覗き込む。……え、ちょっと！　手を繋《つな》いでいたなんて知らないわよ?!　いつから？　いつから繋いでいたの！

けれどいくら見つめても、コンパクトの角度を変えても……見えない。クッ、窓の位置の差ね。

すぐ近くで、いくつかの舌打ちが聞こえた。

ちょっと誰？　はしたないですわよ。お母様とあと二人、反省するように。

「やはり公爵夫人が窮屈な思いをされるのは心苦しいですわ。私、あちらへ移動いたしますわねっ」

一番左端のレモンイエローがいそいそと移動を始めた。こちらとあちらを瞬時に天秤《てんびん》にかけて状況判断したのね。侮れないわレモンイエロー。

一歩後れを取ったことに唇を噛《か》みながら、少しばかり余裕の出来た窓辺で、私は再びコンパクトを覗き込んだ。


ふんわりと頬を染めた侯爵子息に、ラグワーズ様はゆっくりと唇を開いてお話を始めた。

優しげなラグワーズ様のお顔が徐々に真剣で情熱的な表情へと変わっていく。切なささえ孕《はら》むその瞳《ひとみ》で真っ直ぐに侯爵子息を見つめ、言葉を紡いでいくラグワーズ様……。ともに許されぬ恋に落ちた相手への強い恋慕に満ちたその表情が、見ている私の胸までもギュッと苦しくさせる。

そのラグワーズ様の思いを正面から受け止める侯爵子息の表情が徐々に熱っぽく潤《うる》んでいくのが分かった。目の前で捧《ささ》げられる溢《あふ》れるほどの愛に包まれた侯爵子息が、その頬を薔薇色《ばらいろ》に染め、薄紅色の唇をわずかに震わせながらラグワーズ様を縋《すが》るように見つめている。

切なげな恋情と悦《よろこ》びに潤み揺れるその瞳が、何とも艶《つや》やかな色香をのせて、トロリと……蕩けた。

その神々しくも壮絶な光景に、不覚にもふらりと身体が傾《かし》いだ。

あ、そろそろ鼻の奥がマズいかもしれない……。

鼻を押さえようと手を動かした私の隣で、グラリ……とミントグリーンの身体が大きく揺れた。

片手で鼻と口を押さえ、崩れ落ちそうなその身体を私は咄嗟《とっさ》に支える。が、私の足も震え、立っているのがやっと。

「しっかりなさい！」

隣でお母様の叱咤《しった》の声が聞こえた。

見ればお母様も、その真っ赤に染まった頬を隠しもせず、隣の薄桃の腰を支えている。隣の窓辺ではツートンとレモンイエローがお互いを支え合っている姿が……。

だめ……足腰に力が……。だって、だってあれはあまりにも、あまりにも――。

「怯《ひる》んではなりません！　貴族の誇りを思い出しなさい！　さあ、スクラムを！」

己《おのれ》も痛手を負ってなお、令嬢方《せんしたち》を鼓舞するお母様。その気高くも勇敢な姿に胸が……熱く燃えた。

そうですわ、我らは誇り高き貴族。どのような困難にも打ち勝つ強さを持たねば！　ここで倒れるわけにはいかない！

力を振り絞りグイッと身体に力を込めると、腕の中のミントグリーンもグッと歯を食いしばって身体を立て直した。名門侯爵家の名は伊達《だて》じゃないわね、さすがよ！

貴族の誇りと尊厳を胸に、窓の前でガッチリと腕を絡め合い、私たちは四人一列のスクラムを組んだ。隣の窓辺ではツートンとレモンイエローもしっかりと腕を絡めて足を踏ん張っている。

素晴らしいわ、みんな。さあ、頑張りましょう。

スクラム中にひと組の男女が結界内に迷い込んできたけど、一瞬で消えたから問題ないわ。たぶん最初にいたカップルね。うっかり全員で睨《にら》んでしまったのは事故よ。悪かったわ。

腕を組みながら再び全員でコンパクトを覗《のぞ》き込めば、色めき艶《なま》めいた侯爵子息をラグワーズ様が、それはもう何とも甘やかな、けれど熱のこもった眼差《まなざ》しで真っ直ぐに見つめているお姿が……。

眩《まぶ》しいほどのガーデンの緑と咲き誇る花々を背に、並び座ったお二人の間をフワリと風が抜けて、向かい合う金とプラチナの髪をわずかに揺らしていった。

ゆっくりと目を伏せた侯爵子息が、まるでその僅《わず》かな距離を埋めるかのように、そっと白い首筋を伸ばし、甘えるようにラグワーズ様の左肩へと額《ひたい》を寄せた。それを愛しげに受け止めたラグワーズ様の肩先で、侯爵子息の伏せられた長い睫毛《まつげ》がふるりと震える。

そうして俯《うつむ》いた侯爵子息がその形の良い唇を動かして何かを囁《ささや》いた。艶やかに動く薄紅の唇がほんの一瞬だけ囁きを止めたあと……ゆっくりと、また短く動く。

その短い言葉を紡いだ唇の動きに、私の時間が――止まった。

『あ　い　し　て　い　ま　す』

侯爵子息の唇は確かにそう動いた。その瞬間、その場の全員が息を呑《の》む。

そして侯爵子息はその言葉とともにほんの一瞬だけスリ……と、まるで祈るようにその額をラグワーズ様の肩へすり寄せ、そして離れていった。

その肩先の侯爵子息をじっと見つめていたラグワーズ様のお顔がその刹那《せつな》、ぐっと苦しげに……切なげに歪《ゆが》む。けれどそれを堪《こら》えるように口を引き結んだラグワーズ様は、その思いを振り切るかのように自ら身体を引き、その距離を離した。

再び開いた二人の間をまた柔らかな風が流れ、金とプラチナの髪をひと筋、ふた筋と巻き上げては揺らし……通り過ぎて行った。

「誰か……誰か絵師を。絵師をここに……」

呆然《ぼうぜん》としたように隣でお母様が呟《つぶや》く。

いいえ、いいえお母様。この光景はどれほど望もうとも現世《うつしよ》では手にできぬ一瞬の夢幻《ゆめまぼろし》……。至上の天恵にございます。

鏡の中には、いまだ熱情を残した瞳のラグワーズ様が、まるで余情を断つかのごとく微笑んでおられた。その憂愁を秘めたお辛《つら》そうな笑みに、私の心までがキリキリと痛んでくる。

その視線をスッと会場入口へと向けながら、切なげに瞳を潤ませ自分を見つめる侯爵子息へ向けて、ゆっくりとお言葉をかけるラグワーズ様。

ああ……侯爵子息を会場へお帰しするおつもりなのね。

どれほど深く愛し合っていようとも、決して公《おおやけ》にはできぬ秘められた関係。ほんの束《つか》の間の逢瀬《おうせ》の悦びの後には、生木《なまき》を裂くような無情の別れが待っている……。

何という悲恋――――！

私の隣のミントグリーンがそっと目元をハンカチーフで拭《ぬぐ》った。あちらの窓ではすすり泣くツートンを、レモンイエローが涙を堪えて抱き寄せていた。

ラグワーズ様の微笑みに、束の間だけ切なそうな表情をした侯爵子息は、けれどもその思いを封じるようにひとつ息を吐くと、ゆっくりと椅子から立ち上がった。

そしてスッと……座っているラグワーズ様へ美しい所作で頭を下げた侯爵子息が、再びその頭を上げた時、そこにはもう瞳を潤ませ恋しい相手を見つめていた若者の姿は微塵《みじん》もなく、ただ怜悧《れいり》な美貌《びぼう》に貴族の笑みを湛《たた》えた気高き貴公子だけが立っていた。

けれど最後にほんの一瞬だけふわりと、ラグワーズ様へと向けた侯爵子息の微笑みは……なんとも美しく、そしてなんとも幸せそうで……。

その輝くような微笑みに、恋しい人から与えられる愛というのはこれほどまでに人を美しくするものかと、侯爵子息にとってラグワーズ様はたった一人、唯一無二のお方なのだと心の底から理解した。

凜々《りり》しく顔を上げた侯爵子息が真っ直ぐに会場へと戻っていく姿を、ただ黙って見送るラグワーズ様。その二人の距離はどんどん離れて……。

そして侯爵子息が私たちの右向こうの入口から会場内へ入って間もなく、気持ちを切り替えるように小さく息を吐いたラグワーズ様は、ガーデンの席をそっとお立ちになった。

当主代理のマントを翻し立ち去るそのお姿は、己に課された重責を全うせんとするご立派な成人貴族そのもの。心の奥底に熱い思いを押し込め、美しくも躊躇《ためら》いのないその足取りに、侯爵子息への揺るがぬ思いが見て取れるよう。

ラグワーズ様が立ち去った後に残されたのは、ポツリと並んだ二つの白い椅子。

その椅子の間をまた柔らかな風が通り抜け、背後で咲き誇る花々だけを小さく揺らして……静かに消えていった。

ホゥ……ッと、幾つもの溜息《ためいき》がこぼれ落ちた。

誰もが黙って頬を染め、手元のコンパクトに魅入っている。ある者は静かに涙を流し、ある者は目を閉じていまだ奇跡の余韻に浸り、ある者はじっと鏡の中の椅子を見つめていた。

「あの二人を国宝に指定を……私が陛下に進言する」

「お母様、落ち着いて下さい」

ナマモノは無理です……と説得しようとそちらを見れば、ほぼ瞳孔《どうこう》の開いたお母様の隣でコンパクトを胸に抱き、うっとりと目を閉じている薄桃の姿が。

「尊い……」

吐息混じりに薄桃が呟いたその言葉に、全員が賛同するように次々と頷《うなず》きを返した。

「あのように尊いお二人に、知らなかったとはいえ迂闊《うかつ》に近づくなど、私はなんと罪深いことを……」

閉じたコンパクトを握ったまま手を合わせたのはミントグリーン。

ゴージャスなコンパクトを静かに閉じたお母様は彼女へと歩み寄ると、その震える肩を慈愛に満ちた眼差しでそっと優しくお抱きになった。

「大丈夫よ。小さな躓《つまず》きは誰にでもあるわ。考えるべきはこれから先のこと……そうではないかしら」

小さく頷いたミントグリーンの向こうから、涙を拭うツートンの肩を抱きながらレモンイエローが戻ってきた。

「その通りですわ公爵夫人。私たちはあの美しい恋を守るために、何ができるかを考えるべきかと。私はその使命を果たすべく生まれてきたのだと、先ほどハッキリと天啓を受けました」

レモンイエローの瞳には強い意志が宿り、その意志の光は次々と周囲の者たちの瞳にも希望の光を灯《とも》していった。

「会の発足を提案いたします」

胸を張った薄桃が、その場の全員を見渡しながら口にした言葉に、誰もが迷うことなく力強く頷く。

「私、女学院へ進学する予定でしたけれど、王立学院に変更いたしますわ」

ツートンが固く拳《こぶし》を握りしめ宣言した言葉に、学院生である私と薄桃は顔を見合わせ、そして微笑みを交わした。来年が楽しみね。大丈夫、その熱い思いがあれば必ずや合格いたしますわ。

「薄桃と一緒に待っているわ、ツートン！」

「ツートンってだれっ?!」

……あ、しまった。

「うすもも……？」

ホホホホッとその場を誤魔化《ごまか》したけど、ほかの二人からの視線も痛いわ。ごめんなさいね……もう脳内で固定されちゃってるから変更不可よ。

その時、丁度お母様が隠匿魔法陣を解除して下さった。ナイスだわお母様。

そうして私たちはまたお茶会で会う約束をして伝言魔法陣を交換し合うと、それぞれの役目を果たすべくいったんお別れした。あらやだ、なんか皆さま微妙にお顔が不満そうだわ。私、ネーミングセンスには自信がありましてよ？

「いいお友達ができたわね、サンディ。あの子たちなかなか優秀よ。それぞれのお家も細かなあれやこれやはあれどしっかりしているわ。ま、この先何かあってもその辺はあなたや私が相談に乗ってあげればいいわ」

情報通のお母様が太鼓判を押して下さった。貴族の家庭内に色々あることは別に珍しくはないわ。このランネイル家もそうみたいだしね。

でも、侯爵子息に関してはラグワーズ様がいれば大丈夫な気がするわ。いいえ、ラグワーズ様さえいれば大丈夫。そんな気がするの。

それにしてもアルフレッド・ラグワーズ様……すごく不思議な方。

お話を伺う限り、とても伯爵とは思えないお力を持ったお家のご嫡男でいらっしゃるのに、今までお姿どころか、ほとんど噂《うわさ》すら聞いたことがなかった。学院でも滅多にお見かけすることはない。

初めて階段でお目にかかった時も、第一印象は周囲に埋もれるような……、言葉は悪いけれどその辺にいる貴族男性だった。でもそんな印象は侯爵子息との短いやり取りであっという間に吹っ飛んで、いまや私の知る中では最高クラスの殿方。

お顔だって綺麗《きれい》に整っていらっしゃるし、所作だって信じられないほどに優雅。おまけに、あのお優しげな雰囲気と甘いお声でしょ。なのに、それらの気配をすっかり消して周囲に埋没してみせるって、すごいことよ。

あ、もちろんイチ推しで素敵な方だけれど、どうこうしたいとか思っていないわ。だってラグワーズ様にはランネイル侯爵子息がいらっしゃるでしょう？

それに私はこう、どちらかと言えば可愛い系の男の子の方が……って、やだもう自分で言ってて照れてしまいますわっ！

思わず頬に手を当てた私をお母様が呆《あき》れたように見てくるけれど、先ほどランネイル侯からリンゴ酒一ダース巻き上げたお母様にそんなお顔されたくありませんわね。

「いいじゃない。ランネイル家はギルバートが言えば一ダースどころか馬車一台分くらいラグワーズ様がくださるわよ。それに、私はただ『羨《うらや》ましいですわぁ』って言っただけだもの。ランネイル侯が気を利かせてくださっただけ」

うふふっと笑ったお母様は、つい先ほどまでランネイル侯と歓談をされていた。

いやあのお顔は脅していましたわ。ランネイル侯ったら即答だったじゃない。短い歓談時間できっちり要求を通すあたりはお母様らしいわ。

「それにしても意外だったわ。ラグワーズ様とギルバートのことを陰ながら応援しようと思ったのだけれど……存外ランネイル侯は柔軟な方だったみたいね。見直したわ」

お母様は歓談で貴族の婚姻事情に触れて「やはり好きな方と一緒になるのが一番」「婚姻が不可欠というわけではないですし」「ランネイルのご血縁は皆さま優秀で何があっても安心ですわね」等々、遠回しに養子もアリだということをチラつかせていらっしゃった。……というか、リンゴ酒とその話しかしてなかったわ。お母様いくらなんでもポイント絞りすぎ。

それに対するランネイル侯のお返事は「息子の自由に」「本人の意思が大切だと思っております」など実に寛容なもの。最後の「国の安寧のために」っていうのはよく分からなかったけれど。

さて、パーティーの終盤ともなれば、招待客の皆さま方もあまりウロウロと移動することなく、それぞれグループを作っては次に繋《つな》がる約束の取りつけにお忙しい。

そんな中、ランネイル侯爵子息が他の侯爵当主らとお話をされている姿をお見かけした。あれは歓談と言うよりは当主らに交じってご令嬢方から逃げ回っているのね。たぶん「勉強させて下さい」とかなんとか言ったんでしょう。でも正解だわ。けれど……あら？

侯爵子息は当主らの話に耳を傾けながらも、視線を別の方へと向けていた。

その方向へと目を向ければ……まあ珍しい。王子殿下がラグワーズ様とお話しになっていらっしゃるわ。あらあら殿下ったら、何だかとっても嬉《うれ》しそうに頷いて、まるで主人に褒めてもらった犬みたいなお顔だわー。

でも殿下ってば顔だけは、顔だけは！　いいからラグワーズ様と並ぶとなかなかに眼福ね。整ったお顔に穏やかな微笑みを浮かべて、美しい立ち姿で殿下のお相手をするラグワーズ様はとっても素敵。ま、ラグワーズ様から発するキラキラがゼロだから、侯爵子息とご一緒の時とは比べものにならないけれど……。と、私が再びランネイル侯爵子息に目を向ければ、

「「あら、あらあらあら……」」

思わずお母様と声がかぶってしまったわ。だって、あの侯爵子息の目ときたら……！

よく見なければ分からないほどだけれど、あれは相当気にしているわね。んもー、ラグワーズ様の態度見てれば心配いらないのに。

「ふふっ、ギルバートもまだまだ子供ね。分かりやすいこと。あれは相当に嫉妬《しっと》深いわよ。ラグワーズ様も大変ね」

クスクスと笑ったお母様がリンゴ酒をひと口お飲みになった。あらやだいつの間に。

でもね、ギルバート・ランネイル様……。

私、いつも学院であなたが見せているお顔より、よほどそちらの方が人間臭くて好感が持てるわ。好きよ。ああもちろん、私の好みは可愛い系だからお気になさらず。

そんな感じで、ランネイル家のパーティーは無事にお開きになった。期待以上に素晴らしく有意義なパーティーだったわ。

帰り際にはあの四人のご令嬢方へもご挨拶《あいさつ》。皆さま、お帰りが別の出口なことをそれはもう嘆いていらっしゃった。最後まであのお二人の様子を見届けたい気持ちはみんな一緒だものね。

『必ずやお茶会で報告して下さいましね！』

『次にあのお二人がお揃《そろ》いになる集まりがあったら、お父様の首に縄をつけても連れて参りますわ！』

『ジュリア嬢にもお目にかかりたいわ』

『私のドレスはクリーム色だと思いますの』

それぞれと名残惜しくも笑顔でお別れして、殿下をお見送りすべくお母様とともに向かったランネイル家別棟の正面玄関。

我ら公爵家を筆頭に、侯爵、伯爵と当主らが集まった玄関ホールでは、殿下がにこやかにランネイル侯や夫人と別れの会話を交わし、エントランスで待つ馬車へと踵《きびす》を返した。殿下ってば、いつもあしていれば立派な王子様に見えるのにねぇ。

殿下の後に続く主催のランネイル家の後ろから、公爵家、侯爵家も玄関前まで進んでお見送り。金色に輝く紋章も眩《まぶ》しい真っ白な馬車の扉を、従僕がガバッと開いた。んん？　ガバッ？

「殿下！　お早く！」

近衛《このえ》隊長の声が飛んだ。見れば馬車がやたらと前後にギシギシと揺れている。馬車の後部では従僕だけでなく近衛二人も加わって、今にも走り出しそうな車体を押さえつけていた。

え、なにごと……と視線を向ければ、馬車に繋がれた四頭の馬たちが制止する馬上の御者たちと、身体を斜めにしながら引き留める二人の近衛を引きずる勢いで必死に前へ進もうとしていた。

「え、え……？」

戸惑う殿下の背を、近衛隊長がすっごい笑顔で車内に誘導する。けれどその片手は揺れ続ける馬車の側面をガッチリ掴《つか》んだままだ。

「隊長！　もう限界です！」

その声とともに殿下を車内へ押し込んだ近衛隊長が素早く扉を閉めると同時にステップを蹴《け》り上げ外した。それをナイスキャッチした従僕が大急ぎで馬車の後部へと飛び乗ると同時に、近衛たちの手が馬車から離れた。

その瞬間、物凄《ものすご》い勢いで馬車が前方へ走り出した。

一瞬「ぐえっ」って殿下の声が聞こえた気がしたけど……気のせいかしら。

ひと塊で繋がれていた馬たちに近衛たちが次々と飛び乗り、馬車の後を追った。さすがは訓練を受けたエリートたちね、動きが素早いわ。鞍《くら》に跨《また》がる前に馬を走らせるなんて、なかなか出来ることじゃないわね。

風のように去って行った殿下の馬車を見送っていると、ん？　なに、この重低音……。

殿下の去った反対方向から、ミシリ……ズシリ……という聞き慣れない音が聞こえてくる。その音に、その場にいる公爵家と侯爵家の全員が首を向けた。

そうして左側のエントランスへ通じる小道から現れたのは……あらまぁ、なんて大きなお馬さん。

「父上、なぜラグワーズ伯の馬車が先なのです。順番が違います」

前方の子息が小声で訊《たず》ねる声が聞こえた。

どうやらラグワーズ様のお家《いえ》のお馬のようね。曳《ひ》いている馬車もなんてご立派なんでしょう。さすがですわ！

『他の馬が動かないんだっ。元凶はアレだ。見れば分かるだろう！』

『あんな恐ろしげなものを……なんて非常識な』

なんか今、私の推《お》しの悪口言われた気がする……。なによ。いいじゃない大きなお馬さん。

なかなか見ないわよ？　レアよ？　いいじゃない。い――じゃない！

「まあ、見事な軍馬ですわねぇ。あれほどの馬なかなか見ませんわ。ほんと、今日はランネイル家のパーティーにご招待頂けて良かったわぁ。最後までこのように計らって下さるとは、感激いたしましたわ。ありがとうございますランネイル侯、そして夫人」

すかさずお母様が胸元に手を置いて、さも嬉しそうにうっとりとお馬さんたちを見つめた。

「いやはやそれほどでも……」「まあそんな、ホホホ……」と揃って笑顔を作ったランネイルご夫妻。

「よいのぅ、我が家にも一頭欲しいくらいじゃ。そうか。侯はわざわざ馬好きの我らを気遣って下さったか。うむ、確かに手厚くも細やかな持て成しじゃ。さすがはランネイルじゃな」

ルクレイプ閣下の言葉に、三人の侯爵らが次々と同意していった。あ、そこ馬好きグループだったの？　知らなかったわ。

チラリと隣を見ると、お母様が「んふっ」と小さくウィンク。お母様ったら……んもう大好き！

そうして、ピタリとつけられた馬車へ、呼ばれたラグワーズ様が戸惑いながらも近づいてこられた。私たちをしきりと気遣って下さるラグワーズ様。素敵。

ぜんっぜん問題ございませんわ。あ、ほら侯爵子息がいらっしゃいましてよ？　ちょっとお母様、もうちょっと右に……え、もう一歩後ろ？　なるほどバッチリね。

ご出立を促《うなが》す侯爵子息と、それを受けるラグワーズ様のやり取りはごくごく自然なもの。けれど私たちは見逃しませんわ。一瞬ふわりと浮かんだ侯爵子息の笑みを、まるで心に刻むかのように一度瞬《まばた》きをしたラグワーズ様が、それはもう甘やかに微笑まれた瞬間を……。

きっとお二人ともお名残惜しいでしょうに。ええ、私もすごくお名残惜しいですわ。けれどもう、お別れの時間……ラグワーズ様が馬車へと向かわれるわ。次にお目にかかれるのはいつかしら。

できれば近々学院で、もっとできればお二人でお願いしますと、私は心を込めて馬車の前に立たれたラグワーズ様へカーテシーをする。

馬車の前でラグワーズ様が流れるようなお別れのお言葉を述べられてしばらく、ステップを踏む靴音が聞こえてきた。頭を下げていなければならない令嬢の立場がこれほど悔しかったことはないわ。

我慢しきれずほんの少しだけ顎《あご》を上げようとした時、突然ザワリと周囲が騒《ざわ》めいた。

なに？　と思わずパッと顔を上げれば、

――空に、従僕がいた。

……なんで？

理解が追いつかぬまま見つめる私の視線の先で黒服を翻し、いまだ夏の色を残す青空の中を舞うように跳ぶ八人の従僕たち。輝く太陽を背にした従僕たちは、瞬く間にシュッと馬車の真上へと集まっていき、そして瞬間、まるでパンッと弾《はじ》け飛ぶように、

――消えた。

え、消えた？　思わず目をこすると、馬車後部のランブルシートには二人の従僕が出現しており、残り六人の姿はどこにもない。

ウソでしょ……っていうか、一回転ひねりとか必要だった？　サービス？　ねぇサービスなの？

どっちにしろおかしくない？

混乱する私の目の前で、ラグワーズの馬車がズシズシと動き出した。そしてみるみる速度を上げたかと思うと、あっという間にアプローチの向こうへと消えていった。

「ねえお母様……」

私は思わず呟《つぶや》いていた。

「ラグワーズを調べるのって、絶対無理じゃないかしら」

その私の小さな呟きに、お母様は「そうね……」と呟きを返しながら、けれどなぜか物凄い満面の笑みで「そうかもしれないわね」と、それはもう上機嫌に、そして歌うようにお答えになった。


そのお母様の極上の笑みの理由を知ったのは帰りの馬車の中。

「な、な……な、投げキッスですってぇぇぇ!?」

見ちゃった見ちゃったとはしゃぐお母様の正面で、私は奥歯を噛《か》みしめ震える拳《こぶし》を握りしめる。

「なんで教えてくれないの！」と憤る私を、ふっと鼻で笑ったお母様。なんか腹立つわ。

「あら、陽動に引っかかって泣きごとを言うものじゃあないわ。王家の血筋を引く者ならば、二つ三つの出来事を同時に見られるようにならねば。私くらいになるとね、左右の目で別々のものを見るなんて簡単なことよ！」

ホホホホ……と胸を張って高笑いするお母様。

え、ほんとに？　右目と左目で別々のものを？　すごいわお母様。でもそれって端から見たら、とんでもない顔になってません？

「今度のお茶会で皆さまに報告しましょうね。それと会の名前を考えなくちゃ。何がいいかしら」

技の習得を考えあぐねている私に、お母様がウキウキとお話を進めていく。

まったくもうお母様ったら……。屋敷に戻ったら、それはもう詳しく教えて頂きますからね！

会の名前を二人であれこれ考えていたら、あっという間に馬車は屋敷に到着。ふふっ、本当に今日は時間が過ぎるのが早いわね。

――――そうしてその日の晩、私は自分の部屋から五枚の魔法陣を飛ばした。四人の令嬢方と、ジュリアに宛てて……。

令嬢方からは今日のお礼と、それからお茶会を楽しみにしているというお返事を頂いた。ええ、私も楽しみにしていますわ。たくさんお話ししましょうね。私のとっておきの話は当然、投げキッス！ ここぞというところでお話しして差し上げますわ。もちろん私の親友のジュリアも一緒にね！

そのジュリアからもすぐにお返事が戻ってきた。待っていてくれたみたい。嬉しいわ。

でも「よかったですね！」って嬉しそうに言ってくれたすぐ後に「ずっとボロが出ないようお祈りしていました」って酷《ひど》くない？

まったくジュリアったら心配性ね。やはり早いとこ私が常識人だった新事実を知らせなくては。きっと少しは安心するはずよ。月曜日が楽しみだわ。

私は返ってきた五枚の魔法陣をぎゅっと抱き締めて、それからそれを、大切なお手紙を入れる箱の中へそっとしまった。

今日はすごく楽しかったわ――――。ベッドにもぐってから、私は一日を思い返す。

色々あったわね。怒ったり、笑ったり、ドキドキしたり、泣いたり……。でも、とてもとても素敵な日だった。今夜、あの令嬢方も今日一日を思い返しながら、私と同じようにベッドに入っているのかしら。素敵な日だった、って同じように考えているのかしら。

そう考えたらフフッと自然と笑みが溢《こぼ》れてしまった。

温かなベッドの中で目を閉じて、私は浮かんでくる今日の出来事を数えながら、ゆっくりと眠りに落ちていった。

◆◆◆

この日、とある四人の少女たちの、この先歩むはずの人生の道がほんの少しだけ、その軌道をずらした。そしてその彼女たちに関わる人々や、その人々に関わるさらに多くの人々らの人生も、少しずつ、ちょっとずつ、静かに変わっていった……そんな、よくある一日のお話。

23　卒業確定

パーティーの翌々日は月曜日。今日は成績通知書が、学院の事務局から学生の家へ一斉に発送される日だ。平たく言えばテスト結果の発表日。

黙っていても明日には学生の実家……貴族ならば王都邸に届くんだけど、希望する学生は本日限定で通知書の複製を発行してもらえるため、ほとんどの学生はワラワラと登校してくる。頑張った結果は早く知りたいもんね。結果がヤバかった連中にとっても、親への言い訳を考える時間ができるとあれば、そりゃ登校しないわけがない。

ということで、俺も今日は登校予定。うまく行けば卒業が確定するからね。

そんな今日だから、俺が目を覚ました時にディランがソワソワしてても特に気にはならなかった。照れくさくも微笑ましく思ったくらいだ。廊下の絵がなんだか、めでたそうな絵に替わってても気にならなかった。

でも玄関に飾られたでっかい派手な生花を見て、朝だというのにやたらと活気づいている厨房《ちゅうぼう》を見て、サロンに次々と運ばれていく酒樽《さかだる》の山を見たら、俺も流石《さすが》にね……。

恐る恐るサロンを覗《のぞ》き込んでみれば、そこは立派な宴会場へと変貌《へんぼう》していた。そしてその中央には「祝・ご卒業」というデカデカとした横断幕が……。

思わず膝《ひざ》から崩れ落ちそうになったよ。気が早い……みんな気が早すぎる。

サロンの奥に見える中庭では、小さめの闘技場が設営されている真っ最中。そっかー、酔っ払って盛り上がったときの対戦用だね。うん……屋敷の中でやられるよりいいんじゃないかな。ははは。

……どうしよう。これでもし単位落としてたら、俺すっごく居たたまれない。

「若様なら大丈夫です。けれど万が一の場合は、後ろにリーチとつければ問題ないかと」

祝・ご卒業リーチってなに……。俺は首を傾げながら、なんかやたらとテンションの高い使用人たちに見送られて、学院に向かう馬車へと乗り込んだ。

「結果が分かったら、すぐに魔法陣でご連絡下さい」

うん分かったよタイラー。でもお前、今日この後すぐに領地に戻るはずじゃなかったっけ。

「若様をお祝いせず出立するなど家令の名折れ。明日に先延ばしいたしました」

なるほど、一緒にドンチャン騒ぎがしたいんだね……。こらこらディラン、鼻で笑うんじゃないよ。またモメるから。


そんなこんなで、俺が学院に到着したのはちょうど十一時。

成績通知書の発行は混雑を避けるために、一年は九時から十一時、二年は十一時から十三時、三年は十三時から十五時と決まっている。なので、俺は本来なら十三時に行けばいいんだけど、こうして十一時に来ちゃったのは、やっぱりギルバートくんの頑張りの結果を一緒に喜びたいから。

彼の成績に関してはまったく心配していない。賢くて頑張り屋の彼が結果を出すことは、課題の手伝いをした時から確信しているからね。

馬車停めから道を進むごとに行き交う学生の数は徐々に増えてくる。ちょうど一年と二年の入れ替わりの時間なので、事務局のある中央棟前はさぞ混雑していることだろう。

俺はその混雑を避けるべく図書館手前の道を左に曲がると、大回りで西棟の隠れ家へと向かうことにした。隠れ家へ至るルートのひとつ、「研究エリア横断ルート」の使用である。

その緩やかにカーブした道を歩いて行くと、両脇に見えてくるのはグラウンドや研究棟。そこを抜けて大小の実験池の前を過ぎれば、俺にとっては馴染《なじ》みのある小規模な畑や果樹園のエリアだ。

ここまで来ると道幅はぐっと狭くなり、舗装されていない硬い土道となる。この先は行き止まり状態で、なかなか立派な倉庫が行く手を遮っているもんだから、ここまで来る一般の学生は滅多にいない。この辺をウロつくのは研究を抱えた関係者くらいだ。

俺は倉庫の壁に立てかけられた大きなシャベルや台車を避《よ》けながら、倉庫の壁と果樹園のフェンスの間を通り抜けていく。人ひとりがやっと通れる隙間を進んで、その先の数本の木々の間を抜け、そして植栽を跳び超えたら西棟の脇の道に出られるって寸法だ。

よっ！　と植栽を跨《また》いで道に出た俺は、トントンと靴を鳴らし靴裏の土を軽く落とした。このルートは靴裏が汚れるのが難点なんだよ。

そうしてそのまま西棟の脇道を足早で進んでいった。もうギルバートくんは来ているだろうか。通知書をもらったら隠れ家に直行するって言ってたから、待たせちゃったかな。

なんて思いながら隠れ家の扉を開ければ、笑顔のギルバートくんが出迎えてくれた。ぐぅ、今日もギルバートくんが可愛い。

「アル……」と微笑みながらソファから立ち上がったギルバートくんの右手には、二つ折りにした成績通知書が握られていた。

「待った？　ごめんね」

テーブルを回って、ソファ前で彼をぎゅっと抱き締める。

「いいえ」と腕の中でふるふる頭を振るギルバートくんの可愛らしさにクラクラしそうだ。なんたって二日ぶり。隠れ家でゆっくり会うのは六日ぶりだからね。

「パーティーの疲れは残っていないかい」

そっと顔を離してその可愛らしい唇にチュッとキスを落とせば、「いいえ大丈夫です」と微笑んだ彼もまた短いキスを返してくれた。

その啄《ついば》むようなキスに、ついついもうちょっと……なんて思ったけど、ギルバートくんが手にしたままの紙が俺の背中でガサガサいう音に「あ、そうだ」と通知書の事を思い出した。

「で、結果はどうだった？　その顔を見ると満足できる結果だったようだけど」

表情を見ればいい結果なんだろうなって思ったけどさ、彼はいつどんな時も可愛いから読み間違える可能性はゼロじゃない。

俺の言葉に小さく笑った彼が手に持った通知書を差し出してきた。「いいの？」と確認すると頷《うなず》いてくれたので、彼の腰を抱いてソファに一緒に座りながら、その成績通知書に目を落とす。

おおー、すごい。評価「S」のオンパレードだ。

「すごいなギル。君の優秀さには脱帽だよ」

通知書を見ながら目を丸くした俺に、ギルバートくんが照れたように笑った。

いやほんと凄《すご》いんだけど。綺麗《きれい》で可愛くて一点の曇りもない性格のよさで、おまけに高性能な頭脳とか完璧《かんぺき》すぎる。

「アルのおかげです。アルのノートやアドバイスがなかったら、きっともっと悪かったでしょう。ありがとうございます、アル」

そう言って微笑みながら俺を見つめてくるギルバートくん。俺の天使はなんて謙虚なんだろう。

「ギルの役に立てたなら、こんな嬉《うれ》しいことはないけれどね、すべて君の実力だよ。私の愛しい人はなんて素晴らしいんだろうね」

頬に唇を触れながら喋《しゃべ》る俺に、腕の中のギルバートくんがくすぐったそうに小さく笑う。その顔があんまり可愛いから、反対側の頬にも唇を這《は》わせて彼の切れ長の目元を小さく吸い上げた。

長い睫《まつげ》毛を伏せてふんわりとした笑顔のままそれを受け入れてくれるギルバートくん。とてつもない愛らしさだ。

ゆるやかに開いた瞼《まぶた》の向こうから現れた宝石みたいな瞳《ひとみ》が俺を捉《とら》え、それがふっと笑みを象《かたど》ったかと思うと、俺の唇はあっという間に奪われてしまった。

その温かな手を俺の両頬に添えて、塞《ふさ》いだ唇の上をやわやわと動きながら、上下の唇を交互に、あるいは同時に、優しく吸い上げてくるギルバートくん。

彼の学習能力は恐ろしく高い。さすがギルバートくんだ……と思いながら、大喜びでされるがままにそれを堪能する。きっと俺の口角は上がりっぱなしだろう。

そっと彼の可愛らしい舌先が侵入してきた。

ツッ……と、唇の内側を歯列に沿って動いたそれに思わず目を細めて、もう少しばかり口を開けば、躊躇《ためら》いながらもスルリと入り込んできた滑らかな舌先。チロリと俺の舌先に触れて、下から上にそうっと舐《な》め上げてくる試すような動きが何とも愛くるしい。

覚えたての口づけを、俺から受けた口づけを彼は今、懸命に思い出しているんだろうか……なんて、そう思ったらもうね……たまらなく可愛くていじらしくて、気づいたら彼を目いっぱい抱き締めて、その可愛らしい舌先を吸い上げ、捕え、絡め取っていた。

「ン……ンン、ン……」

腕の中のギルバートくんの鼻にかかったような、それはもう可愛いらしい鳴き声に俺がまた頬を緩めたその時、身じろぎした彼がグイーッと俺の胸元を押し返してきた。……え？

さあこれからと思った矢先に離された唇に、ちょっとションボリしながら目の前のギルバートくんに視線を向けると――――、そこには頬を染めわずかに息を乱す、それはもう滴るような艶色《えんしょく》を全身に纏《まと》った天使が……。

「ダメだと……まだダメだと言ったじゃないですか」

アルは動いたらダメです……と、赤らめた目元で睨《にら》んでくるその潤んだ視線が、ド――ンッと俺の心臓を直撃。瞬殺だ。

か、可愛い……凶悪なほどに可愛すぎる……。心の中で血を吐きバッタリと倒れた俺は瀕死《ひんし》状態。

「もう少し待って下さい……」

そっと恥ずかしそうに目を伏せたギルバートくん。ああもうそれ以上、俺を殺そうとしないで。

「ごめんね。君の可愛らしさにどうしても……ね。できるだけ気をつけるよ」

俺はやっとそれだけを告げる。できるだけね。そう、できるだけ。できるかどうか自信ないけど。

彼の薔薇色《ばらいろ》に染まった頬にチュッと口づければ、彼がその形のいい眉《まゆ》を下げた。「足腰も鍛えますから……」なんてポツリと呟《つぶや》いた彼の言葉に、またブシューと盛大に血を吹き出した俺のHPは一瞬、ゼロになった。

いかんこのままでは……と気力を振り絞って、いまだ恥ずかしそうにしている彼の頬へまた二つ、三つ、いや四つくらいキスを落としたら、俺は名残惜しくも平常心を求めて、お茶を淹《い》れるべくソファから立ち上がった。

その後はギルバートくんとゆっくりお茶を飲みながら、俺たちは土日にあったお互いのこと、おもに伝言魔法陣では話しきれなかったあれこれを、とりとめもなく話して過ごした。

俺は、昨日さっそく我が家にいらした公爵閣下のことや今朝の使用人たちのこと、ギルバートくんは宝水魚を中庭に移動したことや、他の方々に頂いたプレゼントのことなど話は尽きない。

けれどギルバートくんの口からは、ご両親の話は一切出なかった。それに胸を痛めながらも、けれど勿論《もちろん》そのことに触れることなく、時には二人で笑い、苦笑しながら俺たちは時間いっぱいまで話し続けた。

そして十三時少し前になって、俺は通知書を受け取るべくいったん隠れ家を離れることに。

「いい知らせをお待ちしています」と扉の前で胸に手を当て、そっと俺の頬にキスをしてくれたギルバートくんは、そりゃあもう健気《けなげ》で可愛かった。いっそ、このまま室内に戻ってしまおうかと思うくらいには可愛かった。

けれど事務局に行かないことには結果が分からないので、後ろ髪をグイグイと引かれながらも俺は目の前の林を経由し、中央棟を目指して早足で歩き始めた。


到着した中央棟の前は案の定、学生でいっぱい。

中央棟前の芝生の広場には通知書を受け取った二年生らしき学生たちが一人で、あるいは数人で、それぞれ笑みを浮かべたり、あるいは顔色を悪くさせながら手元の二つ折りの紙を覗き込んでいた。

通知書を受け取ったら速やかに事務局を出るのがルールなので、出てすぐの芝生の広場で繰り広げられる悲喜こもごもは、ほぼ伝統と言ってもいいくらいお馴染みだ。

中央棟に入って左側の事務局へと進めば、すでに三年生の列ができていた。俺はその列の最後尾に並んで順番を待つ。

成績通知書の複製の発行の手続きは極めて簡単。事務局の片隅に置かれた魔道具に学生証をかざし自分の魔力を流すだけ。学生証に記録された情報を元に、背部に接続されたボックスの出口からストンとトレイの上に二つ折りの紙が落ちてくる。前世のＩＤカードも真っ青な高性能だ。

なのでさほど待つことなくサクサクと順番は進んでいく。時たま時間が過ぎて受付不可をくらった下級生が魔道具をぶっ叩《たた》くのもお約束だ。いつもながら頑丈だな、あの魔道具。

ほどなくして順番が回ってきたので、俺は手早く学生証をかざして通知書を手に入れると急いで中央棟を後にした。もちろん広場で見るなんて事はしない。ギルバートくんに一番に見せると約束したからね。だから慎重に人気《ひとけ》の少ないルートを選んで外へ出て、校舎裏へ回ったらそのまま林の小道へ。

彼が待っていると思ったら足は自然と早足から駆け足へと変わっていた。

そうして戻ってきた隠れ家。扉を開ければ、水槽の前にいたギルバートくんがパッと振り向いた。

「どうでしたか」と、ややソワソワした様子の彼がすごく可愛い。

俺はそんな彼を腕の中に迎え入れると、手に持った通知書を掲げてみせる。

「まだなんだよ。君と一緒に見ようと思って」

腕の中の彼にチュッとキスをひとつして、そのまま彼の肩を引いて背中から抱え込んだら、彼にも見えるように正面に通知書を構えた。

「じゃ、開くよ」

肩越しにそう意気込んだ俺に、腕の中のギルバートくんがコクリと頷いた。それを合図にペラリと開いた二つ折りの紙を二人で覗き込めば——。

「おめでとうございます、アル！」

パッと振り向いたギルバートくんが、それはもう眩《まぶ》しいほどの笑みで祝福の言葉を贈ってくれた。

結果は無事に卒業決定。よかった……。

「君に一番に祝福してもらえるなんて、これ以上ないご褒美だ」

腕の中のギルバートくんを抱き締める俺の背中を、彼もまたぎゅっと抱き締め返してくれる。

「アルの二年半の努力は称賛に値します。ぜひお祝いがしたいです。何か欲しいものはありますか」

嬉しそうに頬を染めたギルバートくんが可愛すぎて、うっかり「君」と言いそうになったけど、脳内の理性に全力でぶん殴られ思いとどまった。

うーん、何がいいかな。正直ギルバートくん以外何も欲しくないんだけど。けれど可愛すぎるギルバートくんが期待に目を輝かせるのを見てしまっては、何か言わなきゃいけない気になってくる。

なんかないか、なんかないかと、頭の中でグルグルと考えてはみるものの、これといって特に何も浮かばない。うーん、困ったな……あっ。

「デート……」

パチンとそれが頭に浮かんだ瞬間、それが口に出ていた。

「え？」と目を見開くギルバートくんに、もう出ちゃったもんはしょうがないと、俺はニッコリ笑みを浮かべながらその望みを口にした。

「ギルとデートがしたいな。人生初デートだ」

ギルバートくんはパチリと瞬《まばた》きをして、それから「デート……」と小さく呟くと、その見開いた目元をホワッと桜色に染めた。

「王都でもしたいし、ラグワーズ領でもデートしたいな。秋休みに入ったら君を我が領に招待したいんだけど……どうだろう。私にとっては君を独り占めできるこの上ないご褒美でお祝いなんだけれど」

そう言って彼の腰をグイと引き寄せて、額と鼻先を軽く擦《こす》り合わせながらお願いをしてみた。

自領への招待に関しては六月から考えてはいたのだけど、ずっと言いそびれてしまっていたんだよ。秋休みまであと半月になっちゃったけど彼の予定は大丈夫だろうか。いや春休みでもいいんだけどね。

なんて思いながら口にしたんだけど、すぐさまギルバートくんは笑顔で了承してくれた。なんと約束を覚えていてくれたギルバートくんは、九月の前半はまるっと予定を空けてくれていたらしい。

「私こそアルを独り占めです」とその目を伏せて、照れたように笑ったギルバートくんの可愛さに一瞬、意識が飛んだのは仕方ないでしょ。


そうしてザックリとお互いの予定を組んでいたら、十四時まであと十分という時間。

「クリノス教授とお約束をしているのでしょう？　先に出て下さい。今夜また魔法陣を送ります」

そう言って扉の前でキスをして見送ってくれたギルバートくんは、こうして俺の予定をちゃんと覚えていてくれる。さっきだって俺がすっかり失念していた件を思い出させてくれた。

そう、タイラーたちに成績通知書の結果を知らせるというあの約束だ。お陰で少々時間は経《た》ってしまったけれど魔法陣を飛ばすことができた。いや本当に助かった。忘れてたら後で何を言われるか分かったもんじゃない。ギルバートくんてば、どこまでも優秀すぎる。

そんな優秀で気が利く超可愛い天使と、後ろ髪を引っこ抜かれる思いで別れた俺は、名残惜しすぎる気持ちをグッと堪《こら》えながら隠れ家を後にした。

はー、仕方がない。済ませることはサッサと済ませてしまわないとね。


そうして再び中央棟へと舞い戻れば、まだ三年生の通知書の発行が行われている時間帯なのでかなり人が多い。中央階段付近も人がいっぱいだ。おいおい、嘆くなら外でやってくれ。

俺はすぐさま経路を変更して食堂側から棟内へ入ると、東階段から三階に上がっていくことにした。階段を上がって少々遠回りになった廊下を進むと見慣れた教授室の扉が見えてきて、その扉をノックをすれば、中からはすぐに返事があった。

クリノス教授の部屋は、今まで何度も肥料や土壌の改良についてアドバイスを求めたり、経過報告をするために通っていたのでほぼ馴染《なじ》みと言ってもいい。なので俺は遠慮なく扉を開くと、中へ入っていった。

部屋は二間続きで、入って右の壁は一面作り付けの本棚になっている。左にはこぢんまりした応接セットとその向こうには隣室へ続く扉があって、その扉の向こうは簡易のキッチンとシャワー室、そして資料置き場になっている。何度もこき使わ……いや、通ううちにすっかり覚えてしまった自分が悲しい。

「やあアルフレッド。相変わらず時間ピッタリだね君は」

部屋の正面の執務デスクに座っていたクリノス教授が顔を上げて、目尻《めじり》にくしゃっと皺《しわ》を寄せながら機嫌よく声をかけてきた。

年齢は五十代半ばで、我が家のタイラーと同じくらいだと記憶しているけれど、見た目はもう少し上に見える。ほぼ白髪に覆われた栗毛がそう見せているのだけれど、そのきっちりとした服装のまま土を掘り、木によじ登る体力は三十代にも負けないかもしれない。

「お時間をお取り頂き感謝いたします。教授」

デスクまで歩み寄って目の前に立った俺に、教授はまたくしゃっと笑って俺を見上げてきた。

「卒業に必要な単位を取り終えたんだって？　おめでとう。悔しいが君にはS評価しかあげられなかったよ。テストではせっかく頭を捻《ひね》って意地の悪い問題を考えたというのにね」

相変わらず素直じゃない言い回しでお祝いの言葉をくれる教授に俺は肩をすくめて、けれどもちろん「ありがとうございます」とお礼を言うことは忘れない。二年生の時からこの教授には世話になりっぱなしだからね。

「それで？　私に用事というのは何なんだい？」

時間を無駄にするのを嫌う教授は、いつものように単刀直入に本題を切り出してくる。なので俺も前置きなしに本題を切り出した。

「クリノス教授……いえ、パーシー・クリノス殿。どうかあなたの主様《あるじ》にお取り次ぎを。お願いしたいことがあるのです」

俺の言葉に教授、いやクリノス殿の顔から笑みが消え、スッと目が細められた。

「ほう、主様とは？　言ってみるがいいよ。アルフレッド・ラグワーズ」

スイと首を傾《かし》げたクリノス殿が、俺の顔をじっと見据えてきた。恐らく俺がどこまで知っているのか推し量っているのだろう。

「レオナルド・マクスウェル筆頭公爵閣下。この部屋の真の主にして真の教授。あなたが執事としてお仕えしていた……いいえ、今もお仕えしているお方ですよ、クリノス殿。十二年前までレオナルド・ルミエール・ドゥ・サウジリア第一王子殿下であらせられた、尊き王兄殿下にお取り次ぎ頂きたいと申し上げているのです」

俺の言葉にクリノス教授、いや「表のクリノス教授」は、深く深く溜息《ためいき》をついた。

「申し訳ありません。不躾《ぶしつけ》なことは承知しております。本当は、卒業まで知らぬふりを通そうと思っていたのですが、そうも言っていられなくなりまして、教授がたのお力をお借りしたいのです」

そう言って俺はニッコリと、最上級の貴族の微笑みを浮かべてみせた。

24　筆頭公爵家にて

マクスウェル公爵家の屋敷は貴族街の端っこともいえる王立学院に近い西側にある。

公爵家、侯爵家といった王家に近い高位貴族の屋敷はみな、王宮に近い東に固まっているのだけれど、マクスウェル公爵家だけは王宮から離れた南西の小高い丘の上に屋敷を構えていた。その丘の緩い坂道を、馬車はカポカポと進んでいく。

野生の花々が群れ咲く小高い丘を徐々に上がっていけば、大小の貴族屋敷やタウンハウスが立ち並ぶ貴族街、さらには北の平民街までも見渡すことが出来る。なかなかの絶景ポイントだ。

南側には王都の境界線である山々が、なだらかな緑の曲線を連ねている。その山へと繋《つな》がったこの丘陵地は元々は王家の所有地で、現在王兄殿下がお住まいになっていらっしゃる屋敷も、元は狩りなどのレジャーを楽しむ際に滞在する施設だったらしい。王兄殿下が王位継承権を放棄され公爵となった時に、この丘陵地とともに下賜されたのだそうだ。

なぜ俺がそんなことを知っているかと言えば、いま俺の目の前に座っている教授が道々の四方山《よもやま》話《ばなし》として聞かせて下さったから。

「いやぁ、ラグワーズの馬車は乗り心地がいいね。王宮の馬車にも引けを取らないんじゃないかい。学院の送迎馬車は、それはもう酷《ひど》く揺れるんだよ」

そう言いながら目の前で寛《くつろ》いでいらっしゃる教授は、すっかりいつも通りの教授だ。

俺の口からマクスウェル公爵閣下の名前が出た瞬間の教授の顔ときたら、そりゃあもう怖かったからね。貴族の笑み《防具》を装備してなかったらダメージ食らっちゃってたかも。

筆頭公爵である王兄殿下がクリノス殿を教授として学院に送り込み、そしてご自分は姿を現すことなく、十年近くも陰の教授として研究と教育に力を注がれていたという事実。俺がそれに気づいたのは去年だ。

各地から土壌のサンプルを集めて酸度の簡易測定結果を図面に起こしていたとき、教授からのアドバイスの伝言メモの山に筆跡の違うものが交じっていることに気がついてしまった。とてもよく似た筆跡なのだけれど、片や右利き、片や左利き。

あれーって思って違うメモも見返してみたら、その中に指示の大事なポイントをシュッと囲った丸を見つけてさ、その特徴的な形に「あーこれ元摂政様の丸じゃん」って、以前に一度だけお目にかかったことのある元第一王子殿下のことを思い出したんだよね。

で、ディランにそれを話したら、使用人たちがお使いのついでとか空き時間にあれこれ聞き込んでくれたらしく、クリノス教授が以前レオナルド第一王子付きの執事だったことや、授業のある日以外はほぼ公爵邸にいることなど、筆跡や指紋の証拠品や公爵が書いたという前回の試験問題の下書きメモなどと共に報告書を提出してくれた。

どこから手に入れたのかと聞けば、どうやら公爵家付近をたまたま歩いていた我が家の使用人が拾ったらしい。え、捨ててあったのかな。不用心だな。

そんな感じで結果を聞いた俺はといえば、特にこれといって思う事は何もなかった。おぉ、俺の勘が当たってたぜー、くらいなもんだ。

だって、教授が一人だろうが二人だろうがやってることは変わんないし、二人分の知恵袋があれば今後の土壌改良も捗《はかど》るでしょ。だから別にいいかなって。きっと元王族の筆頭公爵閣下ともなると色々ご事情もあるんだろうし、そっと黙って卒業するつもりだったんだけどね。

でも元男爵令嬢《ヒロイン》に会うには陛下か筆頭公爵の力が必要って言われちゃえばね。このツテを使わないという手はないでしょ。今回の案件はあくまでも俺の個人的な事情だから陛下に陳情書を上げるわけにはいかないからさ。

なんせ陛下は元男爵令嬢を幽閉した張本人だし？「なんで？」って理由聞かれて警戒されるに決まっている。筆頭公爵閣下にしても、公の場に滅多にお姿を現さないので有名な方だから、まともにアポ取りしてたらどんだけ時間がかかるか分かったもんじゃない。俺はしがない伯爵子息だからね。

だからこの裏技を使わせてもらった。

だって一分一秒でも早く、可愛いギルバートくんの憂いを晴らしてあげたいからね。そのためだったら多少の裏技くらい使うさ。でもねぇ……。

『お望みならばその元男爵令嬢とやらを、今すぐ連れてきましょうか？』

パーティーの晩にディランが事もなげにサラッと出してきた裏技に関しては、さすがに速攻で却下したよ。だってそんなことしたら大騒ぎになっちゃうでしょ。下手すりゃ幽閉した王家にケンカ売ることになるじゃん。

『攫《さら》って話を聞いて、また戻せば問題ないのでは……』

んー、と言うように首を傾げたオスカーの発言には、うっかり「いいね、それ」って言いそうになったけど、それも却下しといた。

モブ貴族は危ない橋は渡りません。てか、攫うってハッキリ言っちゃダメだよオスカー。

王家の施設なんだから、きっとすぐに見つかっちゃうよ。

ってことで、中央棟三階の教授室でクリノス教授相手に貴族の笑みで対峙《たいじ》すること数十秒。ついに教授は、大きな溜息を三つも四つも教授室に響かせながら公爵閣下へ伝言魔法陣を飛ばしてくれた。

「言い逃れできそうにないから、レオナルド様には連絡を取ったけれどね。いい返事は期待しないでくれたまえよ」

断られてしまえ、と魔法陣を飛ばしながらフンッと鼻を鳴らした教授の意に反して、公爵閣下からのお返事は迅速かつ好意的なものだった。なんとなんと、「ちょうど時間が空いてるから、これからおいで」的なお返事が頂けたのだ。

やったね。陰の教授は表の教授にコキ使われていた可哀想な俺のことを覚えて下さっていたらしい。

なので早速、俺はアテが外れてつまんなそうなクリノス教授とともに中央棟を出ると、いまだ悲喜こもごもの学生たちを横目にサッサと馬車停めに向かった。

マクスウェル公爵閣下から色よい返事を頂戴《ちょうだい》した直後に迎えを呼んでいたので、さほど待つことなく到着した馬車に乗り込んで今に至る、というわけだ。

マクスウェル公爵邸に向かうと伝えてあったので、馬車には訪問用の上着が準備され、御者も従僕らもきちんと体裁を整えてくれていた。あの短時間にここまでしてくれるって、うちの使用人たちってばまったく優秀だよ。

そうして丘の下にあった大きな門をくぐってから暫《しばら》く、馬車はどんどん坂道を上がっていった。

教授の表向きの自宅は、この丘の麓《ふもと》にあるタウンハウスの一画だったはずだけど、あれがフェイクとすると送迎の馬車を降りた後、この坂道を歩いて公爵邸まで戻っていたのだろうか。そりゃ体力もつくわな。納得。

坂を上がりきった場所にアプローチはなく、中央に小さな噴水を三つ抱えた華やかな花壇があるだけの、大きな広場のようなエントランスとなっていた。

複数の馬車が同時に到着してもいいように設計されているのは、やはりレジャー用施設の時の名残なのだろう。坂の一本道は警備もしやすいしね。

まあ、今の坂道がアプローチと言えなくもないし？　そう考えるとなっがいアプローチだな！

大きな花壇をグルリと回って、屋敷の正面玄関の前へ到着した馬車を迎えてくれたのはマクスウェル家の二人の従僕。先に降り立ったクリノス教授……いや、家令のクリノス殿が彼らに指示をすると玄関の両扉が開かれた。

「悪いけれど、外で待っていておくれ」

御者のマシューと従僕のエドともうひとりに声を掛けて、クリノス殿に従って速やかに館の中へと入っていく。

「主様はこの先のサロンでお待ちです」

すっかり家令モードに戻ったらしいクリノス殿の言葉に小さく頷《うなず》いて後について行くと、玄関ホールから真っ直ぐに続いた長い廊下の先の扉が開かれた。

扉が開いた瞬間に目に入って来たのは万緑の山々。

南側の山並みをまるで一枚絵のように切り取るその真っ正面の大きなガラス壁に目が奪われた。広々としたサロンにたっぷりとした陽光を取り込むその窓の先の、美しく整えられた庭園がいっそう山々の美しさを引き立たせ彩っている。訪れた者を視界で歓迎する素晴らしい趣向は、さすが元王家所有の館だと感嘆せざるを得ない。

そして、柔らかな陽差しに包まれたその美しい自然の一枚絵の前で、悠然とこちらを向いて座っていらっしゃるお方こそ、紛れもなく王兄にして筆頭公爵家当主であるレオナルド・マクスウェル公爵閣下その人だ。

「やあ、よく来たねアルフレッド・ラグワーズ」

目の前に跪《ひざまず》き深く頭を下げた俺に、深くてほんの少しハスキーな声がかけられた。

ああ、このお声だ。昔と同じ……レオナルド殿下に間違いない。

「マクスウェル公爵閣下へご挨拶《あいさつ》申し上げます。ラグワーズ伯爵家が長子、アルフレッド・ラグワーズにございます。此度《こたび》は愚拙めの非礼なる振る舞いに、畏《おそ》れ多くも寛大なるご温情を賜りましたこと、伏してお詫《わ》びを申し上げますとともに、心より御礼を申し上げます」

さらに深く頭を下げた俺の耳にクスッと小さな笑い声が聞こえ、そしてすぐさま力強くも温和なお声がかけられた。

「構いやしないよ。顔を上げなさい、アルフレッド・ラグワーズ。それ以上の堅苦しい挨拶は必要ないよ。お前はまだ私の生徒だからね」

その声に顔を上げれば、目の前には楽しげに口端を上げ、微笑む王兄殿下のお姿があった。

俺の記憶の中と同じ、眩《まぶ》しいほどの黄金の髪と冴《さ》え冴《ざ》えと輝く青紫の瞳《ひとみ》。四十代半ばとは到底思えない張りのある肌が、その精悍《せいかん》なお顔つきをますます若々しく精力的に見せ、その輝く瞳には強靱《きょうじん》な意志と賢さが宿っている。

王族の中の王族と謳《うた》われた、かつてのレオナルド・ルミエール・ドゥ・サウジリア第一王子殿下が、そのガッシリとしたお身体を、記憶よりもさらに機能的で優美に変化した車椅子に預けて、座していらっしゃった。

「ありがとうございます。公爵閣下……いえ、教授」

俺の言葉に王兄殿下はハハハ！　と楽しげに声を上げられると、「お茶を飲もうかラグワーズ、いやアルフレッドでいいな」と、スイッと車椅子を方向転換する。

向かって右方向へ進んだ先にはテーブルと椅子がひとつ。王兄殿下はそのテーブルにスルスルと車輪を走らせると、「ほら、お座り」と目の前の椅子を勧めて下さった。

一礼をして着席すると、すぐさま目の前に美しいティーカップが置かれお茶が注がれた。給仕しているのはクリノス殿だ。ぶっちゃけ俺としては、もんのすごく違和感がある。なんせ学院では俺がお茶を淹《い》れるばっかりだったからね。

「パーシーから聞いたけれど、貴族嫡男のくせにお前の淹れるお茶は美味しいんだって？　今度は私に淹れておくれ。パーシーばかりがずるいと、ずっと思っていたのだよ」

もうバレたのだし良いだろう？　とティーカップを片手にした王兄殿下が、チラリと横に控えるクリノス殿へ悪戯《いたずら》げな視線を投げながら朗らかに笑った。以前、お目にかかった時はもう少し厳しいお顔をしていた記憶があるけれど……お年を重ねて丸くなられたのかもしれない。

その朗らかなお顔と温かなお茶で少しばかり緊張が解《ほぐ》れた俺が「はい。いつなりとご用命下さい」と笑みを返せば、王兄殿下がお言葉を続けられた。

「それにしても、よく私のことに気がついたね。理由を聞かせてもらってもいいかい？　今後の参考にしたいからね」

精悍で美しいお顔を少しばかり傾げた殿下が、カップをソーサーに戻しながらそんなことを聞いてきたので、さてどこまで話そうかと暫し考えを巡らせる。

「はじめはメモに書かれた左利きの文字でしたが、決定的だったのは文字を囲ったマルの形でございますよ閣下。以前に一度だけお目にかかった際に、私の示した資料につけて下さった特徴的なマルの形を覚えていたものですから」

当たり障りなくそれだけ答えた俺に、王兄殿下は目を丸くした。おかげでキラッキラの宝石みたいな青紫がことさら輝きを増す。

王族が眩しすぎる……。いや、第一王子殿下も陛下もそうでもないから、この方限定のオーラなのだろうか。

「なるほど。あの酸度計測紙の説明の時か。ええー、そんなに私のマルは特徴的かい？」

ショックだ、とでも言いたげにテーブルに指先でシュッ、シュッとマルを描いては首を捻《ひね》る殿下に、思わず笑みが溢《こぼ》れてしまった。

「文章部分に付けるときだけかもしれませんが、下に直線の棒を引くようにして左から囲まれるのですよ。たまたま私が覚えていただけですから他の方が気づくかどうかは……」

俺の言葉に殿下の傍らに控えていたクリノス殿が「なるほど」というように目を見開いた。王兄殿下もまた、納得しつつも「じゃ、今後お前以外にバレることはなさそうだ」とホッとされたご様子。

まあ確かに、そうそう公爵閣下直筆のマルを見る機会がある者は、学生の中にはいないだろうしね。

「さてと、そろそろ本題に入ろうか。今日はいったい私にどんな用事があるんだい、アルフレッド」

穏やかに微笑んだ王兄殿下が俺の目を真っ直ぐに見据えてきた。

静かな静かな青紫の瞳は、まるで相手の奥底まで見透かさんとするように冴え冴えと澄み、邪《よこしま》な意思を持った者ならば震え上がるような王者の風格を宿している。

この方は確かに一国の王となるべくして生まれたお方。いま王宮の玉座にお座りになっていても何ら不思議のない尊きお方なのだと実感した。

正面からその視線を受け止めた俺は改めて背筋を伸ばすと、隠し立てをすることなく、今までの出来事と元男爵令嬢のこと、そしてその令嬢に一度会って話をしたいのだということを王兄殿下に向けて正直に述べていった。

もちろんゲーム云々《うんぬん》の話はしない。ただ、彼女の妄言に興味を引かれる何かがあったのだ、とだけを伝えた。

俺の話に静かに耳を傾けていた殿下は、俺が話し終えると小さく息を吐いて、思案するように目を瞑《つぶ》られた。そして、再びその目を開けられると、にっこりと……それはもう穏やかで美しい笑みを浮かべながら、ひと言「いいよ」と仰《おっしゃ》って下さった。

「レオナルド様……」

傍らで僅《わず》かに眉根《まゆね》を寄せ声をかけたクリノス殿を、殿下は片手で軽く制する。

「いいじゃないか。その程度ならば、まだ私の力が及ぶ範囲だ。王位継承権を返上したとはいえ、いまだ王族籍は残っているからね。王族の端くれとしてこの程度のことは許されようさ。アルフレッド、施設の責任者には私から話を通しておく。いつでも好きなときに行くがいい。念のため一筆書いてあげるから、領にはそれを持って行け。何かあったら見せるといい」

書状の準備を、とクリノス殿に指示を出した王兄殿下に、俺はただその場で膝《ひざ》をつき、深く頭を下げることしかできなかった。

「頭を上げよ、アルフレッド。気にすることはない。卒業が決まった可愛い生徒への、私からのほんの祝いだよ。だから本当の理由も聞かないでおいてあげるよ」

そう言ってニヤッと口端を上げた殿下の表情は、かつて見た表情と同じ。人の悪そうな、けれど何とも温かみのある笑い方だった。

「ありがとうございます。マクスウェル公爵閣下」

再び頭を下げた俺に、殿下は「いいから、いいから。ほらお座り」と手をヒラリと振って、紙や蝋《ろう》などを素早く持参したクリノス殿からペンを受け取る。やはり左ききでいらっしゃる。

「お前、以前に会った時に私に言った言葉を覚えているかい？　酸度計測紙の説明の時だよ」

サラサラと紙にペンを走らせながら、何気なく投げかけられた王兄殿下の言葉に、俺は初めて王兄殿下にお目にかかった時のことを思い出した。

この世界のあまりにも雑な作物の作り方に衝撃を受けた俺が、前世のうっすい記憶を頼りに「なんちゃってリトマス試験紙」をブルーベリーで作ったら王宮に呼び出されちゃったアレだ。モブ的には忘れたくても忘れられない苦い記憶。インパクトのあった出来事だからな。覚えていますとも。

『この紙の色が土によって変わるのは分かったが、それが何の役に立つのだ』

あの時、冷めた声と瞳でそう仰った王兄殿下。ええと、確かあの時に俺が言った言葉は……。

「作物の種たちが、最大限の力を発揮できます。どの種にも上等な実をつける可能性を与えてやれるのです――――」

口を開いた俺に、王兄殿下のペンを動かす手が止まった。そうだ、その後は確か……。

「今の農業は強い種の力に頼った農法です。芽を出せぬ弱き種を見越して多くの種を畑に蒔《ま》くため、無駄も手間も多すぎます。本来良い種とは、強い種ではなく上等な作物を実らせる種のことにございます。弱き種と切り捨てられるはずの種らも、性質の合った土地ならば芽を出し上等な実をつけることができましょう。土と種が合って初めて上等な実が成り、さらにはその先に続く良い種が数多《あまた》生まれるようになります。――――というような言葉だったと記憶していますが」

あの王宮で緊張しながらも殿下に説明した内容を、俺は記憶の糸をたぐりながら言葉にしていった。

あの時は家で説明内容をむっちゃ頑張ってまとめ上げて、馬車の中で繰り返し読み込んでいったからな。おかげで頭ん中に、あのみっちり書いたアンチョコの記憶画像が蘇《よみがえ》ったぜ……。

手を止めて俺の言葉を聞いていた殿下は「そうだ。確かにお前はそう言った」と大きく頷き、そして何も言わずまたペンを動かし始めた。よかった。合っていたらしい。

暫くして蝋印を捺《お》し終えた書状が完成すると、封筒に入れられたそれを王兄殿下がひょいと俺に差し出して下さった。

「どうだい。お前の目から見てこの国の作物は順調に育っているか」

書状を有り難く受け取りながらも、俺はその問いにちょっとばかり目を丸くしてしまう。

うーん、この国って言われてもねぇ……。俺は自分の領地のこと以外はあまり知らないからなぁ。しかもまだまだ改良の余地は山ほどあるし。

「まだ道半ばにございましょう。畑作りは時間がかかりますゆえ。けれど、急激な変化はかえって作物に負担を掛けます。結果を出していけば、おのずとそれは広まり、いずれは国中の畑が上等な作物で溢《あふ》れると……私はそう信じております」

何とも曖昧《あいまい》な物言いになってしまったけれど、今はこれくらいしか言えないんだからしょうがない。要するに一朝一夕《いっせき》には無理だけど、どうか長い目で見て下さいってことだ。

「そうか、それは楽しみだな。私もそう信じて、今後とも陰ながら国に尽力していく事にしよう」

俺の言葉に気を悪くされることもなく、大らかにそう言って笑って下さった王兄殿下。

そのお顔は優しく朗らかで、そして確かに国を見据え続ける王族の、輝きに満ち溢れた笑顔だった。

そしてそれから暫《しばら》く、話題は魚液肥の進捗《しんちょく》具合や、我が領の実験農場での比較実験、あるいは肥料割合の話となり、当然のごとくクリノス殿も交えて話が弾んだ。

……教授が二人いるとこんなに面倒くさいのかと思い知った。


マクスウェル公爵邸を出る頃には、空はすっかり茜色《あかねいろ》になっていた。

まー、二人とも話が長いっつーか、指示が細けぇー！

ああしてみろ、これもあれもそれも試してみろ、分かったら逐一報告しろ、卒業したからといって逃げられると思ったら大間違いだ……云々。最後のアレは、ほとんど脅しじゃね？

「またいつでも来るといい。月に一度は報告に来い。そして来た時は私のことは教授と呼ぶように」

夕日で照らされた目映《まばゆ》い金髪を揺らして、玄関前でニカッと笑った王兄殿下に、俺は笑みを貼り付けてカクカクと首を振ることしかできなかった。

俺の前では大手を振って教授が出来るとあってか、後半かなり打ち解けた……というか地を出した王兄殿下は俺に対して遠慮がなくなった。クリノス殿はクリノス殿で、王兄殿下の山ほどの指示にいちいち賛成しては、さらに課題を山積みしていく鬼畜ぶり。

ちょっとでも難色を示そうものなら王族の威圧をかけてくるのってどうなのかな！　使いどころが違うと思いますよ。

……と、言いたくても言えない。だって俺ってば、しがない伯爵子息で学生だからさぁ！

「ではアルフレッド。次の報告を待っているぞ」

そう言って俺を見送って下さった王兄殿下に俺は改めて深く礼を執ると、待たせていた我が家の馬車へと乗り込んでマクスウェル公爵邸を後にした。

はー、緊張した。でも何はともあれ、これで元男爵令嬢《ヒロイン》に会うことが出来るようになった。彼女からどんな話が飛び出してくるかは分からないけれど……と、俺は馬車の窓から夕焼けに染まる雲を見上げた。

坂道をどんどん下っていく馬車からは、茜色を背負った山々たちが、ほんの束《つか》の間のシルエットじみた顔を小高い丘の向こうから覗《のぞ》かせている。

早速明日にでも行ってみようか……。俺は王兄殿下から頂戴《ちょうだい》した有り難い書状を、服の上から手を当ててそっと押さえた。

――――ありがとうございます。王兄殿下。

僅かに揺れる馬車の中で、俺は知らず知らず王兄殿下のいらっしゃるお屋敷に向けて深く頭を下げていた。

そうして、ようやく到着したラグワーズ王都邸で、やる気のみなぎった使用人たちの顔を見た瞬間に、けれど俺は大事なことに気がついてしまった。

あ、今晩ドンチャン騒ぎじゃん。明日出かけるのは確実に無理じゃね？

◆◆

スゥと静かに公爵邸の玄関扉が閉められた。

家令は主の車椅子を押し、玄関ホールから続く廊下をゆっくりと進み始める。

「主様、伺ってもよろしいでしょうか」

ゆっくりと動く車輪を、それでも慎重に確かめながら家令が口を開いた。それに、目の前で豊かな黄金の髪を椅子の背に預けた主が、頷《うなず》きとともに短い応《いら》えを返す。

「アルフレッド・ラグワーズとはいつお会いに？　王宮からこの屋敷にお移りになってからは、主様が目通りを許した者は数えるほどだったと記憶しておりましたが……」

その家令の疑問に、廊下の先を真っ直ぐに見据えていた主が小さく笑った。そして、音もなく進む車椅子の上で、家令がたったひとり主と認めた人物がその口を開いた。

「十二年前だよ。私がまだ摂政をしている時だ。執務の合間だったからね、お前はいなかったかもしれない。あれは先代陛下……父上が亡くなって五ヶ月ほど経《た》った頃だよ。アルフレッドは確か、六歳になったばかりだと言っていたかな」

その言葉に思わず家令の足が止まった。

「驚いたろう？　私も今日、彼に会って驚いた。なんたって彼は、六歳の頃とまったく同じだったのだからね……いや、違うな。六歳の彼が、十八歳の今の彼のままだったことに驚いたんだ」

そう言ってゆっくりと振り向いた主は、背後で戸惑ったように「まさか……」と呟《つぶや》いた家令の瞳《ひとみ》を、その輝く青紫の瞳でひたりと捉《とら》えた。

「そう言いたい気持ちはよく分かるけれどね。だけどパーシー、お前も先刻の話を聞いていただろう。あの言葉は確かに、六歳の彼が私に言った言葉に間違いないのだよ。一言一句同じ言葉だ。信じられないだろう？　たった六歳の子供の発言だ。しかも彼はそれを克明に覚えていた。あの言葉はね、パーシー、私に王位の継承を放棄させた言葉なのだよ」

呆然《ぼうぜん》とする家令を見据えていた主が、強き光を放つ視線もそのままに、その目をスッと細めた。

「あのまま行っていたら、私は国王になっていただろうよ。他の王族とその派閥の貴族らを皆殺しにしてな。ああ、レオンかマティスのどちらか片方は跡継ぎで残したかもしれないな。きっと恐怖心を植え付けるのに都合の良さそうな方を、皆の前でくびり殺していただろう」

身動《みじろ》ぎもできず目を見開いたままの家令に、主は穏やかながら確信に満ちた口調で言葉を続けた。

「なんせあの頃の私は、私の身体をこのようにした第二王子派の連中に煮え湯を飲ませることに心血を注いでいたからね。父上が倒れて二年以上、摂政を務め続けたにもかかわらず、この身体を理由に、妻もおらず子も作れぬ我が身を理由に王位を諦《あきら》めろと暗に迫る連中にひと泡吹かせたくて堪《たま》らなかったのだよ。それだけじゃあない。長年燻《くすぶ》っていた思いがグツグツと煮えたぎってどうにもならなかった時期だった。摂政をするようになって分かった父の無能さに、貴族や王宮の堕落ぶりに、何も知らず安穏と甘い世界に生きる妃《義母》や弟夫婦に……そして、命と引き換えに私を産んだ最初の妃《母上》を忘れ去っている国民に――」

低く通る声でゆっくりと、まるで懺悔《ざんげ》をするように話す主の顔は、懐かしげな……けれど、苦しみと悲しみを滲《にじ》ませる表情を浮かべていた。

「だからあの頃、主様は方々の中立派の領主らと面談しておられたのですね。支持を集めるために」

家令もまた当時を思い出すように、主を見返す瞳を僅かに細めた。

「そう、理由は何でも良かったのさ。小さな成果を拾い上げ、褒めあげて派閥に引き込む……。摂政の立場を利用すれば、表向きは呼び出す理由がつくからね。なにせ勝負は一年の喪が明けるまで。私も必死だったよ。けれど、そこにラグワーズ伯が来た。小さな子供を連れてね」

最初は呆《あき》れていたんだけれどね、と主がわずかに口端を上げた。

それはそうだろう。施策の成果の説明に幼子を連れてくる領主など聞いたこともない。

「あの幼いアルフレッドの言葉が私に冷や水を浴びせたのだよ。お前は国をどうしたいのだと、玉座に座ったその後を考えろと、そう言われた気がした。あの言葉に、声に、そしてあの静かな瞳に、首根っこを掴《つか》まれたのさ。おかしいだろう？　なぜだか分からないが、私が、あの頃の私がだよ？　不覚にも震えたのだよパーシー。一瞬で予想できてしまった未来が、私の動かぬ足すら震わせるほどの恐怖心を湧き上がらせたんだ……。あのまま私が謀略と力に任せ、血にまみれた玉座に座れば、恐らく周囲は黙って従っただろうよ。誰だって命は惜しいだろうからね。そして今ごろ私は、絶対君主として頂点に君臨していただろうさ。だがね……、その土壌で他の芽は育たぬ。良い実は成らぬ。いずれ私という暴君の下で国は疲弊する」

小さく首を横に振った主が、そっとその青紫の瞳を覆う瞼《まぶた》を伏せた。

「情けないことにね、パーシー。私はあの時初めて……初めて、王族として国と民の未来に目を向けることが出来たのだ。そしてね、分かったのだよ。相談する母がいて友がいて、支える妻と跡を継ぐ子供がいる……あの王宮という土壌は、弟にこそ相応《ふさわ》しいという事がね」

「レオナルド様……」

家令の目尻《めじり》に深く刻まれた皺《しわ》に涙が滲《にじ》み、そしてひと筋流れ落ちていった。

主は伏せていた瞼を上げると、長年自分に仕え、ともに年を重ねてきた家令を見上げてほんの少し困ったように苦笑した。

「私は今の生活に満足しているよ。柵《しがらみ》もなく、枷《かせ》もなく、広く我が国と民を見ることができる。私はね、国という土壌のための肥料になろうと決めたのだ。いずれ沢山の上等な実を収穫できるようにね」

確かに十二年前にはなかった、他を労《いたわ》るような笑みを浮かべる主人を見つめていた家令は、何かに気づいたようにその目を開き、ゴクリとひとつ喉《のど》を鳴らした。

「もしや、十年前に私を学院の教授にしたのは……」

彼を待っていたのですか――――。と言いかけて、家令は口をつぐんだ。その前に主がまた口を開き、話を続けたからだ。

「アルフレッドが何者で、何をしようとしているのかは私には分からぬ。だが詮索《せんさく》はするまいよ。してはならぬ。あの男が思うがままに考え進めていることは、必ずやこの国の大きな力となる。なあ、パーシー……」

いちど言葉を切った主は、ひとつ息を吐いて再び家令を見上げた。

「最近私は、私が肥料となり土となった先の、遠い先の我が国のことを考えると楽しくなるのだよ。国内のすべての町や村で特産品が生き生きと作られ、民が潤い、皆が笑って過ごしている国……そんなお伽噺《とぎばなし》のような未来を夢見てしまう私を、お前は笑うかい？」

尊き青紫の瞳を僅《わず》かに潤ませた主に、家令はしっかりと首を横に振り、そして涙の跡が残る頬を緩ませながら主に笑みを向ける。

「いいえ。いいえレオナルド様。私もそうなる未来を信じております。どうぞ私めも、肥料の一端にお加え下さい」

「肥料になってもついてくるのか。お前も物好きだな」

呆れたような口調でふいっと前を向いてしまった主の、その黄金に輝く美しい髪を見下ろした家令はくしゃりとした笑みを浮かべ、そして「はい」とひと言だけ返すと、またゆっくりと車椅子を押しながら、廊下の奥へと歩き始めた。

25　王都邸の祝宴

　公爵家から我が家へ戻ると、玄関前にはタイラーやディランそして使用人らが待ち構えていて、馬車から降り立った俺に次々と祝いの言葉をかけてくれた。ははっ、なんか照れちゃうよね。

　うんありがとー、ありがとー、と言いながら玄関に一歩入ると、玄関ホールのド真ん中にドーンと「祝・ご卒業」の垂れ幕が……。横断幕の次は垂れ幕か。

　誰だい？　シャンデリアにくくりつけたのは。シャンデリアが斜めになってんじゃん。

「もう一枚横断幕がございますので、あとで若様の寝室に……！」

　まだあるんかい！　やめてクロエ、すっごく寝づらいから。

　黙って首を振った俺にちょっと残念そうなクロエ。ああ、部屋の前の廊下もダメだからね。うん、聞こえたから。あっちで横断幕を抱えてダッシュ寸前のメイドたちを止めなさい。

　二枚目の横断幕の場所に頭を悩ませるクロエを放置して、俺は二階へと上がっていった。廊下も外も庭もダメだよ。別に全部飾らなくてもいいんじゃないかな！

　自室に入ったら真っ直ぐに奥の机へと向かい、王兄殿下から頂戴した書状を内ポケットから取り出すと、大切に引き出しに仕舞いこんだ。一緒についてきたディランがそれを見て小さく首を傾げたので、俺は脱いだ上着を渡しながら今日のあらましをザックリと話し始めた。

王兄殿下の元へ急遽《きゅうきょ》行くことになった経緯《いきさつ》や、殿下とのやり取り、ついでになぜか月に一回は公爵邸に行くことが決定されてしまったことなんかもね。

「訪問着を用意してくれて助かったよ。あと馬車の体裁もね。急なことだったのによくやってくれた」

俺がドレスシャツのボタンを留めながらそう礼を言えば、脱いだ衣服をまとめて腕に下げたディランが首を横に振った。

「なんの若様。然程《さほど》のことではございません。いつ何なりと若様の思うままに。我らはそのためにおります」

そう言って胸元にギュッと衣服を抱えたディランが、俺に向かってやたらと低く頭を下げてきた。

え、なになに？

「若様に対して、浅慮にも『件《くだん》の元令嬢を連れてくれば』などと申し上げましたこと、深くお詫《わ》び申し上げます。あの書状は紛れもなく筆頭公爵様よりのご信認の証《あかし》。しかも今後の定期的なご交流のお約束まで……。ラグワーズの先々を見据えた若様の深慮に気付きもせず、私めはなんと小さく浅はかであったことかと、恥じ入るばかりでございます。どうぞお許し下さい」

いやいやいやいや、違うからディラン。行きがかり上こうなっただけだから。やめてー。

「そんなわけで早速、あさって例の王家の領に出かけようと思うんだけど、いいかな」

話を切り替えるべく明後日の予定を口にした俺に、ディランは「もちろんです」と大きく頷くと、

「明日でもよろしいのですよ」とグッと拳《こぶし》を握った。いや、その拳はいらん。

「いや、あさってでいいよ」

その拳に向けて、俺はひらひらと手を振ってみせた。

そりゃね、うちの領の連中が……とは言っても俺の周りにいる連中しか知らないけど、みんな酒豪揃《ぞろ》いだってことは知っているし、どんなに飲んでも翌日にはケロッとしてるのも知っている。でもさー、ドンチャンの徹夜明けに遠出させるのはさすがにね。

王都邸でこういった宴会が開かれるのは珍しくないから俺も学習しているのさ。七月の俺の誕生日だけは授業と単位に追われて断っていたけど、それ以外の新年やら進級のたびにみんなでお祝いしてくれるからね。有り難いし楽しいんだけど、みんな揃いも揃ってザルっつーかワクだからさ。毎回朝までコースなんだよね。

まあそれ自体はいいんだよ。一種の福利厚生だと思ってるから。いつもみんなにはお世話になりっぱなしだし、息抜きも必要でしょ。酒だって売るほどあるしね。

王都邸は人数も少ないし、本邸から来ている連中を入れたって五十人もいないからさ、いくら飲み食いしたところで高が知れてるからね。ケチケチした上司だと嫌われそうじゃん？　この辺の感覚は前世の日本人引きずっているのかなぁ……。

宴会の間の警備のことも、よく分かんないけど上手《うま》くやってるみたいだし、徹夜でも朝までも楽しんでくれればいいって思ってるんだけどさ、でも流石《さすが》に翌日に遠出に付き合わせるのはねぇ……。小心者の俺としては気が咎《とが》めるわけよ。

そんな感じで、ディランにあさっての予定を伝えて身支度を調えたら、俺は急いで宴会場となった一階のサロンへと向かった。

うん、クロエ……。横断幕は階段の手すりにくくり付けたんだね。一瞬、春の交通安全運動かと思ったよ。いやいいんだ。前世のイメージだし。いま夏だし。この世界じゃ普通なんだろう。

一階のサロンには案の定、使用人全員が揃っていて、現れた俺を盛大な拍手で迎えてくれた。俺はそんな中を真っ直ぐに進んで「祝・ご卒業」の横断幕の真下に用意された席へ……。ここでみんなに挨拶《あいさつ》するのか……いや、いいんだけど。

頭の上にはいい感じのゆるみを持たせてバーンと張られた横断幕。その下に立っている自分の状況を客観的に想像すると色々と思わなくもないんだけど、でもとりあえずは語尾に「リーチ」と書かれなくて良かったなと。「祝・ご卒業リーチ」の横断幕の下で暗い顔でスピーチする自分を想像したら、泣けるなんてもんじゃないからね。

「みんなありがとう。嬉《うれ》しいよ。いっぱい飲み食いして楽しんでくれるのが一番のお祝いだよ」みたいな挨拶を手短に済ませたら、すぐに乾杯。宴会の時は、堅苦しいこと抜きに自由に楽しんでもらうのが我が家流だからね。

この時ばかりはみんな俺の前で顔を伏せっぱなしにすることはないから、俺も使用人全員の顔がよく見えていい感じなんだよ。だって大切な使用人《スタッフ》だもの。ちゃんと顔と名前は覚えていたいし、時々はこうして様子を見たいじゃん?

本当はさ、ギルバートくんも宴会に招待したかったんだけどね。だけど、いくら何でも十六歳の未成年を夜通しの飲み会でオールさせた日にゃ、どれほど温和な宰相閣下だってお怒りになるだろう。

だからそのうち……ね。

そうして始まった宴会を横断幕の真下の席で眺める俺の目の前で、山のようにあった食事も樽酒《たるざけ》も気持ちいいほどにみるみる消えていく。おおう、いつ見ても壮観だな。みんな元気そうで何よりだ。

次々と追加されていく酒の樽が、運動会の大玉転がしのごとく使用人らの上を渡っていく光景もすでに見慣れたもんだ。

あ、白ワイン樽が逆行していく……間違えたのかな？　いや違うな。料理長のジェフが抱え込んだから出しちゃ駄目なやつだったようだ。でも気をつけてねジェフ。後ろでパティシエと庭師長が狙ってるから……。

最初は普通にワイワイと飲み食いしていた使用人たちだったけど、暫《しばら》くして腹ごしらえが済むと、早々に宴会芸のジャグリングやらワイン一樽を賭《か》けた腕相撲大会やらが始まった。

あれ？　あのワイン樽って、さっき料理長が抱え込んでいたやつじゃないか。なんだ、結局は二人に奪われて賞品にされたわけね。怒りの形相の料理長の気合いがヤバい。

腕相撲の予選は、二つのブロックに分けられて始まった。おお、クロエってば相変わらず腕相撲強いなー。若手の従僕や厨房《ちゆうぼう》スタッフを次々と撃破しては女性使用人たちから黄色い声援を浴びるメイド長のクロエは、当然と言わんばかりのドヤ顔だ。

やはりいつも通り、ベスト4は上級使用人たちになりそうだな……なんて思っていたら、予想外のダークホースが現れた。なんと本邸から来た若いメイドだ。

その小柄な若いメイドは「うりゃあぁぁ！」の掛け声も勇ましく、次々と対戦相手を身体ごとひっくり返すと、隣のテーブルの対戦ブロックを勝ち上がっていった。すげぇ……こりゃクロエもうかうかしてられないね。

そう思いながらグラス片手に中庭へ目を向ければ、あちらはあちらで庭師監督のもと造られたという闘技場で対戦が繰り広げられていた。もちろん素手での一対一《タイマン》の勝負。

すっかり陽が落ちた中庭には魔道具の照明がまるで篝火《かがりび》のように立ち並んで、その中央の仮設闘技場を照らしている。ありゃメインイベント会場だな。庭師長ってば気合い入れたねー。

でも見物人が投げ銭代わりに撒菱《まきびし》を投げ込むこの世界の風習だけは、いまだにちょっと違和感あるかな……。そんなことをしみじみと考えながら見ていたら、おっ、やった！

今まさに厨房の若手が繰り出した肘《ひじ》打ちが庭師見習いの側頭部にキマり、庭師見習いが地面に沈んだところだった。周囲はヤンヤの喝采《かっさい》だ。撒菱が乱れ飛んでいる。うん、庭師見習いは足技に気を取られすぎたね。実に惜しかった。

その闘技場の横では順番待ちの連中が、空になった酒樽《さかだる》を二つ三つと並べては時間つぶしのダーツ大会を始めていた。このダーツ……というかナイフ投げはこの世界ではわりかしポピュラーらしく、俺の子供時分からよく見かける使用人たちの遊びだ。

最初の頃は「異世界ワイルドじゃん。すげえな」って思ってたけど、今じゃすっかり見慣れてしまった。俺も今まで何度かやらせてもらったんだけど、どうにもコントロール悪くてね。的の真ん中に当たらないんだよ。下手っぴではないけどド真ん中は無理。俺ってばそんなとこまで七合目。

そのうち、そんな俺に気を遣った使用人が的の方を動かし始めたもんだから申し訳なくなって、それ以来やってないんだけどね。

「若様、召し上がっていらっしゃいますか」

隣に座ったタイラーが、目の前のサーモンマリネの皿を覗《のぞ》き込みながら俺のグラスに白ワインを注ぎ足した。

おう、結構飲んでるよ。成人して初めての酒席……。前世から数えたらたぶん十八年ぶりの酒だ。今までもうちの領で造る酒には、色々と試しながら改良を重ねつつ販売をしていたんだけど、実は自分自身で口にするのは今日が初めてだ。

上がってきたデータでおおよその味の予想はついてたんだけどね、実際に飲んでみるとやっぱ微妙に違ったりして、それはそれで楽しいもんだ。

この世界ときたら酒にはとても甘くて、貴族は十七歳の準成人から飲めるし、二、三％のアルコールは酒扱いされないというユルユルな世界だった。

確かに貴族は十代半ばから、いや家によっては十代前半から、昼間とはいえパーティーやらお茶会といった社交に出るせいか、アルコールに対する敷居がとても低い。幼い頃から大人に交じって働きに出ることの多い平民たちはもっと低いんじゃないかな。

でも俺は成人までは飲まなかったし、ラグワーズ領でも子供への販売と提供は禁止にした。それはひとえに前世の知識ゆえだ。

もちろん異世界だから前世の人々とは体質とか違うのかもしんないけど、やっぱり早すぎる飲酒は良くないからね。我が領の未来を担う子供たちには心身共に健やかに育ってほしいからさ。

「こうして成人された若様の隣で御酒を頂けるなど、まるで夢のようでございます。あんなにお小さかった若様が……」

そう言ってナプキンで目元を拭《ぬぐ》うタイラー。おーい、誰だ～。タイラーに飲ませすぎた奴《やつ》は。

見ればタイラーの向こうに座っているオスカーが、タイラーのグラスにガバガバ酒を注《つ》ぎ足している。お前か。

「一週間色々とご苦労だったね、タイラー。お前がいてとても助かったよ。明日は気をつけてお帰り」

でもまあ、丁度いい話の流れなので、俺は目の前の初老の家令にここ数日の働きへの感謝を伝えた。

いやホントだよ？　そりゃ先週月曜日の午後に突如現れた時は、確かに「なんで？」とか思ったけどさ、その後にあったお茶会だのパーティーだのの仕切りは流石《さすが》だったもの。今も昔も、いつだって感謝してるんだよ、タイラー。

「ありがとね」の気持ちを込めてタイラーを見れば、まん丸に目を見開いたタイラーが……号泣した。

マジか……。顔を突っ伏しておんおんと号泣する家令を前にして途方に暮れる俺。どうすんだコレ。

おいこらオスカー、ニヤニヤしてないで助けてよ。

オスカーに視線で助けを求めていたその時、いきなりガバッと目の前のタイラーが勢いよく顔を上げた。びっ、びっくりした……ってか、え？　なんか知んないけど、涙目のタイラーが今度は物凄くキリッとした顔しているんだけど……。

「私！　若様のそのお言葉だけで十年は若返りましてございます！　若様っ！　私の勇姿、とくとご覧下さいませ！」

そう言って唐突に席を立ったタイラーが、中庭のナイフ投げのコーナーへとダッシュして行った。

ちょっ……タイラー?!

腹を抱えて爆笑するオスカーに呆《あき》れながらも、まあいっかと俺もワイングラスを持って席を立った。

だってタイラーの勇姿を見てあげないとね。

「若様はやはり主様に似て酒にお強いですね。けっこう召し上がっておられるのに、主様と同じくまったくお変わりにならない。親子ですねぇ」

感心したようにそう言って一緒に席を立ったオスカー。お前……まさか俺のグラスにもガバガバやってたんじゃないだろうな！


で、そのナイフ投げはといえば、確かに言うだけあってタイラーの腕前はなかなかに見事だった。ど真ん中とまではいかなくても、中央に近いところにスパスパ当てていってた。おー、なかなかやるな。周囲からも拍手喝采だ。

意外だったのが料理長や庭師長、御者頭といった百八十超えの大男たち。なぜかみんな、ことごとく的を大きく外してオスカーに大笑いされていた。ムキになった庭師長なんかは「使い慣れてないからだ」と言い訳をしながら投げたナタまで、あさっての方向に飛ばす始末。飲み過ぎだよみんな。あとでちゃんと拾いに行ってね。

クスクス笑いながら眺めていたら、クロエに腕相撲のベスト4決定の最終戦に誘われた。見れば確かに、室内では例の小柄な本邸メイドと従僕頭のエドがいい勝負を繰り広げていた。

「うらぁぁぁぁ！」

メイドが雄々しい叫び声を上げた瞬間、ぐいっと手首を巻き込んだエドがメイドの右腕を押さえ込んだ。おおぅ……見事な間合いとテクニックだ。

いやー惜しかったねぇ、本邸のメイドさん。また機会があったら参加しておくれ。

拳を突き上げて勝利をアピールするエドの前で、右手を掴《つか》んで「うぉー」と悔しがるメイドさんの後ろ姿に心の中で声をかけておいた。うん、本邸の使用人たちも元気なようで父上たちも安心だな。

ワインを我が領の新作シャンパンに変えて席に戻れば、手元にフワリと伝言魔法陣が現れた。

ギルバートくんだ――――。その瞬間、ただでさえ酒宴で上がってた俺のテンションは爆上がり。よし、いい頃合いだから俺はこの辺で退出することにしよう。だって部屋でゆっくり可愛いギルバートくんの声が聞きたいからね。お返事もすぐに送りたいし。

腕相撲とナイフ投げ大会の結果は明日聞こう。どうせこのあと敗者復活戦もするだろうし、付き合っていたらマジで朝まで完徹間違いなしだからさ。それに、明日は出立するタイラーをちゃんと見送ってやりたいからね。

「そろそろ私は部屋に戻るよ。みんなは気にせずそのまま好きなだけ続けておくれ。また明日からよろしくね」

そう声をかけると、使用人たちからは一斉にいい返事が上がった。うん、みんなまだまだイケそうだなー、なんて半ば感心しながら俺は席を立って、ディランとともに賑《にぎ》やかなサロンを後にした。

「ランネイル家のご子息様からですか」

階段の手前で苦笑混じりの声をかけてきたディランに、俺は思わず満面の笑みを送ってしまった。

そうともさ。綺麗《きれい》で可愛くて頭脳明晰《めいせき》なギルバートくんからだよ。だから少しくらい足が急《せ》いてしまったって仕方ないじゃないか。

ディランは俺を部屋に送って、俺が寝衣に着替えるのを確認すると、そのまま「お休みなさいませ」と一礼すると速やかに部屋を退出していった。きっと気を利かせてくれたんだろう。

ありがとね。ディランも宴会場に戻っていっぱい飲むといいよ。


酒を飲んだ後だからシャワーは明日の朝に回して、一人きりになった部屋で、俺はさっそく机の前に座るとギルバートくんからの伝言魔法陣を手に取った。

魔法陣に軽く魔力を流すと、流れてきたのは涼やかで柔らかな、愛しい人の声。

『アル……』

ああ心が洗われる。彼に名前を呼ばれただけで、俺はいつだって馬鹿みたいに浮かれてしまうんだ。

もうこればっかりは、どうしようもないよね。

魔法陣から聞こえてくるその声にうっとりと耳を傾ければ、涼やかな彼の声がじんわりと優しく、俺の身体の隅々にまで染み渡っていくようだ。

『きっとまだ祝宴の場にいらっしゃるのでしょう。だから私からも改めてお祝いを言わせて下さい。

卒業決定おめでとうございます。本当はもっと沢山の言葉を贈りたいのですが、うまく言葉が浮かびません。二年半のあなたの努力と実績は沢山の人々に讃《たた》えられて然《しか》るべきです。たくさん祝ってもらって下さい。これからのアルの未来へ祝福を……。愛しています。おやすみなさい、アルフレッド』

……あ、ダメだ。心臓が……。

彼の言葉に一瞬で俺のハートは持って行かれた。魔法陣を片手に、俺は胸を押さえてバッタリと机に突っ伏してしまう。

ああ、天使に祝福を貰《もら》ってしまった。どうしよう、すごく嬉しい。そしてすっごく可愛い。マジで世界一可愛い。可愛い選手権があったら、ぶっちぎりの優勝だ。

なんでギルバートくんはこんなに可愛いんだろう。世界中の可愛いを集めて固めたらギルバートくんになるんだろうか。全身が可愛いでできているギルバートくんは、もしかしたら人じゃないのかもしれない。なるほど、だから天使なのか。納得。

うんうんと、ひとりきりの部屋の中で、俺は心置きなく頷《うなず》きまくった。

――いや、後から考えれば、この辺で俺は気づくべきだったんだけどね。

彼が天使である確信を得た俺は、けれどハタと気がついた。そうだ、すぐに返事を送らないと……。早くしないと俺の天使が、夢の中へ飛んで行ってしまう。

俺は慌てて伝言魔法陣の束を入れている小引き出しを開けると、さっそく手にした魔法陣に返事を吹き込み始めた。

ありがとう……と、それから愛しい君の言葉以上に嬉《うれ》しいものはないよ……と、それからもちろん、愛しているの言葉。それから、それから……ああもう、ギルバートくんに届けたい言葉が山ほどある。心の中の一割も言葉に出来ないのがもどかしくて仕方がない。

けれど懸命に言葉を探して、なんとか愛しい彼に伝言を送り終えると、俺はその晩、かなり幸せな気分でベッドに入った。

ベッドに入った後も、夢の中でも彼に会えないだろうか……なんて脳天気に思っていた俺は、この時になってもやっぱり、まったく気がついていなかったんだ。

――――実は、自分が相当酔っ払っていることに。

だから、俺が心の赴くまま彼への愛と称賛の言葉を吹き込んだ魔法陣が二十二枚にもなっていたとか、次々と舞い込む伝言魔法陣に、ギルバートくんが口を押さえて真っ赤になっていたとか、そんなことは……本当に、まったく想像もしていなかったんだよ。

それに気がついたのは翌日の朝。いつもの時間にスッキリと目が覚めて、隣室のシャワールームから出てきた俺の目の前に、ギルバートくんから伝言魔法陣がふわりと現れた時……いや、その後だ。

昨晩に続いて今朝もくれるなんて、と嬉しくなりながら、俺はそれまで頭をガシガシ拭《ふ》いていたタオルもそのままに、すぐさまその魔法陣に魔力を流した。

「アル、昨日はたくさんの伝言ありがとうございます。とても嬉しかったです。でも、その……眠る前には少々、量と内容が刺激が強すぎるというか……いえ、できれば魔法陣でなく直接言って頂けたらもっと嬉しいです。ああでも、そうしたらきっと私はアルの口を塞《ふさ》いでしまったかもしれません。

私もこれから語彙力を上げるべく精進しようと決意しました。どうか待っていて下さいね。いつかアルにも眠れなくなるほどの言葉を贈って差し上げます。それでは、今日もよい一日を……。私もとても愛しています。そうそう、木曜に会えた時に追加の魔法陣をお渡ししますね。では」

……え？

たくさん？　量と内容？　……え、え？

慌てて机の引き出しを確かめれば、ギルバートくん宛ての魔法陣がゴッソリと減っていた。

思わずその場でしゃがみ込み、顳顬《こめかみ》をグリグリと押さえて昨晩のことを思い出していった俺は……。

——しばらくの間、タオルを被《かぶ》ったまま床に丸まることとなった。

26　ヒロイン面会

水曜日の朝、俺は朝の六時に屋敷を出発して、元男爵令嬢《ヒロイン》がいるという療養所へ向かった。

なんたって目的地までは馬車で四、五時間かかる距離だからねぇ。到着して話を聞きだして戻ってくることを考えたら、これくらい時間に余裕をもたせないとさ。素直にポイントだけ話してくれりゃいいんだけど、そうもいかないだろうし。

目指す王家の領は王都の北北東に位置する山の向こうにある。王都をまっすぐに北へ抜けて、王都の北東に位置する山に沿うようにしばらく北上したら、東に進路を変えて山をよっこいしょと越えなきゃいけない。

確かに遠いっちゃ遠いんだけど、三日かかるラグワーズ領に比べたら日帰りコースは遠いうちに入らない。直線距離なら五十キロメートル程度だろう。まあこの世界の移動は馬車だからね。

「お急ぎなら飛ばしますよ。二時間で到着してみせます」

御者のマシューはそう言ってくれたけど、馬たちに無理させるのも可哀想だしね。

なので「いや、いいよ。時間はあるから」とマシューの横で張り切ってる馬たちの顔を「ありがとね」と撫《な》でておいた。うちの馬たちは頑張り屋さんばかりなので、放っておくと休みなく走ってしまうからな。うん、無理しなくていいんだよー。

頑張り屋さんなだけじゃなくて気立てもいいうちの馬たちは、タイラーの滞在中は本邸の馬車の馬たちともすぐに打ち解けてくれて、敷地内を仲良く走ったり鶏たちと戯れたりしてるのを見た時は、ホッコリしちゃったからね、俺。

おかげで本邸の馬たちもいい気分転換ができたらしく、昨日タイラーが出立する時なんて何度も厩《きゅう》舎《しゃ》の方を振り返ったりしててさ。ああ名残惜しいのかなーなんて思ったらまたホッコリした。

そんな彼らからもらった幾つものホッコリのおかげで、ギルバートくんにやらかしちゃった心の傷がちょっと癒えたよ。

そうそう。そのやらかしだけど、俺は昨日出立したタイラーから衝撃の事実を聞かされてしまった。

なんと俺とまったく同じやらかしを、父上も二十数年前に母上にやらかしていたそうだ。酔っぱらった若かりし頃の父上が母上に送った魔法陣は二十四枚。負けた……いや別に勝ちたくないけど。

酒宴の翌日に部屋の中で丸まっていた俺を見て、タイラーはデジャヴを感じたらしい。

「血筋は争えない……奥様の時と同じ」

なんて呟《つぶや》きながらフラフラと部屋を出て行ったタイラーに、あの時の俺はそれどころじゃなくてスルーしちゃったんだけど、考えてみたら髪色以外に父上そっくりって言われたのは初めてかもしれない。気がつかないところで親子って似るもんだねぇ。

『若様、来月お戻りになるのを本邸でお待ちしております。主様や奥方様は勿論《もちろん》のこと、弟君ルーカス様のためにも、ぜひともお早いお戻りを。領民もみな首を長くしております。ランネイル侯爵ご子息様ご来訪の件は昨日魔法陣で報告済みですが、若様ご自身のお言葉で改めてお伝え下さいませ』

そう頭を下げて、昨日の午前中に出立して行ったタイラー。なんか微妙に哀愁が漂ってたのは、前日の酒のせいばかりではなかったようだ。ごめんねタイラー、色々とありがとう。でも俺、ギルバートくんのことだけはどうしても譲れないんだ。

そんなこんなでタイラーを玄関先で見送って、昨日一日を仕事や畑の観察に費やしながら、やらかした黒歴史を記憶の奥底に封印した俺。

ああ、もちろんギルバートくんには、あの後すぐに謝罪の魔法陣を送ったよ。

「なんか色々ごめんね」って謝る俺に、彼からの返信はそりゃあもう優しくて寛容なものだった。

「酔ったアルの姿、私も見たかったです」ってクスクス笑った声に、「天使……」って思わず口を押えて天を仰いだからね。もちろん傍《そば》にいたディランやオスカーはスルーだ。

ああ、オスカーは床にうずくまっていたかな。ディランに相当強く足を踏まれてたからねぇ。大笑いしすぎた報《むく》いだよ。よくやったディラン。


なんて、昨日のことに思いを馳《は》せていたら目の前に新しい書類が差し出された。

元男爵令嬢《ヒロイン》の元へ向かう馬車の座席には俺と、向かいにはディランとオスカー。こいつら、馬車が走り出した途端に書類の束を笑顔で出してきやがった。いやお前たち、どんだけ馬車に仕事持ち込んだのよ……。

「道中、若様が退屈されるのではと思いまして」

いや、いらねーよ、そんな気遣い！　なんで画板まで持ち込んでるんだよ。首から提げてジャストフィット……って拍手をするな！

くそーと思いながら馬車の中でガリガリ仕事に取り組んで、気づけば数時間。いつの間にやら馬車はとっくに山を越えて王家直轄領に入っていた。

あれ？　ノンストップで来ちゃったけど馬たちを休ませなくて大丈夫なのかなって思ったけど、馬車の速度はまったく落ちることなくそのまま畑の点在する山里を進んでいく。

時計を見ればまだ九時過ぎ。頑張んなくていいって言ったのに……ありがとねマシューと馬たち。

そうして暫《しばら》く、馬車は目的地の療養所に無事到着した。

わぉ、すげぇ……まるで砦《とりで》みたいだ。

見上げるほどの高い塀に囲まれた療養所の敷地はかなりの広さで、目で見える範囲だけでも三本の監視塔らしき建造物が確認できる。

療養所の周囲は見渡す限りの荒れ野。その中にそびえ立つ塀や厳《いか》めしい監視塔は、正直むっちゃ異様だ。でっかい門の脇にはしっかりした造りの門衛所があって、そこから出てきた制服姿の門衛たちが真っ直ぐに近づく我が家の馬車を前方で待ち構えている。

これのどこが療養所なのかな？　どう見ても刑務所じゃん。元男爵令嬢《ヒロイン》やっちまったな。取り調べでなんかヤバいことでも口走ったのだろうか。

いったん大きな門の前で止まった馬車だったけれど、少し待っているとすぐにその大きな門扉が音を立てて開かれた。どうやら王兄殿下からの連絡はきちんと門衛まで伝わっているようだ。

中に入って少し進むと、またすぐに別の塀と門によって馬車が止められる。ほほー、塀と門が内郭と外郭で二重になってんのね。厳重なこった。マジ刑務所。

やっぱりすぐに開かれた二つ目の門をくぐった馬車は、石造りの大きな四角い建物の前で止まった。その高さは三階建てか四階建てか……窓が少なすぎて分からん。奥行きはかなりありそうだ。いやー、外も中も厳めしいねぇ。

開かれた馬車の扉から外に出れば、慌てて出てきたらしい職員二人が出迎えてくれた。

「ラグワーズ伯爵家が長子、アルフレッド・ラグワーズだ。マクスウェル公爵閣下の許可を得て、入所中のセシル・コレッティに面会に来た。案内を頼む」

目の前で頭を下げる年配の職員たちに目的を告げると、彼らはすぐに「はい、伺っております」と入口の扉を開けてくれた。

俺の後に続いて馬車を降りたディランとオスカーが、従僕らから荷物を受け取って後に続く。

「申し訳ございませんラグワーズ様。荷物の持ち込みは規則で禁止されております」

ディランたちが手に抱えた荷物を見た職員の一人が、申し訳なさそうに眉《まゆ》を下げた。

あー、うん、そうだろうねぇ。でもこれはぜひ持ち込ませてもらいたいんだよなぁ。なんせ元男爵《ヒロ》令嬢《イン》の口を軽くするためのアイテムが入ってるからさ。

「入所者の自死や脱走を防ぐための規則なのだろうが、この中のものはその類《たぐい》ではない。お許し願いたい」

俺の様子にオスカーが説得を試みるも、職員らは「規則なので」の一点張り。うーん、ここで長々と揉《も》めるのもなぁ。いやディラン……その笑顔はやめなさい。後ろの従僕たちも。

まあ確かに規則は分かるんだけどね。俺もどっちかっつーと普段は規則は守りたいし守らせたい方なんだけれども……。でも今回ばかりはちょびっと見逃してほしいなぁ、なんてね。

……あ、そうだ。

俺は上着の内ポケットに手を突っ込むと、王兄殿下から頂戴《ちょうだい》した書状を取り出した。何かあったら使えって仰《おっしゃ》って下さったからな。ありがたく使わせて頂こう。

「これを」

俺が封筒から出した書状を広げて見せると、とたんに職員らの態度が変わった。

「これは……」

「し、失礼いたしました。どうぞ中へ」

おぉう、想像以上に効果てきめんだ。手のひらクルックル。さすがは王兄殿下。

正式な形式と叙法で美しく書きあげられた書状の内容は、平たく言えば「王族の自分が派遣したコイツの扱いは自分と同じにしてね。言うことききいてね。きかないとマジで怒るよ」的なもの。

伯爵子息の身としては、畏れ多《おお》すぎて引っくり返りそうな内容だけど、何はともあれ助かった。王兄殿下ともなると文字だけで相手を威圧できるんだな。すげぇ。

ありがとうございます……と心の中で王兄殿下に感謝をしつつ、俺は歩き出した職員たちの後に続いて施設の奥へと進んでいった。

三階建てらしき施設の中はやっぱりすごく広くて、でも予想外だったのは建物がロの字形の構造になっていたこと。

ぽっかりと空いた中央にはけっこう広めな中庭があって、その中央にもやや小ぶりな監視塔というか櫓《やぐら》っぽいものが立っている。採光と採風を確保しつつ監視しやすい造りを求めました、って感じ。中庭に面している四面は一階から三階まですべて廊下だから、さぞあの監視塔からは廊下を移動する人の動きが三六〇度よく見えることだろう。

入口を真っ直ぐ進んだ南中央の階段を三階まで上がって、案内されるままに中庭を見下ろす幅三メートルほどの廊下をぐるっと歩いていくと、西面の廊下の奥にある鉄格子の前へと到着した。

右側は中庭、左側はずうっと何もない壁だ。どうやらこの壁の向こうが入所者の部屋になっているらしい。

案内してくれた職員が鉄格子の向こうの看守……じゃなかった。職員に声をかけると、ジャラジャラと鍵束《かぎたば》の音を立てた職員がガッションとその扉を開けてくれた。

「ご要望の対象者の部屋は手前から二つ目、真ん中の部屋です。連絡を入れて外扉を開けさせましたのですぐにお分かりになるかと。ただラグワーズ様、格子扉を開けることはどうぞご勘弁くださいませ。私どもが処罰されてしまいますので……」

扉の先にあった事務所のような部屋の中で、案内してきた職員が二人揃《そろ》って頭を下げた。

あ、うん……いいよ。話さえ聞ければいいんだからさ。なんか却《かえ》って色々とごめんなさい。

「扉の格子の前に椅子と小テーブルをご用意いたしました。職員は邪魔にならぬよう、こちらの詰め所で控えております。お帰りの際にお声がけ下さい」

そう言って職員らが示した別の扉の前には、制服に身を包んだ体格のいい職員が鉄格子を開けるタイミングを待っていてくれた。

部屋には三つの扉があって、入ってきた扉と、そのすぐ右側の職員が今立っている北エリアに通じる扉、それと左奥には西エリアに通じているらしい扉がある。

なるほど。ロの字形の建物の四隅が看守……じゃなかった職員の詰め所になっているわけね。

職員らに礼を言って、タイミングよく開けられた北エリアへ通じる鉄格子の先に進むと、目の前には真っ直ぐな廊下が続いていた。幅は先ほどの中庭に面した廊下とほぼ同じだけれど、窓などは一切ない閉鎖された空間だ。

うしろでガシャンと鉄格子の扉が閉められ施錠される音が響いた。

廊下の右側には扉が三つ。それぞれの扉の間隔は十二、三メートルはあるだろうか。おそらくは部屋と部屋の間に何かしらの空間が設けられているのだろう。隣室同士の交流を完璧《かんぺき》に断つのが目的かな。念の入ったことだ。

職員が言っていた通り、廊下のちょうど真ん中あたりに三つの椅子と小テーブルが置かれていて、その真ん前の部屋の扉が開かれていた。あそこが元男爵令嬢《ヒロイン》の部屋だな。

「ディラン、オスカー。私が椅子に座ったらすぐに防音魔法陣を発動してくれ。彼女から話を聞くのは私がすべてやる。彼女が何を話したとしても、黙っていておくれ。いいかい、何を話したとしてもだ。頼んだよ」

一つめの扉を過ぎたところで足を止めて後ろを振り返った俺に、ディランとオスカーは「はい」と揃って頷《うなず》いてくれた。

再び足を進めて元男爵令嬢《ヒロイン》のいる二つめの扉の前に立つと、なるほど大きく開かれた外扉の内側にはもうひとつ、鉄格子の扉がしっかりとはまっていた。

そしてその鉄格子の柵《さく》を両手でギュッと握って、正面に立った俺を向こう側から見上げているのは年若い女性……元男爵令嬢《ヒロイン》だ。


施設の支給品であろう脛丈《すねたけ》ほどのベージュのワンピースを着て、黒い靴はおそらく厚手の布製だろう。以前、学院の講堂で見た時よりも艶《つや》のなくなったピンクブロンドの髪をひとつに束ね、少々やつれた様子ではあるが比較的元気そうだ。まだ幽閉されて三週間ほどだから、こんなものかもしれない。

「こんにちはお嬢さん」

鉄格子の向こうで、目いっぱい水色の目を見開いて俺を見つめている元男爵令嬢《ヒロイン》に、俺はにっこりとした貴族の笑みを向けた。

「あなた誰?! ううん、そんなことはどうでもいいわ。ねえ、ここから出してよ!」

ガシャガシャと鉄格子を揺すりながら大声で話す元男爵令嬢《ヒロイン》。なかなか元気そうじゃないか。

格子の間から手を伸ばしてくる彼女に微笑みかけて、俺は用意されたテーブル脇の椅子へと腰を下ろした。俺が座ったのを確認して、背後にいたディランとオスカーもそれぞれ俺の後ろの左右の椅子へと腰を下ろす……と同時に、防音魔法陣が発動された。

「ほら、そんなに騒ぐと疲れてしまうよ。後ろから椅子を持ってきてお座り。私は君の話が聞きたくてやって来たんだ」

ね、と少し首を傾げて笑みを向ければ、元男爵令嬢《ヒロイン》の動きがピタリと止まった。

「あなた……知ってるわ。そうよ、あのとき講堂にいた人でしょう。ギルバートを連れて行った人！　そうよね！」

おや、よく覚えていたね。ギルバートくんを呼び捨てにするのは、ちょっとどうかと思うけど。

鉄格子を掴《つか》んで、柵の間から顔をめり込ませながら目を真ん丸に見開いた元男爵令嬢《ヒロイン》に、それでも俺は笑顔で大きく頷いてみせた。

「そうだよ」

俺の言葉に彼女は「やっぱり……」と小さく呟《つぶや》くと、キッと俺を睨《にら》みつけてきた。

「な、何も喋《しゃべ》んないわよ！　どうせ誰も信じてくれないもの！　喋ったせいでこんなところに入れられてんのよ。あんただってどうせ私のこと頭のおかしい女だって思ってんでしょ！　これ以上酷《ひど》い目にあうのはご免よ！」

バンバンと鉄格子を叩《たた》きながら大声を上げる元男爵令嬢《ヒロイン》。ああやっぱり、ずいぶんとヘソを曲げてしまっているようだ。

「そんなことはないさ。もしそうなら、こんな所までわざわざ君を訪ねて来るはずがないじゃないか。私はね、誰からとは言えないけれど、君が近衛《このえ》たちに喋った内容を聞いてとても興味を持ったのだよ。もしかしたら君は本当のことを話しているのじゃないかとピンと来たんだ。君の話次第ではその部屋から出してあげられるんじゃないかと思ってね」

嘘《うそ》は言っていない。

実際、興味を持ったしピンときた。そして話を聞けた暁には、お礼としてこの部屋から出して別の部屋へ移してもらえるよう交渉くらいはしてあげるさ。隣の部屋かもしれないけど。

「ほ、本当……？」

目の前で微笑む俺に、元男爵令嬢《ヒロイン》が窺《うかが》うような眼差《まなざ》しを向けてきた。チョロい。もうひと押しかな。

「本当だとも。嘘はつかないよ。ああ、そうそう。君に差し入れを持って来たんだ。辛《つら》い思いをしているんじゃないかと思ってね。気に入ってくれるといいのだけれど……」

そう言って左後ろに座っているオスカーに視線を流せば、オスカーは心得たようにその足元の箱からパティシエ特製の可愛らしい桃のケーキを取り出してくれた。

直径五センチほどのドーム形をした小ぶりのケーキは、表面に瑞々《みずみず》しい桃のスライスがたっぷりと載せられ、ツヤツヤとしたゼリーのコーティングが桃の果肉を輝かせている。箱の中には冷却の魔法陣が入れてあるので、ひんやりとして何とも美味しそうだ。

そのケーキに一瞬で目を奪われたらしい元男爵令嬢《ヒロイン》がゴクリと喉《のど》を鳴らした。

「ね、まだ他にも色々と持って来たんだ。美味しいものを食べながら話を聞かせてくれないか。ほら、後ろの椅子とテーブルを持っておいでよ」

皿代わりに持参した小さな木のトレイに載せた桃のケーキへ、やはり木で作られた小さめのフォークを添えて、元男爵令嬢《ヒロイン》に向けて軽く掲げてみせる。

こういった場所では金属や陶器の持ち込みは御法度《ごはっと》なのは常識だからね。ケーキが切れる程度の強度を持たせて先を丸めた木製フォークを持ってきたんだ。

「わ……分かったわよ。約束だからね！　ケーキも、部屋を出してくれるって話も！」

そう言い放って、パッと後ろにある机へ向かっていった元男爵令嬢《ヒロイン》。やったね。

ディランとオスカーを振り返れば、お茶の支度をしてくれている。お茶を注いでいるカップは、俺には持参した陶器製のティーカップで、元男爵令嬢《ヒロイン》は気の毒だけど木のマグカップだ。

奥からガタガタと小さな机を持ってきた元男爵令嬢《ヒロイン》は、それを鉄格子にくっつけるようにして置くと、その向こう側の椅子にイソイソと腰を下ろした。

「はい、まずは桃のケーキね」

俺の言葉を合図に、ディランがケーキとフォークが載ったトレイを、鉄格子の間から机の上へと差し出した。十センチほどの鉄格子の隙間をギリギリ通れるサイズの細長いトレイはジャストサイズだ。

うーむ、どうやって調べたんだろう。どこも同一規格なのかな。

次に小さめのマグカップをディランが机に置いたときには、すでにケーキは半分ほどになっていた。

いやはや食いつきがいいね。やはりこういう場所での甘い物効果は絶大だ。

「ひゃへふはへひ……あはははほははへは……」

「飲み込んでから喋った方がいいと思うよ」

お茶を片手に微笑んだ俺に、彼女はすぐさまゴクンとケーキを飲み込むと、口を開いた。

「喋る前に、あなたの名前は？　教えてほしいわ。いいでしょ。それとこのケーキすっごく美味しい。おかわり」

フォークを片手にズイッと木のトレイを隙間から差し出してくる元男爵令嬢《ヒロイン》。それをディランが受け取るのを眺めながら、俺はにこやかに頷いた。

俺の名前ねぇ……。まあこの際教えてしまうのも仕方ないか。偽名を考えるのも面倒だからね。たぶん彼女がこの施設を出ることはないんだろうし。

「いいとも。私はラグワーズ伯爵家の嫡男で――」

「ラグワーズ!? ラグワーズの嫡男なら私知ってるわ！ ゲームに出てきたもの！」

その言葉に一瞬だけ固まってしまった。

え？ 俺ってばゲームに出てきたの？ 初めて聞いたぞ……いや、ゲームまったく知らんけど。モブじゃなかったのか？

思わず目を丸くして、けれど出来るだけ落ち着いてゆっくりと、俺は彼女に話しかけた。

「おや、私のことを知っているのかい？ 〝ゲーム〟というのは、君が喋ったという話の内容だね。

そこに私が出てきたのかい？ ぜひとも聞きたいな」

俺がゲームに出てきたって話は確かに興味あるけど、それ以上にイイ感じでゲームの話に持ち込めたのは都合がいい。このままゲームの設定の話に誘導していこう。

俺の後ろでオスカーがマスカットのケーキを箱から取り出す様子を横目に見ながら、元男爵令嬢《ヒロイン》がフォーク片手に話し出した。

「うーん……。知ってたっていうか、顔は見てないんだけど話には出てたからね。ゲームの中では誰かのセリフ一行だけだったんだけど、私ってばゲームの公式サイトとかファンサイトもガッツリ見てたから覚えてんのよー」

おやおや、甘い物を食べてご機嫌が上向いてきたようだ。

うん、まだまだあるからね。たくさん食べてペラペラ喋ってくれよ。そのためにわざわざ小さめのケーキにしてもらったんだからさ。

黙ってうんうんと頷きながら、俺は笑顔で彼女の話に耳を傾け続けた。ここで「こうしきさいとって何だい？」とか、すっとぼけて質問してもいいんだけど、せっかくの話を遮るのもね。

「えっと確か、ラグワーズ家の嫡男は国王に殺されてぇ……」

その瞬間、背後にいたディランとオスカーが動きを止めた。

振り返らなくてもわかる。きっと二人ともすっごい顔をしてるに違いない。だって目の前の彼女がビクッてしたからね。あー、さっき表情も指定しておけば良かったかな。

「ああ、後ろの二人は気にしないでくれ。だってそれは〝ゲーム〟の話だろう？　私はまったく気にしないから、話を聞かせてくれ」

俺は固まったオスカーからケーキが載ったトレイをさっさと取り上げると、にこやかに微笑みながらそれを元男爵令嬢《ヒロイン》に差し出した。

彼女は「う、うん……」と戸惑ったように小さく頷きながらも、さっきから目が釘付けだったその小ぶりなマスカットケーキを速やかに受け取ると、それを目の前の机に置いて、またフォークを片手に続きを話し始めた。

「そうよ……そう、思い出してきた。公式サイトに書いてあった嫡男の名前……。うん！　私、あなたの名前知ってるわ！」

ケーキを見つめていた彼女が顔を上げて、俺を見つめながらにんまりと笑った。

「あなたの名前を当ててあげる。私が嘘つきじゃないって証明するわ！」

パクっとケーキの上に載ったマスカットを口に放り込んで「ん〜！」と頬を押さえた元男爵令嬢《ヒロイン》は、それをゴクンと飲み込むと得意そうに手にしたフォークをひと振りしてみせた。

「あなたはラグワーズ伯爵家の嫡男で、一人息子のルーカス・ラグワーズでしょう?!」


――――はい？

目の前の彼女が得意げに発した言葉に、俺だけでなく後ろのディランやオスカーまで再び固まった。

その彼女はと言えば「どうよ、当たったでしょ」とでも言いたげに小鼻を膨らませている。

「いや……私はアルフレッドだよ。アルフレッド・ラグワーズ。ルーカス・ラグワーズは私の三つ下の弟の名前だ」

俺の言葉に、今度は元男爵令嬢《ヒロイン》がフォークを掲げたままポカンと固まった。そして徐々に、その眉《み》間《けん》に皺《しわ》を寄せていく。

「嘘よ……嘘！　だってちゃんと書いてあったもの。農業が盛んなラグワーズ伯爵家の嫡男、ルーカス・ラグワーズが処刑されたことがきっかけで内乱が起きるのよ」

は？　内乱？　ルーカスが処刑？

この穏やかで平和な国で何をどうしたらそうなる？　いやそもそも、あの陛下が誰かを処刑することなどあるだろうか？　というか、乙女ゲーでそんな不穏な設定アリなのか？

俺の頭の中は疑問でいっぱいだ。

「どうやら、ずいぶんと君の知っている〝ゲーム〟の設定と、今の現実のこの世界では違いが出ているようだ。そうだ、もしかしたら君がこうなっているのも、その辺が原因じゃないかな。最初の設定から細かい設定まで、一度ちゃんと擦り合わせてみないかい？　ね、そうしよう。お菓子もお茶もまだたっぷりあるよ」

疑問を抱きながらも俺はこれ幸いと、このままゲームの設定の話に持って行ってしまうことにする。

目の前の彼女が小さく頷《うなず》いたのを確認して、俺はオスカーに「ポテトチップス」と指示を出した。甘いケーキばかりだと腹も膨れてしまうし飽きちゃうだろ？　彼女にはこれから本格的に話してもらわなきゃいけないんだ。そう、ギルバートくんの設定までね。

ポテトチップス！　と目を輝かせる彼女に、俺はニッコリと愛想笑いをしながら話を続けた。

「まずは君が〝ゲーム〟の世界の話をして、その後で私が食い違っているところを指摘していく、って感じでどうだろう。どこかにきっと君を助けるヒントが隠されているよ。だから〝ゲーム〟の設定を出来るだけ細かく思い出して話してみてくれ。もちろんポテトチップスを食べながらでいいからね」

紙袋に入ったポテトチップスの匂いを「ふわぁー」と嗅《か》ぎながら、元男爵令嬢《ヒロイン》がうんうんと頷いた。

ただいま朝の十時前。まだまだ時間はあるからね。

そうして元男爵令嬢《ヒロイン》……いや、スマホゲームのヘビーユーザーは、美味しそうにポテトチップスを囓《かじ》りながら、乙女ゲームのあらすじについて語り始めた。

◇◇

ゲームの舞台はサウジリア王国の王立学院高等部。ヒロインである男爵令嬢セシル・コレッティが入学した日からゲームは始まる。

ゲームのメイン攻略対象者は五人。同級生のレオン第一王子、公爵子息のエリオット・ルクレイプ、宰相子息のギルバート・ランネイル、騎士団長子息のドイル・グランバート、あとは図書館司書のカイ・フィレンツだ。

「あとはねぇ、有料のボーナスステージっていうのがあって、隠しキャラたちもいるのよ。近衛隊長のヒューゴもそうだしぃー、反乱軍のガストンとかぁ、あとは……」

は？　近衛隊長……は、まあイケメンだから分かるけど、ガストンって、あのガストン？　いやまさかね。ガストンは男前だけどイケメンじゃないぞ。ほら見ろ、後ろのディランとオスカーが微妙な顔になっちゃったじゃないか。

「へぇ、すごいな。そんなにいたら攻略しきれないんじゃないかい。話も難しそうだし、きっと攻略だって難しいんだろう？」

ポテトチップスを片手に、まだまだ攻略対象者を列挙しそうな元男爵令嬢《ヒロイン》を、俺は笑顔で先の話に誘導する。正直、他の誰が攻略対象者だったとかまったく興味ないからね。ギルバートくんと弟の話だけでいいんだよ。

まあ確かにガストンの名前が出てビックリしたけどね。うん、きっとイケメン枠の別人だろう。元男爵令嬢《ヒロイン》に攻略されてバカでかい身体をモジモジデレデレさせるガストン……いかん、想像するだけで笑ってしまいそうだ。

湧き起こりそうな笑いを腹の底に沈めた俺の前では、元男爵令嬢《ヒロイン》が「そんなことないわよぉ～。ゲーム自体は簡単だもの～」と、ちょっと得意げに顎《あご》を上げている。そうそう。話を先に進めようねー。

そうして次にゲームの進め方について話し出した彼女によると、ゲームは選択肢とミニゲームによって構成されているそうで、選択した会話や場所、そしてミニゲームの結果で攻略対象者の「好感度」「親密度」といったプラス要素と、「傷心度」「心の闇度」といったマイナス要素のパラメーターが変化していって、結果、誰と結ばれるかが決まるという方式らしい。

好感度と親密度の違いは何だろうとか思わなくもないけど、それよりもその「心の闇度」ってのが引っ掛かった。きっとギルバート・ランネイル編のそれに、例のランネイル夫人の過去が絡んでいるんだろう。すぐにでも聞きたいけれど、この話の流れではまだ不自然なのでグッとこらえた。

「ターゲットの好感度と親密度を上げつつ、他のメンバーのパラメーターも一定以上にしないと洞窟《どうくつ》に辿《たど》り着けないから大変は大変なんだけど、私にかかれば楽勝なんてもんじゃないわ。んもー、光の乙女に何回なったかなんて忘れちゃったくらいよ」

えへへ……と機嫌よく笑う元男爵令嬢《ヒロイン》の手は油と塩まみれだ。

ディランに手拭《てぬぐ》いを指示しようとしたら、もうディランは箱から小さめの布を取り出し水で濡《ぬ》らしてくれていた。ありがとう、気が利くね。まあ、きっと見ていられなくなっただけなんだろうけど。

「何だか君の話を聞いていると、とても楽しそうだし平和そうな『ゲーム』だけれど、それでなぜ処刑だの内乱だのが出てくるんだい？」

塩のついた指を舐《な》めだした目の前の元男爵令嬢《ヒロイン》に微笑みながら、俺は極めて軽い感じで問いかけた。いやまったく、関連性が分からない。

俺の問いに、彼女は人差し指を口に突っ込んだままキョトンと目を見開き、そして次にクスッと笑った。

「だって、それがなきゃヒロインがいる意味ないじゃない。そこが王国の闇で、その闇を祓《はら》うのが光の乙女なんだから」

なるほど……。つまりは不穏な世界のせいで闇を抱えたイケメンたちを攻略して、光の乙女になった後は、ついでに国の闇も祓ってイケメンパラダイスでヒャッホーってわけか。

処刑だろうが内乱だろうが戦争だろうが、ゲームユーザーにとっちゃイケメン攻略物語の味付けに過ぎないようだ。

まあとりあえずは、いい流れになってきたからいいんだけどね。せっかくなんで、このまま「闇」とやらの話に向かうことにしようか。

ゲームのベースとなる国の闇から始めて、第一王子殿下と公爵子息の闇をサササッと撫《な》でたら、ギルバートくんに関する話をじっくり引き出そうじゃないか。

「闇……闇か。どんな闇なのか教えてくれるかい？　そうだ、そもそも何で内乱なんか起きたのかな。その辺りも物知りの君ならきっと知っているんだろう？」

木のカップの中の紅茶をクイッと飲み干した元男爵令嬢《ヒロイン》が「もっちろんよ！」と胸を張ってみせる。うん、油と塩だらけの手を腰にやるんじゃない。そこの手拭いで手を拭《ふ》きなさい。

紅茶も飽きてしまうだろうと、俺はディランにレモネードを注文。すぐさまディランが素早く別の木のカップに持参したレモネードを注いでいく。口の中をさっぱりさせて、たくさん喋《しゃべ》ってね。

彼女が手にした紙袋の中のポテトチップスは残り少ないようだ。ま、もともと少量しか入れてないからね。でも、次のお菓子を出すのはもう少しあと。次々出したら腹も膨れるし、効果も薄れちゃうでしょ。

「内乱が起きた原因なんて簡単じゃない。今の国王が横暴な独裁者だからよ。頭は良いのかもしれないけど、情け容赦なく重税をかけるから貴族も平民も苦しんで――」

「ちょ、ちょっと待ってくれないか」

思わず口をはさんでしまった。

陛下が横暴？　重税？　民が苦しむ？　それはどこの国の話かな。

「私は今の陛下に何度も拝謁を賜ったことがあるけれども、とても穏やかで朗らかなお方だよ。独裁者どころか側近や臣下の声に耳を傾けながら政《まつりごと》に取り組む真面目なお方だ」

「え……？」と元男爵令嬢《ヒロイン》が首を傾げた。

いやそんな「何言ってんだコイツ」的な顔をされても、陛下が善い方なのは事実だからね。

『私は兄上と違って足りないものだらけだからね。できるだけ皆の知恵と力を借りながら国と民を守っていきたいのだよ。ラグワーズ親子の話はぜひ聞いておけと、聞く価値があると、兄上が王宮を去る前に仰《おっしゃ》ってね。でもやはり兄上の仰った通りだ。これからも頼むよラグワーズ』

俺が七歳になる少し前、初めて御前《ごぜん》にお目通りが叶《かな》った俺たち親子に、穏やかに微笑みながらそう声をかけて下さった国王陛下。

今だって年に数回、俺たち親子をお呼びになっては、ラグワーズ領の施策や政の報告を真剣に聞いて下さる。そんな陛下を独裁者呼ばわりはさすがにね。

「嘘《うそ》よ。レオナルド王の下で民衆は苦しんで、だから平民たちが蜂起して、でも王はそれを武力で抑え込んで……」

「レオナルド王？　陛下のお名前はラドクリフ……ラドクリフ王だ。レオナルド様は王兄殿下であり、いまは筆頭公爵閣下だよ」

目の前で元男爵令嬢《ヒロイン》が絶句した。

え？　ゲームだと王兄殿下が国王になってたの？　いやまあ、あの方ならむっちゃ優秀な国王陛下になりそうだけど、それにしても独裁者はないだろう。あの方が暴君になるなんて有り得ないし、想像もできない。

「君は、貴族令嬢でありながら、畏《かしこ》くもこの国を治める国王陛下の御名も存じ上げていなかったのかい？」

俺は思わず皺を寄せてしまいそうな眉間を指で押さえながら、そう溢《こぼ》してしまった。

「え、どういうこと……え？　え？　レオナルド王じゃなくてラドクリフ王？　ちょっと待って……あれ？」

手の汚れもそのままに元男爵令嬢《ヒロイン》が頭を抱えだした。

転生に気づいた後も、気づく以前の自分の記憶は残っているはずだ。俺がそうだったからな。俺の場合は五歳だったけれど、ちゃんとそれ以前に覚えた人の名前や自分の行動は記憶していた。

「あ、確かに……」と柵《さく》の向こうで頭を抱えていた彼女が小さく声を上げた。今思い出したんかい！

そしてパッと俺を見た彼女が「そっか……」と納得したように呟《つぶや》いた。

「だから……だからレオンに弟がいたのね！　おっかしいと思ってたのよ。ゲームじゃ第二王子なんていなかったもの！」

そこで気付けよ、と喉元《のどもと》まで出かかってグッと飲み込んだ。

けれどそんな俺の意思が伝わってしまったのか、元男爵令嬢《ヒロイン》は拗《す》ねたように唇を尖《とが》らせてみせた。

うん、唇が油でギトギトですよお嬢さん。

「だって、だって私、前世の記憶を取り戻したのって入学の一週間前だったし、入学したらゲームクリアするのに忙しかったんだもの！　ゲームの中身分かってるから早く光の乙女になろうって……」

なるほど、それで廃鉱山まで爆走したわけね。

もう少し落ち着いて周囲を見てりゃ色んな違和感に気づいただろうに。そうしたらギルバートくんが迷惑を被ることも、冷たい泥にまみれることだって——。

イラッとした大きな怒りの塊が、腹の底から上がってきそうになるのを俺は懸命に堪《こら》えた。

今は彼女を責めるのも怯《おび》えさせるのもダメだ、落ち着け……。そう自分に言い聞かせて、俺は柔らかな貴族の笑みを貼り付けると、動揺し始めた彼女を宥《なだ》めにかかった。話を戻して、先に進めることが先決だ。

「そっか、学院の入学直前にその『前世』というのを思い出したんだね。それじゃあ仕方ないよ。入学前や直後が忙しいのはよく分かる。それで、その〝ゲーム〟の中の横暴な国王が国の闇を作りだしたってことなんだね」

タイミングよくオスカーが小粒のチョコレートを取り出した。そうだね、もう少し後に出そうと思ってたけど仕方ない。ちょっとした鎮静剤代わりだ。

三つほど可愛く盛られたチョコレートに視線を向けた彼女は、その皿を手元に引き寄せ、そしてやっと気づいたらしい机の端の手拭いに手を伸ばした。

「う……ううん。確かに王様は横暴で独裁者で怖いんだけど、国の闇は王様が作りだしたってわけじゃないの。うーんと、これは公式サイトとかファンサイトにあった内容なんだけどね――」

そうして彼女は、ファンに向けて公開されたという『ゲーム世界のサウジリア王国』の闇について語り始めた。

◆◆

国王にとっての最初の子供、レオナルド第一王子の誕生は、歓《よろこ》びとともに王国に深い悲しみをもたらした。若く美しい王妃が王子を産み落としてのち意識を取り戻すことなく短い生涯を終えたことに、国王はもとより国中の民が嘆き悲しんだ。

母を知らず育ったレオナルド王子だったが、五歳で後妻に入った新しい王妃や、その後に生まれた七つ下の異母弟ラドクリフ王子とも良好な関係を築きながら、美しくも文武に秀でた立派な王族へと成長していく。王立学院在学中から政務に携《たずさ》わり、父である国王も彼の成人を待って立太子式を行う準備を進めていた。

だが十八歳の成人の直前、第一王子は落馬事故によって半身不随となってしまう。

第二王子派と、厳格な第一王子の政務を嫌った一派による謀《はかりごと》であったが、証拠や証人がすべて消されたため真相は闇に葬られた。

車椅子となっても政務をこなしていた第一王子は、国王が病に倒れたのちも摂政として執務を代行し国を支え続けたが、それでも国王は王太子を指名することなく、二年後に崩御してしまう。

優秀ではあるが厳格すぎて臣下らに恐れられる半身不随の第一王子と、能力は劣るもののすでに結婚して二人の王子に恵まれていた第二王子のどちらも選ぶことが出来ぬまま、国王が逝ってしまったことが、この国の不幸の始まりであった。

これによって玉座を巡る第一王子派と第二王子派の争いは激化したが、戦術に長《た》けた第一王子の指揮のもと第一王子派が圧勝。レオナルド第一王子が国王となった。

即位したレオナルド国王は直後に大規模な粛清を行い、王族とその血縁四親等までを殺害。生き残った血縁はレオン王子と五親等のルクレイプ公爵、そしていち早く妻子とともに隣国へ逃げたコルティス公爵のみ。唯一国政に口を出せるはずの公爵家は王家の管理下に置かれ機能不全に陥った。

そして第二王子派であった貴族たちは、やはり国王の即位後、すぐさま大小の罪名の下に次々と捕縛され、速やかに処刑されていった。

貴族の三分の一にあたる当主らがいなくなった王国は、当然混乱に陥る。

処刑された当主たちの領地を引き継いだのは遠い縁戚《えんせき》や残った近隣の貴族たちで、突然の陞爵《しょうしゃく》や拝領によって任された領地に頭を抱える者たちも少なくなかった。

引き継ぎもなく任されてしまった領地の経営がすぐにうまくいくわけもなく、当然のごとく各領地の生産量や売上高は軒並み低下した。

王家に納める税金に領主たちは大いに頭を悩ませるが、あの苛烈《かれつ》な新国王の粛清を目の当たりにした貴族たちには、王家からの指示を断るのはもちろん、減額を求める選択肢すらなかった。

王家に決められた税を払うために貴族たちは財政を切り詰めていった。

中長期の経済政策も設備投資もままならぬ綱渡りの領地経営は、繋がりのある他の領地や下位貴族にも影響を与えていく。そういった状況下で、多くの貴族らが民への増税という楽な道に足を踏み出すまでに、さほど時間はかからなかった。

徐々に……けれど確実に、国の経済はゆるやかな坂道を転がるように悪化していった。けれど国王に進言する者は誰一人としていない。

強く賢き国王もまた「できぬ者たち」の存在など想像だにしていなかったし、できて当たり前のこととしか指示していなかった。

足の動かぬ国王にとって目と耳は数少ない側近たちであり、執務室が王国だった。

役人らは数字を合わせることに躍起となり国王の怒りを買わぬようひたすら神経を尖らせ、貴族らもただ身を竦《すく》めて王の顔色を窺《うかが》い続けた。そして目先を誤魔化《ごまか》すだけの各地の領地経営のツケは膨らみ、民への増税は恒常化していった。

苦しくなる一方の生活に民は覇気を失い、生産性は低下し、そしてまた税が少し重くなる——そんな悪循環が音もなくゆっくりと王国を巡り続け、ジワリジワリと人々の心を蝕《むしば》み続けること十三年。

民の苦しみは慢性化し、国の治安はとっくに悪化していた。

荒れた国を表面上穏やかに見せているのは、皮肉なことに無慈悲で優秀な国王を頂点とする絶対王政の恐怖政治。農民らを中心とした民衆がたびたび各地で蜂起するも、国はそれを武力で制圧し、その首謀者たちを容赦なく処刑していった。

そんな中で、弱冠十六歳の若き貴族子息が立ち上がった。農業や漁業を主要産業とするラグワーズ伯爵家の長男、ルーカス・ラグワーズである。

豊かとは言えない領地にとって、王家から課せられる税は前国王の時代から負担であったが、新国王になってからはますますそれが重くのしかかっていた。

だが領民たちに寄り添った領地経営を常とするラグワーズにとって、民の負担をこれ以上増やすことは出来ないと、ルーカス・ラグワーズは貴族の中で初めて王家のやり方に表立って異を唱えようと決意した。

父親であるラグワーズ当主が水面下で動く中、それでは民たちの生活がもたないと、若さゆえの独断で数人の側近らとともに王宮に向かったルーカス・ラグワーズが領地に戻ることは二度となかった。

王宮の役人たちや他の貴族たちの思惑が複雑に絡んで、国王に面会すら叶《かな》わぬまま、ルーカスは「反逆を扇動する者」として処理され、見せしめのために王宮前で処刑されてしまう。

ラグワーズ家には伯爵位から子爵位への降爵と領地の移動を言い渡す書状が王家から届いたが、ルーカスの亡骸《なきがら》が戻ってくることはなかった。

息子の死に、ラグワーズの両親は嘆き悲しんだ。特に流産の悲しみの末に授かった大切な一人息子を亡くした母親の嘆きは深く、日を追うごとに生きる気力すら失っていった。

この仕打ちに激怒したのがラグワーズの民だった。

気性の荒い領民たちは領地の移動に伴って各地に散り、他領の領民らをまとめ上げて徐々に反乱軍としての組織の基盤を固めていく。

そうしてルーカスが処刑されて四ヶ月後の六月、各地で一斉に大規模な反乱が起きる。

それは半月も経たないうちに、王国軍、反乱軍ともに大量の死傷者を出す内乱へと発展していった。

◇◇

「って感じなのよ」

もぐもぐとチョコレートの最後のひとつを咀嚼《そしゃく》しながら、元男爵令嬢《ヒロイン》が空になったトレイを柵の隙間から差し出してきた。

「それでこの後、光の乙女になったヒロイン《わたし》がみーんなを救っちゃうわけよ。あっちでキラキラ〜、こっちでキラキラ〜って癒やしまくって国を平和にするの」

うふふふ〜っと笑う彼女のご機嫌はすっかり元通りだ。鎮静剤《チョコレート》の効果か、話でテンション上がったのか知らんが、処刑の話をにこやかにするのはどうかと思うけどね。

しかも彼女の説明ときたら、話があっちに飛びこっちに飛び、ボキャブラリーが少ないせいか修飾語が異常に多くて、しょっちゅう主語が行方不明。根気よく聞き出した自分を褒めてやりたい。正直むっちゃ疲れる。ギルバートくんの件でなければ他人に丸投げしたいところだ。

それにしても……。あー、うん。なんか色々とツッ込みたいんだけど、どこからツッ込んだらいいのやら。まったく状況が違いすぎて違う世界の、それこそ架空の世界の話を聞いているみたいだった。

えーっと、とりあえず……俺は生まれてなかったと。モブだモブだと思ってたけど、モブですらなかったっていうね。

そしてルーカス……、素直で真っ直ぐに育ってると喜んでいたけれど、真っ直ぐも大概にしないと死んじゃうらしいよ。お兄ちゃんは心配だ。

まずは何から聞くかなーと、しばし逡巡《しゅんじゅん》する俺の後ろから「若様……」という小さな声が聞こえてきた。振り向けば後ろのディランが何とも言えぬ複雑そうな顔で、そっと身体を寄せてきた。

ああ、お前たちもさぞ驚いているだろうよ。不敬なんてもんじゃない話のオンパレードだからね。

「端的に申し上げます。この小娘の話は……第一王子派と第二王子派の争いの時点までは、ほぼ現実通りです」

それだけを囁《ささや》いてまた身体を離したディラン。え、そうなの？　とオスカーにも目をやれば、顎《あご》に手を当てて思案げな様子のオスカーが小さく頷《うなず》いた。

そっか……。とすると、まるっきり別世界の話でもないんだ。よかった。

先代陛下が崩御された時、俺は五歳半。なのでギルバートくんは三歳。彼が言葉を話し始めた時にはもうランネイル夫人の態度はああだったたって家令殿が言っていたから、問題はそれ以前だ。全然別の世界で話が違ってたら手がかりが消えてしまうところだったよ。

俺にとっちゃ、それ以外のことはどうでもいい。多少その後が違っていようが、違ってるもんはしょうがないでしょ。

あれかね、基本設定だけ同じの別のゲームかなんかなのかね。続編とか隣国の話とかよくあるからな。興味ないけど。どっちみち俺の存在モブだし、どっかで勝手にやってくれ。

それより話を進めようかね。よし、話をギルバートくんに近づけるべく学院の話題に戻させてもらおう。

「なるほど。〝ゲーム〟での国の混乱ぶりはよく分かったよ。内乱の原因もね。話の中のルーカスが十六歳ということは、今から一年半から二年後くらいに起きたんだね。それにしてもよくそんな状況で学院の平和が保たれていたねぇ」

恋愛なんぞしてる場合じゃなかろうに……と、まずは素朴な疑問をぶつけてみた。

「最初の一年は平和だもの。みんなと仲良くなって平和に好感度上げ。二年生で情報集めと謎解き、三年生でクライマックスからの大活躍よ」

何回やっても楽しいのよねー！　と、元男爵令嬢《ヒロイン》がレモネードをする。

「ええっと、それじゃあ学院で勉強するヒマがないんじゃないかい？」

当たり前の疑問に俺が首を傾げれば、口元にマグカップをくっつけた彼女も「うん？」と不思議そうに首を傾げた。

「だって、ゲームに学力とか成績とか関係ないもの。講義受けてるシーンなんか序盤以降はほとんどなかったし？　廊下とか食堂とか図書館とか……うふっ、カレの寮部屋とか？」

なるほどねー。道理で勉強しなかったワケだよ！　学院はあくまでもイケメンの狩り場ってことか。

「レオンの部屋は広くて豪華だったしぃ〜、エリオットの部屋も素敵だったわね。あ〜、でも広さは劣るけどインテリアはギルバートの部屋の方が……」

「ああ？」

思わず低い声が出てしまった。いけねぇ……つい。

ビクッとこちらを見た元男爵令嬢《ヒロイン》に、俺は慌てて笑顔を貼り付けた。

「ああごめんね。ちょっとティーカップに汚れがついているように見えてね。見間違いだったようだ」

ティーカップを掲げてそうニッコリと微笑みかければ、彼女がホッとしたような顔をする。

まずいまずい、ついうっかり……。ああディラン、いいんだよカップは替えなくて。予備のティーセットも持ってきたのかい。準備がいいね。

それにしても、ギルバートくんの寮部屋か……。くそ、正直羨《うらや》ましい。っていうか、どうして男子寮に女子が入ってるんだよ。ダメだろあり得ないだろふざけんな。

いや落ち着け俺。これはゲームの話、そうだゲームの……はっ、もしや不法侵入？　不法侵入か？　男子寮に忍び込んだのかヒロイン！　ダメだよギルバートくん、ちゃんと戸締まりしなきゃ。君は可愛いんだから気をつけないと！

ああ……屋敷に戻ったらすぐに超強力な強化魔法陣と、ゴッツい物理的な鍵《かぎ》を注文しよう。急いで彼にプレゼントしなければ――――。

ギルバートくんへのプレゼントの段取りを二秒で組んだら、俺は再び彼女に質問をすべく考えを巡らせ始めた。

もうこのままギルバートくんの話にいってしまおう。殿下とか公爵子息とかどうでもよくなってきた。俺は早く屋敷に戻ってプレゼントを注文したい。彼の危機は世界の危機だ。

「そういえば、宰相閣下は国王陛下が違ってもランネイル侯爵なんだね。さっき『宰相子息のギルバート・ランネイル』って言っていたろう？　同じなんだなぁと思ってね。よく存じ上げないのだけれど、宰相閣下はよほど優秀な方なんだねぇ」

感心したように話を向けると、彼女は「あ、ギルバートんち?」とニコッと笑って、手にしたマグカップをズズイと差し出してきた。

ああ、はい。お代わりね。あとその呼び捨て、いい加減にやめてくんないかな。

「宰相はねぇ……、ええと確か前王の宰相が処刑されて、代わりに宰相補佐から宰相になったんだっけかなぁ。親友と初恋の相手が目の前で殺されて病んじゃった人よね。国王ルートの時しか出てこないからよく知らないけど、確かラグワーズの嫡男処刑したのもこの人の指示じゃなかったかな」

え、なにそれ。国王陛下も攻略対象かよ。ゲームの中の国王ってレオナルド王でしょ。年齢差いくつだよ。王兄殿下はどう見てもロリコンじゃねぇぞ?

ルーカス処刑……は、まあさっき聞いたから置いといて、なに、宰相閣下ってば病んじゃうの? でも、確かにお優しそうだし情が深そうな方だもんな。そんな状況下じゃ病んじゃうかもな。

え、でも親友と初恋相手って誰さ。

「親友と初恋相手?」

首を傾げた俺に、元男爵令嬢《ヒロイン》は「第二王子ラドクリフと、王子妃クリスタよ」と当たり前のように返してきた。え、まじで?

……いや、まあ国王陛下と宰相が親友だったってのは別に驚かないけど、まさか王妃殿下が宰相閣下の初恋の相手とはねぇ。

「宰相はラドクリフ第二王子と同い年で親友。学生時代に侯爵令嬢だった二つ年下のクリスタに告白したんだけど、クリスタは第二王子が好きだったから断られちゃったのよ。んで、クリスタと第二王子の結婚を見届けた後に、クリスタの従姉《いとこ》であるグレースと結婚したってワケ」

おんなじプラチナブロンドだしねーと、ディランが差し出した温かい紅茶をすする元男爵令嬢《ヒロイン》。

なるほど……。思いがけず宰相閣下の甘酸っぱい青春の思い出を聞いてしまった。いや、誰にだって若い頃はあるからさ、そういう話の一つや二つあるんだろうけどね。

「宰相補佐だったし親友だったから第二王子に近かったんだろうけど、第一王子が国王になった時に一緒に殺されなかったんだから上手《うま》くやったんじゃない？　病んじゃったけど。ついでにその後ザク ザク率先して色んな人処刑しちゃってたけど。そのせいで息子のギルバートが悩むんだけどね。まぁ私が癒やしちゃうんだけど〜」

おっと、ギルバートくんの名前が出てきた。また呼び捨てだけど。まあいい……よくないけど。よし、いい取っかかりが出来た。そろそろ本題に入らせてもらおうか。

「ああ、なるほど。その宰相閣下の行為で悩んでいたから、ご子息のギルバート殿は表情が出なくなってしまったんだね」

俺のあさっての方向の推測に、当然のごとく目の前の彼女は首を振った。よしよし。

「ちがうわよぉー。ギルバートの無表情は母親のグレースのせいよ。まあ、元を辿《たど》れば父親の宰相のせいだけどさぁ」

ほぅほぅ、元を辿れば宰相閣下のせいね。そこんとこ、もっと詳しく話してもらいましょうか。

「へぇ、君はそんなことまで知っているのかい？　すごいな。大した知識だ。きっと君はその〝ゲーム〟の素晴らしいマスターだったんだねぇ」

感心したように褒め上げてやれば、元男爵令嬢《ヒロイン》が「やだ、それほどでもないわよぉ」と満更でもなさそうにニパッと笑う。……いやほんと、マジでチョロいんだけどこの子。大丈夫か。

「裏話的なスチル動画を見たから知っているだけよ。まあ、私くらいになると全部チェックするのは当たり前っていうか？　ギルバートは人気ナンバーワンのキャラだったから、運営のファンサービスよね。ほら、好きな相手のこと知りたくなるじゃない。よく分かってるわよね〜。やっぱりガッツリ有料だったけど」

そっかー、ギルバートくんってば人気あったのか。そりゃそうだよな。人気があるのは当然だ。あんなに綺麗《きれい》で、可愛くて、賢くて、格好いいギルバートくんが人気が出ないわけがない。人気がない方がおかしい。さすがギルバートくん。乙女たちのハートを一発で鷲掴《わしづか》みだ！　俺は一発で瞬殺されてるけどな！

心の中で盛大にギルバートくんに拍手を送りながら、俺は元男爵令嬢《ヒロイン》の言葉に耳を傾け続けた。

「ギルバートが無表情なのはね、小さい時から母親のグレースに笑うことを禁じられてたからよ」

ふふん、と指を一本立ててみせた元男爵令嬢《ヒロイン》は得意げに種明かしをするが、んなこたぁ知っている。問題はなぜ禁じたか、だ。

「おや、そうなのかい？　それは知らなかった。でも、どうして笑うことを禁じたんだい？　別に笑ったっていいじゃないか」

いかにも「不思議だ」と言うように首を傾げた俺に、彼女は目の前に立てた指をチッチッチと振ってみせた。

「笑うと王子妃そっくりだったからよ。特に子供の頃はね。プラチナブロンドに緑の瞳《ひとみ》、ほら王子妃とまったく同じでしょ。性別は違うけど」

……………は？　なんだそれ。

意味が分からない。王妃にそっくりだからって、あんな仕打ちをされてたって？

馬鹿言っちゃいけない。王妃殿下には俺は数度お目にかかったことがあるけど、そりゃあ髪色と瞳の色は同じだよ？　でも親戚《しんせき》だろ？　プラチナ一家だろ？　親戚の中に似た色味が何人か出たって別に不思議じゃない。

それに顔は全然違うだろう。この世の可愛いを集めて凝縮して、さらに知性と色香と凛々《りり》しさをこれでもかと詰め込んだギルバートくんの完全無欠な天使フェイスと、普通の美人じゃ勝負にならん。

今度は俺の方が「何言ってんだコイツ」的な顔をしてしまったのも仕方ないだろう。けれど、それに気づいた元男爵令嬢《ヒロイン》はヒョイと肩をすくめてみせた。

「まあ他の人から見ればそうは思わないんだろうけどね、ギルバートの母親のグレースとしては、王子妃には小さい頃から色々と思うところがあったわけよ。それこそトラウマレベルでね。それに加えてダンナの初恋相手で、そのダンナは王子妃のいる王宮から戻ってきやしない。王子妃が殺された後もね。そりゃ、やさぐれるってもんよ。そこに王子妃に『そっくり』な子が目の前にいたら……我が子とはいえ冷たく当たりたくもなるんじゃない？」

ポチャンとマシュマロをひとつ紅茶に落とした元男爵令嬢《ヒロイン》が苦笑した。

「そもそもの発端はグレースとクリスタの子供時代……、伯爵令嬢と侯爵令嬢だった頃まで話が遡《さかのぼ》るんだけどね――――」

紅茶にゆっくりと溶けていくマシュマロを眺めながら、元男爵令嬢《ヒロイン》は、俺が知りたかった話をようやく語り始めた。

◆◆

のちの第二王子妃クリスタ・マーランドは、裕福なマーランド侯爵家に生まれ、両親と年の離れた兄から、それはもう溺愛《できあい》されて育った。

天使のような見た目と可愛らしい仕草、そして優しく素直な心根に、家族も使用人も誰もが彼女を大切に扱い、その輝くような笑顔が曇ることのないよう全力を尽くした。

たくさんの愛情と幸福に満《み》ち溢《あふ》れた人生を歩き出した彼女は、純粋で美しい少女へと育っていく。

そして十一歳の春、彼女は初めてラドクリフ第二王子殿下と出会う。

「気楽にお菓子でも食べておいで」と両親に笑顔で見送られ、常日頃から姉と慕う従姉《いとこ》とともに参加した王宮のお茶会。

初めて会った二つ年上のラドクリフ王子は紳士的で優しく、そして気高く美しかった。

大切に育てられ、あまり外に出ることのなかった十一歳の彼女にとって、お茶会は知らない人ばかりで気が重かったけれど、優しく穏やかな王子殿下との楽しい会話は彼女の心を浮き立たせた。

その後、王子からは数ヶ月おきにお茶会の誘いがあり、中等部に進学してからは週に数回のランチの誘いも加わった。王子の友人や従姉も交えたランチはいつだって楽しく、話に花が咲いた。

そうして高等部に進学して一年が過ぎようとする頃――三年生の卒業パーティーの日に、彼女はラドクリフ王子から愛の告白を受ける。

そこは、卒業生と在校生が集まる学院のホール。ラドクリフ王子が片膝《かたひざ》をつき、その胸を飾る青薔薇《ばら》を抜いて一年生のクリスタに差し出した瞬間、周囲はどよめいた。

それは王立学院の卒業生が生涯にたった一度、卒業の日に学院から贈られる『卒業の青薔薇』を使った求愛のパフォーマンス――。

あまりにも有名で、そしてあまりにも派手な方法のため、なかなか実践する者がいない、そんな伝統の求愛を王族が始めたのだから注目を集めないわけがない。

「愛しています。クリスタ・マーランド嬢。ずっと君だけを見てきた。学院を卒業したら、どうか私の妃になってほしい」

それはまるでお伽噺《とぎばなし》のように美しい光景。黄金の髪の王子様が跪《ひざまず》いて愛を告げたのは、学院で知らぬ者はいない美しきプラチナの姫君。

周囲が固唾《かたず》を呑《の》んで見守る中、白磁のような頬をふんわりと染めた姫君は、その艶《つや》やかな唇を震わせながらも小さく応《いら》えを返し……そして、差し出された青薔薇をそっと受け取った。

その瞬間、会場中から祝福の歓声が湧き起こる。未来の王子妃誕生の瞬間に、会場中の誰もが興奮し、そのロマンティックな光景に女性たちは胸を高鳴らせた。

そうして美しく可憐《かれん》な侯爵令嬢クリスタは、王立学院を卒業後にラドクリフ第二王子と婚約。それから約一年後には国を挙げての華々しい結婚式が行われ、美貌《びぼう》の王子妃の誕生に国中が祝福の歓声に包まれた。

◇◇

「とまあ、これが王子妃クリスタの話ね」

俺の提案通りに、元男爵令嬢《ヒロイン》は前世に見たというスチル動画のあらすじに沿って話を進めてくれている。彼女の記憶に頼った王国の闇の説明の時は、やたらめったら話が飛んで疲れちゃったからさ。

今回もやはり大本命の話を始めてくれたのはいいんだけど、早々に話が飛び飛びズレレしそうな危うさを感じた俺は「スチル動画とは？」と話をリセット。

「スチル動画っていうのはねぇ、えーっと、紙芝居みたいなもん？　絵は動かないんだけど下にセリフが出てきて、音楽や、足音とかざわめきとかの効果音もついてるの。場面が変わると絵も変わるわ」

要はナレーションなしのデジタル紙芝居。ならその紙芝居の通りに話しゃいいじゃん、ってことで「それは楽しそうだ。ぜひあらすじ通りに話してみてくれ」とお願いしたわけ。だって動画の記憶を思い出しながら喋《しゃべ》ってくれた方が正確だからね。おかげで話が非常に聞きやすくなった。大正解。

今の話の中に出てきたラドクリフ国王夫妻のロマンスは王国では有名な話だ。おかげでそれ以来、卒業時期の三月になると学院生でもないのに青薔薇でプロポーズする連中が湧いて出るらしい。

いやいいんだけどね、売上げが上がって。ちなみに現在、王国に流通している青薔薇のほとんどはラグワーズ産だ。まいどあり。

でも来年、原価も売価も値引率も分かっちゃってる自分の領地の花を、ありがたく胸に挿すのかと思うとちょっと複雑な気持ちにはなる。いやもちろん、できる限り質の良い花を納めますけどね。

ああ、けれどギルバートくんの卒業の時には特別にいい青薔薇を……いや、品種改良したスペシャルバージョンの青薔薇を胸に飾ってあげたい。

うん、そうしよう。すでに品種改良に着手してるのがいくつかあるから、急げば間に合う気がする。これも屋敷に戻ったらすぐに手配しよう。えーと、間に合いそうな花はあれとあれと……。

「んでね、この次にグレースの話が来るんだけどね」

おっと、一時停止中だったらしいデジタル紙芝居が再び始まるようだ。

俺は青薔薇の品種改良の件を脳内にメモしつつ、再び元男爵令嬢《ヒロイン》の話に耳を傾けた。

◆◆

グレース・ベルゴールは、ベルゴール伯爵家の長女として生まれた。

マーランド侯爵家の次男であった父は、結婚と同時に母方の爵位を継いだが、その財政基盤のほとんどは実家であるマーランド侯爵家頼りであった。

だから、娘のグレースが四つになった時、兄から「年も近いし、娘のクリスタの遊び相手に」と望まれたときは二つ返事で引き受けたし、ますます兄との縁が強まると喜びさえした。

領地の屋敷からほとんど出ることなく大事に育てられていたクリスタは、同じ髪色をもつ従姉《いとこ》のグレースをとても気に入り、すぐに「お姉さま」と呼ぶほどに懐いた。

「いいかい、マーランド侯爵家があればこその我が家なのだよ」

「マーランドの伯父様やクリスタ嬢の言うことを、よくよく聞いてちょうだいね」

グレースが侯爵家に呼ばれるたびに、ベルゴール夫妻はグレースに言い聞かせた。

まるで呪文のように繰り返される念押しの言葉は、幼いグレースの心にこの「遊び」は「大切な役目」なのだということをしっかりと植え付けていった。

グレースにすっかり懐いていた侯爵家のお嬢さまは、嬉《うれ》しいことや楽しいこと、あるいはちょっと怖かったことや不思議なこと……そんなことがあると大好きな「お姉さま」にすぐに報告したがった。

朝、綺麗な花を摘んでは「お姉さまに見せたいわ」と。

夜、怖い夢を見ては「お姉さまがいれば怖くないのに」と。

大好きな「お姉さま」の名を、純粋なクリスタはたびたび思い出しては口にして会いたがった。

その自分の言葉が、周囲にどんな影響を与えるかなんて、もちろんクリスタには察することが出来なかったし、そもそも察するように育てられてはいなかった。

クリスタの周囲には、可愛いお姫様の願いならば些細《ささい》なことでも叶《かな》えたがる大人たちが溢れていて、本人が望んだことを自覚する間もないほどに手早く迅速にすべてが用意され、いつだって何事も満たされているのが自然で正しい状態だったから。

クリスタはただ誰かの労力の「結果」だけを受け入れ、喜び、花が咲くように笑う……それだけでよかった。裕福な侯爵家の大切なお姫様クリスタの人生には不幸も不自由も理不尽も存在せず、そして嫉妬《しっと》や妬《ねた》みや悪意といった穢《けが》れた感情とも無縁だった。

クリスタ・マーランドは本当に正しく高位貴族のご令嬢であり、美しく純粋な天使だった。

だから――――、伯爵家の領地と侯爵家の領地が、馬車で片道三時間かかるとか、グレースが自分と一つしか違わない幼子で、伯爵家に戻った後に熱を出して寝込んでしまうこともあったなんて、そんなことはクリスタは知りもしないし、愛に包まれたお姫様にとっては知る必要のない情報だった。

グレースの働きは、もちろんベルゴール伯爵家に少なくない利をもたらした。

兄の家との共同事業や資金の融通といった収入の面だけでなく、例えばグレースの教育費やドレス代などといった出費も、侯爵家は負担してくれた。もちろん、一緒に学びたがりお揃《そろ》いのドレスを欲しがるクリスタの願いがあったからだ。

貴族家にとってのイベントである子供の誕生会も、二人がちょうど同じ誕生月ということもあって合同で行われ、すべての費用が兄の侯爵家もちということにベルゴール伯爵夫妻はたいそう喜んだ。

毎年クリスタの誕生日に合わせて盛大に開催される合同誕生会は、大勢の招待客から贈られた山のようなプレゼントと祝辞で溢れかえり、それはもう華やかなものだった。

もちろん、そのほとんどはマーランド侯爵が溺愛するクリスタ宛てで、可憐《かれん》なクリスタに合わせてデザインされたお揃いのドレスを着てクリスタの隣で微笑むグレース宛てのものは少なかったけれど。

そして……同じ月のグレースの誕生日当日は、いつだって何もないただの日になったけれども。

そうしてグレースが十二歳の春、彼女は初めてアイザック・ランネイルと出会う。

「知らない方ばかりのお茶会は怖い」と言うクリスタの付き添いとして参加した、王家主催の王宮でのお茶会の席だった。

王家・公爵家・侯爵家の交流と将来的な縁繋《つな》ぎを目的としたこの春のお茶会に、本当なら侯爵令嬢のクリスタは十歳から参加するはずだったけれど、前年は嫌がるクリスタのためにマーランド侯爵が病欠にしていた。

けれど二年続けての病欠はまずいと侯爵は愛娘《まなむすめ》を説得し、どうにか愛娘から「お姉さまと一緒なら」という言葉を引き出した。そして侯爵夫人が王妃殿下に話を通すことで、本来は参加できないはずの伯爵令嬢グレースの参加が「恥ずかしがり屋の侯爵令嬢のために」特別に許されてしまった。

お茶会でのグレースの扱いはあくまで『侯爵令嬢の付き添い』。格上の令嬢たちが春めいた可愛らしいドレスを纏《まと》う中、グレースは地味なモスグリーンのドレスを着せられた。

正当な招待客との区別をつけるためなのだろうということも、いまさら腹を立ててもどうなるものではないことも、グレースはよく分かっていたし諦《あきら》めてもいた。

けれどお菓子を摘まみながら「お姉さまがいて下さってよかったわ」と屈託なく笑うクリスタに、グレースは同じ笑みを返すことはどうしてもできなかった。

——分かっている。この子に悪気はまったくないのだ。初めての場への心細さのあまり、つい幼い頃から側《そば》で面倒を見ていた私の名を挙げてしまったのだろう。私がいて良かったというのもきっと本当。

　そうは思っても、彼女が着ている白とピンクのふんわりとした可愛らしいドレスが揺れるたび、自分には許されなかった華やかな髪飾りがクリスタのプラチナブロンドの上で煌《きら》めくたびに、グレースの心がチクチクとささくれ立ってしまうのもまた事実だった。

「ごきげんよう。マーランド侯爵令嬢」

　ホストとして席を順番に回っていたひとつ年上だというラドクリフ第二王子は、当然のことながら侯爵令嬢のクリスタにだけ声をかけた。

「お目もじが叶《かな》いましたこと、身に余る光栄でございます」

　マナーレッスンの通りに綺麗《きれい》なカーテシーを披露し、その可愛らしい声で挨拶《あいさつ》をしたクリスタが、第二王子にお菓子の美味しさを楽しそうに話すその横で、声がけのリストに入っていないグレースは、ずっと頭を下げ続けていた。

「マーランド侯爵令嬢、お隣の方は？」

　そろそろ首と背中の痛みを感じ始めたグレースを救ったのは、第二王子とは別人の声。その声の主こそが、侯爵子息であったアイザック・ランネイルだった。

　驚くほど整った顔に優しげなアンバーの瞳《ひとみ》を持った少年は、殿下とクリスタが話をする合間を縫ってグレースにも会話を投げかける気遣いを見せた。

「ではまたいずれ。マーランド侯爵令嬢」

　第二王子は最後までグレースの名を呼ぶことはなかったが、ランネイル侯爵子息はクリスタと、そしてグレースにも丁寧に礼を執り、王子とともに立ち去っていった。

それだけでグレースは嬉しかったし、アイザックに好意を抱くきっかけとしては充分だった。

◇◇

「これがグレースの幼少期。なかなかハードでしょ」

最後のマシュマロを口に放り込んで、口をモゴモゴさせる元男爵令嬢《ヒロイン》。

うーん……。ハードというか、これは確かにいくら調べたって「優しくて勤勉」だの「面倒見がいい」だのしか出てこないわけだよ。

「いるのよね、真面目でいい子ちゃんタイプ。それでストレス何十年も溜《た》め込んでりゃ世話ないわよ。もうやだー！　って途中で爆発しちゃえばよかったのに。あとはクリスタに『調子に乗るのもいい加減にしろよ！』って怒鳴るとかさぁ……、私ならキレてるわね」

まあ確かに。けれど元男爵令嬢《ヒロイン》の言うそれは前世の感覚だ。

確固とした身分制度がある貴族の令嬢として生まれ、幼少期から親に言い聞かせられて育ち、しかも家を背負っているとなれば、さもありなんって感じだ。

クリスタ嬢にしたって、高位貴族ならよくある話で別に驚くようなことじゃない。侯爵家ともなれば裏方や下の苦労など、周囲が主に見せないのは当然。しかも溺愛《できあい》されていた世間知らずの令嬢なら尚更《なおさら》だろう。

本人のちょっとした思いつきや気まぐれに、周囲が苦労するなんて話は貴族あるあるだ。俺もその辺は充分に気をつけて生きてきたけれど、たぶん苦労させちゃってるんだろうなぁ……。

そう思いながらチラッとディランとオスカーに目を向ければ、それに気づいた二人が「？」と言うように小さく首を傾げた。いや、何でもないんだ。いつもありがとね。

「まあでもここまではね、確かに懐いたクリスタのせいで酷《ひど》い目には遭ってたんだけど、まだ良かったのよ。グレースが本格的にクリスタアレルギーになるのは、ギルバートのパパがトドメを刺してからなの」

おっ、いよいよ宰相閣下の話が出てきたね。

王妃殿下に告白して振られて、気持ちを切り替えてランネイル夫人と結婚したっていうのは先に聞いていたけど……。いやトドメって、宰相閣下ってばいったい何を奥方にしちゃったんだろう。

「王立学院の中等部に入学すると、いったんグレースはクリスタから解放されるんだけど、二年生になってクリスタが入学してくるとすぐにまたお世話係にされちゃうのね」

ちびちび飲んでいた残り少ないマシュマロ入りの紅茶のカップをクルクル揺らしながら元男爵令嬢《ヒロイン》が続きを話し始めた。なるほど。まあ、またマーランド侯爵やご両親に言いつかったんだろうね。

「その頃にはさ、クリスタと第二王子は何回かお茶会とかしてて親しかったから、中等部でも四人でいることが多くなってたの。ああ、クリスタと王子とグレースとアイザックね。超可愛いクリスタと、超美形の王子の大型カップルの隣で、グレースとアイザックもそれなりに親しくなっていったし、高等部に上がってからはイイ感じの雰囲気になっていたのよ」

両手でマグカップを持った元男爵令嬢《ヒロイン》が、ちょっと身を乗り出しながら世間話のように語る。

うーむ。なんかだんだん元男爵令嬢《ヒロイン》が、近所の噂話《うわさ》をする事情通のオバちゃんに見えてきたぞ……。

つい「うんうん、それで？」って合いの手を入れたくなっちゃうね。

「王子ほどじゃないけどアイザックもかなりのイケメンだし、優しくて頭いいし、しょっちゅう一緒にいるし、でグレースはすっかりアイザックに恋してたわけ。さすがのクリスタだってそれには気がついていて、大喜びで応援していたのよ。王子の側近と大好きなお姉さまが結婚したら素敵、とか思ってたんじゃない？」

両手に持ったカップの残り少ない紅茶を、元男爵令嬢《ヒロイン》がくぅーっと一気に飲み干し「ぷはっ」とでも言いそうに口元を拭《ぬぐ》った。

「ところがよ？　アイザックは卒業直前、クリスタに告白しちゃうわけよ！」

タンッ！　と置かれた木のマグカップが机の上で音を立てた。おぉー、なんか盛り上がってきたね。

……元男爵令嬢《ヒロイン》が。

「おや。けれど宰相閣下……いやアイザック・ランネイル殿は、クリスタ嬢への第二王子殿下の気持ちを知っていたんだろう？　クリスタ嬢だって満更でもなかったんだろう？　それなのに告白したのかい。私ならしないね。望み薄じゃないか」

思わず眉間に皺をを寄せてしまう。王子殿下を一番近くで見ていたなら、二人がいい感じだなんて当然分っていただろうに。

「アイザックはラドクリフ王子が卒業パーティーで告白するのを知っていたのよ。だからその前の最後のチャンスに賭《か》けたの。きっちり失恋して気持ちにケリをつけたかったんじゃない？　ただ急ぎすぎて、それをグレースに見られたのが致命的だったけどね」

……現場を見ちゃったのかランネイル夫人。宰相閣下ってば迂闊《うかつ》すぎるだろう。

いやまあゲームの話だからご都合ってのがあるんだろうけど、他人に見られるかもしれない場所で告白はナイわー。

あ、俺は他人に見られてないぞ。隠れ家だったからな。二回目は……まあ庭でタイラーとディランに見られてたけど、他人じゃないしな。セーフだ。

聞けば宰相閣下が告白した場所は学院の中央棟裏の林らしい。うーん、人気《ひとけ》は少ないけど微妙だ。

時期は二月の試験後ね……なるほど成績通知書が発行される日か。一年と三年じゃ時間帯が違うからな。いつも一緒にいる王子を出し抜くならこの日しかないか。

ギルバートくんが俺を待っていてくれたみたいに、クリスタ嬢も王子殿下を待っていたんだろう。それを早めに行った宰相閣下が連れ出したってとこか。それが二年生の時間帯で、ランネイル夫人が見ちゃったと。

「告白場面のスチルは、なかなかロマンチックだったわ」

胸に手を当てた元男爵令嬢《ヒロイン》は、その細かな様子を嬉々《きき》として喋《しゃべ》り始めた。

◆◆

場面は学院の裏の林。

冬が終わって間もないせいか、葉を落とした木々の間に常緑樹の緑が混じる、そんな林の中のベンチに座るクリスタ。肩にかけられた男物の制服の上着は、おそらく彼女の目の前で片膝《かたひざ》をついた男が気遣ったものだろう。

その片膝をついた男……アイザック・ランネイルは、しなやかなクリスタの片手をうやうやしく取り、目の前の美しい侯爵令嬢を見上げていた。

「貴女がラドクリフ王子殿下の思い人であることは存じ上げています。けれど、王子殿下があなたを見てきたのと同じだけの時間、私も貴女を見てきました。私の貴女への思いは、あまりにも大きく育ちすぎて、僅《わず》かな可能性を残したまま卒業することは、どうしても出来なかったのです。……クリスタ・マーランド嬢、あなたをお慕いしています。私の心をあなたに捧《ささ》げ、いつ何時《なんどき》も未来永劫《みらいえいごう》、貴女だけのものであると誓います。どうか、私にあなたの愛の慈悲を下さいませんか」

思いがけず自分に向けられた情熱的なアイザックの言葉に、クリスタは戸惑い……そして、しばしの無言ののちに、そっと自分の右手を握るアイザックの手に左手を重ねた。

「……アイザック・ランネイル様。貴方様の真摯《しんし》なお気持ち、とても有り難く思います。ですが、私にはそのお気持ちを受け取ることは出来ません。私の気持ちは、ただおひとりに向いております。どうか、どうか私ではなく、他の方へそのお優しくも深い愛情を向けて下さいませ」

そう言ってスッとアイザックの手から自分の手を外したクリスタに、アイザックは小さな溜息《ためいき》をひとつ吐いた。

「分かっていました。貴女の心がずっと王子殿下にあることは……。どうぞお気になさらないで下さいマーランド嬢。私は王子殿下と貴女が結ばれた暁には、心から祝福することをお約束いたしますよ」

そう言ってゆっくりと立ち上がったアイザックが、ベンチに座ったクリスタに微笑みを向ける。

「ただ最後に一度だけ、どうかその美しいプラチナの髪先に小さな口づけを……。この恋心に別れを告げ、貴女のこの先の幸福を祈らせて下さい」

彼女の肩にかかった己の制服の上で、艶《つや》やかに輝くひと房のプラチナブロンドを手に取ったアイザック。クリスタはそれに困惑したように眉を下げるも、切なげなアイザックの表情に小さく頷《うなず》き、そして俯《うつむ》いた。

手に取ったプラチナブロンドの髪先に、アイザックの美貌《びぼう》がそっと近づいていく。そして一瞬だけ、その滑らかなクリスタの髪先へ唇を触れさせたアイザックが、その手に掬《すく》ったひと房の髪を丁寧な仕草で肩先へ戻した。

「美しい髪だ。この美しいプラチナブロンドが目の前で揺れるたび私の心は掻《か》き乱され、輝く緑の瞳に見つめられるたび私の心は熱くなりました。けれど、いまこの時からは、私はラドクリフ王子殿下の友として、そして国の臣下として、貴女と王子殿下の幸せを願い続けましょう。貴女だけのアイザック・ランネイルにはなり損ねましたが、今後は王子殿下と貴女のアイザック・ランネイルとなり、お力になることを約束いたしますよ」

俯《うつむ》いていた顔を上げたクリスタにニッコリと笑ったアイザックは、気持ちを切り替えるように「さて」とひとつ息を吐くと、

「さあ、間もなく殿下が登校なさいます。中央棟まで戻りましょう。お送りいたしますマーランド嬢」

そう朗らかに告げて、スイッと……まるで戯《おど》けたように片手を校舎の方へと流した。

そんな目の前の彼の様子に、クリスタもホッとしたように微笑みを浮かべると「はい」と小さな頷きを返してベンチから立ち上がる。

そうして二人は第二王子殿下の元へ向かうべく、林の中を歩き出した。

◇◇

「なんだそれは……」

そんな言葉が思わず口を衝《つ》いて出てしまった。

は？　何が恋心に別れを告げ、だよ。明らかに未練タラタラじゃねぇか。フラれたら潔く手ぇ引けよ。俺が第二王子殿下だったらブン殴ってるね。

万が一……、万が一だ、可愛くて綺麗なギルバートくんに懸想《けそう》したどこぞの馬の骨が、そんな戯言《たわごと》をぬかして彼の髪先にキスしたなら――――。

ズズズ……ッと腹の底から怒りの塊が上がってきた。想像しただけでダメだ……目眩《めまい》がする。

それをやりやがったのか宰相閣下は。とんだスケベ野郎だ。若さを差し引いたとしてもスケベ認定は覆らない。

頭の中で宰相閣下に「スケベ野郎」という看板を盛大にブッ刺した俺に、目の前の元男爵令嬢《ヒロイン》はキョトンとした表情で首を傾げた。

「え？　なにが？　けっこうロマンチックじゃない」

どこがロマンティックなものか……。

カッコつけてても未練がダダ漏れの男の見本みたいな話じゃねぇか。

つい肩をすくめて溜息を漏らす俺に、元男爵令嬢《ヒロイン》は傾げた首もそのままに、机に置いた空のマグカップの取っ手を持ってカタリカタリと右に左に動かして手遊びをする。子供か？

「まあいいわ。とにかくそれをグレースは見ていたの。木の陰からね。彼女はアイザックが好きだったし、アイザックも自分のことを憎からず思ってくれてるって信じてたから、そうとうショックだったんじゃない？」

それはそうだろう。惚《ほ》れた男が別の女に、未練がましい言動かましてる現場を見たんだからな。

よく気持ちが冷めなかったなランネイル夫人。俺なら一発で見限るわ。よほど惚れていたと見える。

もしかしたら夫人は、本来とても情の深いお方なのかもしれない。

『あなたは何もしなくても、簡単に私の欲しいものを手に入れてしまうのね、クリスタ……』

「……みたいなセリフをグレースが木の陰で呟《つぶや》くんだけどね。まー、そう言いたくなる気持ちもわかるわ。でもこればっかりは仕方ないし、結局、クリスタとラドクリフ王子が結婚した一年後に、アイザックもグレースと結婚するわけなんだけど……」

うん、まあ結局はあるべきところに収まった感じか。そうでなきゃギルバートくんが生まれてこないから困るんだけどさ。

「結婚式を挙げて、夫婦としての初めての晩……、まあつまりは初夜よね。そこでアイザックは決定的な傷をグレースに付けるわけ」

初夜に……？　なんだ？　名前でもうっかり呼び間違えたか。いやまさかな、いくら何でもそれはないだろう。それじゃただのクズ野郎だ。

◆◆

場面は夜のランネイル侯爵邸。寝室のベッドには夫婦となった若い男女が向かい合っていた。

頬を染め、ベッドに横たわったグレースを、覆《かぶ》い被さったアイザックが上から優しく見つめている。

「今日から私たちは夫婦だ。この先色々とあるだろうが、よろしく頼むよ」

枕に沈むグレースの頭を撫《な》でながらアイザックが甘やかに囁《ささや》いた。

それにグレースはコクリと頷き、「はい。よろしくお願いします」とアイスブルーの瞳《ひとみ》を潤ませながら、ずっと愛し続けた男を見上げた。

枕に広がるのはグレースの美しいプラチナブロンド。仄《ほの》かな明かりの下で煌《きら》めくその髪のひと房を、アイザックはそっと手で掬《すく》い上げる。そして手の中のそれに目を細めると、

「美しい髪だ……愛しているよ」

そう囁きを落とし、そっと……その髪に口づけを落とした。その瞬間、グレースの表情が固まる。

それは男から捧げられた、初めての愛の言葉。婚約の申込みの時も、ピアスの交換の時も、聞くことのなかった彼からの愛の言葉。

グレースの脳裏に、あの四年前の林の光景がまざまざと蘇《よみがえ》った。

――美しい髪だ。

――貴女だけのアイザック・ランネイルに……。

クリスタの髪先に愛しげに口づけを落としていた男の姿と、クリスタに囁いていた男の言葉が頭をよぎる。そしてその後の、卒業パーティーでクリスタを見つめる彼の辛《つら》そうな表情が、王子殿下の結婚式でクリスタを見守る彼の眩《まぶ》しげな表情が、浮かんでは消え、浮かんでは消え――。

ねえ、アイザック……あなたは今、誰に愛を囁いたの？　その髪を見つめて、誰を思っていたの？

あなたは……誰を抱くつもりなの？

小さな明かりに照らされた薄暗がりのベッドで、グレースが初めて流した涙に、夫は気づかない。

自分の身体の上の夫の背中に手を回すこともなく、グレースは、初めての経験への怖さも恥じらいも、なにもかも消え失《う》せた表情で、ただ夫となったアイザック・ランネイルにその身を任せるだけだった。

◇◇

クズ野郎以下だった―――っ!!

心の叫びが口から出そうになった。おいおいおい宰相閣下、いや宰相！　あんた何やってんだよ！

顳顬《こめかみ》に指を当てて天を仰いだ俺に、元男爵令嬢《ヒロイン》が「ね、サイテーよね」と肩をすくめる。

そりゃあランネイル夫人としちゃ王妃殿下を忌避したくもなるわ。王妃殿下はたぶんまったく悪くないけど、結果的にランネイル夫人の子供時代から結婚してまでの、大切なものをずーっと奪い続けちゃった形になるんだから。元男爵令嬢《ヒロイン》が言うところのクリスタアレルギー……言い得て妙だ。

でも確かに元凶は宰相閣下だ。否定しようもない。その初夜の発言さえなければ、まだランネイル夫人は心を保っていただろうし、結婚後の日常の中で過去を水に流していたかもしれない。

「しかもアイザックはその初夜の翌日からクリスタのいる王宮に行きっぱなし。嫁いだばかりのランネイル侯爵家で、それでもグレースは頑張っちゃうのよ。ランネイル侯爵家のため、宰相補佐の夫のため、ってね。で、暫《しばら》くしてグレースの妊娠がわかるんだけど……」

初夜の一発で大当たりってスゴくない？　と、小さな笑みを含んだ声で元男爵令嬢《ヒロイン》が言い放つ。

こらこら一発って、若いお嬢さんがなんつー言葉を使うんだ。もう少し恥じらいを持つべきじゃないかな。

「グレースの妊娠の報告に、もちろんアイザックは喜ぶんだけど、その二ヶ月前にクリスタ王子妃の妊娠が発表されててさ、アイザックときたら、そこでまた『不安があればクリスタ妃に手紙で色々聞くといい』だの『クリスタ妃はよく勉強なさってるから』だの余計なことを口走っては、グレースを傷つけちゃあ、さっさと王宮に飛んで戻っちゃうわけ」

……もうね、何も言えない。宰相閣下、やらかしすぎでしょ。庇《かば》い立てできる部分が一ミリも見当たらない。

「それで生まれてきた子が、プラチナブロンドの髪に緑の瞳。そのクリスタとまったく同じ色を持った子供……、ギルバートよ」

そうか。ランネイル夫人の気持ちは……いや男の俺には想像も出来ないな。そうとう複雑だっただろうとしか言いようがない。けれど――。

それでも、ギルバートくんには何の罪もない。何の関係もない。親世代でどんなことがあろうとも、子供にそのツケを回すのは間違っている。

ふと、左後ろのオスカーを見れば、うわぉ！　むっちゃ不機嫌。目が据わっちゃってるよオスカー。そうだよね、五人目の子供にチャレンジ中の愛妻家としては到底許せるような話じゃないよね……。でも落ち着いて。落ち着いてー。五人目できたらすぐに教えてー。

「でも、生まれてきた我が子をグレースは愛そうとしたんだって。夫と私の子供だって、自分を納得させようとしてたって文章があったわよ」

マグカップを弄《いじ》るのに飽きたのか、元男爵令嬢《ヒロイン》がそれを柵《さく》の隙間から差し出してきた。うん、そうだね。そろそろ次の飲み物を出そうか。ハーブティーがいいかな。

どうでもいいけど元男爵令嬢《ヒロイン》、トイレ大丈夫なのかな。ヒロインともなると膀胱《ぼうこう》も丈夫なんだろうか。いや知らんけど。

ディランが足元の箱からハーブティーの瓶を取り出した。何でも入ってそうだな、あの箱。

しかし、そうか。ランネイル夫人もやはり母親。昔のあれこれさえなければ、きっと良い母親の資質を持っていた方なのだろうに……。

◆◆

愛そうとした。

愛そうとした……。我が子だもの。可愛くないはずはない。

あの子が生まれて、乳母を雇っているうちは良かった。一日に数度、乳母の腕の中のあの子に笑いかけて、柔らかなプラチナブロンドを撫でてやれば良かった。

私と同じプラチナブロンド。確かに私が産んだ子。夫との間に生まれた我が子。大切に育てなければ、育ててみせると、そう思っていた。

けれど、あの子が大きくなって、乳母の必要がなくなって、歩き出して、喋《しゃべ》りだして……、あのクリスタそっくりな顔で笑い出して――。

「ギルバートの様子はどうだ?」

三週間ぶりに戻ってきた夫が、玄関ホールで上着を脱ぐなり訊《たず》ねてきた。

私はそれに笑みを浮かべて、まずは大変な国の仕事を終えて帰ってきた夫に労《ねぎら》いの言葉をかける。

「おかえりなさい、あなた。お役目お疲れ様でした。ギルバートは元気よ。さあ、まずは着替えをなさって。その後にきちんとお食事を。お話はそれからでもできますわ」

私の役目は夫を支え、夫が心置きなく能力を発揮できるよう支援し続けること。夫の体調を真っ先に気遣うのは当然のことだわ。私は宰相補佐である夫に最も相応《ふさわ》しい妻、役に立つ妻でなくてはならないのだから。

着替えて食事の席に着いた夫と二人、和やかに話をする。話の中心は領地のこと、不在の間の細かな報告、そしてギルバートのこと。

「あの子、もう字を書き始めましたの。早いと思ったのですけれど、本人が覚えたがっていたので手習いの本を買ってあげました」

そう報告すれば夫は驚いたように目を丸くした。ええ、まだ二歳だというのに驚くでしょう？　読む方はもっと進んでいますのよ。

――レオン王子殿下とは大違いでしょう？

ギルバートより二ヶ月早く生まれたレオン王子殿下。けれどギルバートの方が、歩くのも、オムツが外れるのも、言葉を覚えるのも、何もかも早くて優秀。

ね、あなた。私が産んだあなたの子よ。私だから、優秀なギルバートが生まれたの。

――私でよかったでしょう？

食事を食べ進める夫が、満足げに目を細める。そうよね、誰だって自分の子が優秀なら喜ばないはずがないわ。

その時、キィと小さな音が聞こえた。食堂の扉が開かれて、家令に付き添われたギルバートが入って来た。あら、まだ起きていたのね。仕方のない子。

「旦那《だんな》様。ギルバート様がお戻りになった旦那様にご挨拶《あいさつ》をと」

家令のローマンに手を引かれたギルバートが、夫の席に近づいていく。

「ギルバート、おいで」と、カトラリーを置いた夫が手を広げた。

それに、家令の手を離したギルバートが笑って……。

ギルバートが花が開くように、まるで天使のように笑って……。そうよ、まるでクリスタみたいに、緑の瞳を輝かせて、無邪気に笑って……、私のアイザックに近づいていく。

――――また、あの笑顔に盗《と》られてしまう。

――――なにもかも。

席を立って、私の横を過ぎようとするギルバートの手を取った。

「まあギルバート。お父様はお食事中なのよ。お食事のお邪魔をするのは、貴族としてはしたないことだわ」

小さなギルバートの肩を掴《つか》んで真っ直ぐに見据える。

その瞬間、ギルバートの顔から……クリスタが消えた。それでいい。

「あなた、お食事中はやはりカトラリーが危ないわ。ここでギルバートのご挨拶を受けて下さいましね、ギルバート。上手にご挨拶、できるものね？」

私の言葉に、ギルバートはひとつ頷《うなず》いて背筋を伸ばした。ほら見てあなた。ギルバートはもうきちんとご挨拶ができるのよ。

笑顔で振り向いた先の夫はテーブルに置かれたカトラリーを見つめ、そして「そうだな」と納得をしてくれたようだ。ええ、私は間違ったことは言っていないわ。

「おかえりなさいませ、ちちうえ。ギルバートはきょうも、そくさいにすごしました」

ペコリと頭を下げたギルバート。上出来だわ。それを見て、夫も柔らかな笑みを浮かべる。

ね、あなた。ちゃんとできたでしょう？

――あのクリスタが産んだ、躾《しつけ》のなっていない王子殿下とは違うでしょう？

◇◇

ディランが温かなハーブティーを元男爵令嬢《ヒロイン》に差し入れ、俺の横の小テーブルにも新しいティーカップが置かれた。

ああ、ありがとう。おや、新しいオリジナルブレンドかい。カモミールベースだね……いい香りと色だ。うん、どうにも話がキツくなってきたからね。

ダメだね俺は……。ギルバートくんの名前が出るとどうにも冷静でいられない。

話の中に乱入して、幼いギルバートくんを抱えて逃がしてやりたくなってしまう。にこやかにペラペラと喋る彼女のアイアンメンタルを見習いたいよ。

「でもさぁー、よく考えたらグレースも結局は侯爵家に嫁入りできたわけじゃない？　しかも旦那はイケメンで将来の宰相でしょ。玉の輿《こし》よね。それもこれもクリスタの側《そば》にいたからだと思うのよ。我慢した甲斐《かい》があったじゃないねぇ。過去のことなんかグダグダ考えずに楽しめば良かったのよねー。旦那も留守がちなんだし好き勝手し放題じゃない」

そう言いながら「いいにおい～」と鼻を膨らませる元男爵令嬢《ヒロイン》。いや君じゃないんだからさ。

まあねぇ、それが出来てりゃね。好き勝手がいいとは思わないけれど、まだ夫人の気持ちは楽だったろうよ。それはそれで何の解決にもならないし、ただの別ルートの現実逃避だけどね。

「ランネイル夫人の性格と、何より宰相閣下への愛情がそうさせてしまったんだろうね」

「愛情……？」と、俺の言葉に元男爵令嬢《ヒロイン》が首を傾げた。

「ひとりに拘《こだわ》ってイライラジメジメしてるくらいなら、さっさと旦那はサイフって割り切って、他からいっぱい貰《もら》えばよかったのにね」

馬鹿じゃないの、とクスッと笑った彼女がカップに口をつける。

え、他からいっぱい？　愛情を？

俺が僅《わず》かに寄せてしまった眉《まゆ》を見ることなく、ふはーっとハーブティーの香りと温かさを堪能していた元男爵令嬢《ヒロイン》は、再び目を開くとニコッと笑みを浮かべた。

「ハーブティー飲んでたらグレースのエピソードのラストをハッキリ思い出したわ。ギルバートが小さい時の話でね、花だらけの庭園でグレースがついにブチ切れちゃうの」

マグカップをテーブルに置いた元男爵令嬢が、クスッと笑いながらラストだという話を始める。

ギルバートくんの小さい頃か……、どんなだったのだろう。

◆◆

前国王が身罷《みまか》って四ヶ月あまり。王宮のこぢんまりとしたガーデンで、小さなお茶会が開かれた。

いまだ国内は喪中であり派手な行事などは控えられていたが、この月に四歳の誕生日を迎えた幼いレオン王子のため、公爵・侯爵家の同年代の子供とその親たちを招いての小規模な会ならばと、開催に至った。

けれどそれは表向き。実際のところは、すでに焦臭《きなくさ》くなっていた次期国王の座を巡る争いに、有力な高位貴族らの結束を固めるため第二王子派が画策した催しだった。

そんな不穏なお茶会は、表面上は穏やかに何ごともなく過ぎていく。

最初は緊張気味だった幼い子供たちも、徐々に場に慣れてくると打ち解けて、きゃっきゃと可愛らしい会話を交わし始めた。

「わたくしのお父さまは、コルティスこうしゃくよ。おなかがちょっと出ているの。おひげのこうしゃくって言われているわ」

「ぼ……わたしのお父さまも、こうしゃくだよ。せが、うんとたかいんだ」

子供たちがこの場にいない父親たちの話を始めた。

このお茶会の場にいる父親は主催者のラドクリフ第二王子と、お茶会の準備をした宰相補佐のアイザック・ランネイルだけ。状況が状況なだけに、どの家も父親らは参加を見合わせていた。

「わたしのお父さまは、あそこにいるぞ。かっこいいだろう。お父さまは、おうじだ。もうすぐ王になるんだ」

胸を張ったレオン王子がそう言った瞬間、その場が凍り付いた。

状況を知らぬ子供たちだけが「そうなの？」と言うように首を傾げ、ラドクリフ第二王子をはじめ、その場のすべての夫人たちが貴族の笑みを素早く貼り付ける中、クリスタ妃だけは仮面を被《かぶ》りきれず困ったように眉を下げて、助けを求めるように夫と……そして同じテーブルに同席する、宰相補佐であるアイザックへと視線を向ける。

視線を向けられたアイザックは、クリスタ妃に小さく微笑みを向けてひとつ頷くと、我が子ギルバートへと声をかけた。

「ギルバート、お前はお父様を紹介してくれないのかい？　お前のお父様はここにいるというのに、お父様は寂しくなってしまうよ」

大げさに胸を押さえたアイザックに、周囲の夫人たちから小さな笑みが漏れる。ラドクリフ第二王子やクリスタ妃も、ホッとしたように微笑んだ。

名を呼ばれたギルバートは、子供たちのテーブルでレオン王子の隣に座っていた。隣のレオン王子はといえば、幼いながらも何やらマズい事を言ったらしいと気づいて小さくなっている。

ギルバートはその子のギュッと握られた手をトントンと叩《たた》いてニコッと微笑むと、もう片方の手でアイザックを指さした。

「レオン王子、王子のお父さまのおとなりにいるのが、わたしの父上です。わたしの父上はさいしょうほさをしていて、ランネイルこうしゃくの当主だいりです。王子はお父さまが大すきなのですね。私も父上のことがすきで、そんけいしています」

そう言ってギルバートは父アイザックに向かって、満面の笑みで手を振ってみせた。手を振られたアイザックも、満面の笑みで「私も愛しているよ」と手を振り返す。

「わ、わたしもお父さまに手をふるぞ！　お父さまがいらしていない者は、お母さまに手をふるとい い！」

そう言って父親のラドクリフ王子に向けてブンブンと手を振り始めたレオン王子につられて、他の子供たちも「お母さま〜」「ははうえ〜！」と手を振り出す。凍り付いていた場は一気に和み、そこかしこで笑い声が上がった。

微笑みながら我が子に手を振り返す夫人たちの中でたった一人、グレースだけは顔を強《こわ》ばらせてギルバートを見つめていた。

そうして暫《しばら》く、お茶やお菓子に飽きた子供たちは、小さな身体には充分広いガーデンに散らばって、それぞれに子供同士や母親らと遊び始める。

そんな中、ギルバートは母グレースに手を引かれて、ガーデンの奥にある小さな庭園へと来ていた。人の背丈ほどの薔薇《ばら》の生け垣に囲まれた、初夏の花が満開の美しい庭園の中ほどで、グレースは幼い息子を目の前にして震える唇を噛《か》みしめていた。

「よくも、よくもあんなみっともない顔を……。恥を知りなさい」

気がつけば、そんな言葉が口を衝《つ》いて出ていた。

『私も愛しているよ』

クリスタそっくりの笑みは、いとも簡単に夫からその言葉を引き出してしまった。輝く緑の瞳《ひとみ》を、無垢《むく》な微笑みを、眩《まぶ》しそうに嬉《うれ》しそうに見つめていた夫。

微妙な時期だから夫婦揃《そろ》って第二王子殿下についているのは良くないと、別のテーブルに座っていたグレースからはずっと見えていた。

夫が同じテーブルのクリスタ妃に微笑みを向け、時には声を上げて笑い、いち早く救いの手を差し伸べるのを。そして、そんな夫にクリスタ妃が嬉しそうに微笑み、目を合わせて笑い合う光景を。

『なぜ、あなたの隣に私がいないの？』

……いいえ、お茶会の準備をした宰相補佐だもの。仕方ないわ。

『なぜクリスタは夫に助けを求めるの？』

……いいえ、王子殿下にも目を向けていたわ。夫だけじゃない。

そう冷静になろうとしても、グレースの胸の中には次から次へと感情が湧き上がってくる。

――未来永劫《みらいえいごう》、貴女だけのものであると誓います
――輝く緑の瞳に見つめられるたび
――貴女だけのアイザック・ランネイルに

『わたしの父上』

『愛しているよ』


吐き気さえ伴った憎悪の感情は、飲み込みきれずに口から溢《こぼ》れた。

「アイザックはあなたのものじゃない。私の夫だわ……」

自分でも恐ろしいほどに低い声が出た。

グレースのアイスブルーの瞳が見つめる先にいるのは、小さな我が子。目をいっぱいに見開いて、固まったように目の前の母親を見つめている。

初夏の陽差しを受けて輝くプラチナブロンド。

白磁のような頬と、エメラルドのように美しい緑の瞳を持つ、天使のような子。


――ねえ、お姉さま。遊びましょう？

――クリスタ嬢の言うことを、よくよく聞いてちょうだい。

――お姉さまがいて下さってよかったわ。

――ねえお姉さま。お姉さま、お姉さま……


何もかも当たり前のように奪っていく笑み……。

どこが天使なものですか。なんて強欲でみっともなくて下品な顔！

「この盗人《ぬすっと》……、その顔で笑わないで。笑わないで！」

ギリギリと握りこんだ手のひらに爪が食い込む。

目の前の幼いクリスタは、小さく震えながら歯を食いしばっている。

そうよ、もうあなたには何一つ奪わせないわ。やっと手に入れたのよ。私の家を、私の居場所を、私の夫を……。

——わたしの父上《アイザック》
「わたしのアイザックなどと！　恥ずかしげもなく『わたしの……』などと、二度と思い上がった口をきかないで。あなたのものなど何一つないのよ」

そう胸の中の息を絞り出すように言葉にして、グレースは目の前で身を竦《すく》めて固まる小さな息子を見つめた。

「返事をしなさいギルバート」

何が過去で何が現在なのか、もうグレースには分からなかった。なにもかもが混ざって、自分を苦しめるものが何かなど、探しようもなかった。

ただ目の前の小さな子供は確かに愛したいと願った自分の子で、この子がクリスタになりさえしなければ、きっと愛せるし、何も奪われることはないと、ギリギリ最後に残っている何かが叫んでいた。

「はい、ははうえ……」

忌まわしい笑顔が抜けて、お人形のように整った顔の幼い息子ギルバートが小さく返事をした。

そうよ……それでいいの。そうしていれば、そうしてくれていれば大丈夫よ。ええ、大丈夫。

ホッと小さく頷《うなず》いたグレースは、また息子の小さな手を引いて会場に戻って行った。

◇◇

時々つっかえたり話が飛んだり、あるいは脱線したりしながら、元男爵令嬢《ヒロイン》がエピソードの内容を語り終えた時、俺はとてもじゃないが動くことが出来なかった。

片手で覆った口の中で、噛みしめた奥歯がギリッと音を立てる。

ああ……ギルバートくん。

目をきつく瞑《つぶ》ってひとつ息を吐けば、吐き出された息と震える唇が手のひらに当たった。

――ねえ、ギル……君は……。

思い浮かぶのは、俺の腕の中で微笑む彼の顔。俺を見上げて潤み輝く、美しい翡翠《ひすい》の瞳。

――君はいったい、どれほどの思いで、

『すみません、あまりに嬉しくって。私のアルフレッド……』

――その言葉を、口にしていたんだい。

◇◇

「で、次は誰の話をするー？　レオンなんてどうぉ？　レオンの闇はねぇ、育ての親のレオナルド国王が――」

口を覆って俯《うつむ》いていた俺の耳に、やたらと明るい声が聞こえてきた。顔を上げれば目の前で元男爵令嬢《ヒロイン》がニコニコと話し始めている。

その様子にひっそりと手の中に溜息《ためいき》を漏らして、俺は後ろのディランへと視線を飛ばした。それに頷いたディランが席を立って、鉄柵《てっさく》の隙間から元男爵令嬢《ヒロイン》の前に置かれたマグカップと菓子のトレイを回収にかかる。

「あ、まだ残ってるのに……」

目の前から持ち去られたマグカップに手を伸ばす元男爵令嬢《ヒロイン》に構わず、ディランはさっさと飲み残しを持参の瓶に捨てると、カップとトレイを片付けてしまう。

俺は口元から離した手を腹の前で組むと、鉄格子の向こうで目を丸くしている彼女にニッコリと笑ってみせた。

「ありがとう。実に興味深かったよ。架空の世界の〝ゲーム〟の話……なかなかに楽しかった。けれどもう時間切れのようだ。私はそろそろ帰るよ」

俺の後ろでは席を立ったディランとオスカーがガサゴソと箱の中身を整えている。

笑みを貼り付けながら同じく椅子から立ち上がった俺に、「え」と言葉を詰まらせた元男爵令嬢《ヒロイン》が慌てて身を乗り出した。

「ちょ、ちょっと待ってよ！　まだ全然途中なのに……」

うん。他の話にはまったく興味ないし、どうでもいい。目的は果たしたからね。俺は早く屋敷に戻ってプレゼントの発注と品種改良の手配をしたいんだ。

「いや、これ以上の話は結構だよ。そもそも、その〝ゲーム〟の世界とこの現実の世界では事情がまったく違うってことが分かったからね。国王陛下も違えばマティス第二王子殿下もご健在であられる。王国は平和だし税率は他国より低いくらいだ。次々と新しい産業や商品が生まれ、国民の生活は徐々に豊かになっている。どうやら私のピンときた勘は外れていたようだね。でも面白かったよ。ありがとう」

俺の言葉に元男爵令嬢《ヒロイン》が丸くしていたその目を大きく見開いた。

そうさ。この世界はゲームなんかじゃない。現実だ。そのことに君はいい加減気がつくべきだよ。

「君が前世というものの記憶を持っていることは否定しないよ。その前世という『別世界』で作られた〝ゲーム〟の設定に、この世界が類似していることもね」

鉄格子の向こうで見開かれた彼女の水色の瞳を見下ろしながら、俺は一方的に話を続ける。

彼女の強引で勝手な行動によって可愛いギルバートくんが危険な目に遭いかけた事は、これっぽっちも許しちゃいないけれど、まぁ有益な情報を教えてくれたし？　それに彼女は俺と……いや、かつての俺と同郷の転生者だからね。これくらいの情けをかけてもいいだろうさ。

「でもね……その〝ゲーム〟はあくまでも『別世界』で生きる人々が考えて作ったものだ。こちらの世界の歴史は、こちらで生きる人々がそれぞれの人生とともに日々作り続けている。違って当たり前なんだよ。それこそ『別世界』だ。前とは違う世界に生まれたと気づいた瞬間から、君はここで生きていく覚悟をしなくてはいけなかったんだ。〝ゲーム〟の設定に沿うのではなく、こちらの常識によくよく沿って行動すべきだった。そうしていれば、今の王国に闇など存在しないことも、その闇を祓《はら》う光の乙女など必要ないことも、気がついただろうにね。現に君がその部屋にいることが、君がまったく違う『別世界』に生きているという何よりの証拠だよ」

ガタッと席を立ち上がった彼女が、目の前の机を乗り越えるようにして鉄格子を握る。

「じゃあ……じゃあ私は！　私は何なのよっ！　まったく違う別世界ってなに！　どういうことよ！　みんなに愛される幸せなヒロインじゃないの？　華やかでキラキラした人生送るんじゃないの?!」

ガシャッと鉄格子の音をさせながら元男爵令嬢《ヒロイン》が叫んだ。それに俺はゆっくりと首を傾げる。

「君かい？　君はヒロインでも何でもない。ただの男爵家に生まれた娘だよ。それ以上でもそれ以下でもない。だからそこにいるのさ。そうだろう？　学院で学びもせず、多くの異性に目的をもって接触し、高位貴族の子息らの身を危険に晒《さら》して、王家と公爵家の怒りを買った娘……この『別世界』の君はそれだけの存在だ」

そんな……と元男爵令嬢《だんしゃくれいじょう》が呆然《ぼうぜん》と呟《つぶや》いた。

あーやっぱりね。気づいていなかった感じ？　喋《しゃべ》ってる間じゅう他人事《ひとごと》だったもんね。近衛《このえ》の取り調べではかなり興奮状態だったらしいしなぁ。

きっとヘビーユーザーだったのが仇《あだ》になって、ずっとゲームの中にいると思い込んでいたんだろう。

いやまあ、おかげで情報源としては役に立ってくれたんだけどさ。

「この国は国王陛下を頂点とした、確固たる序列による統治制度に従って国家運営がなされている。この世界はね、不必要なものや不都合なものは驚くほど簡単に排除されてしまうんだよ。以前の世界……がどんなものか私は知らないけれど、そこより遥《はる》かに厳しい世界であることを、君は真っ先に認識して警戒するべきだったね」

そう話しながら俺は、俺の中に蘇《よみがえ》ってきたあの頃の記憶……五歳で記憶を取り戻した頃の、あのえも言われぬ緊張感と焦燥をグッとまた記憶の奥へと押し戻した。

「なによ……なによそれ、どういう意味？　もっと分かりやすく言ってよ……」

眉間《みけん》に皺《しわ》を寄せて睨《にら》み付けてきた元男爵令嬢に、俺はまたひとつ溜息をついて「要するに君がこの国のルールを無視したから弾き出されてここにいる、ってことだよ」と嚙《か》み砕いて説明する。

「うそ……そんなの知らない。ゲームじゃないって……。だったら……だったら、ここはどこなのよ！」

ガシャガシャと元男爵令嬢が鉄格子を揺する。

「ここは『別世界』だよ。そう言ったじゃないか。〝ゲーム〟とはまったく別の人生を歩む人々が暮らす、まったく別のサウジリア王国だ。確かに共通部分は多いけれどね。そうだな、まるで見た目はそっくりな双子のようだね。同じように見えてもそれぞれ性格も違えば、歩む人生もまったく違う。そういうことさ」

元男爵令嬢が鉄格子を揺すっていた手をピタリと止めた。

おや、やっと俺の説明を理解してくれたらしい。よかったよかった。と思ってたら、

「ひどい！　こんなんじゃ前のつまんない人生の方がマシじゃないの――っ！」

ガッシャンガッシャンと素早く再起動したらしい彼女がまた鉄格子を揺さぶって叫び始めた。

いや君の前の人生なんて知らないし……と肩をすくめた時、「若様……」と小さな声がかかった。

見ればディランとオスカーがすっかり帰り支度を整えて、それぞれ箱を抱えながら待っていてくれた。

おっと、そうだね。そろそろ出ようか。

「さぁね。幸せかつまらないか……なんて君にしか判断できないからね。私には何とも言えないよ。君が幸せだと思えば何だって幸せだし、つまらないと思えば何だってつまらないんじゃないかな。では、もう私は行くよ。今日はありがとう、セシル・コレッティ嬢」

彼女にニッコリと別れの挨拶《あいさつ》をして歩き出せば、素早くディランとオスカーが前後についてくれた。ありがとね。

「ねえ、待って！　待ってよ！　教えて！　ここから出るにはどうしたらいいの?!　私はこれからどうしたらいいの!!」

「教えなさいよ！　ラグワーズ！」と叫ぶ声が、ガシャガシャと耳障りな鉄格子の音とともに背中にかけられる。それに後ろを歩くオスカーが小さく舌打ちをした音が聞こえた。

思わず苦笑して、騒がしい彼女を肩越しに振り返れば、彼女は来た時と同じように鉄柵に顔を押しつけてこちらを見ている。

「そうだね……とりあえず、前世のどの辺がつまらなかったのか検証してみてはどうだい？　あとは、

この国のことをちゃんと学んではどうだろう。時間ならたくさんあるだろう？　本くらいなら差し入れしてあげるよ。話を聞かせてくれた礼だ」

うるさいし面倒臭いのでそう適当に言葉をかけ、あとは振り向くこともなく、俺は真っ直ぐに廊下の向こうの詰め所へと歩いて行った。

先頭のディランが鉄格子の前で声をかけると、ガチャガチャという鍵束《かぎたば》の音とともに扉が開けられ、俺たちが詰め所の中に入ると同時に職員が一人、ワーワーとうるさい元男爵令嬢の元へと向かって行った。たぶん外扉を閉めに行ったんだろう。

そうして、待つほどのこともなく最初の職員らがやって来て、俺たちは一階の施設の玄関口へとまた案内された。

帰り際、丁寧に見送ってくれる職員さんたちへ「面倒をかけた礼に」と、箱の中に余った菓子や茶葉を処分ついでに渡したらむっちゃ感謝された。まあ僻地《へきち》だからなー。

彼女に本を差し入れるときには、一緒に職員さんたちへの差し入れも送ろう。ああ、味見サイズのものを詰め合わせにして、ラグワーズの売れ筋商品リストと一割引の注文票を持たせるのもいいかもしれない。

大した売上げにはならないだろうけどさ、彼らも国のために働いているんだから、通販の真似事くらいはしてあげてもいいんじゃないかな。ついでだし。

ふんふんとそんな事を考えてたら、玄関前に馬車が回されてきた。

よっしゃ帰るかと、にこやかな職員さんたちの見送りを受けながら馬車へと向かえば、「若様……」

と後ろから声がかかった。

ん？　と振り返るとそこには、なぜか揃《そろ》って地面に片膝《かたひざ》をついたディランとオスカーの姿が……。

え、なに？　いきなりどうした。

「若様……ありがとうございます」

「若様に心からの感謝と敬愛を……」

そう言って深く頭を下げた二人に俺は首を捻《ひね》る。え、なにが？　ここに連れてきてもらったお礼？

「何言ってるのさ。大げさだよ二人とも」

だって断っても絶対についてくる気満々だったよね。

苦笑しながらそう二人に声をかければ、「若様……」と二人が顔を上げた。いや二人とも、なんて顔してんのさ……。

「さあ、早く帰ろう。私は帰ってやることが出来たからね。ほら、行くよ」

なんだかなぁと苦笑したままそう急《せ》かせば、「「はっ」」と揃って良い返事をした二人がようやく立ち上がった。

うん、さっさと馬車に乗らないと、あっちで頭を下げっぱなしの職員さんたちが気の毒だからね。

扉が閉められると、馬車はすぐに出発した。俺が早く帰ろうなんて言ったからかな。急がなくていいからねー。

二つの門をくぐり抜けて外に出れば、そこはやっぱり何もない荒野の一本道。

「ああそうだ、分かっていると思うが、先ほどの話は他言無用にしておくれ。いいね」

流れていく景色を何とはなしに眺めながら念のためそう告げると、「はい」と目の前に座った二人から応《いら》えが返ってくる。それに目で笑みを返して、俺は再び窓の外の景色へと視線を向けた。

彼女から聞いた乙女ゲームのあらすじ……王族のアレやコレや、特に王兄殿下が国王になっていたif《イフ》話なんかは、外に出た瞬間に不敬でとっ捕まるレベルだからね。元男爵令嬢《セシル・コレッティ》もその辺をペラッと喋ったから不穏分子として排除されちゃったんだろうし。いやもちろん彼女の場合はそれだけじゃないんだろうけど。

まあ一応、口止めは大切だよね。この二人に限っちゃ心配いらないけどさ。

「ランネイル家の件はどうなさいますか。何なりとお申し付け下さい」

ディランの声に振り向くと、二人が揃って側近の表情で俺を見つめている。

きっとこの二人にはもう、俺がここに来た理由がバレバレなんだろう。そして、彼女が話した「物語の中のギルバート・ランネイルの設定」が現実に起きたことだと、なぜか俺が確信していることも。

前世やらゲームやら設定やら、こっちの世界の人間にとっては「何言っているんだ？」な感じの与太話だろうに、一部とはいえ俺が信じ込んでいることを諫《いさ》めるでも呆《あき》れるでもなく、こうして協力を申し出てくれる二人。

有り難いよね。否定しないで黙って付いてきてくれてありがとう。ごめんね二人とも。ほんと、わけ分かんない上司だよね。

でも言えないんだ。俺が前世の記憶を持った転生者であることは誰にも言えない。いや、言わない。ディランにもオスカーにも……そしてギルバートくんにも。

なぜなら俺はこの世界の人間で、この世界で生きていくのだから。十三年前にそう決めたから。

「そうだね……さて、どうしようか」

顎《あご》に手を当てて、元男爵令嬢の話を頭の中で整理している俺に、斜め前のオスカーが僅《わず》かに身を乗り出してきた。

「宰相とお話を希望されるならば、今すぐ屋敷へ魔法陣を飛ばしますよ。若様のご到着に合わせて宰相をご用意できるかと」

……うん？　なんか今、言葉が変じゃなかった？　首を捻る俺に、今度はディランが口を開いた。

「直接ランネイル夫人とお話しするならば、このままランネイル邸へ向かった方が早いですが、約束をしておりませんので、いったん屋敷へ寄ってもう数人ばかり使用人を連れて行きましょう。十人もいれば制圧は余裕かと」

えーと……、君たちは何の話をしているのかな。

二人の顔を交互に見やれば、しごく真面目な顔つき……というかやや怒ってる感じ？　ああ、なるほど。そのくらい宰相閣下とランネイル夫人の過去話に怒ってくれているってことだね。

二人のそんな気遣いに感謝しながら俺はしばしまた考えて、そうしてようやく、ひとつの結論にたどりついた。

「うん、ランネイル家の件をどうするかは……やはり私が決めることじゃないな。あの話はあくまでもランネイル家の家庭内の話だ。だから、私はセシル・コレッティから聞いた話をご子息に話そうと思う。もちろん、我が家が独自に調べたということにしてね。その上でどうするかを決めるのはご子息だ。私はそれに従うよ」

俺の言葉に、目の前の二人が驚いたように目を見開いた。そうだよね、あの話をギルバートくんにするなんて酷なのかもしれない。でもね、決められるのは彼しかいないと思うんだ。

とばっちりとしか言えない最も理不尽な目にあったギルバートくん。彼にはなぜ自分が理不尽な扱いを受けたのか、その理由を知る権利がある。もちろん、彼が知りたくないと言えば知らないままでいる権利もあるし、俺の話を信じる信じないも彼の自由だ。

第三者である俺が、彼の知らないところで勝手に決めて勝手に動くのは違うと思うんだよね。まあ、こうやって勝手に調べちゃったんだけどさ。

だけど、きっとギルバートくんは知りたいと願っている……そんな気がするんだよ。

「これは宰相の職に就く侯爵家の、言わば醜聞だ。いっさい外に出さず、ランネイル家の中で処理されるのが望ましい。明日、学院で彼に会うからその時に話すよ。その上で、彼が望むことを私は全力でサポートする」

そう言い切った俺に、ディランもオスカーも驚いていた表情を引き締めて、大きく頷《うなず》いてくれた。

「その時は我々にもお手伝いさせて下さいね」

口端を上げたオスカーが食えない笑みを浮かべた。

うん、宰相閣下のやらかしには、オスカーってば相当腹を立ててたもんね。家庭を持つ夫であり父親であるオスカーにとっては、きっと腹に据えかねる話だったに違いない。

分かったよ、と小さく頷いた俺に、今度は眉《まゆ》を上げて明るく笑ったオスカーが、その表情を崩すことなくサッと座席の下から何かを取り出した。……画板だ。

え……？

見れば隣のディランも座席の下から書類の詰まった鞄《かばん》をドスッと膝《ひざ》の上に引き上げる。

……は？

「「若様が退屈されるのではと思いまして……」」

いや、切り替え早くない？　ちょ……いらねぇってば！　何だその書類の量は！　笑顔でペンを差し出すんじゃない！

そうしてまた数時間、俺は馬車の中でガリガリと仕事に取り組む羽目になってしまった。

くっそー！

27　伝える

翌日の木曜日、昼前に登校した学院の敷地内は、先日の月曜日とは打って変わって学生たちの数が少なく、非常に閑散とした雰囲気になっていた。

前期の講義が終了し成績通知書の発行も終わった八月後半の学院は、成績の振るわなかった追試組と研究目的の学生以外にとっては既に休みも同じ。学生の多くは、今ごろ実家に戻ったりお茶会や遊びに出かけたりと、忙しく羽を伸ばしていることだろう。

すっかり学生が減ってしまった学院の中を、それでも俺は慎重に道を選びながら西棟の裏へと向かう。人が少ないってことは、それだけ目立つってことだからさ。

無事に隠れ家の中へと滑り込むと、ギルバートくんはまだ来ていなかった。

よかった。こないだの月曜日はさんざん彼を待たせちゃったからね。今日は俺が彼を出迎えようと思ったんだ。

彼と一緒に食べようと持参した昼食の紙袋と薄手のブリーフケースをテーブルに置いて、さっそくお茶の支度に取りかかるべくキッチンへ……向かいそうになって、俺は手に持った小箱の存在を思い出す。おっと、そうだった。

その小箱を抱えて水槽前のラグにしゃがみ込むと、俺はその箱の中からそっと円筒状の魔道具を取り出した。試行錯誤の末に、一昨日《おととい》やっと出来上がってきた魚用の自動給餌器《オートフィーダー》の試作モデルだ。

今までは、長期休暇ごとに魚たちを屋敷に移動していたけれど、俺が卒業した後に同じ事をギルバートくんにさせるのは心苦しい。そう思って、前世で売っていた商品を思い出しながら開発したのがこの自動給餌器だ。

仕組みは簡単。餌の入った筒状の容器が、一定時間ごとにグルリと一回転して水槽の中に餌を落とす。それだけのモンなんだけどね、一から作るとなるとこれが意外と難しかった。容器の密閉度とか穴の大きさとか、あとは組み込んだ魔法陣の持続時間の調整とか……。

結局は前世で記憶していたものより一回りほどデカくなっちゃったんだけどさ、何とか使えそうな試作モデルが出来たときはガッツポーズしちゃったよ。いやー、苦労した。

試作モデル完成までの過程をしみじみと噛《か》みしめながら、そこそこデカい自動給餌器を水槽に取り付けていると、入口の扉が開く音がした。

「アル……先にいらしていたのですね」

その天の福音のような声に顔を向ければ、扉の前で天使……いやギルバートくんが輝くばかりの笑みを浮かべてこちらを見ていた。ああ今日のギルバートくんもむちゃくちゃ可愛い。

それなのに……なんてこった。両手がっ！　両手が塞《ふさ》がっていて身動きがとれない！

「ギル……」

心の中でショボンとしながらも、せめて顔だけでもと笑顔でギルバートくんをお出迎えする。そんな俺の状況に、僅かに首を傾げた彼がこちらに近づいて来た。

「何をしているんですか？」

すぐ隣まで来て俺の手元を覗《のぞ》き込んだギルバートくんに、せめてキスだけでもと顔を動かしてチュッとその唇に触れると、目元を緩めた彼がそりゃあもう綺麗《きれい》に微笑んでくれた。

あー可愛い……と思った瞬間に、引っかけた水槽の縁で自動給餌器がグラッとしたもんだから、慌てて両手で押さえる。

「ああ、これはね……」と傾《かし》いでしまった本体を立て直し、位置を調整しながら自動給餌器について説明するとギルバートくんが目を丸くした。

「すごいですね。素晴らしいアイデアです」

そう言いながら素早く自動給餌器の上部を押さえて手伝ってくれるギルバートくん。ありがとう。

無事に取り付けが終わって、筒の中に一週間分ほどの餌を補充し魔道具にセット。そしてサイドにある赤いボタン部分に魔力を軽く流した。

俺とギルバートくんが見守る中、スーッと音もなく容器が回転して、パラリと本日分の餌が水面に落下する。よしよし。これで来週、餌の減り具合を確認すればいいな。

「いいですね、これ。あとで仕組みを教えて下さい。これを応用すれば、貴族の池や各地の養殖場にも使えますね。魚だけでなく他の動物の飼育にも使えそうです」

餌をパクつく魚たちを眺めるギルバートくんのその言葉に、今度は俺が目を丸くしてしまった。

「完成したばかりでそこまで考えていなかったよ。確かにそうだね。我が家とここで使ってみて上手くいったら、大型タイプも作って売り出してみようか」

うん、そうしたらアイデア料として、利益の半分は彼の手元に行くように手配しようじゃないか。

「やはり君は素晴らしいね、ギル」と水槽を覗き込む彼のサラサラの髪を撫《な》でると、照れたように振り返った彼がポスンと腕の中に収まってきた。

そんな可愛い彼を抱き締めながら、まず俺は月曜にやらかした夜中の魔法陣連投事件について改めて謝罪を口にする。

「月曜日の晩は本当にごめんね。立て続けに魔法陣を送るような非常識な真似をしてしまって。本当に反省しているんだ」

彼に会ったら真っ先に言おうと思ってたのに、魔道具の取り付けで後回しになってしまった。

ごめんね……と顔の横のプラチナブロンドにスリスリと頬ずりをすれば、小さな笑みとともにギュッと俺の背中が抱き締められた。

「いつか、私の前でたくさんお酒を飲んで下さいね」

クスクスと俺の首元で笑いながら、まるで寄りかかるように俺を抱き締めてくるギルバートくん。

その言葉に、やはり彼は天使なのだ！　と天を仰ぎながら俺はジーンと幸せを噛みしめる。身も心もすべて美しい奇跡のような存在に、彼への愛しさは日々募《つの》るばかりだ。

「そうかい？　では覚悟しておいてくれギル。私の思いはあの何百倍も何千倍もあるからね。きっと止まらないよ。ああ、でもその前に……」

俺は抱き締めた腕を緩めて、愛しい彼の顔を覗き込んだ。ちょっと首を傾げたように俺を見上げてくるギルバートくん。とてつもない愛くるしさだ。

「君に毎日伝えるのが先決だね。そうしないと君への思いが溢《あふ》れ返って溺《おぼ》れてしまいそうだ。愛しているよ……ギルバート」

そう告げる俺の目の前で、その長い睫毛《まつげ》がパサリと一度閉じられて、そしてまたそっと開かれる。

宝石のように輝くその瞳《ひとみ》に見つめられたら、我慢なんてできるはずがない。俺は目の前のふっくらと形のいい唇にゆっくりと唇を重ねていった。

しっとりと柔らかなその感触を唇で確かめる俺に、ギルバートくんもまた唇を小さく開閉させながら俺の動きを追うように応えてくれる。

それが嬉《うれ》しくて愛しくて、艶《つや》やかな髪に差し込んだ手で彼の頭をクッと引き寄せ、その僅かに開いた隙間にそっと入り込んだ。

それに小さく鼻を鳴らした彼が俺の背をキュッと握ってくるものだから、その可愛らしさに頬を緩めながらゆっくりと……滑らかな粘膜の感触を堪能する。

緩やかな俺の動きに合わせて、まるでじゃれるように動く彼の舌先がたまらなく愛しくて、その敏感な部分を念入りに舌全体で可愛がれば、続けざまに上がるのはウットリするほど魅惑的な甘い声。

角度を変えるたびに聞こえる小さな水音と温かな吐息、そして抱き締めたしなやかな身体と、あまりにも極上の甘い蜜《みつ》……。どこまでも食らってしまいたくなる。

あぁけれど、そろそろ潮時だ。

背中に回った彼の手から力が抜けてきたからね。これ以上はきっと怒られてしまう。俺も学習しているんだよ、ギルバートくん。

小さな水音をたてながら、そっと彼の口内から撤退して、それでも名残惜しく二度、三度と小さな口づけを繰り返してからようやく唇を離した。

は……という何とも艶《なま》めかしい吐息を漏らした彼が、濡《ぬ》れた瞳と唇で俺を見上げてくるものだから、崩れそうな理性を保つのが大変。

「アル……」

ぎゅっと抱きついてきた身体をまたしっかりと抱き締めて、彼の香りを胸いっぱいに吸い込む。

「私も愛していますアルフレッド」

俺の耳元で囁《ささや》かれたその声のなんて甘いこと……クラクラしそうだ。

ああ、けれど、そろそろギルバートくんにお茶を淹《い》れてあげなきゃ。いつまでもこうしていたいのは山々なんだけどね……。今日は彼に話さなきゃいけないことがあるから。

俺としてはなかなかに辛《つら》いところだ。もちろん辛いのは話すことじゃなくて、今は彼と離れることが、だ。

「ギル、ソファに座っていて。お茶を淹れるよ」

チュッチュッともう一度彼の柔らかな頬と額にキスを落とすと、ギルバートくんは「はい……」とニッコリと笑って頷いてくれた。ぐぅう、可愛い……。

三日ぶりのギルバートくんに内心身悶《みもだ》えしながらお茶を淹れて、ティーポット片手にソファに向かえば、彼は俺が持ってきた昼食を広げて待っていてくれた。

今日の昼食は我が家のシェフの自信作、小さなカップ型のマフィンだ。数種のベリーが入った甘いものと、野菜やベーコンと一緒に焼き上げた甘くないものがあって、手軽に食べられるよう工夫してある。

「いいですね。見た目も綺麗で、これは美味しそうです」

ティーカップへお茶を注ぐ俺にニコッと笑うギルバートくんはやっぱり可愛くて、美味しそうにマフィンをパクつくギルバートくんは物凄く可愛かった。天使の可愛さは二十四時間年中無休らしい。勤勉で素晴らしい。さすがギルバートくんだ。

「あ、そうでした。これ……」

片付けたテーブルで食後のお茶を飲んでいたら、ギルバートくんが思い出したように脇に置かれた鞄に手を伸ばして、中から魔法陣の束を取りだした。言わずもがな、俺が酔いに任せてガンガン使っちゃった伝言魔法陣だ。

「とりあえず五十枚ほどあります。また足りなくなったらいつでも仰《おっしゃ》って下さい」

そう言って差し出されたのは、すべて十センチ四方の魔法陣。こともあろうに、俺は安価な五センチ四方のやつじゃなくて、ちょっと贅沢《ぜいたく》な大きい方ばかりを使いまくったのだ。

まったく気に掛ける様子もなく彼が差し出してくれたそれを、ごめんねとシュンとしながらも、しっかり受け取る俺。

それを椅子の脇に置かれた自分のブリーフケースにいそいそとしまった俺は、代わりにその中から二枚の金属板を取り出した。そうそう、これを渡さないとね。

「ギル、これなんだけどね。君に使ってもらいたくて持ってきたんだ。受け取ってくれないかな」

俺が正面の彼へ取り出したそれを差し出すと、「？」って感じで受け取ってくれたギルバートくんがキョトンとしたように首を傾げた。うん、可愛い。

「ええと……。これは軍事用の防護魔法陣ボード、でしょうか……」

目を丸くしながらも、一瞬で魔法陣の配列分析をしてみせたギルバートくん。さすがだ。

そんな素晴らしい彼に大きく頷《うなず》いて、俺は唐突に出したそれの説明を始めた。彼には必ずそれを受け取ってもらって、しっかり部屋のセキュリティーを固めてもらわないといけないからね。

「そうだよ。でもね、安心してくれていい。それは省魔力設計の改良型だから、君に負担をかけることはない。魔力灯と同程度の魔力量で最大四十八時間、上下左右六面に発動する。防音も最高等級のものを付与してあるし、もちろん繰り返し使える据え付け型だ。本当は強力な防壁魔法陣が欲しかったんだけど、あれはどうにも効率が悪くてね、使う魔力量の割に持続時間が短くて窓の外も見られなくなってしまうだろう？　だからそれにしたんだ」

昨日、王家の直轄領から戻った俺は、さっそく強化魔法陣と強固な鍵《かぎ》を購入すべくディランとオスカーに指示を出した。

使用目的を聞かれたので、大切なギルバートくんに何かあったらと考えるだけで倒れそうなので彼の寮部屋を強化したいのだ、と正直に話したら、なぜか上級使用人たちが全員招集されて検討会議が始まったんだよね。いや知恵は多い方がいいし助かるんだけどさ。

はじめは扉や窓を強化すればいいかと考えていた俺だったけど、使用人たちによると三階だろうが四階だろうが、扉や窓が強化されていようが、いとも簡単に入り込めてしまうのだそうだ。

なんということだ……そんなに世間は物騒だったのか。と自分の世間知らずを猛省しつつ、天井裏や床下からギルバートくんの部屋に満面の笑みで侵入するヒロインを瞬時に想像してしまった俺は、当然のごとく戦慄《せんりつ》した。

そんな俺を安心させるべく使用人たちがあらゆる状況を想定してオススメしてくれたのが、この下敷きほどの大きさの魔法陣ボードだ。

『我が家の魔法陣開発チームの自信作です。これならば、たとえ建物が木っ端微塵《こっぱみじん》に全壊しようと中の人間は安全ですし、揺れも音も感じません。ぐっすり安眠間違いなしです』

『不審者に対する反撃の機能はどうします？　相手が四、五百人程度の規模ならば、使用魔力量十五％増、持続時間二十％減ほどで鎮圧から殲滅《せんめつ》までお好みに合わせて付与できます』

ほーほー自信作、いいね。うん、反撃はいらないかな。省魔力と持続時間は大切だ。とりあえず薄型のシンプルデザインで、ドアの内側に設置しても邪魔にならず確実に在室中の彼を守ってくれることが先決だからね。

聞けば、俺の部屋の防護魔法陣も近々これに交換予定だとか。とすると、ギルバートくんの部屋とお揃《そろ》いになるよね。うん、ちょっと嬉しい。

一般的な伝言魔法陣やら強化・隠匿あたりまでなら、国の管理下で大々的に市販されているんだけどねぇ……。

特殊な魔法陣になると各家で独自に作ったり特注しなきゃいけない状況だからさ、我が家が魔法陣のベースになる紙や金属の製造卸元でホント良かったよ。おかげで独自の魔法陣が低コストで作れるし、そのぶん開発費用に回せて、こういった有り難い魔法陣が迅速に手に入る。

我が家自慢の魔法陣の性能とメリットを説明した俺に、けれどもギルバートくんはその首を傾げたままだ。あれ……？　あ、そうか。

「ああ、ごめんね？　それをね、君の寮部屋に設置してもらえたらと思って。ほら、セキュリティー完備の学院内とはいえ、内部犯行を想定するとまだまだ色々と物騒だろう？　個人の部屋に関しては、保安や快適性を補足する魔法陣は禁止されていないからね。もう一枚は自宅の部屋用だ。私からの気持ちとして、ぜひとも君に使ってほしいんだ」

「寮部屋に……これを」とパチパチと瞬《まばた》きしたギルバートくん。

うんそうなんだよーと頷く俺に、けれど彼はフフッと笑ったかと思うと、とんでもないことを言いだした。

「すいません……少し驚いてしまって。ありがとうございます。でも、今のままでもきっと大丈夫ですよ？　扉には通常の鍵も強化もかけてますし、部屋には教材くらいしか置いていないので、持って行かれて困るものはないんです。万が一の場合は、私も男ですから応戦する腕は充分に……」

違う、違うぞギルバートくん！　物盗《もの と》りとかそういう問題じゃないんだ！　と首を振る俺に、目の前の彼が再び目を丸くする。

そうして、俺はギルバートくんに防犯を疎《おろそ》かにする事がどれほど危険か、彼がどれほど可愛くて綺麗で魅力的な存在で、油断など一秒たりとも出来ないかを説明し始めた。

最初はキョトンとして俺の説明を聞いていたギルバートくんだったけど、そのうち徐々にその顔を赤らめて片手で口を塞《ふさ》ぎながら、その綺麗《きれい》な瞳を泳がせ始める。

「わ、分かりました……分かりましたから、アル。すぐに設置します……だからもう――」

それ以上は……と、ついには両手で顔を覆って俯《うつむ》いてしまったギルバートくん。ああ、赤くなった耳も物凄《ものすご》くキュートだ。

でも百万分の一でも自覚してくれたならそれでいい。残りはこれから少しずつ、ギルバートくんに自覚してもらえるように言葉を尽くそうじゃないか。

心の中でグッと拳《こぶし》を握りしめて、俺は魔法陣を採用してもらえた喜びに浸った。物理の鍵が後回しになっちゃったから、魔法陣だけは早めに設置してほしかったんだよね。

昨日、大急ぎで王都にあるラグワーズ系の錠前屋を呼んだのはいいけれど、頑丈さがウリだというオススメの錠前がことごとく使用人たちにＮＧ食らっちゃって、購入に至らなかったからさ。

いや、さすがに目の前で簡単に開いちゃったり、壊れるのを見せられたらね……ダメじゃん。

店主と職人がリベンジを誓って鼻息荒く帰って行ったから、いずれ使用人たちも納得する商品が出来上がってくることだろう。ラグワーズの人間は負けず嫌いが多いからな。うん、がんばれ。

それまではせめて、可愛いギルバートくんが在室中だけでも完璧《かんぺき》にしておかないとね。

ギルバートくんが自分の鞄《かばん》に魔法陣ボードをしまったのを見届けて、俺は再び自分のブリーフケースを開くと、今度は厚紙のファイルを取り出してみせた。

それに気づいたギルバートくんが「それは……？」と、まだ僅《わず》かに頬を染めたまま再び首を傾げる。

そんな彼の、これから変化するであろう一挙手一投足《いっきょしゅいっとうそく》すら見逃すまいと目をこらしながら、俺はそのファイルをいったん膝《ひざ》に置くと、ゆっくりとした口調で彼に大切な話を切り出した。

「うん、これはね……君に渡すか渡さないか、まだ決まっていないものなんだ。君に決めてもらおうと思ってね」

俺の口調が変わったことに、目の前のギルバートくんが傾げていた首を起こして姿勢を正す。俺はそんな聡《さと》い彼が出来るだけ緊張しないように柔和な表情を心がけて言葉を続けた。

「ねぇギル。私はね、君が思っているよりもずっとずっと君を愛しているんだ。それこそ、愛しい君を傷つけるものは何であれ許せないと思ってしまう程にはね。まあそれ自体は私の我が儘《まま》というか、癇癪《かんしゃく》だと思ってくれていいのだけれどね……。だから、君のお母上のことがずっと引っかかってしまって、ついつい独自に調べてしまったんだ。君がなぜ、理不尽な仕打ちを受けるに至ったのかをね」

これはその報告書だよ——と膝に置いたファイルに手を置いてみせる。

俺の口から「お母上」という言葉が出た刹那《せつな》、彼の頬から赤みがスッと引いて、僅かに目元がきつくなったのが分かった。

その目に「大丈夫だから」と心の中で声をかけながら、できる限り穏やかに、さらにゆっくりと慎重に選んだ言葉を重ねていく。

「それでね、理由が分かったんだよ。お母上の言動は、元を辿《たど》れば二十一年前……もっと辿《たど》れば三十四年前からのあれこれが原因だった。もちろん君には一切の責任も瑕疵《かし》もない不条理な理由だ。それがこの中には細かく書いてある。……ギル、読むかい？」

見つめる先のギルバートくんの顔からは表情が消えつつある。けれど、その指先、喉元《のどもと》、睫毛《まつげ》のわずかな動きが、いま彼が驚き戸惑っている事を示していた。

大丈夫、俺はいつまでも待つから。ゆっくり考えて……ね、ギルバートくん。

そうして一分近く過ぎただろうか、ぎゅっと彼の手が握りしめられた。

「……読みます。……読ませて下さい」

小さく動いた彼の唇から、硬質な声が漏れた。それにひとつ頷くと、俺はそのファイルを手に彼が座るソファへと移動する。

もちろん、彼をひとりにする気はない。彼が読み終わるまで、ずっと側《そば》にいる。

彼が心に痛みを感じたなら、すぐにそれを吸い取ってあげられるように。彼が怒りを感じたなら、その怒りをぶつけられるように。

ソファの右隣に腰を下ろして彼の肩を抱き寄せれば、無表情になりかけていた彼の頬と目元がほんの少しだけ緩んだ。

そう……俺がいる。ずっといるからね。

俺の左肩に頭を預けてきた彼の、艶《つや》やかな髪に頬ずりをひとつして、手元のファイルを彼に手渡した。すぐにスッと厚紙の表紙が開かれ、彼が報告書を読み始める。

報告書を作ってくれたのはディランとオスカーだ。彼にどう伝えるかは悩んだけれど、俺が口頭で伝えるよりも調査報告書という形で伝える方がいいと総合的に判断した。

何よりも俺が、受け止めるギルバートくんの心の動きや身体の状態に集中できるからだ。

もちろん、報告書の中身はランネイル夫妻に関することだけ。セシル・コレッティから聞いた他の話……『ゲーム』での王国の設定やらはまったく無関係だからね。

じっと報告書を読み進めていたギルバートくんが、小さく溜息《ためいき》をついた。見ればどうやら夫人の幼少期の部分を読み終えたところらしい。腕の中の彼の髪をゆっくりと撫《な》でて、その顳顬《こめかみ》にキスを贈ると、それにチラリと目を上げたギルバートくんが小さく笑った。

それから暫《しば》らくして、彼がポツリと「馬鹿なのか……？」と呟《つぶや》いた。見れば宰相閣下がクリスタ嬢に愛を告げた部分が書いてあった。うん、まったく同感だよ。

また暫く黙って報告書を読んでいた彼が、今度は「何やっているんだ、コイツは……」と呟いた。

……案の定、宰相閣下の初夜でのやらかしの部分だった。

自分の両親の房事など知りたかないだろうに、とも思ったけれど、さすがと言うか彼は客観的な情報として処理しているようだ。

そしてさらに暫くして……、彼の表情が固まった。

彼の手元の報告書は最後から二枚目のページ……。ギルバートくんの幼少時の出来事を記した部分が開かれていた。

ファイルを持つ彼の右手に僅かに力が込められたような気がして、俺はその手に自分の手を重ねた。

ああ、やはり指先が僅かに冷たくなっている。

俺の重ねた手の指に、ギルバートくんがキュッと指を絡めて、まるで甘えるようにスリ……と俺の顎《あご》下に頬を擦《こす》りつけてきた。それに頬ずりを返して彼の髪に何度目かのキスを贈る。

俺の身体にピタリと寄せられた彼の身体をしっかりと抱えて、絡められた指をそっと握り返した。

『ランネイル侯爵家当主アイザック・ランネイルの妻グレース・ランネイルの、実子ギルバート・ランネイルに対する不可解な言動の背景は以上の通り。グレース・ランネイルの幼少期における現クリスタ・ティアレ・ドゥ・サウジリアに関わる原体験、および夫アイザック・ランネイルの無配慮な言動が、グレース・ランネイルの心理状態に影響を及ぼし――』

報告書の最後のページまで読み終えたギルバートくんが、左手でパタリと報告書を閉じた。そして俺の右手に指を絡めたまま、そっと目を瞑《つぶ》る。

俺は彼が言葉を発するまで、ゆっくりとその右手の甲と、彼の髪を撫で続けた。

「馬鹿馬鹿しい……」

俺の肩に頭を預けた彼が小さな声で呟いた。

もちろんそれを聞き逃すことなく、俺は彼の髪を撫でていた左手でその綺麗な髪をかき上げて、

「ああ、馬鹿馬鹿しいね」

そう応《いら》えを返して、目を閉じたままの彼の額にキスを贈る。

それにフワリと目を開けた彼が、その左手だけを動かしてバサッと、膝の上にあった報告書を目の前のテーブルに放り投げた。

そしてまた「馬鹿馬鹿しい……」と小さく呟きながら、俺の首筋に顔をすり寄せた。

「まったくだ……」

それだけを答えて、左腕で抱き込んでいる彼をさらに強く抱き締めた。

膝にあった絡めた右手を俺の腕ごと胸元にグイッと引いた彼が、チュッと俺の顎下にキスをして
「ハ……」と小さく息を吐く。

顎にかかった温かな息に僅かに口端を上げて、すっかり抱き込んでしまったギルバートくんの顔を覗《のぞ》き込めば、その綺麗な緑の瞳《ひとみ》とパチリと視線が合った。俺はそれにニッコリと微笑みを向けると、ことさら軽い口調で彼に語りかけた。

「いつもみたいに可愛く怒ってもいいのに。八つ当たり要員はここにいるよ、ギル」

そう言ってチュッと目の前にある彼の鼻先にキスをすると、彼がほんの少しだけ拗《す》ねたように口を尖《とが》らせた。

「怒るのも馬鹿馬鹿しいですね」

スルッと絡めていた指をほどいた彼が、俺の首にその両腕を回してコツン、と額を合わせる。

その可愛らしい仕草に目を細める俺に、同じようにその綺麗な目を細めたギルバートくんがチュッとお返しのようにその唇で俺の唇を啄《ついば》んだ。

「実際……どうでもよかったんですよ。とっくの昔にその辺の興味は無くなっていました。鬱陶《うっとう》しいだけで、私の邪魔さえしなければどうにでも思ってくれと……あっ！」

グイッと、腰に回した腕で素早く彼を持ち上げた俺に、彼が目を丸くしてギュッと首にしがみついた。そしてそのままストン、と彼を俺の膝《ひざ》の上に跨《また》がらせてしまえば、「アル……」と俺を見下ろしたギルバートくんが頬を染める。

「この方が話しやすいだろう？」

両腕で彼の腰を支えながら微笑んでみせると、目の前の彼がクスッと笑った。うん、やっと笑った。

「まさかあんな理由だったとは……まったく、我が両親ながら呆《あき》れ返ります」

溜息混じりにそう溢《こぼ》しながら、ギルバートくんが伸ばした手で俺の両頬をサスサスと撫でてくる。

実にいいね……好きにしてくれ。

「そんなに私は王妃殿下に似ていますかね」

俺を見つめながらギルバートくんが首を傾げた。もちろん俺はそれに瞬時に首を横に振る。

「まったく似ていないね。似ているとすれば髪色と目の色だけだ。それですら似ているだけだ。同じじゃない。私に言わせれば、まったくナンセンスだ。性別も顔かたちも性格も所作も笑い方も視線ひとつだって似ちゃいないさ。私にとっては、君とそれ以外の『それ以外』だよ」

不敬にならない程度に正直に答えた俺に、目の前のギルバートくんがフフッと小さく笑った。

ほらね、そんな魅力的な笑顔、誰にも真似できやしない。

「父はプラチナブロンドが好きなんでしょうか」

スイッと俺の頬から右手だけを外して指先で自分の毛先を弾いてみせた彼に、俺は思わず苦笑する。

「さあ……。私は君の髪だからキスしたいと思うし、他のプラチナブロンドには興味ないな。もし君がブルネットでも栗毛でも、私は君の髪だけにキスしていたと思うよ。そもそも違う相手に同じ口説き文句というのは少々ひねりが足りないね。頂けない。お父上はきっと髪にキスするのが好きなのじゃないかい？」

小さく肩をすくめた俺の頬を、ギルバートくんがスルスルと撫でながら「アルも好きでしょう？」とクスリと笑った。

え、そりゃ好きだけどね。それは誤解だよギルバートくん！　宰相閣下と一緒にしないでほしいな。

「私は君にキスするのが好きなだけだ。髪だけじゃないよ」

チュッと頬を動く彼の親指の付け根にキスをしてみせれば「そうでした……」とギルバートくんが眉《まゆ》を上げ、それから二人で小さく笑い合った。

「それにしても、ラグワーズの調査能力は凄《すご》いですね。三十年以上前のことや、ましてや夫婦の……しょ、初夜のことまで。いったいどうやって調べたんです？」

スルッと両腕を俺の首に回した彼が、まるで拗ねるように僅かに口を尖らせながら首を傾げる。

なんて可愛い顔をするの、ギルバートくん。こんな甘やかな尋問を受けたら、すぐにでもペロッと喋《しゃべ》ってしまいそうだ。

でもまさか情報源を明かすわけにはいかないから、俺は苦笑しながら彼の腰から脇腹に片手を往復させながら、目の前の可愛くて美しい尋問官を見上げた。

「それは内緒なんだよ、ギル。でも間違いはないはずだ。もちろん信じるかどうかは君次第だけれどね。それで……君はどうしたい？　君がしたいようにしていいんだよ。もちろん、何もしなくてもいい。君の自由だ。私はね、君の決めたことを支持するし手伝いたいと、そう思っているんだ」

私のすべては君のものだからね——と、膝の上の彼を見上げて微笑んだ俺に、ギルバートくんの瞳がトロッと蕩《とろ》けるように輝き、その形のいい唇がきゅっと引き上げられた。

「そうですね……」

サラリ……と片手でプラチナブロンドを掻《か》き上げた彼……ああ、なんて綺麗《きれい》なんだろうね。

「どうでもいいと思っていましたが、理由を知ってしまえばやはり腹が立ちますねぇ。母上もそうですが、特に何も知らない父上には自分のしでかした事を自覚して頂きたくなりました。張本人のくせに一人だけ無関係な顔をして……」

うん。冷ややかに笑ったギルバートくんの表情も実にいい……なんてウットリ見上げる俺に、小さく笑ったギルバートくんがぎゅっと抱きついてきた。もちろん、俺はそれを嬉々《きき》として受け止める。

「いいことを思いつきました。ちょうどあさっての土曜日は家族揃《かぞくそろ》って食事をする日なんですよ。ね、アル。我が家にご招待しますよ。一緒に夕食を如何《いかが》ですか」

耳元に吹き込まれた意外な提案に、思わず片眉が上がる。

「おや、一家団欒《だんらん》のテーブルに私がお邪魔してもいいのかい？」

それでも彼の美しくしなやかな背中を撫でることを忘れない俺に、また小さく笑った彼が「ええ……ぜひ一緒に」と、耳たぶにチュッとキスをくれた。

「報告書をお借りしてもよろしいですか。見せてやりたい者がいるので。きっと協力してくれます。そして報告書の内容が真実かどうか、夕食の席で本人たちにひとつひとつ確かめてみましょう。報告書の真偽を隅々まで……そう、しっかりと確かめないといけませんから。ね、そうでしょう？　アル」

「もちろんだ。君のいいように」と即答した俺に、ギルバートくんがクスクスと笑いながらまた身体を起こして、翡翠《ひすい》の瞳を煌《きら》めかせながら俺を真っ直ぐに見下ろしてきた。

「何だか馬鹿馬鹿しくて酷《ひど》い話だというのに楽しくなってきました。私がこう思えるのも、きっとあなたのおかげでしょうね。ありがとうございます、アル。愛しています……心から」

ふわりと俺の頬を両手で包んだ彼が、上から俺を覗き込むようにして微笑んだ。

その笑みは本当に天使のように綺麗で気高くて……俺はゆっくりと覆い被《かぶ》さってくるその眩《まぶ》しい彼をただ目を細めて見上げながら、唇を擦《かす》る彼の艶《つや》やかな唇と吐息の感触に口角を上げていく。

「私の……」

アルフレッド――と、声にならない彼の唇の動きが俺の唇にダイレクトに伝わり、それはすぐに蕩けるような甘い口づけとなった。

彼から与えられる口づけをうっとりと甘受しながら、俺はその温かな身体を抱き締める。

長く短く、そしてまた長く……幾度かの口づけを交わした後、最後にチュッと離れていった彼は、その赤く濡《ぬ》れた艶やかな唇に弧を描き、それをツゥとなぞるように指先で拭《ぬぐ》ってみせる。

なんとも……たまらなく妖艶《ようえん》でエロティックだ。

「あの二人には今までのツケを存分に払って頂きますよ。せっかくですからこの機会、最大限に利用させてもらいましょう」

艶然と……そして強《した》かに微笑んだ彼は、そう言いながら、その指先で俺の唇を楽しげになぞる。気高くて賢い目の前の天使は、俺を虜《とりこ》にする天才だ。

唇を滑るその指先をパクリと食べちゃいたい衝動を抑えながら、俺もニッコリと笑みを浮かべた。

さてさて、ギルバートくんてばいったい何をするつもりなんだろうね。まあ何であれ、もちろん全面的に協力しちゃうんだけどさ。

――――そうとも、すべては君の望むままに。

「私に何か協力できることはあるかい？」

キュッと膝《ひざ》に跨がった彼の腰を引き寄せてそう聞けば、「んー」というように寸の間だけ考えを巡らすように片手を顎につけた彼が、パチッと開いた目を俺に向けてきた。

「ええ、ぜひとも相談に乗って頂きたいですね。楽しい演出のアイデアとお手伝いをお願いできればね……と甘えるように首を傾げるギルバートくんはとてつもなく可愛らしくて、もちろん俺は一も二もなく瞬時に首を縦に振った。

「では、これから我が家に来るかい？　いろいろ打ち合わせをしようじゃないか。必要なものがあれば、すぐに揃えられるからね。私との付き合いは君の自由にしていいと宰相閣下から言質を取っているから、無礼にはならないだろう？」

美味しいスイーツも出すよ……と付け加えれば、クスクスと笑ったギルバートくんが「楽しみですね」と頷《うなず》きながら同意してくれた。

やったね。思いがけずギルバートくんのお持ち帰りに成功してしまったよ。

では気が変わらないうちに……とギルバートくんを抱えたまま、よいせっとソファから立ち上がった俺に、ぎゅっと首にしがみついた彼が小さく声を上げる。

ああやっぱり軽いねぇ、ギルバートくんは。我が家でスイーツをたくさん食べるといいよ。

抱っこした彼をあやすように縦に揺すり上げれば、まるで子供のように声を上げて彼が笑う。長くて綺麗な両脚を俺の腰にぎゅっと巻き付けて、俺の頭にしがみついてる彼……。

うん、たまんないね。

「よし、このまま外の馬車停めまで運んで行ってしまおうか」

抱き上げた彼の、その晒《さら》された柔らかな顎下へ唇を這《は》わせながらそう告げれば、クスクスと笑いながら首を振った彼に「もう……ダメですよ。下ろして、アル」と背中をペシペシと叩《たた》かれてしまった。

おや、残念。

名残惜しくそっと床に下ろした彼と、もう一つ、二つ小さなキスをしたら、彼が「あ……」と何かを思い出したように声を上げた。

「寮部屋の防護魔法陣……どうしましょう、今日はつけなくていいですかね。すぐつけるとお約束しましたが」

やれやれ、俺の天使は意地悪だ。お持ち帰りが優先に決まっているじゃないか。そう思いながらも、チャンスの予感に俺の邪《よこしま》な頭脳がフル回転する。

「来週にでもつければいいよ。私も手伝おう。君が私を寮部屋に招待してくれれば、だけどね」

彼の顎《あご》をツッと指でなぞってそう言えば、僅《わず》かに頬を染めた彼が小さく頷いてくれた。よしっ！

心の中で全力のガッツポーズをかました俺のテンションは爆上がりだ。

そうして、爆上がったテンションの俺は素早く自邸へ魔法陣を飛ばすと大急ぎで荷物をまとめ、彼の荷物も一緒に小脇に抱えるや彼とともに隠れ家を後にした。

ギルバートくんは何だか恐縮してたけど、いいんだよ俺が持ちたいだけだから。気が変わらないうちにとか、逃げられないようにとか、ほんの少ししか思ってないからね。


馬車停めに向かって二人で歩く学院の道。

手を繋《つな》げないのは残念だけど、彼の隣を歩けるだけで充分に嬉《うれ》しい。

隣を歩く綺麗な彼が、強かでしなやかな心を持っていてくれたことが嬉しい。

そして何より、そんな彼が俺を必要としてくれたことが嬉しくて、人が少ない時期だというのに、わざと少し遠回りの道を提案したのは内緒だ。

石畳を進む二つの足音は気づいたら揃《そろ》っていて、それに彼が小さく笑って俺を見上げた。

その綺麗に澄んだ瞳に笑みを返して、俺たちは足音を揃えたまま、真っ直ぐに続く学院の道を、ほんの少しだけ急ぎ足で歩いて行った。

番外編　その言葉（ギルバート）

それは初めての感覚……いや、感情。

『ちょっとおいで』

あの日、まるで小さな風のように耳元を通り過ぎた声に、気づけばごく自然に手を取られ、床に腰を下ろし、無防備に身体を預けてしまっていた。

そして、いきなり眼前に広がったのは、眩《まばゆ》いほどに鮮烈な水の世界――。

きらめく水の流れ、音もなく揺れる水草、輝き昇る無数の気泡……。その圧倒されるような光景に息を呑《の》み、視界から感じる眩《まぶ》しいほどの躍動感に、思わず身体を強《こわ》ばらせたのは、けれどほんの一瞬。

ふわりと全身を包む穏やかな温《ぬく》もりと、すぐ傍《そば》から響いた柔らかな声に、緊張はまるで溶けるようにほぐれ、知らず身体から力が抜けていった。そして入れ替わるように身体を満たしていったのは、何とも言えない開放感と充足感、そして安心感。

『ちょっとは気分転換になった？』

突然消えてしまった水の世界と、思いがけず近くから聞こえた声に私は……。

――私は……なんと答えたのでしたっけ。

ふいに浮かんだ覚束《おぼつか》ない過去の記憶は、けれどすぐに目の前の美しい群青《ぐんじょう》の瞳《ひとみ》の奥へと、吸い込まれるように消えた。

今、私の目に映っているのは、あの時と同じ深い深い青。

まるで暁闇《ぎょうあん》の星空のように静かで穏やかな煌《きら》めきが、僅《わず》かに熱の名残を孕《はら》んで、私を真っ直ぐに見下ろしている。

ぼんやりとまとまらない思考でそれを見上げている私は、どうやら相当に舞い上がってしまっているらしい。

――――でも、ずっと欲しかったのですから……仕方がないでしょう？

誰に向けるでもないそんな言い訳をしながら、自然と上がってしまう口角もそのままに目の前の群青に目を細めれば、同じく目元を緩めたアルフレッドが穏やかに唇を開いた。

「じゃあ、目を閉じて」

このまま動きたくないという私の我が儘《まま》を聞き入れてくれた彼は、そう言って私を腕に抱えたまま水槽の方へ顔を向けた。

――――ええ、居心地が良すぎて動きたくないんですよ。だから暫《しばら》くはこのままで……ね、アル。

ふわふわと舞い上がった思考は、私から節度も自重も取り去ってしまって、私はスッと流れるように水槽へと向かった群青に思うままに左手を伸ばすと、横を向いてしまったアルフレッドの顎《あご》のラインに躊躇《ちゅうちょ》なく指先を伸ばした。

すぐに届いたその指先は、思いがけずスルリと……、形のよい顎先から喉元《のどもと》へと滑り落ちて、その感触に知らず私の口端は上がっていく。

コクリと小さく動いた喉仏《のどぼとけ》の動きがその指先に伝わって、私はますます気をよくしながら、即座に振り向いてくれたアルフレッドの「どうしたの？」という柔らかな声に、首を横に振った。

――だって、触りたかっただけですから。

この人の横顔はいつだって静かで穏やかで、私はいつの頃からか、小さなキッチンに立つこの人の姿をソファから見つめるようになっていた。

真っ直ぐに通った鼻筋、微笑むように結ばれた薄い唇、そこから形よく続く顎の輪郭……。他人の美醜など害がなければ基本どうだっていいのですけど、そんな私から見てもアルフレッドの顔の造形は整っていて、顔の皮一枚と骨格が作る美など足元にも及ばない統括的な美しさは他を凌駕《りょうが》している。

――まあそれは、私だけが知っていればいいことですし、今後それに気づく者が出るなら叩《たた》き潰《つぶ》すだけですが。

上がっていくばかりの機嫌もそのままに見上げた先のアルフレッドは、けれどまた水槽の方へ顔を向けてしまった。宿眼を発動するためだと分かってはいるんですけどね……。

もちろん、すでに自制の利かない私の左手は、再び目の前の横顔へ向けて迅速に伸びていって、その指先が触れたのは、程よく引き結ばれた彼の唇。

思いがけずサラリとしたその感触に、そのままなぞるように整った頤《おとがい》まで指を引き下ろすと、一瞬その動きを止めたアルフレッドは、やはり腕の中の私に視線を戻してくれた。

少しばかり見開かれたその目に映っているのは、すでに上機嫌を隠す気もない私の姿。

我ながらどうしようもないですね……と思いつつも、私の指先一つに応えてくれるこの人が私を拒まないことに安堵《あんど》して、それと同時にふわふわとした思考が、どうやらこの幸福は紛れもない現実らしいと判断を下した。

――どうしましょう。嬉《うれ》しさのあまり笑みが止まらなくなりました……。

心地のいい腕の中で、遠慮なくその胸に頬を寄せてクスクスと笑う私を、片眉《かたまゆ》を上げたアルフレッドが咎《とが》めるように見下ろしてくる。けれどもう、そんなことすら嬉しくて仕方がない。

ええ、自分に愛想がないことなど、とっくの昔に自覚済みです。話し方一つにしても堅苦しい切り口上で、見た目だって可愛げとは無縁。けれどそんな私をアルフレッドは選んでくれました……。もちろん、選んでもらえるよう最大限の努力はしましたが。

欲しいものを前にして、何もせず選ばれるのを待つなど有り得ませんからね。勝算はとことん高める主義なもので。

止まらぬ笑みもそのままに、悪戯《いたずら》の言い訳を探し始めた私を、少しばかり目を眇《すが》めた彼が見下ろしてくる。どんな表情をしていても、この人の瞳はどこまでも澄み切って、どこまでも温かい。

「すみません、あまりに嬉しくって。私のアルフレッド……」

私の目に映るのは優しくて穏やかな、私の群青。知らずスルリと溢《あふ》れたその言葉は、そこへ向けて真っ直ぐに飛んでいった。

――「わたしの……」などと……………。

一瞬、どこか遠くからさざめくような小さな声が、ほんの束の間、私の耳奥を通り過ぎた気がした。

けれど私は特に気に留めることもなく、目の前で私の言葉に目を見開く愛しい人を見つめ続ける。

――あ……ものなど……に一つな……のよ……。

先ほどよりさらにかすかな途切れ途切れの声が、再び遠く遠く聞こえた気がした。

ああそういえば、昔、誰かがそんなことを言っていた気もしますね。ずいぶんと昔のことで思い出せませんけど……。まあ、なんにせよ独占欲丸出しなのは認めます。人に対してもの扱いは確かにどうかと思いますけど、それ以外に言いようがないのですからしょうがないじゃないですか。

ええ。他のものなど何もいりませんし、欲しいと思ったこともありませんが、けれどこの人は……この人だけは、私のものです。未来永劫《みらいえいごう》、決して誰にも渡しはしない。私のもの《ひと》に手を出そうとする輩《やから》がいたら、生まれてきたことを後悔させてやりましょう。ね……アル。

クスクスと笑う私に、アルフレッドがいっそう咎めるように一度眉根を寄せて、今度はまるで急ぐように視線だけを水槽へと流した。その様子に私は笑みを溢したまま温かな胸に頬を擦り寄せる。いつの間にか、あの小さなさざめきは耳奥から消えていた。

そうしてその後に始まった水中散歩。ただでさえ浮き立つ心で入り込んだ水の世界は、本当に眩いほどの美しさと、生き生きとした生命力に満《み》ち溢れていた。

柔らかく揺れる緑の水草、煌めく鱗《うろこ》の小魚たち。湧き立つ泡は白く輝き、その中を突っ切ったら光に満ちた上へ、そしてまた下へ……。

その楽しくも美しい世界でそっと重ねられた唇は、ゆっくりと静かに、その優しい熱で私の身体と思考を溶かしていった。

私の唇を柔らかく包み込んだ彼の唇がその角度を変えるたび、僅かに擦れ合う刺激が私から力を奪い、小さく聞こえる水音が私を甘い酩酊《めいてい》感へと誘《いざな》っていく。

――こんな口づけをされたら、疑いたくもなるじゃないですか。

宿眼を解除した後、ファーストキスを主張するアルフレッドに、ひとまずは天賦の才という暫定的な結論を下して、私は自身を納得させた。

――ええ、そうでもしないとその相手を探し出して抹殺したくなりますから。


「じゃあ行っておいで。あさって、待っているからね」

事務局に向かう時間になって、扉の前に立った私にアルフレッドが朗らかに声をかけてきた。

私もまた「ええ、あさってに」と笑って扉に向かうはずが、なぜかその私の足は、床に張りついたままピタリと動かなくなってしまう。

私の目の前には、いつもと同じ柔らかな笑みを湛《たた》えた彼が、いつもと同じように私を見送ろうとしてくれている。それは本当にいつもの、今までと同じ光景。

――いつもと同じことに不満を感じるなど、まるで子供じゃないですか……。

自分の強欲さと情けなさに頭を抱えたくなりながら、けれど私の足は動こうとせず、私の目は正面を窺《うかが》うように見つめてしまっていた。

――呆《あき》れられるでしょうか。

そう思いながらも、迷っているくらいならと意を決して鞄《かばん》を床に置いて、けれど次には、これをどう切り出せばいいのだとまた迷い始めた。あまりの自分の軟弱さに私が奥歯を噛《か》んだその時……。

「おいで？」

アルフレッドがふわりと微笑んだかと思うと、その腕を大きく広げた。

途端に動かなかった私の足は床を蹴《け》り上げ、あっという間に私は彼の腕に抱き締められた。

「これからは、いつもこうしようね」

温かな胸の中で囁《ささや》かれたその言葉に、なんとも不安定に揺れていた私の心はみるみる凪《な》いでいく。

言葉をもらったがゆえに際限なく貪欲《どんよく》になっていく自分に呆れながらも、私はその腕の中でようやく楽になった息を大きく吐き出した。


「じゃあ、行ってきます。またあさってに」

そう言って出た扉の外は、眩しいほどの夏空。

たった今出てきた隠れ家での出来事が、まるで現実ではなかったかのように思えてくる。

けれどきっと、もう一度この後ろの扉を開ければ、あの人は「どうしたの？」と言いながら、また私を抱き締めてくれるはず。

――早く事務局に向かわなければ。

なかなか熱の引かない頬を片手で押さえて、魔法陣の中で青く澄んだ空を見上げれば、思い出してしまうのは扉の向こうにいるあの人のこと。

「アルフレッド……」

手の中で小さく小さく呟《つぶや》いた声に、またほんの少し、頬の熱が上がったような気がした。

Ruby collection

異世界転生《いせかいてんせい》したけど、七合目《ななごうめ》モブだったので普通《ふつう》に生《い》きる。 2

2023年6月1日　初版発行
2024年5月31日　再版発行

著者　白玉

発行者　山下直久

発行　株式会社KADOKAWA
〒102-8177
東京都千代田区富士見2-13-3
電話：0570-002-301（ナビダイヤル）
https://www.kadokawa.co.jp/

印刷所　株式会社暁印刷

製本所　本間製本株式会社

デザインフォーマット　内川たくや（UCHIKAWADESIGN Inc.）

イラスト　北沢きょう

初出：本作品は「ムーンライトノベルズ」（https://mnlt.syosetu.com/）
掲載の作品を加筆修正したものです。

●お問い合わせ
https://www.kadokawa.co.jp/（「商品お問い合わせ」へお進みください）
※内容によっては、お答えできない場合があります。
※サポートは日本国内のみとさせていただきます。
※Japanese text only

ISBN 978-4-04-113854-0　C0093　　Printed in Japan

この本を読んでのご意見、ご感想を編集部までお寄せください。
＜あて先＞〒102-8177　東京都千代田区富士見2-13-3
株式会社KADOKAWA　ルビー文庫編集部気付
「白玉先生」「北沢きょう先生」係

異世界転生したけど、七合目モブだったので普通に生きる。1

著／白玉　　著／北沢きょう

無自覚スパダリ × クール系王子様。
友情が恋に変わる、激甘♥異世界 BL!

異世界転生したもののシナリオ無関係の恵まれた環境に、平和に生きていこうと決意した主人公だが、うっかり年下の宰相子息とお知り合いに。無自覚に腐った令嬢たちを喜ばせる、自称「七合目モブ」のお話。

Ruby collection